中国人的幻想与心灵
林兰童话的结构与意义

黎亮 著

商务印书馆

2018年·北京

图书在版编目(CIP)数据

中国人的幻想与心灵:林兰童话的结构与意义 / 黎亮著. —北京:商务印书馆,2018
ISBN 978-7-100-15357-7

Ⅰ.①中… Ⅱ.①黎… Ⅲ.①童话—文学研究—中国 Ⅳ.①I207.8

中国版本图书馆 CIP 数据核字(2017)第 228907 号

权利保留,侵权必究。

中国人的幻想与心灵
—— 林兰童话的结构与意义

黎亮　著

商　务　印　书　馆　出　版
(北京王府井大街36号　邮政编码100710)
商　务　印　书　馆　发　行
北京市艺辉印刷有限公司印刷
ISBN 978-7-100-15357-7

2018年3月第1版　　开本880×1230　1/32
2018年3月北京第1次印刷　印张 11
定价:38.00元

教育部青年基金项目
"林兰编中国民间童话的结构形态与文化意义"
（编号：14YJC751019）成果

浙江师范大学中国语言文学一流学科建设成果

序

深冬时节,窗外细雨霏霏。

读完《中国人的幻想与心灵——林兰童话的结构与意义》书稿,已是暮色四合。但我心里的欣喜难掩,实为中国童话研究园地里的这棵新苗的破土而出感到高兴和鼓舞。

这部书稿的作者黎亮,是浙江师范大学的教师,曾师从于我攻读文艺民俗学博士学位。她曾在华东师范大学对外汉语系国际汉学专业攻读硕士学位,关注古代风俗与古典文学的关系,著有《看山》《读水》《节令》《面子》等书,攻读博士后,潜心民间文学、儿童文学研究,显示了专业上的才华。此书稿作为2014年"教育部青年基金项目"(编号:14YJC751019)的成果,其学术价值不言而喻。

该书从文艺民俗学视角出发,以20世纪20、30年代北新书局出版的林兰编中国民间童话集为研究对象,在对154篇童话进行文本细读的基础上,通过情节结构分析、跨文化文本比较,将之分为"得宝型""失宝型""考验型""离去型"和"滑稽型"五个类型,并逐一论析,构建中国民间童话的结构形态并阐释其文化意义,可以说颇富创见。首先,在方法上,突破民间故事类型研究按母题分类的惯例,借鉴普罗普结构形态分析方法,列出154篇中国民间童话的情节结构，寻找其中稳定不变的主干情节，以此作为构拟故事类型的基础；其次，将邓迪斯的区域类型理论引入结构形态分析，将林兰童话与俄罗斯童话结构、德国格林童话等西方民间童话结构进行跨文化文本比较，并结合地域文化差异来理解中西幻想故事的结构性差异，弥补普罗普故事形态研究未涉及地域文化差异的缺憾；再次，在故事结构、类型的分析构拟中，提出了两个观点：一是类型研究应该并且能够为系统地阐释民间童话的意义世界提供基本框架；二是幻想故事结构与文化心理结构具有深层对应关系。这对今后的童话研究具有很好的启示意义。

特别值得指出的是，作者对林兰童话的文化阐释，是在"个体的自由与完备"这一现代性话语语境之下展开的，发掘童话中所隐含的现代性价值，在对现代性问题与本土经验的观照中，将对林兰童话的文化解析引导到中国由农耕走向现代之文化资源的探讨上来。

什么是童话？童话的真谛是什么？真正的童话应有什么结构和内涵？作者将探索的笔触伸向童话的内核。作者认为，民间童话作为人类经验的幻想性表达，具有稳定的结构模式和意义关怀，即通过获得宝物、难题考验、死亡复活等情节隐喻人的独立成长与自由幸福。童话的核心问题始终是"幸福地生活、合理地做人"。童话中潜藏着人类的自由意志和创造精神，无论中西，民间童话最早的收集者和记录者都纷纷将民族的自觉寄托于民族的童话中，并将童话所包含的人类经验带到对现代民族和现代个体的探索中来。林兰童话以周作人等人的童话观念为指导，不仅抓住了童话万物有灵的幻想特质以及原始思维的未驯化特性，使研究获得了一个与从游牧走向现代的西方童话所不同的文化标本，它表明中国农耕文化的经验与幻想如何被写入讲述"成为一个人"的童话中，而且从民间发展出面向儿童的前瞻视野，将个性解放的现代性话语落到了实处——即通过供给儿童地道的民间童话，以文学启蒙促成现代个体的诞生。

童话是一个民族心灵世界的最鲜活的展现，内含着民族群体的精神禀赋。20世纪初，中国学界的前辈周作人、赵景深等学者，专门就此进行了倡导和研究，取得了开创性的成果。1949年后，新中国的童话创作和研究有了进一步的发展。但是，其主流是创作童话，而对长期流传在民间的童话却缺乏应有的重视和研究。而且，受各个阶段政治气候以及童话中成人化的说教之影响，童话原有的童趣、童真以及内在的精神力量，逐渐淡化消退。而今，对林兰所编中国民间童话的重新审视与研究，揭示了中国民间童话的潜在结构与深层文化关怀，以"失去型"童话与"离去型"童话类型打破了西方童话的叙述模式，使林兰童话表现出鲜明的个性，显示了中国生活和想象的独特之处，为我们提供了理解自身文化的资源和起点。正如作者所言，我们"力图从文化资源中读出人和人的处境，然后满怀希望地期待自由完备、具有批判力和创造力的人和文化的繁荣"。这也是林兰童话的意义所在。

书稿语言优雅流畅，且富思辨色彩，洋溢着个性化的情感表达，显示作者的学术领悟力和文学功底。黎亮在学术研究的道路上迈出了坚实的一步，期待她在今后的研究领域努力求索，更上层楼。

陈勤建

2015年12月13日于寓所

目　　录

第一章　绪论 ………………………………………………… 1
　第一节　问题的提出：民间童话与现代性 ………………… 1
　第二节　方法和思路：经由结构形态之比较探索
　　　　　文化深层之自我 …………………………………… 10

第二章　林兰童话的辑录特色与价值 ……………………… 21
　第一节　"林兰女士"与童话传承 …………………………… 23
　　一、林兰：李小峰与赵景深 ………………………………… 23
　　二、林兰女士：童话与女性讲述者 ………………………… 25
　第二节　林兰之前的童话出版状况 ………………………… 30
　第三节　农耕文化形态的记忆笔录与潜在的
　　　　　现代性文本 ………………………………………… 35

第三章　童话观与文学观：林兰童话编写的理论话语 …… 41
　第一节　民俗学立论的童话与"现代性"启蒙 ……………… 41
　　一、西方浪漫主义对民间童话的创造性转化 …………… 42
　　二、中国民间童话研究的个性启蒙话语 ………………… 47

第二节 儿童观对文学观的书写 ………………………… 55
    一、民俗学建构的儿童观 ………………………………… 56
    二、以儿童为本位的文学观 ……………………………… 59
    三、原始思维与现代性 …………………………………… 64

第四章 类型与异文：林兰童话的结构模式及主题运作 ……69
第一节 林兰童话的五大类型 ……………………………… 71
    一、得宝型 ………………………………………………… 72
    二、失宝型 ………………………………………………… 75
    三、考验型 ………………………………………………… 77
    四、离去型 ………………………………………………… 81
    五、滑稽型 ………………………………………………… 83
第二节 异文与主题运作 …………………………………… 84
    一、异文对主题的强化 …………………………………… 86
    二、异文对主题的弱化 …………………………………… 87
    三、异文对主题的变奏 …………………………………… 88
    四、异文对主题的杂糅 …………………………………… 89

第五章 成"人"的核心意识：林兰"得宝型" 童话解析 …………………………………………… 93
  第一节 赠予者形象的变迁 ………………………………… 94
  第二节 善良的人与有力的人 ……………………………… 98
  第三节 神圣空间的营造 …………………………………… 103

第六章　文化心态的冲突与自我迷失的寓言：林兰
　　　　"失宝型"童话解析……………………………………108
　　第一节　知足：取宝观念中的农耕心态………………………109
　　第二节　进取：取宝观念中的商业心态………………………113
　　第三节　自我迷失的寓言………………………………………118

第七章　男性话语与女性话语：林兰"考验型"童话解析………123
　　第一节　男性的第二次诞生：林兰"解难题"
　　　　　　童话解析………………………………………………124
　　　　一、成人与成婚的融合……………………………………125
　　　　二、死亡考验与复活之力…………………………………130
　　　　三、第二次诞生与神判的婚姻……………………………134
　　第二节　女巫与父权：林兰"龙女"与"百鸟衣"
　　　　　　复合型童话解析………………………………………139
　　　　一、女鸟——巫的形象……………………………………141
　　　　二、"换衣"母题中的父权意识……………………………147
　　第三节　女性的复活：林兰蛇郎童话解析……………………154
　　　　一、林兰《菜瓜蛇的故事》………………………………155
　　　　二、换装母题与女性成年…………………………………158
　　　　三、变形复活与女性之力…………………………………161
　　　　四、大姐的三种角色………………………………………166

第八章　从仙妻到兽妻的沉落：林兰"离去型"童话解析………171
　　第一节　妻的离去：历史文本与基本原型……………………171
　　第二节　婚姻禁忌与女性地位的沉降…………………………178

3

第三节　仙界、兽界与无意识 …………………………………… 188

第九章　制笑机制与狂欢形象：林兰"滑稽型"童话解析 …… 195
　第一节　林兰"滑稽型"童话的制笑机制 …………………… 196
　第二节　林兰"滑稽型"童话的狂欢形象与意义 …………… 203
　第三节　滑稽童话在儿童教育中的作用 ……………………… 209

第十章　民间与现代的融合：林兰童话改编原则及实例 …… 213
　第一节　林兰童话改编策略 …………………………………… 214
　第二节　林兰童话改编实例 …………………………………… 219

结语 ………………………………………………………………… 257

余论　民间童话与儿童戏剧教育 ……………………………… 263
　一、讲故事：多个异文展示故事创作缝隙 …………………… 265
　二、理解故事：把动作、语言、场景玩出来 ………………… 272
　三、戏剧呈现：复演、想象与再创 …………………………… 274

附录一　林兰民间童话目录 …………………………………… 277
附录二　林兰童话结构形态分析释例 ………………………… 284
附录三　林兰童话原文选录 …………………………………… 289
附录四　林兰童话讲述实验照片 ……………………………… 325

参考文献 ………………………………………………………… 326
后记 ……………………………………………………………… 338

第一章　绪论

第一节　问题的提出：民间童话与现代性

童话，尤其是民间童话，在中国长期以来都是被过分低估的存在。由于带一"童"字，一般以为不过是给儿童的读物。对于童话中的幻想，则被斥为不切实际。某大学生在 2012 年所做的民间童话采集笔录中，居然干脆将童话称为"讲封建迷信"的故事。对于童话的轻视，骨子里是种重实际而轻幻想的作风。2—6 岁的孩童本处于最爱幻想、最需要童话的人生阶段，但据刘绪源调查，中国原创图画书一半以上都是写实故事，相比之下，外国图画书却以童话居多，写实类勉强占 30%，且即便写实也更注重描写离奇的经历。就中国儿童文学乃至成人文学而言，都表现出偏爱写实而弱于幻想的倾向，刘绪源认为原因可能是汉文化没有宗教关怀，不关注彼岸，而只关注现世和日常，是注重"生存的智慧"。① 他以儿童想象的权利为由呼吁出版界鼓励童话创作。其实，供给童话不仅仅涉及儿童的权利问题，更是培养"思辨的

---

① 刘绪源：《"长项"与"瓶颈"——中国原创图画书的整体布局问题》，载浙江师范大学儿童文化研究院、丰子恺儿童图画书奖组委会编《华文原创图画书学术研讨会手册》，2012 年 10 月，第 8 页。

智慧"和"创造的智慧"的问题，最终也是关系到现代"个体的自由与完备"的问题。

民间童话作为人类经验的幻想性表达，具有稳定的结构模式和意义关怀，即通过获得宝物、难题考验、死亡复活等情节隐喻人的独立成长与自由幸福。童话的核心问题始终是"幸福地生活、合理地做人"。正因为民间童话中潜藏着人类的自由意志和创造精神，无论中西，民间童话的最早收集者和记录者都纷纷将民族的自觉寄托于民族的童话中，并将民间童话所包含的人类经验带到对现代民族和现代个体的探索中来。也即是说，民间童话的概念以及学者对于民间童话的自觉关注和学术研究，一开始就与现代性诉求紧密关联。何谓现代性？户晓辉在《现代性与民间文学》一书中指出，尽管"现代性"是20世纪后期被学术界广泛关注而且争议颇多的一个概念，但从哲学源头上来说，现代性主要指在欧洲启蒙运动过程中形成的一种思想态度和行为方式，简单地说，"现代性观念的核心是理性和主体性，其根本的价值是自由"[①]。"五四"前后，周作人、赵景深在中国启蒙运动的话语背景下探讨童话，实质上也贯穿着通过倡导个性解放而达至"人的自由与完备"的现代性诉求。问题是，五四童话观所蕴含的现代性话语（也可阐释为个性话语），由于种种原因未能得到充分的学术辨析，这就从某种程度上造成了童话创作的低幼化和文学幻想的贫弱化。而童话创作的低幼倾向和文学幻想的贫弱，也从一个层面说明了文化启蒙的待完成状态——"个体的自由与完备"这一现代性的核心价值仍未进入中国文化的基本价值体系。因此有必要重新检阅和梳

---

① 户晓辉：《现代性与民间文学》，北京：社会科学文献出版社，2004年8月。

理童话观在中国童话理论中的变迁，以此辨明五四童话理论中的现代性话语，并探讨现代性话语如何被遮蔽，又如何可能被重新阐发。

据周作人称，童话一词来自日文，原义是"儿童的故事"①。1909年孙毓修创办《童话》杂志即取此意，他将神话传说、小说寓言、历史故事和科学故事，拿来对儿童讲，并冠以童话之名。《童话》杂志发行十五年间出版作品105种（前77种由孙毓修主编，后来数十种则由郑振铎主编），在同时代人的心目中留下了深刻的印象。但孙毓修将童话看作是给儿童的一切读物，引起了赵景深的困惑，20世纪20年代他与周作人、张梓生就童话概念展开了讨论②，最终将童话纳入到五四民族复兴与个性解放的现代性话语中来。周作人等采用文化人类学者爱德华·泰勒、安德鲁·朗格、哈特兰德等人的学说，以民俗学立论童话，将童话定义为"原始人的文学"③，强调了作为创作思维的万物有灵论。不应仅从字面理解

---

① 周作人，赵景深：《童话的讨论 一》，载赵景深编《童话评论》，上海：新文化书社，1924年1月，第68页。

② 周作人、赵景深的《童话的讨论》（共四次），收录于赵景深编《童话评论》（上海：新文化书社，1924年1月），第66—74页，第171—175页，第238—240页；赵景深、张梓生的《童话的讨论》，收录于赵景深编《童话评论》，第11—13页。

③ 1913年周作人在《童话略论》中指出"神话者原人之宗教，世说者其历史，而童话则其文学也"，首次明确了童话是"原始人的文学"这一观点；1921年张梓生发表《论童话》，也认为童话是"根据原始思想和礼俗所成的文学"；1922年周作人与赵景深在《晨报·副刊》讨论童话时再次重申童话是"原始社会——上古野蛮民族、文明国的乡民与儿童社会——的故事"；后来赵景深在他1927年出版的《童话概要》和1929年出版的《童话学ABC》中汲取了周作人和张梓生的想法，将童话定义为"原始社会的故事""原始的文学""从原始信仰的神话转变下来的游戏故事""原始民族信以为真，而现代人视为娱乐的故事"。

这一定义,在五四新文化的知识背景下,它有着世界观和价值观的深度和广度。周作人等人以原始思维定义童话,里面有种赫尔德式的对往昔与民众的想象。赫尔德在德国启蒙运动中发出了对自由、理性、健康、有力的人的呼唤,为塑造理想的现代个体,他"发现"了一个美好的完善的往昔,并认为往昔的精神保留在民众中间,需从民众、尤其是民众的文学中寻求。①五四民间文学收集运动恰是这种思想的回响,即希冀以民间文学的收集和研究促成新人新文化。学术影响于出版的结果是在20世纪20、30年代涌现了不少优秀的民间故事集子,其中以上海北新书局林兰编民间故事集39种②最为突出。林兰编民间故事集不仅体现了较高的采编和写定水准,而且也汲取了学术界最新和最激进的观念,这一点集中体现在林兰从中选出的八本"民间童话集"③中。一是因为"她"抓住了童话万物有灵的幻想特质,并分得清童话与神话及传说的区别,集子里都是真的童话,可与《格林童话》(格林兄弟编著)、《俄罗斯童话》(阿法纳西耶夫编著)、《意大利童话》(卡尔维诺编著)等世界名著对话。二是"她"从民间发展出面向儿童的前瞻视野,将个性解放和人格养成的理论话语落到了实处。从民间的发现推进到儿童的发现,中间贯穿着有识之士为促进现代个体诞

---

① 〔苏〕阿·符·古留加:《赫尔德》,侯鸿勋译,上海:上海人民出版社,1985年10月。
② 20世纪初北新书局以林兰为名,在《语丝》杂志发表了向社会征集民间故事的启事,随后雪花般的来稿寄向北新书局,李小峰、赵景深等选择其中优质的稿件,编写出版了39种民间故事集。
③ 李小峰、赵景深将39本民间故事集分别编辑为民间童话丛书、民间趣事丛书和民间传说丛书三个系列,其中标明为民间童话集的有《换心后》《渔夫的情人》《金田鸡》《瓜王》《鬼哥哥》《菜花郎》《怪兄弟》《独腿孩子》八本。

生所做的努力。虽然五四学者都曾发出从封建桎梏中解放人性的呼声，但许多人很快转向了"融人群众"的知识分子身份建构之中①，后来又因为战争的席卷，对现代个体的诉求更是被团结民众建立有组织的政府这个迫切的现实问题所淹没②。将对个性话语的理论关怀坚持到底的恐怕还是周作人和赵景深，这与他们致力于童话研究并汲取西方童话理论和儿童教育理论中的激进思想不无关系。林兰编"民间童话集"可以说是周、赵二人的理论在出版界的实践，这使它相较于其后的许多中国童话集更具人文关怀和经典质素。

  致力于现代个性养成的童话观和由此而生成的林兰童话③已经少有人提到。究其原因，除了前面提到的五四知识分子对群体话语的投入和20世纪30年代后期战争所导致的视点转移之外，与当时童话理论自身的不周详也有很大关系。爱德华·泰勒和安德鲁·朗格等西方人类学家认为原始人的习俗和故事是作为遗留物而存在于现代社会的④，他们力图从中概括出与现代社会互补的文化形态，而没有看到，至少是没有强调童话和习俗也是现代性的一部分。周、赵二人的童话理论受此影响，以原始信仰和习俗解读

---

① 户晓辉：《现代性与民间文学》，北京：社会科学文献出版社，2004年8月，第168页。
② 周策纵：《五四运动史》，陈永明等译，长沙：岳麓书社，1999年8月，第502页。
③ 格林兄弟所编德意志民间童话，通常称为格林童话，为了叙述的方便，本文参照格林的例子，将林兰编辑的中国民间童话简称为林兰童话。
④ 〔英〕爱德华·泰勒：《原始文化：神话、哲学、宗教、语言、艺术和习俗之研究》（重译本），连树声译，桂林：广西师范大学出版社，2005年1月。安德鲁·朗格所著《习俗与神话》《神话仪式与宗教》采用爱德华·泰勒"遗留说"，周作人留学日本时深受影响。

童话，较多地关注童话的原始形态层，至于童话与新时代的关系，传统故事如何被时代精神激活、重述和重新阐释等问题则较少论述。因此，在20世纪50年代的童话理论话语中，"幻想"一词取代了原始思维，成为定义童话的关键词。钟敬文1954年给中国作家协会儿童文学组做了《略谈民间故事》的报告，将民间故事分为"幻想占优势的民间故事"和"没有或较少幻想的民间故事"，在幻想类故事之下用"魔术故事"之名取代"民间童话"，注明"以前有些学者，把这种故事叫作童话"，并指出以前过分拘泥于原始文化和信仰的阐释，忽视了民间故事与现实生活的关系。① 陈伯吹在《儿童文学简论》一书中写道："神话、传说和童话都是民间文学，起源于人民的口头创作，它们又都是带幻想性的故事。这是它们相同之处。相异的：神话是神的故事，在于解释和说明；它虽然有具体的姓名和地点，却完全是虚构的故事。传说主要是超人的英雄故事，在于歌颂和崇敬；它有相当的历史事实作根据，因为经过渲染夸张，涂上了浪漫主义的色彩。童话是民间的故事，它比较朴素、幽默，更有人情味，也更有文学风趣。"② 在辨别童话与神话传说的概念时，他特别强调了童话的"朴素"和"人情味"，因为神话讲神的故事，传说讲超人的故事，唯有童话以普通人为主人公，故与现实的人生更为接近。20世纪80年代的童话理论沿用了50年代的"幻想"和"普通人的故事"这样的提法，弱化了童话与原始文化的关系，更进一步地增强了童话与现实的关系。刘守华《中国民间童话概说》一书明确地给童话下定义说："童话就

---

① 钟敬文：《钟敬文民俗学论集》，上海：上海文艺出版社，1998年3月，第128—137页。
② 陈伯吹：《儿童文学简论》，武汉：长江文艺出版社，1959年4月，第57页。

是这富于幻想性的故事当中的一种,是民间故事园地里的一朵奇花。"①在区别童话与神话传说时又说,神话反映的是原始思维,主人公是神,神话中的幻想是对世界的一种严肃真实的认识方式;传说反映的是历史与往事,主人公是超人的英雄,传说中的幻想是艺术手段;童话则反映现实生活和理想,讲述平凡普通人的故事,对象是青少年,童话中的幻想比神话传说更为自由,不受原始信仰和历史事件人物支配。②刘守华认为,原始思维为神话所专有,并特别声明童话对原始信仰的超越。总之,通过对童话施加"幻想""普通人的故事""现实生活和理想"等限定,20世纪50年代和80年代的童话理论在一定程度上修补了未能直接强调现实生活的五四童话概念。

问题在于,周作人和赵景深对原始思维的认同中原本潜藏着长养想象、顺应儿童心理发展的个性话语,后来的童话理论在抛弃原始思维这一提法的同时,也一并抛弃了个性话语这一对现代性而言最有价值的论述。其结果,不仅仅是隔断了童话与人类童年、集体无意识的血缘关系,令童话丧失了丰富而恢宏的图景,更重要的是以现实之名而抹去了现代精神对个性自由与完备的强调。

新世纪童话理论表现出对五四传统和20世纪50、80年代理论进行反思、整合的倾向。20世纪50、80年代童话理论过分强调读者年龄,相应地,童话创作也呈现低龄化的走向。整体看来,童话创作自绝于民族文化与人类经验,致使在普通读者眼里,儿童文学的文学性也总要低于成人文学,童话真的成了仅仅是给儿童

---

① 刘守华:《中国民间童话概说》,成都:四川民族出版社,1985年8月,第1页。
② 同上,第15—19页。

的读物。对儿童的理解又被局限在各种固有的意识形态框架之内，难以具备开放的心态和对个性的关照，难以真正将儿童带入审美自由的文学之境。如此所谓的童话，实际上也不能满足儿童的精神需求。随着《哈利·波特》在全球范围内风靡并受到学界赞誉，国内出现了"幻想小说"的提法，大有以"幻想小说"淘汰童话之意。吴其南认为，这种新的名称和界定并不能解决幻想力贫弱的问题。他怀念五四时期的童话观，认为周作人将童话定义为人类群体的童年创造，毕竟有种"恢宏的气象"。但即便如此，吴其南对原始思维与艺术创作的关系仍持保留态度。他在《童话的诗学》一书中写道："它在表现具有神秘色彩的泛灵论思维方面确实如鱼得水。但用以表现现代生活，确有其受局限、不太能够适应的地方。"[1] 又说"童话创作依靠的是艺术思维而不是神话思维"[2]，将艺术思维等同于作家自觉的创作方式，这从某种程度上忽略了无意识的运作，低估了原始思维在文艺创作中的价值。关于原始思维与艺术思维的关系，陈勤建在《文艺民俗学》一书中进行了通透的阐述：他将艺术思维分为类化形象思维（即原始思维）、自觉形象思维和科学的艺术形象思维三个层面，并认为原始思维以万物有灵的感受、记忆表象和想象幻觉的混同、不自觉的艺术加工，奠定了人类自觉形象思维和科学艺术思维的基础（科学艺术思维里活跃的中心仍然是原始思维）。[3] 当民俗学者谈到原始人和原始思维，并不限定在某个时间范畴，而取其文化形态上的意义。恰如列维－斯特劳斯所说，原始的野性思维"既不被看成是野蛮的思维，

---

[1] 吴其南：《童话的诗学》，北京：中国文联出版社，2001年1月，第31页。
[2] 同上，第250页。
[3] 陈勤建：《文艺民俗学》，上海：上海文化出版社，2009年7月，第272—277页。

也不被看成是原始人或远古人的思维，而是被看成是未驯化状态的思维，以有别于为了产生一种效益而被教化或被驯化的思维"①。五四童话概念中所提到的万物有灵的思维方式（即原始思维），也不仅为原始民族所拥有。作为人类固有的天性，作为人类"未驯化"的个性思维，它不可遏制地生长在现代人的心灵中。既然原始野性思维不可能因为思维的被驯化而消失，它被带入了现代，也就必然参与现代的生活、经验和艺术创造。因此，积淀着原始意象和原始思维的民间童话，能够适应现代，并以其亘古的形象和声音诠释现代性。

韦苇《世界童话史》（修订本）中提出了大文学圈下的童话观，触及童话对人类的意义："童话是以口头形式和书面形式存在的荒诞性与真实性和谐统一的奇妙故事，是特别容易被儿童接受的、具有历史和人类共享性的文学样式之一。"②他的童话概念既针对民间童话，也针对作家童话，但他更为偏爱后者，将民间童话固定的叙事套路贬为"僵硬结构"。其实，民间童话稳定不变的结构中，恰含有人类共享性的基因密码。普罗普（Vladimir Propp）在研究了100篇俄罗斯民间童话的幻想情节之后，发现它的一些情节要素与原始成人仪式具有结构性的对应。他得出结论：民间童话的幻想并非空穴来风，"成年礼系列是故事的远古的基础，所有这些母题一起构成了无数千姿百态的故事"③。这些母题即是成年礼和童话中稳定

---

① 〔法〕列维-斯特劳斯：《野性的思维》，北京：商务印书馆，1987年5月，第250页。
② 韦苇：《世界童话史》（修订本），福州：福建教育出版社，2002年10月，第1页。
③ 〔俄〕普罗普：《神奇故事的历史根源》，贾放译，北京：中华书局，2006年11月，第466页。

的情节事件，包括通过考验获得宝物、解答貌似不可能的难题、死亡复活和结婚，等等，它们隐喻着成为真正的人的过程中所需要经历的内心戏剧和神奇体验。通过成人仪式的人被接纳为社会一员，此后才能充分地参与人类社会再生产。其中标志性的高潮事件是结婚。结婚晓示了成人和幸福，也成为民间童话里一个永恒话题。仪式消亡了，而仪式中获得的体验变成了童话。童话又不断地与新的环境和事件发生反应，致使原初的形象和情境发生变化。① 此外，仪式里的一些环节尤其受关注，出现了专门讲述这些环节的童话，比如关于禁忌和违禁、得宝和寻宝等。无论如何，"成为人"这个基本的关怀是不变的。正是从这个层面上来讲，民间童话具有能够与现代性对话的潜在结构与意义关怀。

现代性是人类经验的一部分，但也需要面对不同的历史和文化处境。在思考现代性时，不可避免地要考虑自身的文化传统。关于中国的文化传统，林兰编民间童话提供了一种可供解读的资源。通过对林兰154篇民间童话的研究，本研究获得了一个与从游牧走向现代的西方童话不同的文化标本，它展现了中国农耕文明的幻想与经验如何被写入讲述"成为一个人"的童话。

第二节　方法和思路：经由结构形态之比较探索文化深层之自我

林兰这个名字对于研究中国民间故事的学者并不陌生，赵景

---

① 普罗普举例说，最初仪式里只有助手而没有敌人，由于人们逐渐遗忘了仪式，滋生出对死亡考验的恐惧，作为赠予者的巫婆在有的童话里转变成吃人的坏女巫，作为帮助者的动物则转变为需要战胜的妖怪或巨人。

深、万建中、丁乃通等国内外学者对它的写定水平和文本价值都十分肯定，但是关于它的专门、系统的研究却未见公开发表。本研究以林兰编八本民间童话集为对象，一方面通过分析这些积淀着丰富文化内涵的童话文本探讨中国农耕文化面对现代性的问题与经验，另一方面，在"个体的自由与完备"这一现代性话语语境之下展开文本细读与阐释，有意识地整合并探索研究民间童话的有效方法。

民间童话的收集与研究，近年来少有人问津，但经过百年的积累，形成了不少各具特色和影响深远的方法和范式。概述如下：

1. 神话学研究

格林兄弟在收集和整理德意志民族童话时注意到那些故事并非德国所独有，遂从世界的角度提出了有关民间故事的共同性问题。他们拿神话与民间故事作比较，得出了一个结论，即这些雷同的故事产生于印欧民族共同的原始神话。其后，以麦克思·缪勒为代表的神话学派将民间故事脱胎于神话的观点发挥到极致，"把所有雅利安神话、传说和童话，都归于太阳与黑夜的斗争"[①]。"太阳神话学"一度成为阐释童话的主要学说，从积极的方面看，它使文本比较和历史比较的方法得到了丰富的实践，但仅凭某种单纯的隐喻显然无法说明故事中蕴含的复杂社会历史文化。神话学派最终受到后起的文化人类学者的质疑而走向末路。

2. 文化人类学研究

以爱德华·泰勒、安德鲁·朗格、哈特兰德等人为代表的文

---

① 〔美〕理查德·M. 多尔森：《太阳神话学的湮没》，载〔美〕阿兰·邓迪斯编《世界民俗学》，陈建宪、彭海斌译，上海：上海文艺出版社，1990年7月，第104页。

化人类学派普遍认为童话是原始人万物有灵信仰和仪式的文化遗留。通过采录和比较口述故事，他们力图概括出与现代思维互补的原始文化特征。如前所述，泰勒等人的文化遗留学说将原始思维认定为野蛮文化在现代文明的一种遗留现象，较多地强调了原始思维与现代思维不同的甚至相反的一面，而未考虑原始思维如何形成并转化为现代思维并使之更具创造性。20世纪20、30年代周作人、赵景深、钟敬文等人受其影响，以原始思维和原始仪式阐释中国童话，一方面使中国童话呈现出与原始人类文化共通的特点，另一方面由于较多地关注形成故事的原始文化层，对于民间童话如何在由封建走向现代的文化转型中进行再阐释再创作等问题则较少涉及。

3. 类型研究

芬兰历史地理学派以类型研究著称，他们提出了"母题"和"类型"等操作性较强的学术概念，使得在同一母题和类型之下探讨文本的历史变迁和地理传播成为可能。阿尔奈与汤普森拟定的 AT 分类[①]得到了世界范围的运用。关于中国民间故事类型，钟敬文在1931年发表的《中国民谭型式》一文中列出了45个故事类型并附有情节提要。1937年德国学者艾伯华用德文写成《中国民间故事类型》[②]一书，主要依据江苏、浙江、广东等地流传的3000篇故事归纳出300多个类型，首次展现了中国民间故事的大致风貌。1986年美籍华人学者丁乃通以中文出版《中国民间

---

① 〔美〕斯蒂·汤普森：《世界民间故事分类学》，郑海等译，上海：上海文艺出版社，1991年2月。

② 〔德〕艾伯华：《中国民间故事类型》，王燕生、周祖生译，北京：商务印书馆，1999年2月。

故事类型索引》①一书，其中囊括了 20 世纪初至 50 年代采风运动以来出版的众多故事，并将故事区域扩展到少数民族地区。此书将中国民间故事纳入 AT 分类编码，比较中国故事与西方故事的异同，在 AT 分类之下增添了 268 个亚型，标明为中国所特有。美中不足的是，历史地理学派的"母题"分类，标准并不统一，或按情节或按人物，缺乏系统性和层次感，不利于从整体上系统地把握民间故事。其后，祁连休《中国古代民间故事类型研究》②亦从"母题"入手归纳类型，并另辟蹊径，利用翔实丰富的文本资料重新构拟了中国传统故事模型。刘守华主编的《中国民间故事类型研究》③则加强了对故事文化内涵、心理根源等民俗特质的研究，将类型构拟和文化阐释结合起来，不仅一定程度地弥补了类型研究弱于文化意义阐释的缺憾，而且提示了类型研究的一种前景，落实到民间童话研究，即是在中西民间童话和文化的比较中寻找中国童话的特殊类型。

4. 结构形态研究

俄罗斯学者普罗普在其《故事形态学》④一书中借鉴了植物学形态分类方法，提出"角色功能"这一概念，即不管行动由谁完成、如何完成，推动故事发展的情节行动才是构成故事稳定成分的因素。他从阿法纳西耶夫收集的 100 篇俄罗斯童话中提取了对所

---

① 〔美〕丁乃通编著：《中国民间故事类型索引》，郑建威等译，武汉：华中师范大学出版社，2008 年 4 月。

② 祁连休：《中国古代民间故事类型研究》（修订本），石家庄：河北教育出版社，2007 年 5 月。

③ 刘守华主编：《中国民间故事类型研究》，武汉：华中师范大学出版社，2002 年 10 月。

④ 〔俄〕普罗普：《故事形态学》，贾放译，北京：中华书局，2006 年 11 月。

有故事而言"稳定不变"的结构形态，发现了31个"功能项"，表明它们如同DNA一般排列有序和高度稳定。普罗普认为，故事是能够通过自身生成和变化的有机存在，对于故事的历史和民俗研究只有在了解故事基本结构及其衍变规律的基础上才能科学地展开。美国民俗学家阿兰·邓迪斯在《民俗解析》一书中重申了将结构分析与比较方法结合起来建构民俗类型的观点，并在对印第安故事和迷信的比较研究中进行了实践。尤其值得一提的是，邓迪斯表现出对地区类型和文化差异的关注。他说："如果比较方法被用于确定地方类型——而且这会是一个经验的因而也是可重复的过程——那么，由此而来的地方类型可能会为我们讨论的那个文化的关键特点提供重要的线索。不仅有可能辨认出区域的或民族的特征模式，而且民俗被改变以适应地方需求的方式也会得到更好的理解。"① 他从北美印第安人的故事和迷信习俗中发现了"设禁—违禁—结果（惩戒）"这一稳定结构，为散乱而意义模糊的北美印第安故事与文化建立了模型。他还注意到模型中相对随意的"试图逃离"行动要素，认为它在故事中是否出现取决于特殊的文化和特殊的讲述人。② 普罗普和邓迪斯从故事本体结构出发导向对于文化结构的比较探索，为跨文化的故事比较和跨种类的民俗事象比较提供了研究范例。万建中《解读禁忌：中国神话、传

---

① 〔美〕阿兰·邓迪斯：《民俗解析》，户晓辉编译，桂林：广西师范大学出版社，2005年1月，第184页。
② 〔美〕阿兰·邓迪斯：《北美印第安民间故事的结构形态学》，载阿兰·邓迪斯编《世界民俗学》，陈建宪、彭海斌译，上海：上海文艺出版社，1990年7月，第291—304页。

说和故事中的禁忌主题》①和李扬《中国民间故事形态研究》②对此颇多借鉴和发挥。

5. 心理分析

弗洛伊德和荣格开辟了从民俗的幻想材料寻找心理分析资料的学术传统。他们将无意识理解为原始心理状态的遗存，与文化人类学之遗留学说将民俗视为文化遗留物的观点不谋而合，文学的心理学研究一度蔚然成风。值得注意的是，童话并不像梦、神话、传说那样引起男性学者的大力关注。童话心理分析的奠基之作基本由女性完成，她们是荣格的两位女弟子玛丽－刘易斯·冯·弗兰兹③和维雷娜·卡斯特④。荣格将神话处理为集体无意识，而他的女弟子们认为童话有所不同，它潜伏在儿童潜意识的门口，与个体的自性化（individuation）过程（即形成自我的过程）有关。童话的心理分析通过将童话中的角色、事物、情节看作个体隐秘内心的形象化，探讨了文化原型对于个体潜意识的影响，并采取策略促成个体的完善与内心的平衡。弗兰兹和卡斯特主要利用童话的心理阐释进行心理治疗，与她们不同的是日本心理分析专家河合隼雄，他尝试将民族特殊性纳入心理分析研究，在文化比较的视野下探

---

① 万建中：《解读禁忌：中国神话、传说和故事中的禁忌主题》，北京：商务印书馆，2001年3月。
② 李扬：《中国民间故事形态研究》，汕头：汕头大学出版社，1996年6月。
③ 瑞士心理学家玛丽－刘易斯·冯·弗兰兹在童话心理学方面的著作有《永远的少年》和《童话心理学导论》。她认为对于集体无意识的研究而言，童话的价值超过了其他素材，并从分析圣埃克苏佩里的《小王子》入手，展示了童话心理分析的魅力。
④ 〔瑞士〕维雷娜·卡斯特：《童话的心理分析》，林敏雅译，陈瑛修订，北京：生活·读书·新知三联书店，2010年11月。

讨了日本人的集体无意识。①

6.传承研究和表演理论

传承人理论和表演理论分别从讲故事的人和讲故事的行为两个方面探讨了故事的口头传承和表演规律。1926年阿扎多夫斯基《西伯利亚女故事家》译成德文在芬兰出版,传承人理论日益成为世界性研究热潮。中国于20世纪80年代从日本引进其成果,出版了以故事家冠名的故事集(《金德顺故事集》《满族三老人故事集》等)和相关的传承人研究。通过传承人研究故事传承的特点,探讨故事传承规律,令人耳目一新。

表演理论是近年来国内较受关注的研究方法,以美国学者理查德·鲍曼为代表,注重发掘民俗事件的现场,关注个体在讲故事活动中的即兴性和创造性,为从故事讲述语境研究故事讲述行为提供了范本。杨利慧指出表演理论的局限是偏离了民俗学对传统传承内核稳定性的研究,夸大了叙事过程的特定性和民间叙事的变异性。②

民间童话研究与民间故事研究分享各种范式的创新,如万建中所言:"范式和范式之间不是互相更替和取代的关系,不同的范式可以提供不同的研究民间文学的视角,从而获得不同的视域。"③

---

① 〔日〕河合隼雄:《日本人的传说与心灵》,范作申译,北京:生活·读书·新知三联书店,2007年6月。
② 杨利慧:《表演理论与民间叙事研究》,载〔美〕理查德·鲍曼《作为表演的口头艺术》,杨利慧、安德明译,桂林:广西师范大学出版社,2008年10月,第263页。
③ 万建中:《20世纪中国民间故事研究史》,北京:北京师范大学出版社,2011年10月,第107页。

本研究主要在借鉴普罗普结构形态分析和邓迪斯区域类型观念的基础上，运用跨文化文本比较和跨种类民俗事象比较等方法，将不同的视域融合起来，将对林兰童话的文化阐释导向寻找中国文化面对现代性的问题与经验之途。具体的做法是列出林兰154篇童话和格林200篇童话的情节结构（释例见附录二）（俄罗斯童话的结构形态主要参考普罗普《故事形态学》一书，另对中译本阿法纳西耶夫编《俄罗斯童话》25篇也进行了结构分析），然后对中西童话的结构形态进行比较，构拟林兰童话类型，最后以"成为人"，即"个体的自由与完备"这一现代性核心话语为统摄，具体辨析各个类型或类型之下某种典型文本的主要情节结构及其所隐含的文化心理。

　　文化阐释和意义追寻的方法论基础是对林兰童话文本进行普罗普式的结构形态分析。普罗普为俄罗斯民间童话寻出了一个稳定而统一的故事结构，继而拿这一情节结构与世界范围内民族志材料记载的仪式活动进行比较，得出故事与仪式在起源上的共同性。在《故事形态学》出版之后，他又撰写《神奇故事的历史根源》[①]一书，进一步研究文本与历史的关系，发现童话中稳定的情节结构与民族志材料所记录的远古成人仪式和死亡观念互相对应，构成了互为阐释的历史文化材料。通过故事的结构形态，他看到所有的俄罗斯童话都讲述了同一个故事，即一个人离开家来到林中小屋，遇见赠他礼物的女巫，去往遥远的死亡之地，与蛇妖战斗，最后带着公主胜利归来的故事。通过民族志材料，他指出所有的成人仪式也表明了同样的过程，即一个人离开家，去往举行仪式

---

① 〔俄〕普罗普：《神奇故事的历史根源》，贾放译，北京：中华书局，2006年11月。

的秘密森林之屋,经历各种象征性的死亡与复活,最后回到人群中间成为社会中神圣的一员,并获得结婚和参与社会事务资格的过程。① 普罗普的方法比将一切故事看作是太阳起落的神话学派、将所有童话都归结为印度起源的流传学派、将童话幻想阐释为万物有灵论的文化人类学派以及抓住某个相似成分进行文本比较从而建立类型的历史地理学派都更进步一些。因为他为故事寻找历史文化关联的研究建立在具有统一标准的结构分析基础上,这使他的童话根源于原始成人仪式的假说成为一种经得起检验的科学假说。

　　对林兰154篇童话的结构形态所做的分析表明,林兰童话的结构与普罗普所总结的俄罗斯童话结构大体合式,但也存在有意味的偏离。这说明林兰童话既保留着人类经验的共同性,也镌刻着中国文化的特殊基因代码。普罗普在俄罗斯童话结构中发现的两大关键要素"难题—解答"和"交锋—战胜"适用于格林童话,但对林兰童话而言,最突出的要素却是"赠予"和"难题—解答"。就"赠予"项来说,西方童话几乎以"获得宝物"推进情节,林兰童话则出现了大量"失去宝物"的情节;就"难题—解答"项来说,西方童话几乎以"结婚"作为情节终点,而林兰童话则有大量篇目以妻的离去告终。此外,林兰童话中专以破坏结构程式而独立成篇的滑稽类型也颇为醒目。从以结构形态对跨文化文本(俄罗斯童话和格林童话)进行比较的结果看来,需要为林兰童话建立符合她自身情况的区域类型。本文尝试将之分为五类,即得宝型、失宝型、考验型、离去型和滑稽型,并以此作为文化心理阐释

---

① 〔俄〕普罗普:《神奇故事的历史根源》,贾放译,北京:中华书局,2006年11月。

的出发点。

普罗普认为资本主义的生产方式不可能产生童话,遂将民间童话的历史根源追溯到原始人的成人仪式,并提供了童话与仪式在结构上相似的证据。林兰童话研究以普罗普的方法和结论为起点,将原始人成人仪式中的成人意识带入到现代性话语语境之中,进一步探讨了童话情节与仪式行为中所包含的人类经验与现代性的关系。"得宝型"童话和"考验型"童话的情节结构对应着成人仪式中赠予宝物和对死亡复活的体验行为,通过赠予宝物和死亡复活,童话和仪式实际上创造了成为一个人所需要的神圣空间。林兰童话与格林童话、俄罗斯童话中的得宝和考验情节能够互相阐释,它们共同表明了只有与神圣空间建立联系,个体才能获得自我的完备与幸福。"失宝型"童话与"离去型"童话打破了西方童话的叙述模式,使林兰童话表现出鲜明的个性。二者所呈现的不是与原始仪式的对应,而是民众在文化碰撞和文化转型中的隐秘心态。如果说获得宝物和通过考验获得婚姻都表明了人因为进入神圣空间而成为一个完备的人,那么宝物的失去和婚姻的破灭则意味着因神圣空间的错失而造成自我的残缺与不幸。"失宝型"童话与"离去型"童话在中国童话文本中也有丰厚的积累,对其进行深层文化心理解读可以发现,童话不仅讲述了人的完备与幸福,它作为一种文化事象,更反映着由封建农耕文化走向现代进程中的潜在问题。

为了进入故事的深层更进一步地追寻潜在的问题,林兰童话研究还采取了将民俗材料与心理分析结合起来的策略。民俗材料和心理分析互相阐发颇为有益,它不仅促成童话和民俗中"人"的发现,而且使人性呈现深度和层次。心理分析学家的童话解析通常缺乏类型概念，他们精心解读的某个故事往往仅是同类故事中的某个变体。而为了从童话研究推演出对它所属文化的整体观照，首先需要弄清楚由众多异文所组成的故事类型面貌。以"离去型"童话为例，在对无意识与自我创造性、完备性的关系进行分析之前，在离去类型之下根据妻子形象和文本风格列出四个小类，依次分析了离去的妻子形象如何经历了从仙（超我）到兽（无意识本我）的变化。

对林兰"滑稽型"童话的分析从美学角度论述滑稽、狂欢与笑的问题，实质上仍未离开探讨现代性经验的问题意识，因为滑稽所产生的批判力与狂欢所产生的创造力，原本即是个体完备和自由的根本。

总之，林兰童话研究致力于方法论和价值观的追求，即通过整合结构形态分析、跨文化跨种类比较和心理分析等方法，探讨中国由传统走向现代的文化资源，并力图从文化资源中读出人和人的处境，然后满怀希望地期待自由完备、具有批判力和创造力的人和文化的繁荣。对于促成繁荣而言，林兰童话是意义重大的，她辑录了丰富而完备的幻想类型和众多具有深厚历史回响的异文，称得上是中国民间童话的经典集成和中国民间文化的绝佳标本。

第二章　林兰童话的辑录特色与价值

20世纪20、30年代民间文学收集与民俗学学术研究互为补充、相得益彰，形成了中国民间文学运动的第一次高潮。学术方面，周作人、赵景深、钟敬文、顾颉刚等人都发表了有分量的故事学论著。大众出版物方面则涌现出一批优秀的民间故事写本，如林兰编民间故事集、孙佳讯编《娃娃石》、谷万川编《大黑狼的故事》、娄子匡编《巧女和呆娘的故事》、刘大白编《故事的坛子》、刘万章编《广州民间故事》，等等，大有格林兄弟为寻找德意志民族精神而收集整理童话之风。尤其是在上海，编者与学界关系密切[①]，编著工作可以说是学术成果的自然延伸。万建中认为这些故事集"民间故事写定的理念和水平则达到了相当高的程度，即便是如今的许多民间故事记录文本与之相较，也是望尘莫及的"[②]。而其中编写最勤、数量最丰、最具系统成规模的当数林兰，以至于一

[①] 郑土有在提到民国时期上海一地的民间文学研究与收集出版情况时认为，编辑家、出版商和研究者共同促进和建构了民间文学的学术空间。(郑土有《研究者、编辑家、出版商共同构建的学术空间——试论民国时期上海的民间文学研究与书籍出版》，《民俗研究》，2006年第1期，第94页)

[②] 万建中：《20世纪中国民间故事研究史》，北京：北京师范大学出版社，2011年10月，第6页。

位日本学者将林兰丛书出版完毕视为中国民间故事高潮期结束的标志性事件。①

以谨慎著称的林兰,不仅熟知记录和写定民间文学的原则方法,而且注重童话与传说的区别,从故事集中选择了八本,冠以"民间童话集"之称。这八本书分别是《换心后》(1929年)、《渔夫的情人》(1929年)、《金田鸡》(1930年)、《瓜王》(1930年)、《鬼哥哥》(1930年)、《菜花郎》(1930年)、《怪兄弟》(1932年)和《独腿孩子》(1932年)。② 这些童话集一年之中多有再版,有的两三年中达到三版。据车锡伦回忆,当时在中国大中城市就读的少年儿童,大都读过这套童话。③ 而今在全国各大图书馆却找不到这套丛书,上海图书馆和北京师范大学图书馆也只有零星几本。林兰编童话集具有中国民族童话经典的质素,但只有海外研究中国民间故事与儿童文学史的学者知道这个名字,而中国多数人提到民间童话却只知格林不知林兰。

林兰是谁?有人说是北新书局经理李小峰,又有人说是他的夫人蔡漱六,还有人说赵景深也有份。为了对林兰童话的辑录特色与价值获得更清晰的认识,有必要理清北新书局经理李小峰和主编赵景深两人生平与童话有关的轨迹,以及林兰民间童话集之前(即1929年之前)的童话出版状况。

---

① 〔日〕加藤千代:《两种中国民间故事类型索引简说》,刘晔原译,《民间文学论坛》,1991年第5期。
② 出版年份以初版为准。
③ 车锡伦:《"林兰"与赵景深》,《新文学史料》,2002年第1期,第36页。

第一节 "林兰女士"与童话传承

一、林兰：李小峰与赵景深

李小峰（1897—1971），江苏江阴人，1923年北京大学哲学系毕业。"五四"新文化运动中，他与孙伏园等人组成新潮社，出版新文艺书籍。1924年7月12日，李小峰以"林兰"为笔名在《晨报副刊》上发表了《徐文长的故事》（三篇）。不久他将新潮社改名北新书局，并搬到上海，继续用这个笔名出版《徐文长故事》（初集1925年）。① 同年，赵景深作《徐文长故事与西洋传说》一文，对林兰不避重复采录故事大加赞赏。② 1926年赵景深又作《吕洞宾故事》，就林兰《吕洞宾故事》（二集）中的吕祖故事做了文献来源和类型分析。③ 1928年，赵景深又作《中国的吉诃德先生》，以林兰《呆女婿故事》为本，探讨了中国呆女婿故事的结构形态和人物形象的深层意义。④ 同年，李小峰以朋友身份写信邀请赵景深来沪帮忙，并附上川资。⑤ 1930年4月赵景深与李小峰妹妹成

---

① 车锡伦：《"林兰"与赵景深》，《新文学史料》，2002年第1期，第37页。
② 赵景深在1930年《徐文长故事·新序》中提到，1925年小本《徐文长故事》初集出版，他曾写过一篇《徐文长故事与西洋传说》发表在他自己办的杂志上，小本《徐文长故事》二集出版时即被采入，作为附录。赵景深的评论文章参见：赵景深《童话论集》，上海：开明书店，1931年5月，第91—98页。
③ 赵景深：《吕洞宾故事》，载林兰编《吕洞宾故事》，上海：北新书局，1927年？月，第135—146页。
④ 赵景深：《中国的吉诃德先生》，载《民间故事研究》，上海：复旦书店，1929年？月，第35—50页。
⑤ 赵易林：《赵景深与李小峰》，《新文学史料》，2002年第1期，第5页。

婚，6月进北新书局任总编辑。①

赵景深到北新之后，林兰丛书的策划、出版便由他负责。而在此之前，赵景深已经完成了《童话评论》（1924年）、《童话概要》（1927年）、《童话论集》（1927年）、《民间故事研究》（1928年）、《童话学ABC》（1929年）、《民间故事丛话》（1930年）等一系列奠定他故事学先驱地位的译著和论著。其中《童话概要》一书由北新书局出版，可见赵景深与北新书局早有渊源。李小峰与赵景深二人在热衷童话这一点上可谓心心相印，两人认识之前，李小峰翻译过讲述人类社会生活变迁的童话《两条腿》，1932年两人合译一套《格林童话》，李小峰译第一册，其余为赵景深译。②1934年赵景深出版了他的第一部戏曲研究著作《宋元戏文本事》，开始由童话转入古戏曲研究，此后不再有童话研究论著问世，林兰丛书的出版也于1933年告终。

赵景深与李小峰不仅生活上有着密切的姻亲关系，二人对于出版童话、供给儿童更有一份理想主义的热情，林兰编"民间童话集"正是热情和理想的成果。赵景深弟子车锡伦据赵、李二人生平与他本人几十年来的耳闻目见推知林兰"应是北新书局先后参与编辑、出版这套民间传说故事集的人（包括赵先生）的集体署名"③，此外陈伯吹1930年12月至1933年12月期间与赵景深在北新书局同一编辑室，亦有可能参与此事④。由此可推知，李小峰

---

① 赵易林：《父亲与小峰舅舅》，载李平、胡忌编《赵景深印象》，上海：学林出版社，2002年4月，第34页。
② 赵易林：《赵景深与李小峰》，《新文学史料》，2002年第1期，第5页。
③ 车锡伦：《"林兰"与赵景深》，《新文学史料》，2002年第1期，第37页。
④ 赵易林：《赵景深与李小峰》，《新文学史料》，2002年第1期，第6页。

是最初的策划者,赵景深是主编,而林兰则是他们编辑出版民间故事丛书的集体署名,包括参与此事的所有编辑。① 赵景深是中国最早研究童话、并致力于民间文学收集整理的学者之一,李小峰和赵景深(尤其是赵景深)的童话理论受到周作人儿童观和童话观的影响,由他们编辑出版的林兰民间童话丛书可以说实现了学术成果向大众出版的转化。

二、林兰女士:童话与女性讲述者

上海图书馆《北新书局图书目录》② 收录了北新书局1930年以前的出版物名录,其中出现了李小峰和林兰两个名字。署名李小峰的译作有讲述人类进化的科学童话《两条腿》、讲述心之发达史的《心之初现》、美国人摩耳的伦理学讲义《蛮性的遗留》、描写自然奇趣的《自然之神秘》以及爱华尔德的童话《老柳树》,署名林兰的译作则有法布尔的《昆虫的奇事》、安徒生的《旅伴》《雪女王》及《奇童》,而且林兰还是《儿童文学》丛书、《民间文艺丛书》和《民间故事》(十二集)的主编。据赵景深之子赵易林回忆,李小峰本人有多个笔名,林兰仅是其中之一,之所以如此,一是因为李小峰本人不喜表现自己,二是为了避开以出版人之便逐名之嫌。③ 但是,《北新书局图书目录》中附有《语丝周刊》编辑周作人、鲁迅等18人名号,其中李小峰和林兰并列其中,无法简

---

① 据赵易林在《父亲与小峰舅舅》一文中回忆,李小峰曾与张近芬二人合译《纺轮的故事》,署名为C.F.女士,而此前张近芬诗集《浪花》的署名也是C.F.女士。可见,某人笔名后来成为合著代名,这种做法对李小峰而言,早已有之。
② 《北新书局图书目录》,上海:北新书局,1936年。
③ 赵易林:《父亲与小峰舅舅》,载李平、胡忌编《赵景深印象》,上海:学林出版社,2002年4月,第26页。

单地解释为逃名。以上种种迹象透露的信息是：一、林兰不是李小峰，或者至少可以说两个署名分担着不同的职能，李小峰比较偏重翻译学术著作，林兰则主要负责主编和翻译儿童文学和民间文学作品；二、在某些场合，林兰也不是集体署名，而是与鲁迅、周作人等一样是某个人的笔名，有着个人的身份指代。

据车锡伦《"林兰"与赵景深》一文回忆，林兰民间故事丛书出版后广受好评，当小读者们要求与林兰女士见面时，接待他们的既不是李小峰也不是赵景深，而是李小峰的夫人蔡漱六女士。赵景深曾经向车锡伦介绍蔡漱六，说她就是林兰。蔡女士当时也在北新书局任职，也不是没有可能参与林兰丛书编辑出版诸事。既然如上所述林兰实为集体署名，却由蔡漱六女士以林兰身份面对读者，而读者并不知情，那么这意味着北新书局在读者心中塑造了林兰女士的真身。"林兰"由李小峰的笔名转变为民间故事丛书的集体署名，进而又化身为现实中的女性形象，这一过程本身是一件富有意味的事情，其背后隐藏着文化观念对事件的形塑过程。

在林兰编民间童话集之二《渔夫的情人》中，全文引录了周作人与苏雪林《关于菜瓜蛇的通信》，苏雪林在信的开头写道："前读语丝杜鹃鸟和苦哇鸟两段记事之后，又见先生说起什么《蛇郎》内有以人化鸟之说，不禁使我忆起小时在乡间听见母亲所说的几种鸟和菜瓜蛇的故事来，便请母亲叙述一遍，照伊的语气，记录下来。"在信的结尾又写道："当我听我那久病的母亲在雨窗灯影之下，怯怯弱弱的，用和婉的音调，叙述这些故事时，我恍惚又回到童年时代，心灵里充满了说不出的甜蜜和神秘的感想。故事的优美不优美，且不问他，但听讲时那一种愉悦，却是十余年所未曾感受的，因为她们能引起我过去的粉霞色的梦幻来！"① 这段话为"林兰女士"的文化隐喻间接地做出了注释，即女性尤其是母亲，才是民间童话最理想的讲述者。

　　刘守华指出："世界各国的民间童话故事，大都靠女性讲述人保存下来。"② 他说，卡尔维诺在《意大利童话》中专门提到了西西里岛的民间女故事家。此外，格林童话的研究者们也发现，格林兄弟那些脍炙人口的民间童话，最初也主要以从乡村裁缝的妻子、有钱人家的小姐、男爵的女儿、牧师的女儿等女性讲述者那里听来并记录下来的故事为蓝本。为了感谢多萝西娅·菲曼这位为他们讲了故事集中一半故事的饱经风霜的老妇人，格林兄弟还特地为她定制了一幅铜版肖像画，刊登在1815年初版《格林童话》第2卷卷首。另一个值得注意的事实是，尽管格林兄弟希望他们的故事具有德国土生土长的农民血统，但那些讲故事的女性却大多是受过教育的中产阶级，不少人来自法国，会讲法语。就连格林兄弟最中意的讲述者多萝西娅·菲曼，也受过教育，具有法国血统。③ 在她们为格林讲述那些童话之前，她们的先辈——法国17世纪的

---

① 苏雪林：《关于菜瓜蛇的通信》，载林兰编《渔夫的情人》，上海：北新书局，1930年7月，第50—51页。

② 刘守华：《故事学纲要》（修订本），武汉：华中师范大学出版社，2006年9月，第316—320页。

③ 《格林童话》最初分两卷出版，第1卷出版于1812年，共收入86篇，第2卷出版于1815年，共收入70篇，最终版（第7版）问世于1857年，经过多年反复修订，增删、合并改写了多篇童话，最终版共计200篇。其中40%的故事来自书面，剩下60%的口述故事大都由女性讲述。关于格林童话的女性讲述者，参见：彭懿《走进魔法森林：格林童话研究》，北京：外语教学与研究出版社，2010年2月，第123—126页。

女性知识分子——在贵族沙龙中就已经以即兴讲述和改编的方式为后人保留了大量民间口传故事。这些女性叙述者，和浪漫主义知识分子一起，通过对往昔童话的人物、情节和母题进行修改润饰，通过赋予它们时代精神而延续了民间童话。17世纪上层社会女性的讲童话活动，还产生了法语中的conteuse一词，意为女性讲故事者。①

贝洛（Charles Perrault）在17世纪末出版的《鹅妈妈故事集》封面上所印的坐在火炉边一边纺线一边讲故事的女性形象，则来自一个更古老的传统——童话的家庭传承传统。在夏夜的瓜棚中、冬日的炉火边或者月光照进来的枕畔，孩子在祖母或母亲的怀抱膝上听故事，这一诗化场景展现了一种古老的生活方式。乌丙安在《民俗学原理》一书中描述了女性在家庭中传承童话的情形，他从多例调查中发现，女性故事传承人所掌握的故事类型"更多地属于幻想性的童话故事"②。

童话由女性在家庭中传承，这一现象不仅与传统现实社会中女性的家庭分工有关，同时也受深层的文化心理的影响。

一方面，由于女性的家庭分工是生养和抚育下一代，她们被赋予了童年守护者和塑造者的形象。③人们津津乐道于文豪们的母亲如何在他们的幼年播下故事种子：歌德母亲自2岁起就开始给他讲民间故事；普希金将母亲和保姆讲的童话传说写成诗作；

---

① 关于17世纪女性讲童话的状况，参见：戴岚《女性创作与童话模式：英国19世纪女性小说创作研究》，上海：上海文化出版社，2010年5月，第52—56页。
② 乌丙安：《民俗学原理》，沈阳：辽宁教育出版社，2001年1月，第324页。
③ 〔美〕尼尔·波兹曼：《童年的消逝》，吴燕莛译，桂林：广西师范大学出版社，2004年5月，第211页。

高尔基自述外祖母和乡下人的民间故事启迪了他的智慧；马尔克斯自述《百年孤独》就是以他小时候听到的外祖母讲故事的方式写成的；黄遵宪也有一位爱唱民歌、爱讲故事的老祖母，正是她唤起了他对民间文学的兴趣与热爱；而鲁迅则在他的文章中以怀念的口吻回忆起给他讲故事的祖母和长妈……《世界著名民间故事大观》的编者珍妮·约伦提到匈牙利军队中的说故事风俗，如果一位士兵讲不出故事来，他就得对着火炉大声叫道："啊，妈妈，你怎么把我培养成这么一头蠢驴，它连故事也不会讲。"[1]可见，母亲的理想角色一直以来都与讲故事的人有关系。另一方面，妇女儿童与蛮族、乡民一样被认为处于现代文明的边缘，相较于男性特质的工具理性，她们的思维方式属于前工业时代，在文化形态上更为古老，因而也更偏爱幻想。西蒙娜·德·波伏瓦在《第二性》中说，女人"因袭了过去对于崇拜土地魔力的农业社会心理：她是相信魔术的"[2]。仅将法术思维追溯到农业社会是不够的，它同样存在于更为原始的狩猎族群中，但"女性是相信魔术的"这一论断却是社会包括女性所乐于承认的。因为伴随着18、19世纪女性的发现与儿童的发现，形成了这样一种观点：爱幻想的女性与讲故事的母亲不仅"对儿童有爱和理解"，而且同天真烂漫的孩童、简单纯朴的野蛮人一样，为封建的或者工业的男权社会树立了一面镜子。

民国时期为孩子收集编订民间童话，可以说是国民性启蒙的一部分。作为一个民族的文化事业，周作人也提到"凡是对儿童

---

[1] 〔美〕珍妮·约伦编：《世界著名民间故事大观》，潘国庆等译，上海：上海文艺出版社，1991年5月。
[2] 〔法〕西蒙娜·德·波伏瓦：《第二性》Ⅱ，郑克鲁译，上海：上海译文出版社，2011年9月，第385页。

有爱与理解的人都可以着手去做，但在特别富于这种性质而且少有个人的野心之女子们，我觉得最为适宜。本于温柔的母性，加上学理的知识与艺术的修养，便能比男子更为胜任"[1]。所以，以女性形象出现的"林兰"带着"她"的"民间童话集"与小读者见面，这一现象背后不仅隐藏着童话传承的历史传统，也回应了五四知识分子对理想女性的诉求。

第二节　林兰之前的童话出版状况

童话一词由日本传入中国，本义是"儿童的故事"。1909年至1926年18年间，商务印书馆陆续出版了孙毓修主编的《童话》，将寓言、小说、神话、历史故事和科学故事包括在内，即是这一"童话"观念在出版领域的实践。由于概念过于宽泛，张梓生与赵景深讨论"童话"时指出"孙先生童话集里的东西，不全是纯粹的童话，只能说是儿童文学的材料"[2]。孙毓修《童话》的意义在于第一次有了面向儿童的姿态，并进入大众阅读视野，使"童话"一词深入人心。因为19世纪末至20世纪的最初10年，虽有林纾所译准童话《海外轩渠录》(即《格列佛游记》)，周桂笙用文言所译《一千零一夜》《格林童话》《伊索寓言》(收录于《新庵谐译初编》)，鲁迅、周作人用白话文所译《皇帝的新衣》《安乐王子》(收录于《域外小说集》)，但都未特别针对儿童，因此也未形成明确的

---

[1] 周作人：《儿童的书》，载《周作人论儿童文学》，刘绪源辑笺，北京：海豚出版社，2012年1月，第186页。

[2] 张梓生、赵景深：《童话的讨论》，载赵景深编《童话评论》，上海：新文化书社，1924年1月，第11页。

儿童读者观念。①

孙毓修针对儿童编写的77种作品中，外国民间故事和名著占48种②，表现出"以译介为主"的出版风尚。赵景深《童话概要》书后附有徐调孚整理的《童话书目》一份，记录了1925年9月30日以前出版的26种童话③，其中除林兰编《徐文长故事》《吕洞宾故事》④、赵景深编《中国童话集》（四本）和叶圣陶创作的童话《稻草人》之外，其余均为译著。《童话论集》⑤中所附"世界少年文学丛刊"之"童话类"书籍19种，其中译著多达18种，占绝对优势。民间故事方面的译著除多个版本的格林童话以外，还有章铁民译《波斯故事》（北新书局）、梁得所译土耳其民间故事《凯亚》（良友图书公司）、唐小圃译《俄国童话集》（商务印书馆）、顾均正译挪威民间故事《三公主》（开明书店）、杨钟健等译《德国童话集》（文化书社）、郑振铎译《高加索民间故事》（商务印书馆）等。⑥林清《儿童文学与上海出版业的渊源》一文研究了20世纪初儿童文学出版界的两大主力中华书局和商务印书馆的图书书目，也注意到这一情况：商务版的童话作品"书目数量由多到少

---

① 关于中国早期童话译作，参见：吴其南《中国童话史》，石家庄：河北少年儿童出版社，1992年8月，第132—133页。
② 赵景深：《孙毓修童话的来源》，载《民间故事丛话》，中山大学语言历史研究所印，1930年2月，第35—39页。
③ 赵景深：《童话概要》，上海：北新书局，1927年？月，第83—95页。从所列书目看来，此处的"童话"概念与孙毓修《童话》所体现的概念接近，强调了"儿童"读者，并不以"幻想"和"法术"为必然，且"儿童"的限定也尚不明确。
④ 林兰丛书并未将这两本标注为"民间童话集"，徐调孚的分类并不严谨。
⑤ 赵景深：《童话论集》，上海：开明书店，1931年5月。
⑥ 文中提到的民间故事译著，参见：赵景深《中国的吉诃德先生》，载《民间故事研究》，上海：复旦书店，1929年？月，第44页。

依次是译作、仿作、儿童文学理论研究、原创作品"[1]；中华书局较商务印书馆更关注中国神话传说和民间故事，但总体而言仍以译介为主。因此吴其南指出，中国童话最初是由译写外国童话而产生了文体的自觉[2]，这与在收集和改编民间童话的过程中形成的欧洲童话是很不一样的。

由于国外已经有比较成熟的童话理论和比较完备的收集写定范本，周作人、赵景深等童话研究者以此为鉴，形成了颇有见地的童话观念，为此后民间童话的征集提供了充分的理论准备。最早对童话概念进行译介和梳理的是周作人，1913年他先后发表了《童话研究》《童话略论》两篇文章，提出了"以民俗学为据"立论童话和研究童话的思路，此后又陆续发表了《古童话释义》（1914）、《童话释义》（1914）、《儿童的文学》（1920）、《童话的讨论》（1922）、《儿童的书》（1923）、《关于儿童的书》（1923）等，反复申论童话对于民俗学与儿童教育的价值。1922年前后赵景深与张梓生、周作人就童话概念、翻译及收集等问题进行了一些学术讨论。这些讨论扩大了"童话"研究的话语影响，因此周作人说"从这时候（1922年）起注意儿童文学的人多起来了，专门研究的人也渐渐出现"[3]。这些专门研究的人中最突出的是赵景深，1922年至1930年之间，他的童话研究颇有成效，陆续出版了5本童话方面的论著。其中1924年出版的《童话评论》收集了张

---

[1] 林清：《儿童文学与上海出版业的渊源》，《同济大学学报（社会科学版）》，2012年第3期，第72页。
[2] 吴其南：《中国童话史》，石家庄：河北少年儿童出版社，1992年8月，第140页。
[3] 周作人：《儿童文学小论·中国新文学的源流》，石家庄：河北教育出版社，2002年1月，第2页。

梓生《论童话》、冯飞《童话与空想》、胡愈之《论民间文学》、严既澄《儿童文学在儿童教育上之价值》、胡适《儿童文学的价值》、郭沫若《儿童文学之管见》等重要文章。周、赵二人的论述与这些文章共同为童话研究确立了"民族""文化""儿童""文学"等关键词。此外,"民间童话"这一名称也首见于赵景深1924年2月发表的《研究童话的途径》[①]一文。赵景深在文中将童话分为"民间的童话"和"文学的童话",并主张在两者之中选出适宜儿童阅读的"教育的童话"。当时,本土作家撰写的童话也已陆续面世,如1922年商务印书馆创刊的《儿童世界》和中华书局创刊的《小朋友》都刊有叶圣陶、沈雁冰、赵景深、周建人等撰写的作家童话;1923年商务印书馆将叶圣陶发表于《儿童世界》的23篇童话结集,出版了中国第一部童话集《稻草人》。

总之,林兰民间童话结集出版之前,中国学者的童话理论著作和中国作家的童话作品都不匮乏,外国作家童话和外国民间童话作品则更为主流,安徒生、王尔德、格林尤其受到了大力推介,唯独中国民间童话的收集记录和刊登出版显得寂寥。据赵景深称,张梓生、胡愈之、冯飞等人曾在《妇女杂志》推出忠实于农夫村妇之口的民间童话,由于完全用方言记录,没有考虑童话的最大读者群是儿童,所以仅进行了一年便偃旗息鼓了。[②]

与此产生强烈反差的是,外国人先行出版了一些中国民间童话,以至于赵景深因为费尔德在他的《中国童话集》再版序中说

[①] 赵景深:《研究童话的途径》,载《童话论集》,上海:开明书店,1931年5月,第1—3页。

[②] 同上,第1页。

自己收录的故事是"连中国本国的书里也找不出来的"①而不禁脸红；钟敬文在对当时日本人编《支那童话集》所做评论中也遗憾地说："神话、童话、传说等，在中国学术界上，素来未有相当的认识与位置，所以它之不被人重视注意，那是当然的。但外国人却早在代我们留心了。"②据赵景深和钟敬文所见，由外国人出版的中国民间童话有皮特曼《中国童话集》、费尔德《中国童话集》、马旦氏《中国童话集》、亚当氏《中国童话集》、白朗《中国夜谈》、池田大伍《支那童话集》。其中有些集子比较注意中国的民俗：如马旦氏集中提到了蚕马传说和蚕花娘娘信仰，亚当氏集中则有长命锁、月下老人、玉兔捣药，可见他们都十分留意于中国文化的独特之处。但赵景深和钟敬文指出，外国人由于与中国文学和文化存在隔膜，辑本总是存在一些错误和不妥，概括起来主要有三点：一是多取材于典籍而非口语。如皮特曼集多采录《聊斋志异》《三国演义》《史记》《孟子》等书，白朗集则多取自《聊斋志异》《列子》和说部故事，大部分属于文士创作。二是对童话、神话和传说故事等不加区分。如从正史和说部选取故事的《支那童话集》，所列类目几乎都是上古神话、英雄传奇和聊斋鬼话；而费尔德在汕头居住17年，将从中国人口中听来的故事写定出版，名为中国童话，实则以趣事居多，在文化形态上不如童话原始。由于编者对童话文体不够自觉，童话应有的幻想因素没能得到重视。三是中国元素泛于表面，实际上则为"西洋童话的乔装"。最明显的是亚当氏集中《中国美人与鞑靼野兽》一篇，讲富翁为三女儿取长城之砖，

---

① 赵景深：《费尔德的"中国童话集"》，《鉴赏周刊》第50期，1925年9月14日。
② 钟敬文：《支那童话集》，载《钟敬文民间文学论集》（下），上海：上海文艺出版社，1985年6月，第457页。

砖一松动就出来一个鞑靼，威胁要娶三女儿。结婚那天，三女儿亲了鞑靼，解除了他的魔法，使他变回美丽的王子。这种美女与野兽的故事模式，与格林童话雷同，是西方童话的惯用套路。欧美对于中国元素的汲取普遍如此，取民俗的形象和细节为点缀，故事的内核却完全是西方人的观念和方式。[①] 所以，中国人更迫切地需要自己的故事，以使文化身份的认同有所寄托。

正是在这样的情况下，北新书局以林兰之名，在《语丝》杂志封二上登出了一则"征求民间故事"的启事，号召大家采录民间流传的故事，"用明白浅显的语言，如实写出，勿点染增益以失其真"[②]。然后在寄来的大量稿件中，选取地道的民间幻想故事，做成民间童话丛书，与民间趣事丛书和民间传说丛书并列为北新民间故事三个系列。林兰编童话集扎根中国民间、面向中国儿童，所录童话充满原始色彩，不仅满足了民国学人因匮乏地道的中国民间童话而产生的文化饥渴，也为后人留下了优秀的传世之作。

第三节　农耕文化形态的记忆笔录与潜在的现代性文本

万建中依据整理和改写的程度将民间故事分为"口述本""记录本"和"写定出版本"三种，并说"我们很怀念20世纪初一大批民间故事的记录文本，毋庸讳言，它们的确更接近口头，

[①] 这一现象至今仍未改变，迪士尼动画创作的《花木兰》《功夫熊猫》等影片，也无非是借用中国的元素述说西方的价值观。

[②] 郑土有：《研究者、编辑家、出版商共同构建的学术空间——试论民国时期上海的民间文学研究与书籍出版》，《民俗研究》，2006年第1期，第107页。

更接近当地的口头传统。当时由林兰编辑出版的39册民间故事集堪称范例"[1]，作为写定出版本的林兰民间故事"是民间故事由口头语言转化为书面语言的经典"[2]。从林兰"民间童话集"所附的书信文字和按语注释能感到，当时的文人学者在收集记录民间故事时有种实在而感人的情怀。这一点与林兰童话所具有的经典质素息息相关。

林兰《渔夫的情人》收录的《蛇郎精》之后，附有周作人回复记录者张荷的信，其中写道："我很想编一本小册子，集录故乡的童话，只是因为少小离家而又老大不回，所有这些东西几乎忘记完了，非去求助后生家不可。这项事业很值得专门学者毕生的攻究，现在却还没有人出来。"[3] 话里透着对"故乡的童话"的深情，也道出了林兰征集故事的导向，即倡导由吾乡之人录写吾乡之故事。林兰集中孙佳讯家乡江苏灌云地区的童话颇多，如《换心后》收录的《黄口袋》后，孙佳讯按语曰"类此之传说流行于吾乡者甚多"[4]；《渔夫的情人》收录的《旱魃》后亦附记录者古万川按语曰"据我们望都县底乡间传说"[5]；《金田鸡》收录的《土龙大王夺婚的故事》后注明为"通行于海丰汕美港一带的传说"[6]，而汕美港恰是记录者钟敬文的故乡；《瓜王》中《雨仙爹的故事》后，记录者

---

[1] 万建中：《20世纪中国民间故事研究史》，北京：北京师范大学出版社，2011年10月，第104页。

[2] 同上，第6页。

[3] 林兰编：《渔夫的情人》，上海：北新书局，1930年7月，第64页。

[4] 林兰编：《换心后》，上海：北新书局，1930年11月，第77页。

[5] 林兰编：《渔夫的情人》，上海：北新书局，1930年7月，第31页。

[6] 林兰编：《金田鸡》，上海：北新书局，1930年?月，第113页。汕美港，今为汕尾港，位于广东省。

郑玄珠附言"雨仙爹的故事很多,我们生长潮梅的人,谁都可知道一点"①……林兰集中收录的童话跨江苏、浙江、河南、广东、福建诸省,由于记录者对故乡生活环境耳濡目染,记录乡里的故事与风俗时便能够娓娓道来、别有风味。《金田鸡》中《安置杀蛇》后记录者附录说:"据说,安置杀蛇时,正是过年的时节。所以如今我们浦江人过年时,不准叫'去眠',都须叫'去安置',就自此故事而来。"②同集《朱赖子的故事》记录者顾保琛注释中指出,"吾乡(如皋)称无赖的人叫'赖子','朱赖子'就是朱家的赖子"③……这些附言按语同集中故事相映成趣,营造了一种听读书人话家常的讲故事氛围。

许地山谈到民间故事时说:"它虽然是为娱乐而说,可是那率直的内容很有历史的价值存在;我们从它可以看出一个时代的风尚、思想和习惯。"④民国时期的学者文人在录写民间故事时尤其注意故事的历史价值,加之倾注了由吾乡之人录写吾乡之故事的情怀,童话自然地呈现出中国乡村特有的农耕文化色彩,迥然有别于以狩猎文化为主导的西方童话。《格林童话》和《俄罗斯童话》多发生在狩猎的森林中,林兰童话则多在灶边、田埂等处,即家中或离家不远处;西方童话的主人公多是猎手、远游的王子和爱出难题的公主,林兰童话的主人公则多是农民、会做饭的田螺姑娘、会织布的仙女和会造房子的龙女;格林童话的动物助手或对手往往

---

① 林兰编:《瓜王》,上海:北新书局,1933年9月,第8页。
② 林兰编:《金田鸡》,上海:北新书局,1930年?月,第74页。
③ 同上,第107页。
④ 许地山:《许地山文集》(下),高巍选辑,北京:新华出版社,1998年8月,第822页。

是林中的狼、鹿和鹰，林兰童话中则是祖先留下的牛、狗或被驯养的猫；格林童话讲破坏禁忌最终能得到宝贝和助手，表现出狩猎文明的一往无前和无所顾忌，林兰童话却反复提到破坏禁忌和失去宝物，带有勤勉的农人对不劳而获的不信任。尤其突出的还有道教形象，道教这一土生土长的宗教为中国人提供了自己的幻想与信仰，林兰童话里的道教人物有慈眉善目的山中仙人、邋遢不羁的游方八仙、深藏不露的世外高人、顽强而富有斗争精神的女道士、家常气息扑面而来的门神和灶神，还有扫帚精、耙子精等形形色色的精怪。具有道教色彩的宝物是仙丹，魔法是画符念咒，讲述中透着超凡脱俗的幻想和鬼灵精怪的美。总之，从童话的幻想空间、幻想形象到幻想所由来的文化心态都可见出，林兰童话反映了中国民众的农耕生活与农民意识。

　　林兰童话的另一个特点是记录故事不避重复，且可见到由一个故事逗引出另一故事的兴味。孙佳讯在《换心后》中《对金钗》后写道："去年顾均正译挪威阿斯皮尔孙所述的三公主出版，很引起研究民间文艺的人讨论三公主与中国故事'云中落绣鞋'等之相似。赵景深先生在挪威民间故事研究中说：'与三公主相似的故事，除去"云中落绣鞋"以外，还有满洲和直隶唐山一带的记载。'恰巧满洲直隶和北欧都是属于北方；倘若'云中落绣鞋'不是南方的，我真要疑惑这故事是北方所特有的了。吾乡（江苏灌云）讲述'三公主式'的故事舍此而外还有两种……"[①] 又因为赵景深《白朗的〈中国童话集〉》提到《聊斋志异》里的《王六郎》具有改写成童话的潜质，孙佳讯便录写一篇《鬼哥哥》被林兰收入集中。

---

① 林兰编：《换心后》，上海：北新书局，1930年11月，第91页。

故事后附按语曰:"忽然想起小时,听云台人讲的鬼哥哥,极与此相似;但怎样讲法,已经模糊得记不清楚。当天下午,我去问磨坊里的秃四爷,他肚里有没有鬼哥哥的故事,他说:'有。'这一篇即依他口讲而定。"① 从这些只言片语可以得知,"忆起""询问""录写"构成了某种带有追忆色彩的叙事基调。《菜瓜蛇的故事》记录者苏雪林在给周作人的信中也说,因为读了周作人在《语丝》杂志上发表的鸟故事而记起儿时听母亲讲的鸟和菜瓜蛇故事,于是请母亲再叙述一遍,并依照她的语气记录下来。② 周作人以为苏雪林依照母亲的语气录写童话的方法甚为适当,可以作为写定的参照,林兰将其童话和信件一并收入集中,导向性十分明确。紧跟着后面一篇就是《蛇郎精》,亦附有记录者张荷致周作人信件,说"读了雪林君的菜瓜蛇故事,不禁忆起儿时在故乡——杭州——听得的'蛇郎精'来。这个故事和雪林君所述的很多雷同之处,然而正因为如此,才写出来寄给你。……临了,我还希望大家把各人知道的故事写一点出来,不唯可供传说学者之研究,就是生命史上最初的一页童诗,也可很甘甜的回忆一下"③。这些童话带着母亲或乡民对孩子讲故事的语调,又透露出成人对于童年梦幻的爱悦,因而在讲述之中增添了许多儿时的趣味和人生的况味。如此记录下来的童话,既带着民间的底色和本色,也薄施着文人的心绪与关怀。

尤为可贵的是,这些地道的中国童话、亲切的儿时记忆,隐约含有从农耕而进入现代的向度。不仅仅因为民间自有不羁的个性和杂多的话语,也因为记录这些故事的人所处的时代和文化氛围,

---

① 林兰编:《鬼哥哥》,上海:北新书局,1930 年 11 月,第 14 页。
② 林兰编:《渔夫的情人》,上海:北新书局,1930 年 7 月,第 50 页。
③ 同上,第 61—62 页。

即新文化运动对"人的解放"的追寻和倡导。

虽然林兰童话的记录者们并没有明确地述说这一点,但他们从自己的处境出发而忠实地录写民间童话,也不可避免地触及童话的"成人"意识。据普罗普研究,童话幻想的最初来源与核心情节都与原始人的成人仪式有关[①],虽然原始人所谓的成人还不能完全等同于成为现代个体,但他们在仪式中真切地面对了死亡,迫切地表达了新生的愿望,在此基础上发展而成的童话也就自然表现出对人的成长的关注。在成人这件事上,人类有着共同的经验,但也因地域文化和历史经验而形成了各自的问题。这些问题沉淀于童话的深层,关键是如何获得认识它的方法和路径。普罗普为我们提供了原始仪式和童话结构模式互相阐释这一方法,但林兰童话的现代性问题与西方童话不尽相同,我们需要以"获得宝物""宝物禁忌""成人考验""死亡复活"等结构模式为据,参以文化解析和心理分析,对林兰童话和《格林童话》《俄罗斯童话》进行比较,以辨明中国式童话的特色与问题。尤其是女性的成人意识,更需要用现代的批评眼光来打量。

现代性不仅仅停留在建构的观念的层面,作为人类经验,它潜在于我们和我们的故事当中。正因为是潜在的,所以也就需要对故事进行多层次、多角度的解析和理论上的阐发。

---

① 〔俄〕普罗普:《神奇故事的历史根源》,贾放译,北京:中华书局,2006 年 11 月。

第三章 童话观与文学观：林兰童话编写的理论话语

20世纪20、30年代林兰编写的"民间童话集"由赵景深担任主编，并汲取周作人等人的激进童话观和忠实于民间的编写原则，体现了五四知识分子为寻求民族心声、建立新人新文化的努力。当时的中国知识分子为国民性塑造和现代性启蒙而发现了"民间"，并使"民间"成为民族复兴、个性解放的精神资源。而一开始，民间与童话如密枝缠绕，构成了不可切分的话语空间。为从历史语境理解童话概念、阐释童话编写现象，并获得民间童话传承与文学教育的问题意识，需要就民国时期"民间观"对童话观的建构及"儿童观"对文学观的建构这两个问题先做一番梳理。

第一节 民俗学立论的童话与"现代性"启蒙

"五四"前后，周作人、赵景深等从童话研究出发，探讨现代性启蒙与国民性塑造的可能之途，并由此确立了民俗学的学术话语与民间文艺征集的导向。1913年，周作人在《教育部编纂处月刊》上发表《童话研究》《童话略论》《古童话释义》等论著，首次将西方文化人类学方法介绍到中国,即用原始习俗、仪式和思维阐释神话、童话与传说。此后赵景深写信与张梓生、周作人讨论童话,经过多次学术对话和数年理论探索,初步确立了童话概念的学术界定与童话编写的学术原则[①],可以概括为三点:一、童话是根据原始人的习俗和思想而成的文学,其根本是精灵信仰和具有巫术色彩的幻想;二、原始人是文化形态上的原始人,包括和原始人一样相信万物有灵和通灵法术的野蛮人、乡下人和儿童;三、民间童话是民族精神的真正所在,其艺术价值远在个人创作之上,因此收集编写应该如实记录,切忌润色改作。但由于儿童文学在20世纪50年代的理论重构,从民众生活和群体心理角度切入童话的文化诉求转变为对童话"幻想"质素和"教育"质素的强调,遗失了早先气势恢宏的民族气象与自由不羁的个性追求。[②] 其理论影响至今,致使五四童话话语与现代性话语(主要是个性话语)之关系未能辨明。故有必要从童话研究的五四源头再往前,追溯西方浪漫主义话语,寻求五四童话观念的由来与启示。

一、西方浪漫主义对民间童话的创造性转化

"很久很久以前",童话的这个经典开头方式,与其说是来自民间故事的讲述传统,不如说是西方浪漫主义的发明。对浪漫主义者而言,"很久很久以前"意味着遥远的远方,一个与此间不同

[①] 这次探讨源于张梓生在《妇女杂志》发表《论童话》一文,赵景深去信就童话的界定以及国外研究状况等进一步咨询张梓生。1922年1月9日至4月6日之间,周作人和赵景深之间又进行了四次讨论,涉及童话概念、应用范围、文体特征、艺术魅力等方面。

[②] 吴其南:《童话的诗学》,北京:中国文联出版社,2001年1月,第29页。

第三章 童话观与文学观：林兰童话编写的理论话语

的理想世界，在这个世界中人能够成为自己的主人。

德国启蒙运动家、"狂飙突进运动"的召唤者赫尔德在《……思想》一文中写道："我曾想过用人道一词来概括我迄今谈到人，谈到培养人的高尚气度、理性、自由、崇高的念头和志向、力量和健康以及人对大地力量的支配时所说过的一切。"他认为，人道合乎人的本性，这是当每一个人都不害怕另一个人，并能自由地发挥自己的才能时的一种社会状态。如果人们没有达到这种状态，那么他们只应当怪罪自己；任何人也不会从上面帮他们的忙，但是任何人也不会把他们双手捆住。他们应当从自己的过去中吸取教训，他们的过去明显地证明，人类是追求和谐与完善的。①在赫尔德看来，往昔蕴藏着启迪现在的力量，最能保留美好往昔的是民间，而民间的生活和梦想唯有从民间的文学中探寻。他第一个采用民歌概念，认为民间创作需要听众和多人的融入，因此完全是群体的和民族的。他热心地搜集德国和其他民族的民间创作，并相信"每个民族也把自己的独特性、自己的特点、自己的心理体现在自己的创作中"②。因为人民的创作真实地表达了自己，并且这个"自己"忠于他的过去，不受外来民族的影响，所以，人民和他们的创作就成为本民族精神之所在。当时在分崩离析的德国逐渐积蓄着寻求民族统一的愿望，赫尔德将民间与过去及民族的个性联系起来，为这一愿望找到了文化上的资源，深刻地影响了其后数百年间的知识分子。

赫尔德对民族个性的认同建立在平等对待异质文化的基础

---

① 〔苏〕阿·符·古留加：《赫尔德》，侯鸿勋译，上海：上海人民出版社，1985年10月，第92页。
② 同上，第177页。

上。他以历史的眼光打量不同时期以及同一时期的不同文化,认为每一种文化都有它自身的价值。而赫尔德的后继者们比他更为激进。18世纪和19世纪浪漫主义知识分子意识到,在封建向资本主义转变过程中树立起来的资产阶级规范具有限制性和虚伪性。为此,他们一方面继承了赫尔德,将民间与美好、真诚等同起来,以便应对资本主义社会对人的破坏力。于是产生了一系列对立的文化意象:竞争的城市丑陋不堪,而宁静的自然美丽仁慈;商品社会将人置于物质和机械的控制之下,而原始人则独立自主追求解放;成人腐败僵化,儿童纯真灵动;现实世界的变化令人迷失,而童话世界的恒定秩序赋予人力量,并教会人们希望和行动……①另一方面,浪漫主义者也注意到农民的童话并未超越封建社会的意识形态,杰克·齐普斯将这种意识形态概括为"强权制造公理"（Might makes right）②。他指出,由于农民的童话并没有建立一个新世界,"最大的权力和最多的财富总是集中在一个男人身上"③,它反映的不过是下层阶级出人头地的欲望。所以,18世纪90年代歌德发表了纲领性的《童话》（Das Märchen）,提出建立一个新社会的宣言。浪漫主义作家们不再满足于在一个旧世界里成为国王或王后,于是在故事里创造了作为艺术家的主人公,让他们在冒险中施展非凡的才能,他们是自由的,因为他们"追求的不再是财富

---

① 出于同样的精神追求,民俗学也从现代工业文明的对立面界定了民俗的对象与特质,如相对于工业文明的中心化、全球化,民俗学强调本土性与地域差异;相对于商品传播的机械复制,民俗学强调民俗传播的自动自发,等等。
② 〔美〕杰克·齐普斯:《冲破魔法符咒:探索民间故事和童话故事的激进理论》,舒伟主译,合肥:安徽少年儿童出版社,2010年1月,第39页。
③ 同上。

和社会地位,而是社会关系的转变"①。也即是说,农民和农民的童话还无法自觉形成对社会关系的深层批判,浪漫主义者通过对民间童话(Volkmärchen)的艺术改造,通过创造他们自己的艺术童话(Kunmärchen),表达了"把人的人格从社会习俗和社会道德的束缚中解放出来"②的愿望。

赫尔德的浪漫主义和其后更激进的浪漫主义,共同催生了《格林童话》,也解释了围绕在《格林童话》编写策略上的话语矛盾,即故事的忠实记录原则与针对中产阶级儿童读者的改编原则之间的矛盾。

19世纪的德国民俗学家反复强调了格林童话的民间性,并发展出一套保证口述故事"真实""可靠"的记录标准。③当格林兄弟为德意志民族的团结寻找历史和语言的依据时,他们继承了赫尔德的传统,倾向于认为民众的作品是口头的、天然的,而作家的作品则是人造的、再生的,只有民间作品才是民族精神的载体,因此原原本本地记录口述故事,甚至用活生生的方言记录,才能保留故事的价值。④后来的西方学者逐渐发现,如实记录的标准对格林兄弟而言,在忠实于内容方面是比较确当的,但从实际操作上看主要还是指培育和维护故事的民间氛围。

---

① 〔美〕杰克·齐普斯:《冲破魔法符咒:探索民间故事和童话故事的激进理论》,舒伟主译,合肥:安徽少年儿童出版社,2010年1月,第46页。
② 〔英〕罗素:《西方哲学史》(下),马元德译,北京:商务印书馆,1976年6月,第254页。
③ 〔美〕杰克·齐普斯:《冲破魔法符咒:探索民间故事和童话故事的激进理论》,舒伟主译,合肥:安徽少年儿童出版社,2010年1月,第38页。
④ 户晓辉:《现代性与民间文学》,北京:社会科学文献出版社,2004年8月,第90页。

其方式包括增添有韵律的谚语，通过在多种异文中选择情节性强的母题，等等。① 在1812年初版和1857年终版之间，格林兄弟对他们收集的童话进行了长达45年的修改，除了添加对话和细节、完善故事结构等加强可读性方面的尝试②，还直接受到布伦塔诺③（Clemens Brentano）等激进浪漫主义者改写童话的影响。格林兄弟能够在稳健的学术和激进的艺术之间保持平衡，因而比布伦塔诺更为谨慎，他们拒绝毫无节制地改写民间童话，而是在不偏离民间基调的基础上小心地保留或赋予童话主人公鲜明的性格与个性。

俄罗斯阿法纳西耶夫收集的民间童话中，主人公总是被符号化为一个承受者和行动者，沿着命运的小线团在一次又一次的危险和一个又一个的难题中走过，最终在读者的心中留下魔法胜利的喜悦。《格林童话》则出现了士兵、手艺人等富有时代气息的新形象，男主人公在行动中特别表现了忠诚与坚韧（《无畏的王子》），公主的傲慢虚荣（《画眉嘴国王》）、灰姑娘的美丽勤劳（《灰姑娘》）也都得到了绘声绘色的描写。在《白雪公主》等故事里，格林兄弟运用"女巫之死"更有力地表现了人物的自我完善④。格

---

① 美国学者查尔斯·布里格斯总结了格林兄弟对口述故事的五个变动，参见：户晓辉《现代性与民间文学》，北京：社会科学文献出版社，2004年8月，第98页。
② 彭懿：《走进魔法森林：格林童话研究》，北京：外语教学与研究出版社，2010年2月，第179—223页。
③ 1806年格林兄弟为了响应布伦塔诺的号召开始收集民间童话，1810年他们曾将最初的稿件寄给布伦塔诺，这份稿件被称为"厄伦堡手稿"。
④ 心理分析方法善于将童话故事里的人物看作个人人格层面的各种象征，极度虚荣的皇后在故事最后死去，意味着白雪公主从爱梳子、缎带的虚荣中解脱出来，成为一个更完善的人。

林兄弟还赋予笔下人物自由意志和行动能力，让其变得更加独立：有时候被赠送的开门宝物会莫名其妙地遗失，小姑娘砍下自己的手指打开了另一个世界的大门（《七只乌鸦》）；有时候，没有人来拯救被囚禁的公主，她得靠自己跑出去与等待她的爱人结婚（《林克兰克老头儿》）；甚至是作为神奇助手的配角，也不仅仅为扮演帮助者的角色而存在，他本身就是一个王子，为了解除魔法而寻求出路（《金鸟》《忠实的斐雷南和不忠实的斐雷南》）……

格林兄弟创造了一种民间童话的编写范例，既延续了民间文化传统，又融入了个性解放的时代之声。他们的童话成为介于民间童话和作家童话之间的新文体（Buchmärchen），正是这种新文体创造了德国人的民族童话，使得寻求自由之自我的现代性成为德意志民族的精神内涵。

二、中国民间童话研究的个性启蒙话语

20世纪20、30年代的中国知识分子在寻求强国富民的民族复兴之路上也充满了赫尔德式的浪漫主义精神。他们质疑文献书写的历史，提倡从民间文学和民间信仰认识中国人的国民性。

1922年刘半农、周作人等人以北大名义发起歌谣征集运动，周作人在《〈歌谣〉周刊发刊词》上提到歌谣研究的两个目的，一是"学术的"，一是"文艺的"[①]，强调了民俗学研究的重要性。接着又在《歌谣》一文中提到民俗学"便是从民歌里去考见国民的思想"[②]。胡愈之《论民间文学》专门对民间文学的民族性做出

---

① 周作人：《〈歌谣〉周刊发刊词》，《歌谣》周刊，第1期，1922年12月17日。
② 周作人：《歌谣》，载《儿童文学小论·中国新文学的源流》，石家庄：河北教育出版社，2002年1月，第53页。

了界定，他说民间文学"是指流行于民族中间的文学"，"从心理上看来，民间文学是表现民族思想感情的东西"①。洪长泰研究了顾颉刚、钟敬文等人有关"民间"的论述，认为当时大多数中国知识分子都已经认识到民间文学是民族精神的最好代表，在他们的头脑中已将"民众"与"民族"等同起来。②"民"构成了民族和国民，"民"是民族精神的创造者，民间文学是新文学的创生力量，这些观念可以说是五四知识分子的共识。但还是存在一些学术的分歧，形成了民间的两张面孔，即群体性的民间与个性的民间。当时绝大多数知识分子更关注的是到民间去，使自我消融于民众的群体性之中。李大钊呼吁与"劳工阶级打成一气"③，顾颉刚喊出了"我们自己就是民众"④。吕微和户晓辉都注意到五四学者并没有18、19世纪浪漫主义者对个体的创造性想象，没有从民族群体的个性发展出个体的个性，而只有淹没了个人的集体性。⑤加之战争纷扰，"五四运动"虽然发出了个体从封建桎梏中解放出来的声音，但很快就淹没在团结民众建立有组织的人民政府的呼声中。⑥

---

① 胡愈之：《论民间文学》，载赵景深编《童话评论》，上海：新文化书社，1924年1月，第53页。
② 〔美〕洪长泰：《到民间去：1918—1937年的中国知识分子与民间文学运动》，董晓萍译，上海：上海文艺出版社，1993年7月，第30—31页。
③ 户晓辉：《现代性与民间文学》，北京：社会科学文献出版社，2004年8月，第119页。
④ 顾颉刚：《〈民俗〉发刊词》，《民俗》周刊，第1期，1928年3月21日。
⑤ 户晓辉：《现代性与民间文学》，北京：社会科学文献出版社，2004年8月，第168页。
⑥ 周策纵：《五四运动史》，陈永明等译，长沙：岳麓书社，1999年8月，第502页。

相较而言，周作人、赵景深等保持了更为客观的学术态度。他们的童话研究从"民间"发展出另一个向度：秉持个性、强调文学。

他们意识到了中国童话民族个性的缺失。周作人指出爱尔兰、斯拉夫、日本乃至澳洲诸族的童话，或美艳幽怪、或酷烈可怖、或洒脱清丽、或简洁纯朴，唯独中国乏善可陈。① 冯飞在《童话与空想》中认定"巨人"正是养成少年勇武之心和不屈个性的空想，并慨叹中国没有西方那样的讨伐巨人的童话，对于强权只有躲避、防卫。② 但中国还没有那样的童话，不等于说它不存在于民间。当赵景深说"人类学派的童话比较研究，错误在于印度起源说或外国的民间童话都比中国好"③ 时，与周作人、冯飞惋惜中国童话缺乏自己的风格、缺乏勇武之心并不矛盾。从逻辑上说，因为没有才要去收集；因为相信有自己的童话，所以才要去从民间发掘。但是这个民间千百年来混沌地存在在那里，必须先从学术上建构民间童话的概念和特质，民间才可能为童话的现代性转化提供资源。周作人和赵景深在这个方向上进行了开拓性的探索。

第一，以文化人类学"遗留说"阐释童话，颂扬野蛮之个性。

"童话"一词源自日本，本义是"儿童的故事"或"儿童的读物"，传到中国来之后，周作人和张梓生据德国学术术语 Märchen

---

① 周作人：《童话研究》，载《儿童文学小论·中国新文学的源流》，石家庄：河北教育出版社，2002年1月，第20页。
② 冯飞：《童话与空想》，载蒋风主编《中国儿童文学大系·理论》（1），太原：希望出版社，1988年11月，第27—30页。
③ 赵景深：《民间文学丛谈》，长沙：湖南人民出版社，1982年7月，第56页。

的内涵，将童话定义为"原人之文学"①，"根据原始思想和礼俗所成的文学"②。他们不满意用 fairy tale 来翻译童话，因为 fairy 只是英国童话中才有的地仙，是爱尔兰的神，其被谴后缩小身体，属于凯尔特和条顿民族。③德语 Märchen 的意思是消息、闲话，它的常用形式是 Volkmärchen 或 Folktale，更清楚地反映了童话的民间来源。④而周作人所谓的"原始"，应是文化形态上的原始，"并不限定时代，单是论知识程度，拜物思想的乡人和小儿，也就有这样的资格"⑤。周作人从安德鲁·朗格那里吸收了爱德华·泰勒的"遗留说"，认为原始人万物有灵的幻想方式，遗存在乡人和儿童中，也遗存在他们的文学作品——童话中。所以，原始社会等于上古野蛮民族（古野蛮）、文明国的乡民（文明的野蛮）与儿童社会（小野蛮）。童话之"童"，既包括人类的童年，也包括个体的童年；童话思维即是相信万物有灵，能够易形变化的巫术思维。

从民俗学定义童话而推及由民俗材料阐释童话，周作人和赵

---

① 周作人：《童话研究》，载《儿童文学小论·中国新文学的源流》，石家庄：河北教育出版社，2002年1月，第19页。
② 张梓生：《论童话》，载赵景深编《童话评论》，上海：新文化书社，1924年1月，第2页。
③ 周作人、赵景深：《童话的讨论 一》，载赵景深编《童话评论》，上海：新文化书社，1924年1月，第68页。另注：fairy tale 是从17世纪法国作家多尔诺瓦夫人（Marie-Catherine d'Aulnoy）出版的"Contes des fées"（仙子故事）译为英语的。据齐普斯分析，fairy 在17、18世纪的作家童话中，象征着对抗世俗权力和教会权力的一种力量。后来格林兄弟的《格林童话》、安德鲁·朗格（Andrew Lang）的彩色童话集等从民间收集来的故事在译成英语时都被误译成 fairy tale。
④ 〔美〕杰克·齐普斯：《冲破魔法符咒：探索民间故事和童话故事的激进理论》，舒伟主译，合肥：安徽少年儿童出版社，2010年1月，第30页。
⑤ 周作人：《读〈十之九〉》，载赵景深编《童话评论》，上海：新文化书社，1924年1月，第221页。

景深在这方面做出了有意味的尝试。周作人《童话研究》^①一文堪称这方面最早的典范,他将《蛇郎》《老虎外婆》的故事情节转化为民俗形式,援引世界范围内的原始信仰和习俗材料与之参照,阐释了兽婚、变形、吃人等情节的起源与含义。赵景深则以意尔斯莱(Macleod Yearsley)的《童话的民俗》为根据,参酌麦苟劳克的《小说的童年》、哈特兰德的《童话学》写出了一部重要专著《童话学 ABC》^②。他提倡依据民俗思维对童话进行分类,并在书的第二章和第三章中分别从初民风俗和初民信仰角度阐释了变形、复活、禁忌和巫术等童话情节。

  这些学术的探讨不仅是方法论的,更有其来自源头的意义取向。《格林童话》的出版在世界掀起了收集童话研究民俗的热潮。在他们的启迪下,威廉·汤姆斯于 1846 年提出民俗学 folklore 一词,强调研究民众古俗和知识。1865 年爱德华·泰勒引入 culture 一词,将其定义为人类的"社会继承",这就与研究"社会传承"的民俗学在旨趣上相一致。^③1871 年泰勒又创"遗留说",认为民间故事、谚语、信仰及巫术等保留着野蛮人的心智,具有"文化上的遗留物"的价值。泰勒的"遗留说"继承了赫尔德,将农民的民间、民间的作品与看不见的往昔联系起来,也继承了格林兄弟和与他同时代的浪漫主义者,通过关注原始,关注遥远的异族,理解被现代工业撇下而仍顽强存在于人们日常生活和潜意识里的东西,

---

① 周作人:《童话研究》,载《儿童文学小论·中国新文学的源流》,石家庄:河北教育出版社,2002 年 1 月,第 15—18 页。
② 赵景深:《童话学 ABC》,上海:世界书局,1929 年 2 月。
③ 〔美〕威廉·R. 巴斯科姆:《民俗学与人类学》,载〔美〕阿兰·邓迪斯编《世界民俗学》,陈建宪、彭海斌译,上海:上海文艺出版社,1990 年 7 月,第 40—41 页。

从而最终帮助我们认识和形成现代人的自我。周作人对童话里的野蛮,尤其是儿童的野蛮之所以能够理解和认同,赵景深之所以感动于儿童的天真,愿意真诚地供给他们童话,都源于对原始思维的浪漫主义关怀——因为野蛮之于现代,儿童之于成人不同,才更有其独立的价值,需要认识野蛮,保护儿童。如果以他们之柔弱而能够在冷漠的世界不被淹没,那么渺小的"个体"也可能在其中经历冒险,自由完善,并如鲁迅所言,获得"能容纳新潮流的精神,也就是能在世界新潮流中游泳,不被淹没的力量"[1]。

第二,以"人的文学""儿童的文学"促成"完成的个人"。

格林兄弟对民间童话的浪漫主义修饰和升华,实现了德国民族童话的现代性转化。而民国时期林兰在征集故事时,受周作人和赵景深的影响采取了相对消极的修改策略。林兰《渔夫的情人》中所附周作人《蛇郎精》按语,强调了记录故事的科学原则:"如实地抄录,多用科学的而少用文学的方法。大凡这种搜集开始的时候,大家多喜欢加上一点藻饰,以为这样能使故事更好些,这是难怪的,但我们不可不注意,努力避免。不增减不改变地如实记录,于学术上固然有价值,在文艺上却也未必减色,因为民间文学自有它的风趣,足以当得章大愚氏'朴壮生逸'四字的品评。"[2] 周作人向来偏爱原始"古野蛮"和儿童"小野蛮",信服他们在艺术上的精灵信仰和游戏天赋,所以他认为如实记录,不仅是出于科学研究的需要,更有益于保留别有味道的艺术风格。但对于为儿童编写的童话,周作人在复赵景深的信中也赞同

---

[1] 鲁迅:《我们现在怎样做父亲》,《新青年》,第6卷第6号,1919年11月。
[2] 林兰编:《渔夫的情人》,上海:北新书局,1930年7月,第63页。

最低限度的修改。关于什么是最低限度的修改,赵景深诠释道:"只要淘汰不合儿童身心的发达,有害于人类的道德的分子便好了。"① 童话关乎"儿童身心的发达",关乎"人类道德的分子",实质上又回到促成个体完备的现代性话语上来。周作人、赵景深在童话的编写上采取了较格林兄弟更为保守的实录原则,体现了面向民间的平等精神和稳健态度,但这也并不意味着放弃个性话语。

周作人对待民间童话的方式与对待儿童的方式是一样的,即他(它)是怎样就让他(它)怎样。这里面贯穿着"成为一个人"的真挚思想。1918年他在《人的文学》中写道:"我们希望从文学上起首,提倡一点人道主义思想","我所说的人道主义,并非世间所谓'悲天悯人'或'博施济众'的慈善主义,乃是一种个人主义的人间本位主义……是从个人做起。要讲人道,爱人类,便先使自己有人的资格,站得人的位置"②。而人的位置,除了需要有物质的生活之外,更需要"自由真实的幸福生活"。1919年他作《平民的文学》,认为平民文学的精神在于真挚与否。1920年作《新文学的要求》,在真实之外,"又加了一个重个人的色彩"③。这时,他已经将注重原始人的个性转移到注重个体的个性上来。同年《儿童的文学》一文,则从儿童的个性出发,提出顺应其精灵信仰,供

---

① 周作人,赵景深:《童话的讨论 一》,载赵景深编《童话评论》,上海:新文化书社,1924年1月,第69页。
② 周作人:《人的文学》,载《周作人论儿童文学》,刘绪源辑笺,北京:海豚出版社,2012年1月,第101、103页。
③ 周作人:《新文学的要求》,载《周作人论儿童文学》,刘绪源辑笺,北京:海豚出版社,2012年1月,第118页。

给童话、长养想象,以使儿童生活满足丰富的主张。1923年《关于儿童的书》中更明白地写道:"我们对于教育的希望是把儿童养成一个正当的'人',而现在的教育却想把他做成一个忠顺的国民,这是极大的谬误。"[1]

从以上一系列文章看来,周作人是将民间童话放在"人的文学""个性的文学"序列里的。周作人和赵景深都更为偏爱古代流传下来的神话传说和现代野蛮民族以及乡民、小儿社会通行的歌谣故事,因为他们认为相较于作家童话,民间童话的生命力更为旺盛,个性更为突出。

问题是民间的个性如果不能衍化出国民个体的个性,所谓个性也就有架空的危险。格林兄弟以西方浪漫主义知识资源对民间童话进行了创造性的建构和转化,一方面运用母题和谚语营造民间氛围,另一方面加强形象的个人特色和人物的个性色彩,由此产生了具有现代意味的民族童话。但中国无法照搬西方。由游牧习俗而进入现代的西方,与由农耕习俗进入现代的中国,一个相信个体的创造力量,另一个则注重集体的生存权利。[2] 民国时期大多数知识分子更关心群体之自我的实现,因而周作人和赵景深从童话研究领域发展出来的个性话语就尤为可贵。他们提供了与格林兄弟不同的思考方式与操作方法:首先是相信民间自有其真实自由的想象,对于保存了原始想象而富有民间性的童话进行广泛收集和如实记录,然后再加以"人的文学"的阐释,以期待更有力的个性文学的诞生。这即是说,中国民族童话的生成,需要先切实认清

---

[1] 周作人:《关于儿童的书》,载《周作人论儿童文学》,刘绪源辑笺,北京:海豚出版社,2012年1月,第204页。

[2] 陈勤建:《文艺民俗学》,上海:上海文化出版社,2009年7月,第70页。

自己的民间，才可能发现现代性转化的问题与途径，完成民族个性与个体个性的塑造。

第二节 儿童观对文学观的书写

"五四"前后，为改造国民性，人们开始关注"儿童"这一群体，随即出现了专门针对儿童的文学读物。1909年起，上海商务印书馆陆续出版了孙毓修编译的《童话》杂志，茅盾评价认为《童话》的出版标志着"中国历史上第一次有儿童文学"[①]。对此，张梓生的评价更为严苛，他认为孙毓修《童话》包括"寓言、神话、小说、历史故事和科学故事"，称不上是童话，只可算是"儿童文学的材料"[②]。孙毓修仅从日本借来童话一词，并没有对童话进行学术上的整合，至1913年周作人发表《童话研究》《童话略论》等文章，始从民俗学和儿童学阐释童话，其后张梓生、赵景深加入到童话概念的讨论中来，逐步确立了以周作人"儿童本位"和"文学本位"为主导的童话观。

周作人等人的童话观其实包含着激进的个性解放话语，问题在于，由于种种原因，后来的童话理论并未充分理解并坚持这一点。由于五四童话理论是从"原始人"（包括儿童）和"原始思维"发展出个性话语的，20世纪50、80年代的童话理论家仅从历史时间解读"原始"一词，认为原始与现代无关，原始思维无法进入现实生活，遂以反映现实生活的"幻想"代替"原始思维"来

---

① 茅盾：《我走过的道路》（上），北京：人民文学出版社，1997年12月，第124页。
② 赵景深，张梓生：《童话的讨论》，载赵景深编《童话评论》，上海：新文化书社，1924年1月，第11页。

定义童话,并使其深入人心,影响至今。这虽然加强了童话关怀现实问题的力度,但从另一方面来说,却以现实之名抛弃了现代个性话语之实,在这条路上渐行渐远,难免削弱了童话的民族性和文学性。殊不知,周作人是以"儿童观"来书写"童话观"甚至"文学观"的,因此,唯有深度解读他为何从原始思维来理解儿童,才能真正把握童话之为文学的文学性,并理解五四时期的童话理论和实践其理论的林兰童话在"文学教育"和"文学启蒙"中的意义。

一、民俗学建构的儿童观

方卫平《西方人类学派与周作人的儿童文学观》一文梳理了周作人儿童观与民俗学的关系,他总结道:"人类学派为周作人确立具有新的时代内容和思想特征的儿童观提供了有力的理论支持,这一儿童观为他的儿童文学观念的展开找到了一个近代科学精神基础上的逻辑起点。"[1]周作人日本留学期间研读过安德鲁·朗格《习俗与神话》和《神话仪式与宗教》,也读过哈特兰德《童话学》、麦苟劳克《小说的童年》,这些人类学著作不仅使他明确了"以民俗学为据,探讨其本原"[2]的童话研究途径,更使他形成了借以描述、分析儿童的一整套儿童观。他在《儿童研究导言》中明确提出"儿童研究,固与人类学相关"[3];在《儿童的文学》中说得更清楚:"照进化说讲来,人类的个体发生原来和系统发生的程序相

---

[1] 方卫平:《西方人类学派与周作人的儿童文学观》,《浙江师范大学学报(社会科学版)》,1990年第4期,第18页。

[2] 周作人:《童话略论》,载《儿童文学小论·中国新文学的源流》,石家庄:河北教育出版社,2002年1月,第4页。

[3] 周作人:《儿童研究导言》,载《周作人论儿童文学》,刘绪源辑笺,北京:海豚出版社,2012年1月,第41页。

同：胚胎时代经过生物进化的历程，儿童时代又经过文明发达的历程；所以儿童学（Paidologie）上的许多事项，可以借了人类学（Anthropologie）上的事项来说明。"[1] 由于周作人的影响，用人类学的事项来说明儿童的问题，成为五四童话研究的主要思路，具体的做法如赵景深所言，"便是先研究童话中的原人社会，和儿童社会比较，再设法把童话供给儿童"[2]。

将原始社会同儿童社会比较，其结果导出了"儿童＝原始人＝野蛮人＝乡民"的著名公式。周作人认为，儿童及原始人、野蛮人、不识字的乡民，在认知心理、思维方式上相同，一样地笃信精灵，一样地相信"人兽易形、木石能言"，相信天地万物具有人的生命和能量，相互之间能够"随意变化"。[3] 这种万物有灵的幻想和随意变化的信仰，对于现代文明与科学理性而言，显得野蛮而荒唐，但却有其自身独立的价值，需要平等地对待、合理地养护。因为周作人将儿童等同于原始人和小野蛮，实际上树立了现代文明和成人文化的他者，而对他者这种相异性经验的关注，可以理解为"一种关注他人的个性的认识活动，其根本是不使他人消失在抽象的真空中"[4]，所以说，周作人通过建构儿童与原始人（野蛮

---

[1] 周作人：《儿童的文学》，载《周作人论儿童文学》，刘绪源辑笺，北京：海豚出版社，2012年1月，第123页。

[2] 周作人、赵景深：《童话的讨论 三》，载赵景深编《童话评论》，上海：新文化书社，1924年1月，第174页。

[3] 周作人：《童话略论》，载《儿童文学小论·中国新文学的源流》，石家庄：河北教育出版社，2002年1月，第7页。

[4] 〔法〕茨维坦·托多洛夫，罗贝尔·勒格罗，〔比〕贝尔纳·福克鲁尔：《个体在艺术中的诞生》，鲁京明译，北京：中国人民大学出版社，2007年6月，第146—147页。

人）的类同性而建构了儿童文化与封建文化（或成人文化）的相异性，并以此促成了现代意义上的"儿童的发现"。他在《儿童的文学》中说："以前的人对于儿童多不能正当理解，不是将他当作缩小的成人，拿'圣经贤传'尽量的灌下去，便将他看作不完全的小人，说小孩懂得甚么，一笔抹杀，不去理他；近来才知道儿童在生理心理上，虽然和大人有点不同，但他仍是完全的个人，有他自己的内外两面的生活。"[1]在周作人看来，完全的个人就是个性得以完全发展的人[2]，有个性的人与他"贵异而不尚同"[3]的教育理念相吻合，也诠释了他将儿童等同于小野蛮的精神诉求。

　　周作人从民俗学建构的儿童观，延续了他对桎梏人性的封建伦理的批判。他的《儿童问题之初解》《祖先崇拜》《儿童的文学》《我的杂学》等许多文章都表达了对"重老轻少""将子女当作所有品"的传统积习的反感。他极力为儿童谋得人的位置，为儿童维护个性发展的空间。由此而论及儿童教育，宗旨在顺应自然、助长发达，并认为"在诗歌里鼓吹合群""在故事里提倡爱国"与圣经贤传的灌输一样，都没有顾及儿童生活的需要而背离了儿童个性。周作人认为儿童的个性与文学接近，主张"儿童应该读文学的作品"[4]，尤其是童话，因为童话作为原始人的文学贴近儿童心理，能

---

[1] 周作人：《儿童的文学》，载《周作人论儿童文学》，刘绪源辑笺，北京：海豚出版社，2012年1月，第122页。
[2] 周作人在《儿童研究导言》中有"尽其性，以成完人"之说。参看《周作人论儿童文学》，第38页。
[3] 周作人：《家庭教育论》，载《周作人论儿童文学》，刘绪源辑笺，北京：海豚出版社，2012年1月，第5页。
[4] 周作人：《我的杂学》，载《儿童文学小论·中国新文学的源流》，石家庄：河北教育出版社，2002年1月，第2页。

够满足他们爱听故事、耽于幻想的天性；还因为童话的第一性是文学，能够祛除封建之道而独立存在。在《童话研究》《歌谣》《童话的讨论》《儿童的文学》等文章中，他多次重申了以童话供给儿童，实现文学教育而批判封建道德的愿望。他始终相信，对于儿童来说文学教育才是第一位的。至于什么是文学，文学教育何为，还需再回到儿童问题上来。

二、以儿童为本位的文学观

周作人倡导"文学本位"的文学观，认为作家应在作品中表现自己，写自己的诗，而不能指定为某种人、某个阶级性别而创作。唯独有一个例外，便是为儿童的。"儿童同成人一样的需要文艺，而自己不能造作，不得不要求成人的供给。"[①] 在"儿童本位"与"文学本位"之间，周作人更加偏向前者。他看到中国的传统和现实不重视儿童的个性，儿童的书要么偏于教训，要么偏于玄美，没有适合的文学读物，便十分迫切地要求"小学校里的文学的教材与教授，第一须注意于'儿童的'这一点，其次才是效果，如读书的趣味，智情与想象的修养等"[②]。在《儿童的书》中，一言以概之："儿童的文学只是儿童本位的，此外更没有什么标准。"[③] 将儿童文学定义为儿童本位的，即是将"儿童"视作描述儿童文学的逻辑起点，从儿童性去界定文学性。

[①] 周作人：《儿童的书》，载《周作人论儿童文学》，刘绪源辑笺，北京：海豚出版社，2012年1月，第186页。

[②] 周作人：《儿童的文学》，载《周作人论儿童文学》，刘绪源辑笺，北京：海豚出版社，2012年1月，第123页。

[③] 周作人：《儿童的书》，载《周作人论儿童文学》，刘绪源辑笺，北京：海豚出版社，2012年1月，第186页。

周作人认为文学是娱乐的。但他所谓的娱乐并不等同于消费时代的消遣，而主要是从文学产生的根源来理解文学。他的《童话略论》详述了文学从宗教和历史中演变的过程："上古之时，宗教初萌，民皆拜物，其教为天下万物各有生气，故天神地祇，物魅人鬼，皆有定作，不异生人，本其时之信仰，演为故事，而神话兴焉；其次亦述神人之事，为众所信，但尊而不威，敬而不畏者，则为世说；童话者，与此同物，但意主传奇，其时代人地皆无定名，以供娱乐为主，是其区别；盖约言之，神话者原人之宗教，世说者其历史，而童话则其文学也。"[①] 神话近于宗教，令人生敬畏之心；世说（传说）近于历史，令人信而不畏；童话近于文学，供人娱乐。于此，通过定义童话，周作人将文学的起源和功能界定为娱乐。张梓生与赵景深讨论童话时汲取了周作人的观点，"以是否含有娱乐性质"分辨童话与神话传说，若神话传说"随便讲了消闲的，则亦变成童话了"[②]。后来赵景深在他系统阐述童话的著作《童话学ABC》中也说"童话是原始民族信以为真，而现代人视为娱乐的故事"[③]。

对周作人而言，文学的娱乐性在于儿童般无功利的游戏性，是心灵的享受、艺术的化境。他在《〈陀螺〉序》中描述了三岁侄儿挖泥土的专注与执着，心向神往地说："他这样的玩，不但是得了游戏的三昧，并且也到了艺术的化境。这种忘我的造作

---

① 周作人：《童话略论》，载《儿童文学小论·中国新文学的源流》，石家庄：河北教育出版社，2002年1月，第4—5页。
② 赵景深，张梓生：《童话的讨论》，载赵景深编《童话评论》，上海：新文化书社，1924年1月，第12页。
③ 赵景深：《童话学ABC》，上海：世界书局，1929年2月，第2页。

第三章 童话观与文学观：林兰童话编写的理论话语

或享受之悦乐几乎具有宗教的高上意义，与时时处处拘囚于小主观的风雅大相悬殊：我们走过了童年，赶不上艺术的人，不容易得到这个心境，但是虽不能至，心向往之；既不求法，亦不求知，那么努力学玩，正是我们唯一的道了。"① 中国自古重礼教而轻游戏，孔子所谓"游于艺"必须体现道、德、仁，否则便如韩愈所言"业精于勤，荒于嬉"。满脑子圣贤道德、仕途经济的封建思想限制了儿童的游戏和艺术空间，王应麟甚至将"勤有功，戏无益"编入《三字经》，硬生生地将"勤"与"戏"割断，却不知游戏里也有勤奋——艺术的勤奋。周作人不管那些玩物丧志的古训，反而提倡"努力学玩"，其切近儿童、亲近艺术的观念，常被人误会为狭隘的"为艺术而艺术"。不错的，周作人提到童话用于教育，就是艺术的教育，其目的在于艺术本身，即"长养儿童之想象，日即繁富，感受力亦聪疾，使在后日能欣赏艺文"②。但"为艺术的"仅是说"喻道益智"并非艺术之为艺术的本相，艺术之魂"其能在表见，所希在享受，撄激心灵，令起追求以上逐也"③，所以"为艺术的"文学教育涵盖着现代性的追求，即文学经由娱乐和无功利的游戏通向"养成完人"（自由与完备的人）的教育目标，这构成了他所认为的使"凡智各群、各造其极"④的人类社会之基本事业。

---

① 周作人：《〈陀螺〉序》，载《周作人论儿童文学》，刘绪源辑笺，北京：海豚出版社，2012年1月，第235页。
② 周作人：《童话研究》，载《儿童文学小论·中国新文学的源流》，石家庄：河北教育出版社，2002年1月，第21页。
③ 同上。
④ 周作人：《遗传与教育》，载《周作人论儿童文学》，刘绪源辑笺，北京：海豚出版社，2012年1月，第19页。

周作人从儿童性出发，提出最佳的文学是"那无意思之意思的作品"①。他以此评定安徒生《小伊达的花》比《丑小鸭》更好，因为它讲花的跳舞会，没有那么多的教训，纯是"空灵的幻想与快活的嬉笑"。并认为刘易斯·卡罗尔《阿丽思漫游奇境记》②比安徒生的作品还要好，里面充满了没有意思的诗歌、滑稽的冒险、矛盾的现实……这一切都因为删去了正经的分子令儿童喜悦。周作人所谓的"无意思"，其实是对成见的消解。卡罗尔文本随处可见无意思对意思的消解。仅举一例，成人世界郑重、荣耀的颁奖活动，却被卡罗尔处理为乱糟糟的一系列突发事件的结果：一开始是动物们从水里爬出来，为了衣服快些干而举办跑步比赛。比赛结束，动物们要求阿丽思颁奖，阿丽思在没有准备的情况下只得把自己有的随便什么东西颁给每一个动物。这就变得像是强迫、乱来，总之，一点儿也不严肃。儿童有他们理解世界的方式，对成人文学尤其有价值，因为他们用"无意思之意思"颠覆了成人对世界的固化认识。

颠覆性可作为"无意思之意思"的注脚。对儿童来说，幻想和游戏是他们的天性，对成人和封建而言，就带来了颠覆。周作人从儿童身上感觉到野蛮的颠覆力量，以至于对儿童的一切几乎都同情和称赞，甚至编译美国人类学家所举例证，作《愤怒动作之说明》为"搔摘扭掐""挟持""推打"种种野蛮行为提供文化人类学的阐释，译日本新井道太郎所著《小儿争斗之研究》一文为儿童的争斗辩护，认为"其间亦自有法律自有道德为之调御。长

---

① 周作人：《儿童的书》，载《周作人论儿童文学》，刘绪源辑笺，北京：海豚出版社，2012年1月，第186页。
② 即《爱丽丝漫游奇境记》。

者不察,阑加诃禁,重伤其意,而亦难期有功"①。他欣赏童话对野蛮的处理方式:首先是不避讳,安徒生的《火绒箱》中士兵割头偷宝、忘恩负义,却毫无惩罚,不能说合于现代的道德②;他将民间童话"杀人而食""掠女为妻"视为野蛮社会习见之事,而不以为异端,不一味棒杀③。然后是"化为单纯",他看出安徒生善用儿童思维的象征性,"写一件杀人的事,如此直截爽快,又残酷,又天真漫烂,真可称无二的技术"④。总之,野蛮行为虽与文明抵触,却是儿童心理的真实,这种道德上的不调和,虽不必助长,但应看到它本身存在的心理和文化土壤,尤其是它对于僵化的善恶伦理观念的颠覆。从"道德上的不调和"看"无意思之意思",还可以理解为"无意识之意思"。"无意思"的佳作,如小儿般单纯,令无意识感到愉悦。由于崇拜儿童的自然与天真,周作人对保持天性、愉悦无意识的民间童话尤为推崇。

如吴其南所言,周作人"拿当时人们对原始人、原始文化的某些了解、认识来推定今天的儿童和儿童文化"⑤,以此建立了崇尚野蛮、崇尚自然的儿童观。但周作人所描述的儿童并非现实中的儿童,而是理想中的儿童,通过建立理想的儿童观,他提供了解读

---

① 周作人:《小儿争斗之研究》,载《周作人论儿童文学》,刘绪源辑笺,北京:海豚出版社,2012年1月,第59页。
② 周作人:《安得森的〈十之九〉》,载《周作人论儿童文学》,刘绪源辑笺,北京:海豚出版社,2012年1月,第97页。
③ 周作人:《童话略论》,载《儿童文学小论·中国新文学的源流》,石家庄:河北教育出版社,2002年1月,第7页。
④ 周作人:《安得森的〈十之九〉》,载《周作人论儿童文学》,刘绪源辑笺,北京:海豚出版社,2012年1月,第97页。
⑤ 吴其南:《童话的诗学》,北京:中国文联出版社,2001年1月,第3页。

童话与文学的角度和方法。五四时期，卢梭的《爱弥儿》被译介到中国，受到学界推崇，周作人由此汲取了儿童是"自然人"的儿童观。据日本学者柄谷行人分析，卢梭"为了批判作为历史形成物的制度之不证自明性，在方法上假设了'自然人'的存在。……所谓孩子不是实体性的存在，而是一个方法论上的概念"[①]。可以说，周作人学卢梭以创设的儿童观抨击"长者本位""父为子纲"的旧道德，及以封建人伦关系和圣贤标准培养儿童的旧儿童观。他通过对儿童野蛮个性的强调，发展出文学具有"无功利的游戏性"与"无意思的颠覆性"的文学理想，意在使儿童从社会和家庭因袭的压力下解放出来。

三、原始思维与现代性

周作人从原始思维阐释儿童的儿童性，并为童话勾画出个性、游戏性和颠覆性等文学性特质，体现了五四时期民俗学致力于国民性改造的学术精神。但他的理论也存在一些不周详之处，其中最主要的是，他没有超越爱德华·泰勒和安德鲁·朗格等西方人类学家，仅仅将原始人的习俗和故事看作是现代社会的遗留物，而没有看到，至少是没有强调童话和原始思维也是现代性密不可分的一部分，以至于童话如何适应现代、回应现代性等问题未能得到探究。

后来的民俗学者对文化人类学之遗留说进行了理论上的充实和反思，从艺术和生活两方面将原始思维纳入到现代性的范畴

[①] 〔日〕柄谷行人：《日本现代文学的起源》，赵京华译，北京：生活·读书·新知三联书店，2006年8月，第124—125页。

之内：一是将原始思维放在文化传承的过程中来考察，认为原始思维不仅构成了现代人的集体无意识，且有益于丰富文化的多样态，并构成艺术思维的基础和本源；二是借胡塞尔现象学发展出"生活世界"①的概念，适当悬置"原始""古代""乡村"等施加于民俗的种种限定，直接面对原始和现代相混同的生活世界。国内较早将文艺传承和民俗生活结合起来探究原始思维的是陈勤建，他指出"所谓民俗，就是社会民众中的传承性的生活文化"②，并在此基础上建立了人是"以民俗为核心文化存在"③的文艺人学观。在他的《文艺民俗学》一书中，野性思维、原生态的民俗意识团几乎是原始思维的同义语，其内涵则构成人性在文化进化过程中稳定的传承不息的民俗内核。"五四"以后的民俗学较少涉及儿童问题，但关注文化传承和生活经验的文艺人学观对于形成更具现代性的儿童观与童话观具有启迪价值。因为它不仅肯定原始思维作为人类心理的普遍性和艺术思维的无意识创造力，更专意于研究民俗文艺衍化过程中的文化差异和本土化规律，这就为科学地看待文化中的儿童、有效地阐释童话理解文学提供了更新的学理基础。

　　普罗普则从方法论出发，从对民间童话的结构形态研究出发，阐发了原始思维经由童话和仪式所呈现的结构模式。通过分析故事结构，他看到所有的俄罗斯童话都讲述了同一个故事，即一个人离开家来到林中小屋，遇见赠他礼物的女巫，去往遥远的死亡

---

① 高丙中：《民俗文化与民俗生活》，北京：中国社会科学出版社，1994年9月，第137—138页。
② 陈勤建：《中国民俗学》，上海：华东师范大学出版社，2007年8月，第22页。
③ 陈勤建：《文艺民俗学》，上海：上海文化出版社，2009年7月，第48—49页。

之地，与蛇妖战斗，最后带着公主胜利归来。通过对比民族志材料，他指出所有的成人仪式也表明了同样的过程，即一个人离开家，去往举行仪式的秘密森林之屋，经历各种象征性的死亡与复活，最后回到人群中间成为社会中神圣的一员，并获得结婚和参与社会事务的资格。由于童话与仪式在结构上具有稳定性与相似性，普罗普推论：童话发生的历史根源在于原始成人仪式以及贯穿于仪式中的原始思维。①他认为资本主义的工业生产方式不可能产生童话，但却未说明起源于原始人万物有灵论与巫术思维的童话，缘何能够流传至今并被不断地生成和讲述，甚至成为具有批判性的激进文体。他没有指明在童话稳定的结构模式中所具有的终极关怀，即通过获得宝物、难题考验、死亡复活等情节隐喻人的独立成长与自由幸福。正是对如何"成为一个真正的人"这一人类经验的讲述，使得童话具有了与现代性对话的可能性，而在讲述过程中所形成的稳定的结构模式则为阐释现代性问题提供了结构性的框架。

恰如本尼迪克特所言："谁也不会以一种质朴原始的眼光看世界，他看世界时，总会受到特定的习俗、风俗和思想方式的剪裁编排。"②原始思维与童话的流传，都不免受到文化的支配，"文化转移，童话也因之变化"③。将林兰童话拿来与格林童话、俄罗斯童话等西方童话进行比较，文化的分途十分明显。西方由狩猎文化

---

① 〔俄〕普罗普：《神奇故事的历史根源》，贾放译，北京：中华书局，2006年11月。
② 〔美〕露丝·本尼迪克特：《文化模式》，王炜等译，北京：生活·读书·新知三联书店，1988年5月，第5页。
③ 张梓生：《论童话》，载赵景深编《童话评论》，上海：新文化书社，1924年1月，第4页。

转向现代文明，而中国则由农耕转向现代，这一点在童话文本中也得到了印证。进一步说，原始思维如何转化为中国本土的文学艺术并回应现代性，面对这些问题，中国人无法回避农耕文化幻想的渗透。这一渗透不仅体现在文化意象上，更深深地渗入到文学结构中。对林兰童话的结构分析表明，在西方童话中十分重要而醒目的"作战—胜利"情节，仅存在于"仙人斗法"等相对少量的故事中，且常常表达错失时机的遗恨。虽然，围绕获得宝物与经过考验而结婚这一讲述主人公的成长成熟的基本叙述结构与西方童话大体相似，但讲述"宝物的失去"和"妻子的离去"的故事数量不容忽视，形成了独特的童话类型。诸如此类结构和类型上的差异，不仅表明了狩猎文化与农耕文化的不同，更表达了农耕文化在走向现代进程中所体验的挫折与问题意识。

总之，周作人通过把儿童定义为成人文化的他者（即小野蛮），发出了保护儿童游戏和幻想等天性的呼吁，在儿童个性和权利没有保障的年代，是意义重大的，对于建构童话的文学性也具有启蒙价值。但是，他未能进一步论述如何在文化传承和文化差异中认识儿童、理解童话，未能将对童话的阐释推进到对中国现代性进程中所面临的文化处境的思考。我们当然不能苛求他在那个时代完成这些思考，但这些缺憾却可以说是他儿童观和童话观中所包含的个性话语未能落地生根、开花结实的原因。幸运的是，他的理论惠及出版，使林兰为儿童选编的民间童话通过对口传故事的忠实记录为我们提供了原始思维经由农耕而走向现代的文化标本，也为拓展民俗学立论的儿童观和童话观提供了文本支撑。

儿童和童话不仅是原始思维的，也是面向生活、面向世界的，尤其是面向具体的历史文化语境的。林兰童话的意义在于，它为我们提供了理解自身文化的资源和起点，我们因此能够在对童话的阐释中，继承"五四"以来对"人的解放"等现代性问题的关怀，继续思考"我们是谁""我们为什么会这样"及"我们将来能怎样"等问题。

第四章　类型与异文：林兰童话的结构模式及主题运作

类型研究应该并且能够阐释民间故事的意义世界。

阿尔奈（Antti Aarne）与汤普森（Stith Thompson）依据母题与情节为北欧故事进行的分类确立了国际通用的 AT 分类系统，使得民间故事从散乱的材料变为科学研究的对象，并令其呈现初步的结构和变化规律；美籍华裔学者丁乃通将中国民间故事纳入 AT 系统，出版了与之匹配的《中国民间故事类型索引》，使中国民间文学研究具备了与国际接轨的类型学基础。尽管如此，AT 分类的科学性仍受争议。AT 分类将故事类型定义为按一定顺序组合的"母题"（motif）链条，作为最小叙事单位和分类标准的母题"可以是一个角色、一个事件或一种特殊背景"[①]，分类标准的不统一致使对民间故事的意义阐释尤其是文化阐释无法有系统有层次地进行。对此，刘魁立的评价颇为中肯，他认为 AT 分类体系就像辞典按字母来排列词汇一样，追求的是简便

---

① 刘守华：《比较故事学》，上海：上海文艺出版社，1995 年 9 月，第 83 页。

实用，而非建立一种科学的分类体系。① 为了有序地勾勒民间故事的整体面貌，类型研究需要确立一个坐标体系，以便每一个故事都能在其中找到自己的位置，并通过描述其"类"的属性解释故事的结构模式和主题运作，最终才能导向探究文化完形的意义之途。

　　普罗普《故事形态学》和《神奇故事的历史根源》两本著作清晰地展示了建立在分类基础上的意义阐释过程。他对阿法纳西耶夫收集的100个童话（他称之为"神奇故事"）进行了结构形态（他称之为"角色功能"或"行动要素"②）分析，即无论行动"由谁完成"和"怎样完成"③，先列出推动故事进程的基本行动要素，归纳出31个按逻辑顺序依次发展的情节要素（他称之为"功能项"）。在此基础上他明确了俄罗斯童话的情节构成，即所谓童话，从形态学的角度说，就是主人公因为遭受某种损失或意识到某种缺失，离家来到林中小屋，遇上赠他宝物的赠予者或助手，找到他所寻找的对象，与对手作战，最后带着爱人胜利归来的故事。④ 普罗普相信所有的童话都可以归纳为这样一个故事，并认为故事对应着原始成人仪式中接受考验、赠予宝物、死亡复活等象征性行为，挟带着人类最初共同的成人意识和死亡观念。

---

① 刘魁立：《世界各国民间故事类型索引述评》，载《刘魁立民俗学论集》，上海：上海文艺出版社，1998年10月，第387页。
② 〔俄〕普罗普：《故事形态学》，贾放译，北京：中华书局，2006年11月，第18页。
③ 同上，第60页。
④ 〔俄〕普罗普：《神奇故事的历史根源》，贾放译，北京：中华书局，2006年11月，第4页。

然而以行动要素分析林兰童话，发现它虽然在结构上与普罗普的归纳大体合式，却存在一些重要而富有意味的偏离，呈现出独特而自足的深层结构。这即是说，中国童话的类型和意义需要根据自己的材料重新建构。因此，对林兰154篇民间童话的分类不仅意在从材料出发探讨区域性故事类型，也试图以此触及林兰童话的结构特色与主题运作之关系，并在此基础上对其所属文化进行阐释。

第一节　林兰童话的五大类型

通过分析和归纳构成故事的基本行动要素，林兰童话与阿法纳西耶夫童话、格林童话表现出鲜明的结构差异和类型差异。普罗普将俄罗斯童话分为四种类型：一是围绕"交锋—战胜"功能项的，二是围绕"难题—解决"功能项的，三是两组功能项皆有的，四是两组功能项皆无的（普罗普虽然考虑到"交锋—战胜""难题—解决"两者皆无的情况，但因为它们总体上是比较少见的，所以采用了否定式的类型命名方式，并没有对其展开论述，仅是作为一种例外顺带提及）。值得注意的是，对于俄罗斯童话来说极重要的"交锋—战胜"结构类型在林兰童话中仅占极少的篇目，常见的是"赠予"情节，而"赠予"情节中"失去"（获赠的否定项）和"获赠"功能项一样重要，构成了不可忽视的情节走向；"难题—解决"情节虽然也具有导向结婚的功能，但新娘的离去也显得突出。这些结构性的差异对于研究林兰童话十分重要，恰如学者李扬所说，民间故事结构形态的深层"隐伏着特定的文化传统，体现着传播者的文化心理和世界观"①。

既然结构类型与文化意义休戚相关，对于林兰童话的类型构拟便须有步骤地由结构分析导向意义探寻，即以行动要素（即"角色功能"）组成的情节结构定类型分类标准，以跨文化文本比较寻找林兰童话类型的独特性，同时考虑结构类型与文化意义的关系。为方便说明，本书将林兰八本童话集中的童话分别编号：1—20号故事出自《换心后》；21—37号故事出自《渔夫的情人》；38—53号故事出自《金田鸡》；54—70号故事出自《瓜王》；71—92号故事出自《鬼哥哥》；93—108号故事出自《菜花郎》；109—134号故事出自《独腿孩子》；135—154号故事出自《怪兄弟》。② 通过分析，最终将林兰童话分为"得宝型""失宝型""考验型""离去型"和非程式的"滑稽型"五个大类。

一、得宝型

林兰"得宝型"童话不仅拥有众多独立完整的叙事篇章，而且常与"考验型"复合成篇。表1列出的是独立成篇的篇目。无论童话如何开始，主人公总会遇上神奇角色，而神奇角色的功能就是转交宝物。"得宝型"童话以获赠宝物或者寻回失去的宝物为核心，此类故事的反复讲述增强了宝物能带来幸福的象征意义。"得宝型"童话又分为"入山得宝""分家得宝""施恩得宝"和"猫狗寻宝"四种。

---

① 李扬：《中国民间故事形态研究》，汕头：汕头大学出版社，1996年6月，第265页。
② 各册童话集的具体目录详见附录一。

表 1　林兰童话"得宝型"篇目（共 29 篇，占 19%）

入山得宝 （共10篇）	分家得宝 （共5篇）	施恩得宝 （共9篇）	猫狗寻宝 （共5篇）
48. 兄弟两个	18. 兄弟分家	1. 八百老虎闹北京	14. 猫嘴里的夜明珠
61. 瓜王	33. 两兄弟（一）	3. 五虎将	15. 黄口袋
68. 鹿的故事	34. 两兄弟（二）	6. 大鼠	69. 小货郎（失去型）
72. 灰丸子	47. 三兄弟分家	38. 蛇的报恩	99. 古稀先生
95. 猴的故事	104. 兄和弟	43. 砍桂的故事	129. 破锅铁（失去型）
123. 冬天的玫瑰		71. 鬼哥哥	
140. 两兄弟		88. 龙王公主的报恩	
147. 二兄弟（一）		90. 美人蛇和白蜈蚣	
148. 二兄弟（二）		126. 蛇沫	
149. 二兄弟（三）			

入山得宝型故事可分为"入山—得宝"和"入山—偷听—得宝"两类。"入山—得宝"故事大体讲善良的弟弟因为种种原因来到山中，意外地得到动物或仙人赠送的宝物；而坏心眼的哥哥照样去做却遭受惩罚。"入山—偷听—得宝"故事增添了偷听动物或仙人谈话的情节，这一情节导向弟弟寻找宝藏和解决问题的行动要素。① 其中，95 号《猴的故事》变更了人物设置，弟弟哥哥被替换为儿媳

---

① "入山—得宝"的故事情节演绎有六种：a. 弟弟为抓偷瓜的猴子入猴洞得财宝（61 号）；b. 弟弟打柴遇梅花鹿赠财宝（68 号）；c. 儿媳去远山挑水遇仙人送金钗（95 号）；d. 两姐妹为治好母亲上山得治病玫瑰（123 号）；e. 弟弟被哥哥弃在荒山，遇山神护佑得蛇之宝物，要什么有什么（140 号）；f. 弟弟被哥哥丢弃在海滩，遇老翁送葫芦，葫芦要什么有什么（147 号）。"入山—偷听—得宝"故事的情节演绎也有四种：a. 哥哥出门做生意，在山上游仙亭偷听仙人谈话，得仙人遗忘的木棍（能变出酒菜）和令苦水变甜、令桥完工的方法（48 号）；b. 弟弟因追大雕至荒山，偷听猴子谈话，得治病娶妻的办法（72 号）；c. 弟弟被哥哥弃在山下，弟弟在庙里过夜偷听仙人谈话，得仙人遗忘的葫芦（能变出酒菜）（148 号）；d. 弟弟被哥哥弃在山下，弟弟爬树上过夜偷听仙人谈话，得知藏金砖之地和治病娶妻的办法（149 号）。括号中为童话编号，下文不再特别说明。

婆婆；123号《冬天的玫瑰》表现了姐妹俩面对惊险的勇气和智慧，并没有出现两兄弟诚伪式的对比，是林兰童话集中颇具特色的异文。

　　分家得宝型故事就是通常所说的"狗耕田"故事，此类故事拥有众多有趣的异文，大致情节为：哥哥与弟弟分家，弟弟分到一条狗，由于狗会耕田，弟弟发家致富；哥哥嫉妒弟弟，借狗、杀狗，狗死后化为树、鹅笼、豆子等物，令弟弟从中得利，哥哥借去弟弟的宝物却受到惩罚。入山得宝型故事和分家得宝型故事都贯穿了奖善罚恶的两兄弟模式，在104号《兄和弟》故事里，甚至依次叙述了狗耕田和弟弟入山偷听得宝的故事。据普罗普对故事文化形态的分析，童话起源于前资本主义的生产方式和社会生活，即狩猎和农耕。① 因为山林是古老的狩猎之地，所以首先形成了"入山得宝"的童话；随着农耕文明的出现，兄弟分家的纠葛成为启动故事的关键，驯养的狗也逐渐代替了山林中的动物和神仙。

　　施恩得宝型故事的基本情节是主人公救了一个动物（老虎、蛇、燕子、龙等），动物为报恩给主人公送来宝物（食物、财宝或生财之道，甚至妻子），或者为救主人公而死斗吃人妖怪（蜈蚣、美人蛇等）。在后一种故事中，报恩的动物本身就是"宝"，有时候被替换为鬼（71号），甚至被替换为老父（6号）。以动物为神奇助手的施恩得宝型故事，源自古老的动物图腾崇拜，但据普罗普所言，最古老的故事"不讲怜悯"②，报恩是后来出现的形态，在通过驯养确立了人与动物的友谊关系之后，同情、帮助和报恩才会成为故事行动结构的推动力。

---

① 〔俄〕普罗普：《神奇故事的历史根源》，贾放译，北京：中华书局，2006年11月。
② 同上，第193页。

猫狗寻宝型故事一般是主人公丢失了宝物，他的小猫和小狗一同去寻找。寻宝途中，猫狗过江和猫指派老鼠取宝的情节饶有趣味。从某种意义上来说，猫狗替主人寻宝，延续了从动物手里获得宝物的原始信仰。

"获得宝物"是成人仪式的核心部分，表明了得宝者的成人资格。仪式和童话通过"赠予宝物"，树立了文化所嘉许的人类形象，更重要的是，赠予宝物的观念中潜藏着人类传递德行与能力并使之神圣化的古老智慧（具体阐释详见第五章）。

二、失宝型

童话始于灾难与缺失，终于幸福与满足——这是西方学者对童话基本情节的总结，基本上也是西方现代童话对儿童读者的承诺。如果真是这样，那么林兰的这类故事完全不是童话该有的样子。表2列出了集子中讲失宝的22篇故事，仅比得宝故事少7篇，以至于让读者感到：富足是不牢靠的。

表2　林兰童话"失宝型"篇目（共22篇，占14%）

宝物的失去（共18篇）	机会的失去（共4篇）
4. 松柏和樱桃换居的故事	53. 小王子
9. 小三鬼的故事	74. 紫微星上的乌云
27. 蛇的故事	107. 丘二娘
58. 吹箫者的奇遇	146. 咬脐郎姜太公
73. 阴风吹火	
76. 增福与掠福	
84. 金华老龙	
91. 南蛮子故事之一：葫芦开山	
92. 南蛮子故事之二：照缘法	
97. 不知足的善人	

续表

宝物的失去（共18篇）	机会的失去（共4篇）
106. 冬生娘	
110. 蛇吃蛋	
121. 铁犁老头	
125. 穷命的王三	
134. 鸟为食死，人为财亡	
136. 地藏菩萨和牛	
143. 海龙王的三公主	
144. 吹箫人	

宝物总是在以各种方式失去：因受骗而失去（4号），因不慎而失去（106号），因贪而失去①，因天生穷人命而失去②，因夸富而失去——"我们不要你了"（58号）、"我家很有钱，你富汉不叫，为什么要叫穷汉子呢"（121号）、"不要了"（144号）。有些故事，宝物没能带来幸福，反而招致灾难，构成了失去的强化，如赠予者受罚（136号）、死去（84号），得宝主人公死去③。另有4篇故事虽然没有直接提到宝物，但同样讲述了失去和灾难，主人公失去了机会，遗憾地死去：53号《小王子》主人公因不能忍耐而失去当皇帝的机会，并夭折；74号《紫微星上的乌云》媳妇违背公公的遗嘱打了黑狗而使丈夫当不成皇帝，被杀；107号《丘二娘》主人公因母亲爱惜坛子毁了她为王的机会，又因使女告密而被杀；146号《咬脐郎姜太公》亲娘因对腹内的姜太公谎说有白象走过而早产死去。在叙述风格上，宝物的失去处理得较轻盈而有滑稽倾向，机会的失去则

---

① 第9、27、91、97、134号故事。
② 第73、76、125号故事。
③ 第110、143号故事。

表现顽强的心意和错失的遗憾,涌动着悲剧与抗争的暗流。

宝物和机会的失去,不仅反映了禁忌的不可打破,道出了农耕文化对不劳而获的担忧,而且在故事的深层,更隐含着由农耕走向现代过程中自我身份的迷失(具体阐释详见第六章)。

三、考验型

获得宝物的主人公,取得了与神圣世界的联系,确立了成人资格,接下来便是结婚。可以说,神奇宝物和神奇助手的获得标志着主人公成为真正的新郎和新娘。"考验型"童话通过引入"结婚"功能项更好地诠释了这一点。这类故事也有获得宝物和魔法帮助的情节,但与单纯的得宝故事不同的是,主人公获得宝物更明确地指向为成婚而进行的考验。林兰童话集中"考验型"童话共76篇(见表3)。

表3 林兰童话"考验型"篇目(共76篇,占50%)

成婚考验		成仙考验 (共10篇)	斩妖除魔 (共21篇)	仙人斗法 (共7篇)
考验男子 (共28篇)	考验女子 (共10篇)			
5. 红,白李子	13. 换心后	37. 九个孩子一只眼	8. 想念儿子的老人	10. 布袋和尚
7. 癞痢头皇帝	16.青松上的毛女	45. 杀猪徒和吃素老	11. 蛇的故事	40. 三官老爷的故事
17. 对金钗	19. 大女儿	57. 神仙树	20. 老狼的故事	52. 观音娘娘和金刚爷争正位
30. 蚕的故事	28.菜瓜蛇的故事	67. 浆鱼店	21.渔夫的情人	54.雨仙爹的故事
32. 龙女	29. 蛇郎精	75. 仙姑洞	24. 老狼婆	65. 老天娘的故事
36. 人人如意	55. 马腊梅脱甲	77. 张果老成仙	25. 旱魃	83. 门神和灶神
51. 土龙大王夺婚的故事	93. 菜花郎	82. 龙潭里的仙女	46. 安置杀蛇	85. 聪明的鹿

续表

成婚考验		成仙考验（共10篇）	斩妖除魔（共21篇）	仙人斗法（共7篇）
考验男子（共28篇）	考验女子（共10篇）			
60. 金万两	108. 臭头皇后	89. 虐龙望母	50. 朱赖子的故事	
63. 虾蟆①儿	118. 黄蛇精	98. 恶富人变猴子	59. 受气筒	
66. 王大傻的故事	139. 两姊妹	100. 蚁王地	62. 群妖精救老太太的故事	
78. 华姑			70. 老婆婆与猢狲	
79. 陕西女			86. 后娘是狼	
81. 怪萝卜			101. 猪哥精	
94. 海龙大王			109. 独腿孩子	
102. 一个蟮（鳝）王的故事			111. 娘鱼精	
103. 养鸭做了富翁			113. 兔子精	
114. 虾蟆精			115. 老狼精	
120. 泥水匠求宝			116. 耙娘	
122. 渔工鸟			117. 碌子精	
127. 张大拿			124. 狗偷饭	
128. 哑女儿			154. 圣人殿上的蜈蚣	
130. 纸女人				
131. 各人各福				
141. 泥水匠祈梦				
142. 海龙王的女儿				
145. 鸡毛衣				
151. 乌贼鱼				
152. 冬瓜精				

① 虾蟆：蛤蟆的异形词。

78

其中，成婚考验型故事又可以分为两种，一是考验男子，二是考验女子，而前者在林兰童话中占有绝对的数量优势。考验的内容千变万化，可粗略分为"变形复活式""解难题式"和"英雄救美式"。"变形复活式"通过主人公的不断变形和复活暗示他所经历的转变与获得的能力。林兰童话中这类故事往往集中在女性主人公身上，主要是蛇郎童话中的三姐，她不断地变化为动物、植物和金人，最后成长为真正的妻子[①]。118号《黄蛇精》中被砍掉尾巴的蛇精变成女人而嫁人，13号《换心后》、55号《马腊梅脱甲》、108号《臭头皇后》中女子脱胎变美而嫁人，从中也可见出变形复活的痕迹。114号故事《虾蟆精》讲虾蟆吃苦努力变成儿子，但遗落了结婚情节。"解难题式"几乎都是针对男性求婚者提出任务（如：金子铺路、分清麦豆、认出新娘、作战胜利等），有时候没有明确地提出任务，但是主人公以其行动解决了某些问题，因而获得婚姻[②]；有时候难题考验会延迟到结婚之后，往往由妻子帮助完成考验[③]；少数情况下，虽有难题考验却没有结婚情节[④]，但熟悉故事图式的读者不难联想到结婚前的成人考验，故也放在成婚考验之下。从妖怪那里拯救女子并娶为妻子的"英雄救美式"在西方童话里尤为突出，而林兰集中所占比例相对较少，仅有17号《对金钗》、51号《土龙大王夺婚的故事》、66号《王大傻的故事》、142号《海龙王的女儿》4篇（具体阐释详见第七章）。

---

① 第28、29、93、139号故事。
② 第5、30、60、81、102、122、127、128、141、152号故事。
③ 第7、32、78、79、94、103、130、131、145、151号故事。
④ 第16、19号故事。

成仙考验型故事具有与成婚考验型相似的结构功能，即确立主人公的某种资格。但成仙考验的意义更为特殊，此类故事告诉我们：那些不幸的人（如37号《九个孩子一只眼》里瞎眼的孩子）能飞天，不为俗世所理解和容忍的行为（如89号《虐龙望母》里的砍断尾巴、77号《张果老成仙》里的吃恶心食物）是成仙的秘诀。因此，这类故事以极端鲜明的形象完成了对成为一个独立个体的言说。成仙考验型故事表现出对主流社会价值的超越和对内心价值的认同，可以说代表着最为激进的中国童话。

成仙考验型故事还指向一个道教世界，在这个世界中，故事的讲述兴趣发生了分化。于是，考验成仙与斩妖除魔、仙人斗法形成了相对独立和封闭的叙述结构。其中斩妖除魔是讲述较多的类型，这类故事围绕对手的加害和主人公的逃避展开。加害者无论人形还是动物、人造物，都被贴上了非鬼即精的标签。逃避的方法形形色色，有稍带滑稽色彩的智斗[1]、表达协作精神的群斗[2]、展现法术力量的法斗[3]，还有对付弱小精怪的武斗[4]。仙人斗法类型有时是斗法[5]，有时是展现法力[6]，人们津津乐道于那些神奇的本领，这与远古初民渴望飞身变化、操纵世界的想象并无二致，不过在叙述上又增添了一些玩笑的趣味，以至于在83号故事《门神和灶神》里"斗法"调侃地变成了比惨。但总体而言，

---

[1] 第8、20、24、50号故事。
[2] 第25、62、70、101号故事。
[3] 第11、109、115、154号故事。
[4] 第21、46、86、113、116、117、124号故事。
[5] 第52、85号故事。
[6] 第10、54、65号故事。

林兰童话的斗争大抵出于逃避灾难，相较之下，俄罗斯童话与格林童话中的"作战"往往表达了找回宝物赢得新娘的愿望，具有更为积极的行动意识。可以这样理解，林兰童话传达了弱者生存的经验，格林童话等则强调了弱者变强的经验（具体阐释详见第七章）。

四、离去型

"离去型"故事几乎都以与异类结婚开始，以妻子或丈夫的离去告终。根据故事的情节重点和异类形象又可分为羽衣仙女型、田螺姑娘型、老虎精型、猴儿娘型及其他（见表4）。

表4　林兰童话"离去型"篇目（共13篇，占8%）

羽衣仙女型 （共2篇）	田螺姑娘型 （共4篇）	老虎精型 （共1篇）	猴儿娘型 （共3篇）	其他 （共3篇）
12. 天河岸 （妻子离去）	42. 九天玄女 （妻子离去）	112. 老虎精 （妻子离去）	31. 猴屁股何以没毛？ （妻子离去）	22. 人熊的情死 （丈夫离去）
153. 磨刀石 （妻子离去）	87. 田螺娘 （妻子离去）		41. 殉情的妖精 （妻子离去）	26. 鸡蛋① （丈夫离去）
	119. 田螺精 （妻子离去）		80. 猴儿娘 （妻子离去）	64. 不见黄河心不死 （离去的变奏）
	150. 河蚌精 （妻子离去）			

羽衣仙女型在中国拥有大量的异文，林兰童话集中却仅有两篇，12号《天河岸》讲青年在仙女沐浴时抢走她的羽衣而同她结婚，两人有了孩子，仙女仍念念不忘寻找羽衣，最终得衣返回天庭。153号《磨刀石》中青年因为占有磨刀石而娶龙女，龙女得到磨刀

---

① 也有成婚考验情节。

石之后返回海里。田螺姑娘型大都有青年拾螺归养、螺女代为炊饭、青年偷窥藏螺、结婚生子、螺女得螺离去等情节，其中螺女炊饭、青年偷窥成为田螺故事的标志性情节。老虎精型讲老虎化作美女与青年相会，因虎皮被藏起而与青年结婚生子，后因家人言语不慎感到羞耻，要回虎皮化作猛虎离去。猴儿娘型与前三种区别较大，讲女子被猴精抢去后得家人救助逃回家中。列入"其他"栏下的三篇，22号《人熊的情死》和26号《鸡蛋》离去的都是丈夫，而64号《不见黄河心不死》则讲述了男女恋爱的时差和错位，姑且算是"离去型"的变奏。

学者郑劲松注意到牛郎织女、孟姜女、梁祝和白蛇等民间故事的悲剧结局对中国文化而言具有普遍意义。[①] 大体而言，林兰"离去型"故事不是仙人离开凡人伴侣[②]，凡人离开野兽伴侣[③]，就是异类因羞愧或恼怒离开凡人伴侣[④]，造成离去的根本原因都在于婚姻双方地位的不平等。婚姻的终结给童话带来了一丝哀伤，但是，童话表达的质疑和担忧是历史的也是现实的。随着父系权力的文化建构，被剥夺了自由与地位的女性采取了反抗，在相当长的时期中男女双方的权力关系呈现为此消彼长。童话中妻子的离去，表面上看是男性愿望的落空，深层则表达了从母系到父系文化的转型中女性权力的失落与反抗。因此"离去"的确构成了具有文

---

① 郑劲松：《人仙妖之恋——试论中国四大民间故事的共性结构模式及其文化内涵》，载上海民间文艺家协会编《中国民间文化——民间文艺研究》（第四辑），上海：学林出版社，1991年6月，第82—103页。
② 第12、42、153号故事。
③ 第22、31、41、80号故事。
④ 第87、112、119、150号故事。

化意义的结构类型（具体阐释详见第八章）。

五、滑稽型

周作人在20世纪20年代就注意到民间童话中的滑稽类型，他说："滑稽故事……，童话里本有这一类。"[①] 这类故事因为背离了童话的基本形态，产生了各种跑调。[②] 林兰童话中这类故事尤为突出，既有与其他类型复合成篇的，亦有专意于滑稽而独立成篇的，尤其是后者，构成了独具特色的"滑稽"童话。这些"滑稽"童话不仅具有强烈的批判意识，而且善于通过身体形象来嘲笑，善于将滑稽与狂欢融为一体，因此它所引起的笑是批判力与创造力兼备的欢快有力的笑，有必要单列出来专门研究（具体阐释详见第九章）。

表5　林兰童话"滑稽型"篇目（共14篇，占9%）

2. 土地爷的故事	23. 狮子告状的故事	35. 十一个粉做的人	39. 石人头里的天书
44. 金田鸡	49. 月亮哥哥和太阳妹妹	56. 屋漏的故事	96. 鬼收债
105. 神箭三元帅	132. 打屁	133. 几路钉	135. 怪兄弟
137. 仙赐六兄弟	138. 漏的故事		

"得宝型""失宝型""考验型"和"离去型"四种类型按行动要素依次展开，构成了故事讲述的基本套路，大致与普罗普从俄罗斯民间童话中归纳的结构模式相吻合。但值得注意的是，林兰童

---

① 周作人：《儿童的文学》，载《周作人论儿童文学》，刘绪源辑笺，北京：海豚出版社，2012年1月，第123页。

② 普罗普称这种跑调为滑稽幽默，参见：普罗普《故事形态学》，贾放译，北京：中华书局，2006年11月，第105页。

话也表现出一些结构上的差异和区域性的特征，尤其是"失宝型"和"离去型"，体现了中国文化独特的思维方式与问题意识。而"滑稽型"故事则是以搞笑的方式瓦解主流的成见、揭开了人性的弱点，使故事具有批判现实的力量。如果说按套路讲述的童话将文化代码镌刻在深层结构与民俗细节上，那么偏离套路的滑稽童话则将文化心理深藏于笑什么以及如何笑的问题中。

第二节　异文与主题运作[①]

　　林兰很注意收集大同小异的故事。童话集《渔夫的情人》中载有周作人复《蛇郎精》记录者张荷的信，他在信中专门提到应收录"近似以至雷同的故事"[②]。集中童话不仅不避讳情节结构的相似，像"狗耕田""猫狗寻宝""怪兄弟""老狼精""龙女"等故事都多达3至5个，而且甚至在一篇记录之后，意犹未尽地附上几个相似的故事。比如孙佳讯在《鬼哥哥》之后，又附带讲了《王六郎》《小儿做土地》等以"鬼找替身"为核心演绎的故事，在《铁犁老头》之后叙述了识宝与失宝的相关故事；郑玄珠在《雨仙爹的故事》之后，又附一篇潮州府志中记载的仙人施法故事。赵景深说当时杂志对于重复的故事往往不加采录，而林兰童话在这方面却做足了功夫，有它独特的价值。[③]一篇故事被重复得越多，越

[①] "主题"一词，据伊纳·玛丽亚·格雷弗鲁斯《民间故事研究中主题、类型和母题的确定》一文所指，相当于故事的寓意。因此主题与意义相关，此处借鉴叙事学理论方法，通过关注"主题"，研究观念和意义的组织形式。
[②] 林兰编:《渔夫的情人》，上海：北新书局，1930年7月，第63页。
[③] 赵景深:《童话论集》，上海：开明书店，1931年5月，第92页。

能想见讲述的兴味。给孩子的童话，重复地采录故事，不仅丰富了故事的细节，也满足了他们喜爱反复聆听故事的心理。从阅读的角度来说，重复提供了熟悉的套路所带来的舒适感，也激发了因改编而带来的新奇感。而从故事研究的角度来说，重复的异文使得故事在彼此的雷同与差异中充满了主题的回响与变动。

探究民间故事的主题，需要先明确"异文"这一概念。《中国民间故事集成编选工作会议纪要》对"异文"给出了明晰的定义，即"异文是指主题和基本情节相同的同一个故事，在细节上有不同的说法，或不同讲述者的讲述"[1]。这里，我们看到异文关涉的三个层面：一是异文与类型的关系。针对这一点，万建中指出，类型是就"相互类同或近似而又定型化的主干情节"[2]而言的，异文则指同一类型中枝叶、细节和语言等方面存在差异的不同文本。因此，离开类型，无法有效地探讨异文。二是异文与主题的关系。重复出现的因素构成了主题，通过重复出现的异文则可以分析类型故事的主题及其变化。这里谈论的类型包括按行动要素归纳的类型，也包括将主题与行动要素结合起来考虑而规定的具有共同主题的类型。三是异文与异文的关系。从细节、情节和讲述来比较异文，文学理论和故事理论的概念和方法在此都有用武之地。

本节将从异文入手捕捉林兰童话主题的构成与变化规律，分析相似元素的重复和变奏，以使类型故事的主题寓意显露出来，并

---

[1] 中国民间文学集成总编委会：《中国民间故事集成编选工作会议纪要》，1991年，转引自万建中《20世纪中国民间故事研究史》，北京：北京师范大学出版社，2011年10月，第153页。
[2] 万建中：《20世纪中国民间故事研究史》，北京：北京师范大学出版社，2011年10月，第152页。

使注意力从故事的观点导向故事运用观点的方式，最终展现异文如何作用于主题。

一、异文对主题的强化

同一类型下的一组异文，具有相似的要素和情节，聚合为一种故事类型，从而使主题得到强化。

例如，35号《十一个粉做的人》、135号《怪兄弟》和137号《仙赐六兄弟》这三篇异文，反复呈现了天赋异禀（怪诞身体）、连环的神奇逃遁（怪诞身体事件）等行动要素，在这些情节中又都采用了滑稽的形象和叙述，构成了一类魔法逃遁的滑稽故事——"怪兄弟"型故事[①]。又如，由36号《人人如意》、60号《金万两》、120号《泥水匠求宝》、141号《泥水匠祈梦》聚合为一组"问佛"型或曰"找好运"型故事[②]：主人公为找幸福而去西天问佛（问仙或问太阳），路人求他代问三个问题（一个涉及植物、一个涉及动物、一个涉及人），他因替人解决难题而获得了财宝和新娘。"问佛"型故事属于成婚考验类型，但它的"难题—解决"围绕"出发寻找与问知答案"展开，情节独特而自成一套。尤其是《金万两》，采录了"问三不问四"的禁忌设置，令主人公经过内心的选择，加强了"为人即为己"的主题寓意。

某篇异文与其他异文相互阐发产生了特别的强化，即升华。

如109号《独腿孩子》，讲一个小秃子遇见了一个独腿孩子，竟然一刀砍下他的另一条腿，残忍得没有道理，但继续讲下去，情

---

① 刘守华称之为"十兄弟"故事，参见：刘守华主编《中国民间故事类型研究》，武汉：华中师范大学出版社，2002年10月，第462页。

② 同上，第216页。

况就发生了改变。独腿孩子变成一个女人要害死小秃子，幸有一老头教他避祸，消灭了祸害。理解这则故事，需要参照童话集中其他故事。林兰将《独腿孩子》放在一本集子的首篇，并以此作为集子的名称，是有深意的。这篇之后，连续选入九篇精怪故事，都给人精怪代表邪恶，战胜邪恶理所应当的印象。因此，可以说《独腿孩子》实际上就是一篇精怪故事。不同的是，别的精怪都是扫帚、铁犁、蛤蟆、兔子等物化形象或动物形象，独腿孩子却以残缺的人的形象出现，显得不易辨认。进一步说，采用人的残缺形象来影射妖精，说明妖精与人的接近，它实质上是人的内心形象——"独腿"意象实则暗示着人的心灵残缺，砍断独腿，消灭妖精，就是主人公对抗内心黑暗面的过程。《独腿孩子》中主人公与妖精作战带有斩除心魔的意味，升华了斩妖除魔的主题意蕴。

二、异文对主题的弱化

有些异文则弱化了主题寓意。成仙考验的10篇故事中，有4篇（57号《神仙树》、67号《浆鱼店》、75号《仙姑洞》、82号《龙潭里的仙女》）仅仅是遇见神仙，且透露出遇见的神秘与难以再见的遗憾。如果说成仙考验故事暗示了神仙可求的超尘之思，遇仙故事则弱化为神仙可遇而不可求的现实感知。7篇仙人斗法故事除52号《观音娘娘和金刚爷争正位》之外，其余都弱化为施展法术，而没有出现势均力敌的对手和激烈的争斗。另一篇100号《蚁王地》，则将成仙弱化为母亲生葬、兄弟当官。成婚考验类型中127号《张大拿》与130号《纸女人》都是接受考验的男子得到妻子帮助而发家或成婚，但一个是因为说了大话得仙人相助，一个是为遮盖谎言而误打误撞得鬼妻相助，有意识地加入了滑稽的成分,以娱乐性弱化了"考验"的严肃性。

可以说,弱化的异文是幻想故事现实化和滑稽化的结果,它从一个侧面体现了幻想与现实生活进程的融合。

三、异文对主题的变奏

情节替换产生了新故事,也使主题发生了变奏:成仙考验故事 98 号《恶富人变猴子》中善良的女仆以变美丽代替了成仙;仙人斗法故事 85 号《聪明的鹿》以施展智慧代替了施展法术;宝物的失去故事 136 号《地藏菩萨和牛》以赠予者地藏菩萨受罚而代替了受赠者失去宝物;成婚考验故事 139 号《两姊妹》以姐姐对妹妹复仇代替了对女子的考验。

主题的变奏显示了故事的结构力量,说明它能够不断地容纳新生活新思想。

《地藏菩萨和牛》吸收对地藏菩萨的信仰,由表现担忧的"失去型"故事,变成一则为人类造福而又甘愿替人类担负罪恶的普罗米修斯式英雄故事。65 号《老天娘的故事》相较于仙人施展法术的一般故事,更为细腻地表达了理性智慧的觉醒:老天爷要出远门,叫老天娘替他代理三天,嘱咐她无论人们提什么请求都答应。行船的人请求刮风,可是园里的人却请求停下,不然梨子都要被刮落了;种豆的人请求下雨,可是晒姜的人却请求停雨,不然姜都要烂透了。老天娘很为难。老天爷却说:"咦!那有什么难呢?大风,随着那江河去,小小的风儿,穿梨行;黑夜,下雨种豆子,白日,晴天晒辣姜。"① 斗法施法的情节内核在于层出不穷的变化,而《老天娘的故

---

① 《老天娘的故事》,载林兰编《瓜王》,上海:北新书局,1933 年 9 月,第 61 页。

事》透着洞察人心、举措得体的巧智，拓宽了故事的思路。

猫狗寻宝类型源自人类从动物身上得到宝物的信仰，故事异文呈现出变奏的旨趣。林兰集中这一类型的异文虽然只有5篇，在主题寓意上却各有侧重：99号《古稀先生》和15号《黄口袋》单纯地讲述了猫狗寻得被骗走的宝物，应是古老的原初形态；69号《小货郎》中猫狗一起找回宝物，猫独占了功劳，主人骂狗赏猫，狗失宠咬死猫，毁掉宝物（这个故事常常用来解释猫狗为何不能相容）；129号《破锅铁》中猫狗寻回宝物，却因一身污泥被主人打死，宝物回到海里；14号《猫嘴里的夜明珠》中小猫和小狗抢着将宝献给主人，因为小猫功劳大，小狗让他献，主人家却认定小猫是贼将它打死。五篇异文主题寓意有猫狗是宝（会寻宝因而是宝）[①]，有猫狗结仇（为抢功而结仇）[②]，有人间不公（寻得宝物反被主人打杀）[③]，变化得错落有致。

主题变奏的极端方式是反用情节，如83号《门神和灶神》反用"斗法"而变为"比惨"；84号《金华老龙》反用"报恩致富"而变为"报恩致死"；124号《狗偷饭》反用"斩妖除魔"而变为冤冤相报，妖不可斩。

可见，对民间故事而言，主干结构是相对稳定的，结构之下的某些情节却能够被替换、被反用，由此产生新的主题寓意。

四、异文对主题的杂糅

主题寓意的杂糅是由于不相干的行动要素乱入而导致了故事

[①] 第15、99号故事。
[②] 第69号故事。
[③] 第14、129号故事。

寓意的变化，使得一篇之中出现多个互相不调和的主题寓意。讲故事的人将各种故事母题自行组合，连缀敷衍成一个故事，有时尽管采用了多个类型，但故事的整体意蕴仍然统一，那么就不算杂糅。如林兰童话中最长的一篇66号《王大傻的故事》就复合了多种母题和类型，比如在"施恩得宝"中缀入"陷城为湖"故事①，在"成婚考验"中又复合了"施恩得宝""英雄救美式"（"云中落绣鞋"型）和"解难题式"——各个母题和类型在故事中和谐共处，共同表达了成婚考验和婚姻神圣的传统意旨。而杂糅则不同，乱入的行动要素打乱或解构了原本单一的主题寓意。

89号《虐龙望母》之所以列入"成仙考验"类型，是因为这类故事都包含"龙诞生—断龙尾—龙飞天"②的核心情节，与故事起源的成人（成仙）民俗能够互相勾连，生发意义。从故事的历史起源和深层心理上来看，断尾是象征性地通过受损或死亡以获得神力。但林兰的这篇异文一开始却讲龙吃了女人的丈夫，冒充他令女人怀孕。和尚识破真相，在女人生产时钳死九龙，至最后一条时女人不忍，仅叫和尚剪了尾巴。断尾龙飞到天上，每逢恶劣的风雨天气，都回来探望母亲。人们以为龙带来了灾难，所以称为虐龙。由于开头和结尾部分的渲染，"断尾"杂糅了"斩妖"，模糊了原来"断尾飞天"的成仙寓意。这或许反映了民间故事处于模糊

---

① 据祁连休总结，陷城为湖型故事大致写主人公因善良而被告知若城门见血（石雕口眼出血）便会有洪水地陷。主人公每日往看，人知其故，以血涂门（石雕），主人公见血远走，城陷为湖。参见：祁连休《中国古代民间故事类型研究》（修订本·卷上），石家庄：河北教育出版社，2007年5月，第145页。

② 祁连休将其总结为龙子祭母型故事。参见：祁连休《中国古代民间故事类型研究》（修订本·卷上），第269—283页。

与混沌之中的意识状态,其思想价值在于揭示意义总是具有相对性,而故事背后的生活与想象才构成故事的基本存在方式。

由此可见,研究异文不仅能够获得阐释故事的多种方法,更能揭示其在表达主题寓意时所具有的深刻的文学意味。异文通过对新的、变化的现实做出回应,通过对传统主题的强化、弱化、变奏、杂糅,走着一条更替重解形成新故事的道路。这即是说,"民间故事的文本之间在不断转移、渗透,甚至颠覆。民间故事文本的这种'复数'特点取消了一切中心和同一,而它有的只是各种相互关联的文本流传、扩散、变换和增殖"[1]。民间故事异文的多元性同样体现了现代性意识的个性内涵。

小结

经过对林兰童话的结构形态分析和异文比较分析,我们会发现普罗普对俄罗斯童话乃至整个童话文类所做的描述并不完全适用于林兰童话。其中有同的部分,如得宝类型和考验类型(占69%)都具有"加害—解除"或"缺失—解除"[2]的基本模式,可以统一地称为"问题—解决"模式。但也有相当一部分异文表现出了偏离和反向,以致难以对林兰童话的形态结构做出定论:如果说童话的主人公总是要得到宝物的,林兰童话却也反复讲述了宝物的失去;如果说童话中"交锋—战胜"的行动总是会为主人

---

[1] 万建中:《20世纪中国民间故事研究史》,北京:北京师范大学出版社,2011年10月,第165页。
[2] 阿兰·邓迪斯在《北美印第安人民间故事的结构类型学》一文中认为民间故事即是由"匮乏和匮乏的消除"这个情节结构(他称之为"母题素")构成的。参见:〔美〕阿兰·邓迪斯《民俗解析》,户晓辉编译,桂林:广西师范大学出版社,2005年1月。

公赢得财富、婚姻与荣耀，林兰童话"交锋—战胜"的情节和功能则不那么突出，主人公的对手也往往不够强劲；如果说童话的结局总是幸福完满，林兰童话却分明有那么多篇以妻的离去告终。林兰童话给我们提供了一个多元因而也更真实的民间，其中既有奖善罚恶，也有消极的命定思想；既有得宝的神奇想象，也有失宝的农民心态；既有幸福的神圣婚姻，也有不幸的两性纠葛……她的童话以多样的类型和重复的、甚至新奇而又具有潜在现代性的异文，不仅向我们展现了民间童话"去中心、去同一"的生态状况，也为我们提供了由农耕走向现代所拥有的民族资源以及所要面对的深层问题。至于如何获得资源，揭出问题，还需要在细读文本的基础上对其进行更深入的文化阐释和心理分析。

第五章　成"人"的核心意识：林兰"得宝型"童话解析

童话总是要展示神奇之物。普罗普将获得宝物作为极其重要的童话情节，他认为不管以何种方式，主人公总会离开家，最终获得令他非凡而幸福的宝物。神话和仪式中灌注了财富和权力意识的宝物被赠予即将成年的男孩，从此，他便获得了宝物中精灵的力量，得以完成英雄的事业。法国人类学家莫里斯·古德利尔在《礼物之谜》中转述了巴鲁耶人的成人仪式，当仪式主持人将部落最有力最神秘的"克威玛特尼"分给参加仪式的男孩们时说："现在，试试你们的克威玛特尼。试着让它们去做我告诉你们在仪式中去做的事情。"[1]"克威玛特尼"一词来自"人"（kwala）和"使其成长"（yitmania），所以宝物的授予意味着经由神的力量而成为一个人。这个人便是童话的主人公，被宝物标志出来的人，其中最鲜明的形象是额头上长着太阳、月亮和星星的孩子。

因此，可以说宝物是成人仪式的核心意象，转交宝物即是成

---

[1]〔法〕莫里斯·古德利尔：《礼物之谜》，王毅译，上海：上海人民出版社，2007年4月，第137页。

人仪式的核心环节。通过解析宝物的赠予者、被赠者和转交宝物的缘由,关于"成为谁"和"力量源泉"的潜在话语便被昭示出来。

第一节 赠予者形象的变迁

在《格林童话》和阿法纳西耶夫《俄罗斯童话》中,围绕宝物的描述很快被解除魔法或大战蛇妖的情节冲淡,故事更关心男女主人公历经磨难获得婚姻。相较而言,专意于宝物、述说得宝与寻宝的童话,在林兰集中数量众多、形态丰富,明显地形成了类型风格,并展现了历史的层级。

历史的层级表现在赠予者形象的变迁上。普罗普勾勒了这一系列变迁的赠予者形象,在林兰童话集中也可以找到清晰的对应。首先是山林中的赠予者(见表6),对应着"入山得宝"类型。

表6 林兰童话"山林中的赠予者"形象

编号	故事名字	赠予者	赠予地	宝物
48	兄弟两个	仙人	山中游仙亭	木棍(变出食物)
68	鹿的故事	八角梅花鹿	打柴的山中	银子
95	猴的故事	仙人	远山	满头金钗
123	冬天的玫瑰	毛手老头	山洞	玫瑰(治病)
140	两兄弟	白发山神	被弃的山中	蛇珠、如意宝
147	二兄弟(一)	老人	海	如意葫芦
148	二兄弟(二)	仙人	山中古庙	葫芦(变出食物)
149	二兄弟(三)	仙人	南山	黄金

第五章 成"人"的核心意识：林兰"得宝型"童话解析

最初，仪式都在山林中举行。法国汉学家格拉耐（中文名又译葛兰言）比较了《诗经》的情歌与少数民族的婚礼，认为"国风"中的山川意象反映了上古在村边林地举行祭礼的场景。他认为婚礼不仅是人与人订立契约，更是人与自然订立契约的仪式——通过定期举行婚礼促使季节转换和土地丰收。① 祭礼的神圣性经历岁月凝结在祭礼发生地上，当祭礼仪式被缩减，由仪式而产生的力量便转移到山中。道教神仙之说加强了这种圣山信仰。仙被认为是居住在山中的高人，故事里他代替了仪式中的赠予者而成为力量的源泉。由于中国自古将海上蓬莱、瀛洲、方丈称为东方"三仙山"，147号童话中转交宝物的场景发生在海上也就顺理成章了。同样是林中的赠予者，在格林童话中多为小矮人，在俄罗斯童话中则是老妖婆，她住在林中的鸡足小木屋里，鼻子顶到天花板，脚伸长到屋角，飞行的时候用捣槌鼓动着研钵，用掸子抹去痕迹……可见山川风物各有其地气，也各有其形象。

普罗普认为，女性的林中赠予者比男性赠予者更为古老。随着农业社会父系权力的确立，尤其是伴随着父系氏族继承制和财产继承制的出现，男性祖先日益受到崇拜，童话中相应地出现了祖先赠予者。② 这一现象构成了"狗耕田"故事的叙事起点和基本要素（见表7）。

---

① 〔法〕格拉耐：《中国古代的祭礼与歌谣》，张铭远译，上海：上海文艺出版社，1989年7月。
② 〔俄〕普罗普：《神奇故事的历史根源》，贾放译，北京：中华书局，2006年11月，第190页。

表7 林兰童话"狗耕田"故事中的赠予者

编号	故事名字	赠予者1	赠予地1	宝物1	赠予者2	赠予地2	宝物2
18	兄弟分家	父亲	家	狗	狗	狗坟	金银
33	两兄弟（一）	父亲	家	虱子	狗	狗坟	金银
34	两兄弟（二）	父亲	家	狗	狗	狗坟	荆条
47	三兄弟分家	父亲	家	猫狗	猫狗	猫狗坟	元宝
104	兄和弟	父亲	家	狗	狗	狗坟	金银

从表7中可以看出"狗耕田"故事中赠予项的稳定性。故事毫无例外地都始于兄弟分家，即弟弟被哥哥欺负仅得到一条狗。父亲在故事里并未出现，但父亲的死是故事得以启动的必要条件，承担着赠予者的功能，以虚写的方式存在于故事中。会耕田的狗是父亲留下来的遗产，在狗被哥哥打死之后，更加强化了故事的祖先意象——弟弟第二次得到的宝物来自坟墓，因为葬狗祭狗弟弟再一次得到了馈赠，也就是说通过祭祀而表明了继承者的身份和情感。以分遗产始，以坟上落下宝物终，中间展示祖先留下的狗的神奇本领，构成了"狗耕田"故事的基本形态，后来的故事或在转交宝物时加入了"虱换狗"等以小换大情节，或在狗死之后加入了雁下蛋、卖香屁等，纵有种种添油加醋、添枝加叶，但都大体保留了基本的祖先赠予形态。

普罗普认为祖先赠予者随着祖先崇拜的消亡而被"感恩的死者或动物"代替[①]，那可能是西方的情形。中国的祖先崇拜根深蒂

---

① 〔俄〕普罗普：《神奇故事的历史根源》，贾放译，北京：中华书局，2006年11月，第191页。

固,但同样也发展出对感恩和互助的认同,表现在故事里,主人公获得奖赏不是因为经受了考验或者继承了祖先,而是因为他帮助了赠予者。施恩得宝型故事长盛不衰,林兰集中依此为主干情节单独成篇的情况如下(见表8):

表8 林兰童话施恩得宝型故事

编号	故事名字	赠予者	赠予原因	宝物
1	八百老虎闹北京	老虎	帮老虎去除卡住脖子的树枝	野味
3	五虎将	老虎	帮老虎接生	新娘、帮助作战
6	大鼠	老父亲	将父亲藏起来养	老父自己(除大鼠)
38	蛇的报恩	蛇	救护小蛇	蛇自己(斗蜈蚣)
43	砍桂的故事	燕子	救护燕子	瓜子(结出充满金银的瓜)
71	鬼哥哥	水鬼	放生水鬼	鬼自己(扳鱼)
88	龙王公主的报恩	龙王公主	护送公主到海边	聚宝盆、摇钱树
90	美人蛇和白蜈蚣	白蜈蚣	养白蜈蚣	蜈蚣自己(斗蛇)
126	蛇沫	蛇	帮蛇除奸	蛇沫(可益寿)

赠予者的后期形象是祸害庄稼的林中动物,见于林兰集中61号《瓜王》、72号《灰丸子》两篇。《瓜王》讲弟弟在贫瘠的山田种北瓜,猴子每晚都来偷瓜。弟弟想了一个法子,将自己装进布袋挂在树梢上,猴子们误以为是瓜王,将之扛回藏满金银的山洞,弟弟打锣吓跑猴子,得金银成富翁。《灰丸子》讲弟弟种秫秫,仅种出一棵,经过卖力劳作,终于结了穗子。不想来了一只大癞雕衔走穗子,弟弟追至一座荒山,偷听到猴子们关于治病娶妇的秘法,依法执行后幸福地成了家。普罗普注意到这类故事与伐林耕作经济的关系:为了垦田而砍伐举行祭礼和祖先安睡的森林,人们为此心

生恐惧。据弗雷泽记录，开荒后下种前，人们向着死者的灵魂祷告说："你们就呆在林子里吧，别老到地里来。让那些帮助我们开荒的人过上好日子吧。让每家的芋头都长得旺盛吧。"① 人们认为林中的动物飞出来毁坏农田，是来自祖先的报复，因为他们开垦的是原本神圣的举行祭礼或埋葬祖先的禁地。然而，开垦禁地的人们依然可以依靠祖先的护佑，赠予者必然出现在童话里，带着那些来自禁地的宝贝准备转交给主人公。只是，为了获得财富与力量，主人公需要更多的智慧甚至狡黠。

第二节 善良的人与有力的人

成人仪式的核心环节"获得宝物"，构成了中西童话的重要情节。但是，由"获得宝物"出发，林兰童话走向了与格林童话、俄罗斯童话不同的叙述。

除了表明主人公得到了宝物，林兰的故事还往往增添了关于"两兄弟"的正反叙述。尤为突出的是"入山得宝"和"狗耕田"类型，以至于许多研究者都从兄弟分家出发理解故事。这方面伊藤清司的论述颇有代表性，他比较了中日韩三国的"狗耕田"故事，强调了遗产分割制度对故事的影响，并察觉到故事最终表达的是"正义要伸张，弱者应该得到同情，不公应该得到纠正"②。基

---

① 〔俄〕普罗普：《神奇故事的历史根源》，贾放译，北京：中华书局，2006年11月，第203页。
② 〔日〕伊藤清司：《中国、日本民间文学比较研究（在华学术报告集）》，辽宁大学科研处编印，1983年8月。此处引用的是刘守华的转述。伊藤清司的原话是："在中国，行善助弱的故事代表了众多善良群众的愿望。"

于这一点，刘守华对丁乃通的分类提出了异议。他指出丁乃通将中国的"狗耕田"和"卖香屁"故事附在欧美故事类型503号"小神仙的礼物"之下，忽视了中国形象与西方形象的差异，最重要的是，忽视了"兄弟分家"才是故事得以发展演变的社会文化基础。① 丁乃通和刘守华的分歧颇有意味地反映了得宝故事的历史起源与中国走向之间的问题。形成故事的第一核心应是"狗会耕田"。最初"狗耕田"的确与"神奇的礼物"相关，只不过随着人们对财产分配制度的现实体验，故事中作为宝物和神奇助手的狗被说成是祖先的遗产，故事在"获得宝物"这个第一核心之外被附加了第二核心——兄弟分家。② 第二核心的出现使故事意蕴发生了变化，因为中国的两兄弟模式明显地传达了惩恶扬善的主题。虽说这一主题并非中国独有，但却成为中国童话的显著特征。

检阅林兰入山得宝型故事和分家得宝型故事，哥哥的恶行和对哥哥的惩罚这两方面的情节真可列出一个不短的清单（见表9）。

表9 林兰入山得宝型和分家得宝型故事中的恶行与惩罚

编号	故事名字	恶德恶行	对恶行的惩罚	对弱者的奖赏
48	兄弟两个	弟弟骗走属于两人的钱袋	鼻子拔长又变凹	得木棍（变酒肉）、金银、苦水变甜和造桥秘诀
61	瓜王	分给弟弟差田	被猴子扔下水	得金银

---

① 刘守华：《兄弟分家与"狗耕田"——一个中国民间流行故事类型的文化解析》，《商丘师范学院学报》，2001年第1期，第19页。
② 如程蔷所说，幻想故事的最初形态是围绕主人公和帮助者展开的，反面角色为后来增添。参见：程蔷《关于幻想性民间故事的人物类型》，《思想战线》，1981年第6期，第45页。

续表

编号	故事名字	恶德恶行	对恶行的惩罚	对弱者的奖赏
68	鹿的故事	不孝、贪婪	手被鹿的肛门夹住	得金银
72	灰丸子	压榨弟弟劳力	被猴子拖死	得治病娶妇法
95	猴的故事	婆婆虐待媳妇	变猴、屁股被烙	得满头金钗
140	两兄弟	弃弟在荒山	被虎吃掉	得蛇珠、如意宝
147	二兄弟（一）	弃弟在海滩	被鸟捉出黑心	得如意葫芦
148	二兄弟（二）	弃弟在山下	鼻子拔长又变凹	得变酒菜的葫芦
149	二兄弟（三）	弃弟在山下	遭仙人打死	得藏黄金处、治病娶妇法
18	兄弟分家	仅分给弟弟狗，又打死狗	被树上落下的砖瓦打破头	得金银
33	两兄弟（一）	什么都不分给弟弟，打死狗	被树上落下的毒虫咬死	得田地、房屋、金银
34	两兄弟（二）	仅分给弟弟薄地和狗，打死狗	得雁粪，被国王塞屁塞	得雁蛋、金银
47	三兄弟分家	仅分给弟弟猫狗，打死猫狗	树上狗屎落头上，被大官打，塞屁塞	得元宝、雁蛋、银子
104	兄和弟	仅分给弟弟狗，弃弟弟在荒山	得牛屎，被群兽吃掉	得金银

总体上看，针对如何惩罚恶哥哥的想象力甚至超过了弟弟如何得到赠予。同样以兄弟分家开篇的法国童话《穿靴子的猫》只专注于弟弟的发家致富，除了在分家时提到哥哥得了石磨和驴子之外，后面对哥哥只字未提。同样以获得宝物和兄弟纠葛为故事内核的俄罗斯童话《忧愁精》和《两种命运》，对于不救济兄弟的行为也不太在意，其中一方被惩罚主要是因为妒忌致富的另一方，想要去把忧愁精放出来，结果自己被缠上了。在《忧愁精》里，哥哥后来还用聪明的法子摆脱了纠缠。而以林兰童话为代表的中国

第五章 成"人"的核心意识:林兰"得宝型"童话解析

童话却如此在意哥哥的恶行,原因何在呢?因为哥哥抛弃弟弟的行为背离了中国人的正义观,重家庭伦理的中国文化更看重仁爱之心,所以对哥哥的不仁尤其在意,不忘施以惩罚。

相应地,一开始被剥夺和被损害的弟弟最后得到了宝物,童话强势地表达了对弱者的同情。佩里·诺德曼注意到童话中有一种"情境决定美善"的现象,即处于弱者一方的人总被认为是善良的,而对善良的奖赏就是赠予宝物。[①]林兰童话比西方童话更加强调善良。普罗普根据俄罗斯童话将"赠予者考验—主人公反应"这一功能组细分为十个小类:1.考验主人公—经受住考验;2.问候盘问—回答;3.垂死者或死者求助—为死者效劳;4.被囚者请求释放—放走囚者;5.向主人公求情—怜悯求情者;6.纷争双方请求为他们仲裁—为纷争双方和解;7.其他请求—提供某种效劳;8.敌对方企图消灭主人公—使自己免遭谋害并以牙还牙;9.敌对方与主人公交战—战胜;10.向主人公展示有魔力之物,并提议交换—同意交换,并运用魔力对付原主。[②]这些行动类别见于林兰童话的仅第2、3、5项,也就是说受鼓励的行为都表现了怜悯和善良。这并不奇怪,奇怪的是与格林童话和俄罗斯童话相比,林兰童话的主人公做的比较少,仅仅表现了仁慈的举动,而没有勇敢、机智和不顾一切。仁慈决定一切,仁慈决定弱者获得宝物,而弱者也总是仁慈的。

相较而言,格林童话和俄罗斯童话不那么强调善恶,或者说

[①] 〔加〕佩里·诺德曼,梅维丝·雷默:《儿童文学的乐趣》(第三版),陈中美译,北京:少年儿童出版社,2008年12月。
[②] 〔俄〕普罗普:《故事形态学》,贾放译,北京:中华书局,2006年11月,第36—39页。

道德标准更为多元。格林童话《金山王》《乌鸦》《水晶球》中的主人公遇见巨人或强盗争夺法宝，便以仲裁者的身份带走了宝物。阿法纳西耶夫的《中了魔法的公主》和《蛇公主》则更甚，主人公干脆杀了分宝的妖怪和提议以宝换宝的老头。因为对方是强盗、怪物、小鬼或者巨人，主人公从他们手里连骗带抢的顽劣行为便显示出力量。格林童话以各种各样的宝物获得方式展现主人公的能力：《无畏的王子》中的王子不畏惧沉睡的野兽才摘下了金苹果。《星星银元》中的穷姑娘将所有的一切赠给他人，天上的星星才朝她落下变成银元。《农民与魔鬼》中魔鬼答应让农民的田地丰收，但要求拿走一半的收成。第一年，农民与魔鬼约定，地上的归魔鬼，地下的归自己，然后聪明地种了萝卜；第二年，魔鬼汲取教训，要求占有地下的收成，农民却种了麦子……我们看到勇敢、善良、机智都需要通过积极的作为来表现。也就是说，获赠者仅仅善良还不够，还需要通过其他的能力考验。格林童话《三兄弟》，父亲明白地对儿子们说："哪个活儿最漂亮，哪个就要这幢房子。"俄罗斯童话尤其崇尚武力，《王子与仆人》的主人公伊凡就是最勇武的那一个，他在比力气中获胜，挥舞利剑砍掉蛇妖九个脑袋，横在他前进路上的铁石旁写着："谁把此石抛上山，金山大门对他开。"力量是进入圣地获得宝物的保证。没有力量，即便获得宝剑也无法使用它。

如果说成人仪式通过转交宝物而传达出什么才是值得奖励的人类品质，那么格林和阿法纳西耶夫童话强调了"有力"，林兰童话则强调了"善良"。所以，格林童话等西方童话的主人公更多地获得了带领他们出门远行的马和征战杀伐的剑以及解除魔法的力量型宝物，林兰童话的主人公则更多地获得了耕田的狗和金银等生存型宝物。①"善良的人"和"有力的人"在中西童话中都有存在，只是就文化选择和倾向上来说，产生于农耕文化的林兰童话更强调前者。

第三节　神圣空间的营造

前面提到童话对"弱即是善"的假设，弱小的弟弟一般而言都比较善良，而富有的哥哥则狠辣又贪心。弟弟富有之后会怎样？要么，过上了幸福的生活，结尾用一句话回避了问题；要么，令主人公再次失去宝物，重新落入被损害的境地，发展出"得宝—失宝—寻宝"结构。

林兰集中的"猫狗寻宝"代表着中国式"失宝寻宝"结构：前半段讲一个人由于种种原因（常常是救护动物）获得宝物，后来宝物被偷走，家里的猫狗结伴去寻找，猫要挟老鼠咬破箱子找回宝物。结局极具可塑性，有的讲宝物回归皆大欢喜，有的讲猫狗因争夺功劳结为仇敌，有的讲猫狗因被主人误认为盗宝贼而被打死。故事结局容易变动，主干结构却相对稳定。和结构同样稳定的是，故事前半部分得宝情节聚焦于人，后半部分寻宝情节聚焦于动物，对动物寻宝的叙述远比人类得宝生动有趣。动物助手如此活跃，以至于在幼儿园讲述时听到小猫被主人误作盗贼而打死，孩子们的同情和惋惜一致倾注于动物。就功能角度看，猫狗是助手，但

---

① 普罗普将俄罗斯童话中的宝物分为：动物（马、鹰等）、能够变成神奇相助者的东西（内藏马匹的火镰、内藏好汉的指环）、具有神力的东西（大棒、宝剑等）、直接赋予主人公的神性（力气、化身为动物的本领等）。参见：〔俄〕普罗普《故事形态学》，贾放译，北京：中华书局，2006年11月，第39—40页。

就情感认同而言，猫狗取代了主人而成为童话主人公。进一步说，在对神奇之物的崇拜中，人消失了。莫里斯·古德利尔在《礼物之谜》中写道："原本是人驯育了农作物和动物，发明了工具和武器，但神话却用一些事实上并没有做过这些的想象性的人来替代做了这些的真实的人，说是这些想象性的人从神或创世英雄们那里接受了这些恩惠。"① 正是因为人将自己的一部分想象为神或超人，剩下来的另一部分也就无力去做祖先曾经完成的事业，结果他自己就不再是行动者而只能被动地接受赠予了。

力量被人从自己身上分离出去，这解释了为什么童话中的一方总是富有魔力的神奇助手，另一方则总是需要帮助的主人公。中国式猫狗寻宝型童话，甚至模糊了人的痕迹，令动物助手跃居为第一主角。这就打破了程蔷基于民间文学的特殊性而对幻想形象所做的界定。她认为幻想故事的主人公是正面角色，人们在这类角色身上灌注了自我认同和生命体验，在主人公的命运中看到自己的未来。其次是辅助角色，体现了故事的神奇部分，鲜明、丰满、引人喜爱。虽然神奇助手对情节发展起关键作用，但相对普通的正面角色才是人们心之所系，才是民间故事的主人公。② 程蔷这一观点具有人本主义精神，体现了从幻想故事中发现人的基本关怀。应该说，中国人也并非一味地使自己淹没于神奇之物。据张光直所言，周代后期，这种努力已经露出了端倪，原本沟通神人世界的

---

① 〔法〕莫里斯·古德利尔：《礼物之谜》，王毅译，上海：上海人民出版社，2007年4月，第208页。
② 程蔷：《关于幻想性民间故事的人物类型》，《思想战线》，1981年第6期，第44—45页。

第五章　成"人"的核心意识：林兰"得宝型"童话解析

神奇动物，一变而为人们与之作战的对手，传递出人对神的反抗。[①]只是在记录下来的中国幻想故事中，激烈的作战往往集中在实力相当的仙人之间，而普通人对于天界的反抗通常需要被逼入绝境才可能发生，诸如勾掉生死簿上的名字、捉弄阎王逃出阎罗殿等都反映了这种求生存的幻想。相比之下，俄罗斯童话中伊凡与蛇妖的打斗、格林童话中王子公主与魔法的较量都更加积极、频繁和激烈，由此清晰地浮现出"有力的人"的形象。

　　如果说，主人公的魔力依赖于神奇助手，那么主人公待在获赠者的位置不去作为，而由神奇助手代替他活跃在故事中也就无可厚非。然而，贯彻了人本主义精神的西方文化更为关注人的行动。西方童话有关神奇助手的情节或多或少体现了这样的情怀，表现在叙事策略上：一是主人公在得到宝物和助手之后，仍需依靠自己的力量。格林童话《七只乌鸦》里的妹妹得到了启明星赠给她的开山宝物，在关键时刻宝物失灵，她用自己的手指打开了大门；俄罗斯童话《王子与仆人》里的伊凡能够叫来力大无穷的勇士，在勇士杀死两个蛇妖之后，面对最凶猛的第三个蛇妖，伊凡加入了战斗。神的帮助和自己的努力都不能少，但最重要的还是自己的努力，正如格林兄弟在《乌鸦》中借巨人之口所说的"剩下的路，你可以单独一个人走啦"。二是将神奇助手还原为获得帮助的人。格林童话《金鸟》《忠实的费雷兰和不忠实的费雷兰》中帮助王子的动物在最后都变成了王子。也就是说，这篇童话中作为动物的神奇助手在另一篇童话中就是作为王子的需要帮助的主人公。

[①] 张光直：《中国青铜时代》，北京：生活・读书・新知三联书店，1983年9月，第310页。

但不管如何强调人的力量，有一点是无法改变的，那即是，童话需要神奇之物，通过神奇之物童话营造了"成为人"所需要的神圣空间。为了突出神奇之物，即便它被赠给人，即便它在人内部，也需要独自发光。貌似无为的"善良的人"和积极行动的"有力的人"便不仅仅是文化选择和文化差异的问题，而从不同侧面提供了对作为人类力量之源的神圣空间的探索。

　　首先，人是力量的真正来源，人发明了神和神圣空间，通过仪式人又将神和神圣空间的力量交付自身。童话的仪式起源表明"童话中人类奇异助手所表示的不是人的软弱，相反，恰恰是人的力量"[1]，关键在于如何获得和理解这种力量。从成人仪式看来，人首先通过神和神圣空间的发明而将力量置于永恒的源泉之地，以便此后能够一次又一次地与赠予者取得联系而获得这力量。那么，仪式上和童话中的"获得宝物"就可以被解读为与神圣空间取得联系的能力。林兰童话中因为善良而获得赠礼与格林童话、阿法纳西耶夫童话中因为行动而获得赠礼，归根结底都属于由联系神圣空间而产生的联系万物的能力。其次，在神圣空间里，原初的赠予是无私的，它昭示了世界运转的动力。这一点，童话也给出了暗示。阿法纳西耶夫《妖精妹妹和太阳姐姐》讲到伊凡在逃离吃人妹妹的途中遇见了林中赠予者，三个赠予者对他诉说忧虑，他因为什么也不能做，也就没能得到赠予。太阳姐姐同情他，赠给他三样宝贝，使他在归途中得以解决三位赠予者的问题，因此获得了回赠。回赠的宝物帮助他从妖精妹妹那里逃走，太阳姐姐帮助他战

---

[1] 〔俄〕阿·尼查叶夫：《论儿童读物中的俄罗斯民间童话》，转引自罗永麟《试论〈牛郎织女〉》，载苑利主编《二十世纪中国民俗学经典：传说故事卷》，北京：社会科学文献出版社，2002年3月，第101页。

胜了妖精妹妹。故事蕴含着这样一个逻辑：为了得到宝物，需要应对考验；为了应对考验，需要一个无须回报的帮助。所以，太阳般的赠予才是真正的力量源泉，被赠者甚至什么也不用做，在穷弟弟得宝的故事中，驱动故事的怜悯情怀中就深藏着这种无私给予的力量。

利普斯说："地球上任何民族的教育都是包括双重目的的。第一个目的是传授谋生的技术。第二个更重要的和更费力追求的目的是培养孩子、少年和青年男女的道德、智力和宗教意识，以便将自己和社会维系在一起。原始人这种责任感，使他们超过周围的低级生物。"[①]谋生的技能使人有力，道德和宗教意识使人善良，原始人通过仪式上的转交宝物，同时鼓励了有力和善良，为了将这种品质传承下去，原始人创造了他们的神以及神圣空间。无论是强调力量的西方童话还是崇尚善良的林兰童话，在神圣空间的述说和营造上都得到了原始思维和原始仪式的精髓。

---

① 〔德〕Julius E. 利普斯：《事物的起源》，汪宁生译，兰州：敦煌文艺出版社，2000年2月，第243页。

第六章　文化心态的冲突与自我迷失的寓言：林兰"失宝型"童话解析

失去的宝物、失去的乐园、失去的黄金时代、失去的美好往昔……人为这一切失去之物痴迷，并以心灵陶铸故事、品尝厚味，而宝物也就在失去中不断复现，甚至被聚焦、被放大。失去可以说是世界文学中的一个共同话题，但就童话这一偏爱圆满的文类而言，林兰童话丛书为以失去告终的故事留下那么大的份额就显得颇有意味。有时候，失去的理由是充分的，一如既往地传达着奖善罚恶的民意。但也有时候，宝物失去得令人遗憾令人惋惜。故事就这样使人徘徊于欲望的召唤和道德的满足之间，失去的宝物也就这样被系于文化的回响和自我的隐喻之中。在所有这些讲述失去的童话中，识宝取宝故事形态丰富，且传达了微妙而复杂的心态。学界主要的研究成果是阐释了隐含在故事中的农耕文化与商业文化的冲突[①]以及农民心态对冲突的表述。顺此思路进一步思考中西

[①] 程蔷：《识宝传说与文化冲突——识宝传说文化涵义的再探索》，载苑利主编《二十世纪中国民俗学经典·传说故事卷》，北京：社会科学文献出版社，2002年3月，第271页；万建中：《解读禁忌：中国神话、传说和故事中的禁忌主题》，北京：商务印书馆，2001年3月，第187页。

第六章 文化心态的冲突与自我迷失的寓言:林兰"失宝型"童话解析

童话的文化形态以及经由农耕走向商业这一社会转型带来的文化资源,会发现冲突的深层包含着取宝的愿望、对失去的担忧、对外来者的拒斥以及自我身份的体认与迷失。

第一节 知足:取宝观念中的农耕心态

林兰童话集《独腿孩子》中的《铁犁老头》以及附在其后的无名故事,和《鬼哥哥》中的《南蛮子故事之一:葫芦开山》都属于识宝取宝类型,但三者又代表着讲述的不同语境和不同趣味。

《铁犁老头》讲一个小秃子用仅有的几吊钱买了一只猪。这只猪不但不长大,反而越长越小,瘦成了毛老鼠。一个别宝商人却要出高价买走,说好三天内来撵猪。小秃子一追问才知道自己养了一只"熬海猪",能把大海熬干,捡到海底宝贝。商人离开后,小秃子便去海边熬猪,海水顿时一落千丈。海龙王请他停下,并答应以宝贝相赠。小秃子得巡海夜叉指点,得到有求必应的铁犁拐杖,从此致富。叔伯哥哥借走拐杖,因为不知铁犁老头只满足穷人,非要人家称他"富汉子",结果失去了铁犁拐杖。故事由识宝和两兄弟模式构成,大体不离穷人得济、富人出丑的调子。相比之下,附在《铁犁老头》之后的无名故事与《葫芦开山》将当地农人和外来商贾的纠葛进行到底并且令双方愿望落空,透露了两种文化心态的冲突及命运。无名故事代表了这类故事的经典讲法:有一人养一小猪,却一直长不大。别宝商人出重金买猪,约好三天内来取。这人听说猪肚子里有两支白蜡烛,取出点燃,则夜晚百宝都从门窗飞入,便独自剖开猪肚,不慎让两支白烛飞走。《葫芦开山》则更为曲折,比较接近洋人取宝故事,偏向对外来者的惩罚:南蛮子经过一

109

山，认出山中葫芦是开山之宝，出高价雇佣当地人李五替他看顾葫芦十二年。三年过去，李五耐不住摘下葫芦。南蛮子只得开山，叫李五在外面等，自己进山装金子。由于贪心，南蛮子要去取金殿上的金马，惹恼金老娘，两人互相厮打起来。李五等得不耐烦用葫芦打山，南蛮子被闭在山中。相比之下，无名故事最为充分地描述了农商文化相遇时的情境，也最为接近唐人笔记的讲法：农人有宝不识，而商人知其能够生财，以重金购买，约好日后来取。农人问得宝物用处，自己去试，不慎毁掉宝物。

  识宝取宝故事最早见于唐人笔记。戴孚《广异记》有《破山剑》一篇，其中胡人欲购而农人搞砸的宝物是耕地所得的破山剑。程蔷注意到，来自土地的剑、葫芦、金牛等宝物是产生于农耕生活的幻想。[①] 顾希佳则从埋宝于地的生活习俗解释了"地产宝物"的幻想起源：富贵人家藏于地底的宝物因时代风雨和家庭败落而为不相干的人获取，此种传说为人所乐道，形成了"凶宅捉怪得宝"的故事类型（败落的大宅里夜夜闹鬼害死不少人，但主人公却不为其害，或偷听或审问得知地底埋藏的金银而掘财暴富）；更有甚者藏宝于深山玄潭，民众因此幻想一朝时来运转觅得万贯家财，又产生了"石门开"故事类型（山洞石门里藏着稀世珍宝，一人得知开门的口诀或钥匙，打开石门顿时致富）。[②] 老百姓对金银财富的幻想，不仅体现在故事中，同样也流溢于游戏习俗中。苏轼《盘游饭谷董羹》写道："江南人好作盘游饭，鲊脯脍炙无不有，然皆

[①] 程蔷：《民间叙事中的宝物幻想》，《民族艺术》，2002年第1期，第99—100页。
[②] 顾希佳：《"鬼屋"的新主人——"凶宅捉怪"故事解析》《世代寻宝梦——"石门开"故事解析》，载刘守华主编《中国民间故事类型研究》，武汉：华中师范大学出版社，2002年10月，第287—298、299—313页。

第六章　文化心态的冲突与自我迷失的寓言：林兰"失宝型"童话解析

埋之饭中，故里谚云：'撅得窖子。'"①《嘉莲燕语》记载："吴俗迁居，预作饭米，下置猪脏共煮之。及进宅，使婢以箸掘之，名曰掘藏，阖门上下俱与酒饭及脏，谓之散藏，欢会竟日。后人复命婢临掘向灶祝曰：'自入是宅，大小维康；掘藏致富，福禄无疆。'掘藏先祭灶神然后食。"②至今，中国家庭在新年包饺子时，仍不忘藏一枚硬币或代之以红枣等物，以无意中吃得为有福。游戏的兴味也同样逗引出掘藏之喜。

对宝物的欲求催生出识宝取宝故事的初始情节，而对不劳而获的担忧则进一步兴起了叙述的波澜，形成了故事的内在张力。故事里所忧之事总是成真，因此，宝物必然失去——这也是识宝取宝故事的普遍模式。对农民来说，唯有辛勤劳作才能获得土地的馈赠，他们不相信天上掉馅饼这回事。《太平广记》载唐人牛肃《纪闻》里的《嵩山牛》③很能说明这种心态：

> 唐先天中，有田父牧牛嵩山，而失其牛，求之不得。忽见山穴开，中有钱焉，不知其数。田父入穴，负十千而归。到家又往取之，迷不知道。逢一人谓曰："汝所失牛，其直几耶？"田父曰："十千。"人曰："汝牛为山神所将，已付汝牛价，何为妄寻？"言毕，不知所在。田父乃悟，遂归焉。

---

① 苏轼：《苏轼文集》，茅维编，孔凡礼点校，北京：中华书局，1986年3月，第2153页。
② 佚名：《嘉莲燕语》，转引自万建中：《解读禁忌：中国神话、传说和故事中的禁忌主题》，北京：商务印书馆，2001年3月，第187页。
③ 李昉等编：《太平广记》卷四三四，北京：中华书局，1961年9月，第3518页。

"何为妄寻？"点破了对宝物的痴想。商人不事生产，单靠物物交换便能"让钱下小崽"的方法在农民看来是不牢靠的。要求过多，贪婪不止，肯定是要受到惩罚的。所以，农人对于不经自己努力而获得的赠予，多少带有一些原罪感。《地藏菩萨和牛》中讲到，地上本来没有牛，地藏菩萨向玉帝请求赠给农民。农民却不善待牛，地藏为此受罚入地狱。《金华老龙》中，老龙背着玉帝为金华人降雨，并托梦给县太爷，请大家三十夜用清水谢年，表示年景不好，以瞒过玉帝。金华人却用酒水谢年，致使玉帝察觉，斩了老龙。此类故事，都因为行为上的不当，而造成了赠予者的苦难。惩罚未施加在人身上，人才更加有罪。进一步说，由这些传说而解释的七月三十祭菩萨和元宵闹龙灯等习俗起源，也一样透露着农耕式的隐忧、罪感与自发补偿。

"失去型"故事对农耕心态的表述还体现在它以鼓励知足的方式维持着穷富之间的平衡与日常生活的安宁。"井水变酒"型故事和"太阳山"型故事便扎根于这种思想。"井水变酒"故事初见于元代[①]，林兰童话集中收录了一则《不知足的善人》。故事讲一仙人为答谢卖家的慷慨，将井水化作美酒，卖家因此致富，后卖家叹息无酒糟喂猪，仙人不乐，令井水不再出酒。明朝江盈科《雪涛小说》"王婆酿酒"一则，文末附有道士题壁诗"天高不算高，人心第一高，井水做酒卖，还道猪无糟"，劝诫意味更为突出。"太阳山"故事如林兰集中《鸟为食死，人为财亡》，兄弟分家，弟弟得树，因穷困无奈而欲砍树。树上乌鸦为保树而将弟弟带至出太阳的金子地。

---

① 祁连休：《中国古代民间故事类型研究》（修订本·卷中），石家庄：河北教育出版社，2007年5月，第789—792页。

第六章 文化心态的冲突与自我迷失的寓言：林兰"失宝型"童话解析

弟弟装了一袜子金子，回去盖屋娶妻。富有的哥哥学样来到金子地，装了一袋又一袋，直至太阳出来，灼热而死。后一夜乌鸦又来，因贪吃哥哥的肉，也被太阳光射死。顾希佳比较了"太阳山"故事与阿拉伯故事《辛巴德航海历险记》，认为前者鼓励知足常乐，而后者鼓励冒险拼搏，极有代表性地说明了农耕心态和商业心态的异趣。[①]

穷困者一方面为了更好的生活幻想着从天而降的宝物，另一方面，又经受着不劳而获无法长久的担忧。聚宝盆和摇钱树都不可靠，有时就出现了得到天赐宝贝的主人公与恶富人换家的情节（88号《龙王公主的报恩》、142号《海龙王的女儿》）。穷人变富，富人变穷，"风水轮流转"，民间童话制造了一个封闭的循环系统，而中国人又在这个循环之中发展出一套小富即安甚至固守穷困的生活之道。所谓"穷易过富难享"[②]，为了安于在古老的土地上躬耕劳作、勤俭持家，失去宝物似乎成为一种解脱。

第二节 进取：取宝观念中的商业心态

识宝取宝故事往往有一个没有明说的禁忌，因为主人公对此无知而致使宝物失去作用，最终一无所得。弗洛伊德认为禁忌总是伴随着"那种原始的、想从事禁忌事物的欲望……在潜意识中，

[①] 顾希佳：《人为财死，鸟为食亡——"太阳山"故事》，载刘守华主编《中国民间故事类型研究》，武汉：华中师范大学出版社，2002年10月，第318—320页。

[②] 陆震：《中国传统社会心态》，杭州：浙江人民出版社，1996年3月，第162页。

他们极想去触犯它"①。反映在故事中,有"设禁"必有"违禁",而且违禁必带来一定的后果。邓迪斯总结道,故事可能以违禁之后果结束,也可能继之以试图逃离,逃离则可能成功也可能失败。也即是说,"设禁—违禁—后果"在结构上具有稳定性,而试图逃离惩罚并获得成功则相对随意,这取决于"特殊的文化或者这种文化中特殊的讲述人"②。

从中国童话来看,故事更加强调惩罚的不可逃离,尤其是对围绕宝物的禁忌,稍有触犯即施现报。河合隼雄分析了《日本民间故事大全》中"龙宫童子"类故事,他写道:"几乎所有的故事都描写主人公或者及其亲人因为世俗成见而失去从龙宫得到的宝物。更多的故事描写虽然主人公并不势利,却因为他的弟弟、妻子等人的贪心,导致失去宝物。"③这种情况,在林兰童话"宝物的失去"类型中也多次出现:如9号《小三鬼的故事》因为妻子的偷窥偷吃而使主人公失去了帮他捕鱼的小三鬼;144号《吹箫人》因为邻居不会用万应盒和如意棒,气得丢在地上说"不要了",致使宝物消失,等等。也不乏万建中所说的嘲禁型故事,通过描写违禁而不受罚,嘲弄禁忌使之无力,但所针对的多是"不宜动土"等语言禁忌,想象和题材颇受限制④;还有一种解禁型故事,虽有解除

---

① 〔奥〕弗洛伊德:《图腾与禁忌》,杨庸一译,北京:中国民间文艺出版社,1986年5月,第48页。
② 〔美〕阿兰·邓迪斯:《民俗解析》,户晓辉编译,桂林:广西师范大学出版社,2005年1月,第16页。
③ 〔日〕河合隼雄:《日本人的传说与心灵》,范作申译,北京:生活·读书·新知三联书店,2007年6月,第175页。
④ 万建中:《解读禁忌:中国神话、传说和故事中的禁忌主题》,北京:商务印书馆,2001年3月,第278页。

第六章 文化心态的冲突与自我迷失的寓言:林兰"失宝型"童话解析

禁忌的欲望[①],但也无法超越对禁忌的恐惧而集体转向了持守和无欲。总体而言,受小农意识的影响,林兰童话过分地渲染违禁后果,"从某种程度上扼杀着狂盛的进取精神"[②]。

以"取宝禁忌"和"违禁后果"分析格林童话和阿法纳西耶夫童话,两者表现出由游牧进入商业的西方文明所具有的开拓性和创造性。

违反禁忌总是以得到宝物和幸福告终。阿法纳西耶夫的《马、台布和号角》中,前两次傻儿子从仙鹤那里得到了产银子的马和摆饭菜的台布,他禁止妈妈说启动魔法的咒语(设禁),妈妈忍不住说了(违禁),得到马产的银子和台布招待的饭菜(获赠)。有趣的是,第三次仙鹤送给傻子一个号角,妈妈再次说了咒语(违禁),结果被打了一顿(受罚)。惩罚是惩罚了,但宝贝仍然属于傻子,靠着它傻子过上了幸福的生活(仍获赠)。故事并不专意于惩罚,而以喜剧的方式轻轻触及设禁招致违禁的后果和宝物携带的暴力因素。另一则童话《火鸟和瓦希莉莎公主》中,射手得到一根金羽毛,骏马劝他"别交给国王"(设禁),他交给了国王(违禁),国王命令他去捉金鸟,捉来了金鸟,又命令他去找公主。他找来了公主,国王被烫死,自己与公主成婚(获赠)。格林童话《乌鸦》中,公主对主人公说"不要喝老太婆的,不要睡着"(设禁),主人公吃了睡了(违禁),虽然因此没有解救公主,但公主送他三样宝贝(获赠),叫他去急流山金宫救她,并且说"在那里你有力量救我"(晓示力量),途中他再次获得宝物,救回公主。

---

① 万建中:《解读禁忌:中国神话、传说和故事中的禁忌主题》,北京:商务印书馆,2001年3月,第259—273页。
② 姜典凯:《民间故事中的小农意识》,《民间文学》,1987年第2期,第47页。

西方童话的另一个叙事逻辑表明：禁忌之物内藏力量，违禁则获得力量。与禁忌相关联的情感是欲望与恐惧，当欲望战胜了恐惧，宝物的力量便释放并转移到违禁者身上。阿法纳西耶夫童话《神奇的衬衫》中，伊凡后来得到的马和金子、宝石就藏在禁止他打开的房间里。童话中违反禁忌的人最终能得到宝物走向成功，也即是说，他"会因为必须克服困难而拥有力量，使自己更上一层楼"[①]。在禁室型故事中，我们也能看到违禁所带来的力量。女子进入了丈夫禁止她进入的房间，里面通常是残肢断体，但女子不仅克服恐惧，逃脱了丈夫的威胁，还使他落入自己的控制。在格林童话《菲切尔的怪鸟》中，三女儿打开禁室，看见两个姐姐的碎尸，将她们拼好并令其复活，故事接着写道："现在他不再有摆布她的魔力，只得按她的要求办了。"格林童话《骗子和他的师傅》和阿法纳西耶夫童话《绝招》都展示了主人公用从师傅那儿学来的法术几次三番斗败师傅的过程，其中最精彩的段落是主人公的父亲忘记了主人公的交代，把不该卖的东西连同主人公变的动物卖给师傅，致使主人公被拘，而主人公总能设法逃脱，并引发一连串花样百出的变形逃遁。在这个故事中，"设禁—违禁"情节将主人公逼到一个受限的环境，正是为了展示他的力量。

除了获得宝物和宝物中的力量，违禁在格林和阿法纳西耶夫童话中的另一个功能是促成主人公的出发。格林童话《金娃娃》改变了《渔夫与金鱼》惩戒贪婪的主题，金鱼赠给渔夫宫殿和装满食物的柜子，告诉他"不能向世界上任何人透露你的幸福是哪

[①] 〔日〕河合隼雄：《日本人的传说与心灵》，范作申译，北京：生活·读书·新知三联书店，2007年6月，第124页。

第六章　文化心态的冲突与自我迷失的寓言：林兰"失宝型"童话解析

儿来的"，他当然还是告诉了纠缠不休的妻子，结果一切烟消云散。同样的事情发生了两次。当他第三次打到金鱼时，金鱼将自己赠给渔夫。妻子的违禁最后带来的，是由金鱼化作的两个金娃娃、两匹金马和两朵金百合。金娃娃长大后骑上金马出去闯世界。格林童话《金鸟》和阿法纳西耶夫童话《伊凡王子、火鸟和大灰狼的故事》则完全是"设禁—违禁—出发"的不断重演。仅举《金鸟》为例：王子出发寻找金鸟，狐狸告诉他地点和方法，并说别碰金笼子（设禁），他不听（违禁），被金鸟国王捉住，金鸟国王让他找来金马换金鸟（出发）；狐狸再次指点他，并说别碰金马鞍（设禁），他不听（违禁），被金马国王捉住，金马国王让他找来金殿公主换金马（出发）；狐狸指点他，并说别让金殿公主见她父母（设禁），他不听（违禁），受制于公主父亲，又是狐狸助他完成考验，带走公主（出发）……主人公如此热衷于出发，无怪乎普罗普将"设禁—违禁"作为故事的铺垫部分放在主人公离家的开场部分之前。① 格林童话和阿法纳西耶夫童话的主人公个个都是从离家出发开始书写自己的命运——几乎可以说，没有"离家出发"，童话无法开场。格林童话讲述主人公离家之后通常都能得到宝物，而得到宝物又被导向现代语境中的自我完成。《玻璃瓶中的妖怪》中，樵夫的儿子得到一块会治病会变银子的布条，但他仍旧离家完成学业，成为名医。《两兄弟》中，父亲不愿意把双胞胎留在家中，因为他俩吃了金鸟每天都吐出一块金子。猎人听见说："这才不是什么坏事哩，只要你们仍旧老老实实，不因此懒惰起来。"双胞胎便

---

① 〔俄〕普罗普：《故事形态学》，贾放译，北京：中华书局，2006年11月，第116—119页。

跟着猎人学打猎，学得本领之后，他们像童话中的主人公该做的那样——出去闯荡，新的故事这才开始了。

整体上看，以格林和阿法纳西耶夫为代表的西方童话对"获得宝物"的情节叙述远不如对"交锋—战胜""难题—解答"这两组情节重视，"宝物的失去"则基本上不在叙述视野里。西方童话中没有那种患得患失，"设禁和违禁"不是用来警戒和说理的，而是为了交代出发的决心和成长的力量。

第三节　自我迷失的寓言

识宝取宝童话中农人和商人都表现出对宝物的欲求，而最终却谁都没能得到宝物。以往的研究从表层和深层都做出了解释：从表层说，因为农人对日常生活中的事物缺乏物物交换、变废为宝的商业头脑，即便被告知是宝贝，也不知如何使用，致使宝物失灵，钱财落空；而从深层说，农人因为自己的行为而糟蹋了宝物，使商人落得两手空空，实际上是农人应对商业冲击时的心理反抗与精神胜利。问题是，不管站在哪一方来体味，童话都给人以失去的遗憾。如果我们不仅仅从文化冲突的角度，而试着从文化转型中的自我身份建构来分析，那么这类讲述失去的童话便呈现出全新的心理象征和意识形态：农耕代表着文化的过去，商业则代表着文化的发展。童话的深层隐含着这样一个问题：在从农耕走向商业、走向现代的过程中，人们遗忘了什么才招致空无？

明代徐应秋《玉芝堂谈荟》将唐人笔记中的识宝故事编入一个条目，命名为"异宝难识"。但谁不识？如何不识？须以现代的知识和眼光重释。

第六章　文化心态的冲突与自我迷失的寓言：林兰"失宝型"童话解析

首先是农人不识。

农人对于宝物有两样不识。一是不识自家东西是宝贝。诸如葫芦、萝卜、黄瓜、稻草、猫、马、猪之类，看似寻常而不起眼，却拥有打开藏宝空间的力量。但这一点不识无伤大碍，商人的交易很快点醒了他，但最终仍然失去了宝物，原因在于不识宝物的神圣本源。

农人并不真正理解宝物之为宝物的神圣性，也不具备维护神圣所必需的知识。《南蛮子故事之一：葫芦开山》里的农人不在乎什么宝贝葫芦，只为赚取南蛮子的银子而看守葫芦，因为不耐烦而折损宝物灵气，最后还将南蛮子闭在地底。这种讲法与洋人取宝故事一样，被导向仇视掠夺、一致对外的情绪，而抛掷了自我的问题。附在《铁犁老头》后的无名童话则更接近唐人笔记，因而也更能代表农业遇到商业时的文化回应。农人得知猪肚子里有两根招财进宝的蜡烛，擅自破开猪肚，却不知如何守护，反叫蜡烛飞去。《常州民间故事集》中有一篇《金牛石》[①]，讲得更为清楚：某村有一块捶稻草的大石头，一日，一个外地商人路过此地，要出高价买下。村人追问缘由，得知石头里有条金牛，便不肯卖，把石头搬进屋里，收藏起来。几年后商人再次经过，一看，摇头说道："那块石头放在外面，金牛能日晒太阳，夜吃露水，你们每天在石头上捶稻草，就是给牛喂草；搬到家中以后，金牛晒不到太阳，吃不到露水，更加吃不到稻草，已经被活活饿死了。"农人年复一年地在石头上捶稻草，遵照祖上的行为习俗对待宝物，但却只能从表面的用途上理解这行为，并不知另有其重大价值。造成无知的是传统和传统

---

① 常州市民间文学集成编委会编：《常州民间故事集》，北京：中国民间文艺出版社，1989年5月，第207页。

价值的遗失，故事里的农人已经不能从根本上认识传给他的东西了。如果说宝物标志了自我，那么失去宝物意味着自我失去了与本源的联系，无法真正得到赠予而成为自足的个体。

然而，更重大却更为人所忽视的，是商人的不识。

商人来到村中，一眼辨出农民的宝物，并知道如何使它"生钱"。但对商人而言，宝物之所以为宝物，仅仅因为它可被用作获取金银的工具。殊不知唯有神圣性所激发的信任感才保障了金银能够作为货币使用。商人因为不识宝物之神圣，不识神圣之物无法交换而提出购买，破坏了神圣得以维持的禁忌，应该说这已经为"宝物的失灵"埋下了伏笔——提出购买，这才是宝物注定要失去的第一个原因。关于宝物的神圣性与金银货币的关系，莫里斯·古德利尔进行了详尽的分析。他认为，钱币必须具有权威，才能作为支付手段。历史的发展最终将普遍流通的货币锁定为金银，而同时金银也被用来装饰神灵的身躯，装饰那些执掌权力的人的身躯。中国皇帝住的是金銮大殿，中国民间对金佛尤为膜拜，古埃及人称黄金为"神身上的肉"，称法老为"黄金太阳神"[①]，如此等等，反复强化了金银的神性特质。各国的钱币通常都印有历史领袖的肖像，也透露出货币里面必须有类似于神的力量存在。"有钱能使鬼推磨"，这个俗语的使用通常包含着颇为暗黑的情绪氛围，带有浓重的重农抑商意识。但如果我们悬置惯常的使用语境，俗语的另一种意义——对神圣力量的传达——便显露出来。"钱"所具有的能力与"神"的能力如此接近，与成人仪式上赠予青年的神圣之

[①] 〔法〕莫里斯·古德利尔：《礼物之谜》，王毅译，上海：上海人民出版社，2007年4月，第190—193页。

第六章 文化心态的冲突与自我迷失的寓言：林兰"失宝型"童话解析

物如此接近，它们都可以充当披荆斩棘的利器和谋求幸福的法宝。过分地强调农业对商业的拒斥，就不容易认清它们延续和融合的一面。

莫里斯研究了一些仍然保有神圣之物的原始部落，这些部落同时也进行商业贸易。他注意到钱币的流通，必须与一些不流通的东西相联系，必须依靠这些东西的权威。而这些东西之所以具有权威，是因为它们来自神和祖先。马莱塔岛上的劳奥人，有一种被称为"禁忌钱币"的东西，这是一种不可转让的财富，是由非常古旧的树皮包裹着的贝壳钱和大海豚牙齿。据说如果谁违反了禁忌，使用这种钱，氏族就会灭亡。这个氏族另外还有一种"精灵束"，用一个澳洲朱焦叶束包裹着氏族祖先的遗物，族人相信通过持有这一物件便能保持与氏族根基的联系。精灵束和禁忌钱币都被认为是氏族繁衍和社会传承的力量来源。在新喀里多尼亚岛，贝壳钱的保存情形更充分地说明了钱币起源上的神圣性：贝壳钱串参与交换和流通，但其效力依附于一个神圣的柳条篮子。篮子里存放着一些钱，这些钱的不同位置代表着某位祖先身体的不同部位，挂篮子的钩子则被称为"祖先的头"。篮子、钩子由氏族首领精心保存，不得转让，永不流通。这些部落将氏族发展的最初动力交付于神，交付于祖先，这构成了他们对群体身份的记忆和建构。他们相信万物从源泉涌出，而源泉却不随一切变动不居而湮灭。钱币与世俗事物一样需要不断地与本源的神圣之物取得联系，生活世界才能够在继承以往的基础上追寻未来。

识宝取宝故事里的农人和商人却都未具备这种能力。农业文明对商业文明或抗拒，或与之发生冲突，但历史的车轮终究滚滚向前，文化的自我认知被甩在后面。人们无法避免敏感心灵在由农业到商业再到现代的进程中所产生的身份焦虑，而童话中"宝物的失去"正无意识地表达了这种来自文化心灵的深度担忧，即对神圣之源的遗忘和对自我身份标识的无法认知——一句话，表达了对迷失的担忧。故事里的农人和商人迷失在世俗空间里，他们交易，他们无知，他们破坏，他们失去……神圣空间曾经为他们打开，但终于在一瞥之后永久失去了。这一点使他们和其他的童话主人公区别开来（其他童话中的主人公总是能够取得与神圣之物的联系，进而获得安排世俗事务的能力，以生活的圆满昭示自我的圆满）。神圣空间不仅对应着过去，也对应着自我的一部分。神圣与世俗对个体而言，失去哪一部分都不能完备。被困在现实空间里的农人和商人与宝物无缘——正因为识宝取宝童话塑造了这一独特形象，神圣之物的价值延续、往昔和源头的重寻再现这些问题才无法避免地摆在我们面前，令我们思考人之为人的根基。

第七章　男性话语与女性话语：林兰"考验型"童话解析

"对人来说,最最重要的人生课题是成人,亦即怎样学习做人;因为人只有进入成年,才成为真正的人、完整的人,才是自己的主人。"①如何成人,成为什么样的人,从远古到现代都是最重要的人类话题。童话以寻宝、变身、死亡考验等情节回应并重解着远古成年礼的仪式行为与成人意识。从某种意义上说,成人礼在精神上促成了真正的人,意味着肉身之外的第二次诞生。它不仅向社会宣布了通过者成年并获得参与社会事务的资格,也使他进入全新的社会关系网络。在所有这些关系中尤为重要的是婚姻恋爱中的两性关系。远古仪式和林兰童话都突出地表现了男性在这一关系中的主导地位。不仅仪式更为关注男性的成年,成婚考验童话通常也以男性为主人公。成年问题中男性是作为第一性而存在的,童话所表达的文化心理很大程度上也取决于男性话语,有时候甚至等同于男性话语。所谓的第二次诞生,更多地是指男性的诞生。

---

① 方克强:《文学人类学批评》,上海:上海社会科学院出版社,1992 年 4 月,第 169 页。

中国童话不乏活跃的女性形象，如龙女、田螺姑娘、羽衣仙女……但故事往往表达了男性的愿望与幻想，对此须用意识形态分析去辨别。而蛇郎童话较为特殊，围绕姊妹斗争和三姐的变形复活来叙述，真正讲述了女性的成长与角色转变。因此，本章首先解读以男性为主人公的成婚考验童话，将一般意义的成年意识也作为男性话语的表达；接着从考验男子的类型中举出龙女童话进行分析，以澄清女性形象中隐藏的男性幻想与社会权力关系；最后探讨蛇郎童话，重点阐释在中国童话中尤其珍贵的能与男性并立的女性形象。

第一节　男性的第二次诞生：林兰"解难题"童话解析

无论中西，童话都特别热衷于以结婚晓示幸福。结婚并不容易，通往幸福的途中困难重重，主人公却总得到意外的收获，并成长为他自己。西方童话的主人公（通常是王子）独自离家、走进森林、获得宝物、与妖怪打斗、解除爱人的魔法、举行盛大的婚礼，这是格林童话和阿法纳西耶夫童话惯用的套路。林兰童话的主人公（通常是穷人子弟）很少与妖怪正面作战，也不常有等待他解救的爱人，但同样地获得宝物、通过考验、缔结婚姻。"难题—解决"构成了成婚考验童话的讲述程式，并表现出仪式性的结构和功能。从仪式的角度解读成婚考验情节，中西童话自然地呈现出互为阐释的关系。无论在难题设置或解决方式上具有怎样的偏好，童话的幻想总是存在一致而稳定的考验结构，对应着甚至重新解释了成人仪式。

第七章　男性话语与女性话语：林兰"考验型"童话解析

一、成人与成婚的融合

童话主人公为结婚而完成的难题具有成人考验的意味。人类学研究表明，成年礼在原始民族中的一个重大功能即是宣布通过者具有参与社会事务的资格，其中最重要的即是结婚资格。本尼迪克特提到东非湖泊地区的南迪人在结婚前必须先举行性成熟仪式，唯有通过这一仪式，小伙子和姑娘才获得了结婚的许可，"才能得到恋人所赠献的棕榈枝"①。周北川《"解难题"母题的文化人类学溯源》一文从成年和结婚两个方面探讨了"解难题"母题的文化内涵，并总结道："成年是结婚的必备条件，结婚则是成年的一项重要内容和外在标志。"②王霄兵、张铭远《民间故事中的考验主题与成年意识》③一文则以成年仪式为原型，清晰地诠释了难题考验所具有的成年意识，并认为随着成年仪式的消亡，仪式中的行为和功能糅合到婚礼之中，结婚与成人表现出同步性。他们从古代汉族结婚时所行加冠、上头、去脸毛等习俗和各民族迎娶新娘时的难新郎习俗中见出成人礼在婚礼中的遗留。最值得注意的是，普罗普运用成人仪式的相关材料对俄罗斯童话做出了具有创造性和说服力的阐释。他认为仪式消失了，而故事却留下来了。尽管对仪式的遗忘、重解不可避免，但从故事中仍然可以发现仪式的痕迹：有时候仪式解释了故事中荒诞不经的部分，有时候故事补充

---

① 〔美〕露丝·本尼迪克特：《文化模式》，王炜等译，北京：生活·读书·新知三联书店，1988年5月，第29页。
② 周北川：《"解难题"母题的文化人类学溯源》，《民间文学论坛》，1998年第4期，第60页。
③ 王霄兵，张铭远：《民间故事中的考验主题与成年意识》，《民族文学研究》，1989年第3期，第6—7页。

了关于仪式发展、重组和消亡等知识。

从林兰成婚考验童话看来,与成人仪式相关的情节包括死亡复活(这一点将在第二部分详细分析)、得宝、变身和为王四种。

得宝与结婚的密切关系,以及其中折射出的成人与结婚的融合,都可由多篇童话互相参证推知。林兰童话120号《泥水匠求宝》和141号《泥水匠祈梦》中泥水匠能否娶到小姐全看是否拿得出宝贝。以《泥水匠祈梦》为例,泥水匠想娶富翁女儿,富翁要求找四件宝贝:三丈三尺红头发、独角金鸡、三脚蛤蟆和夜明珠。泥水匠为寻宝贝去西方寺里求梦,路遇一家请他代问"女儿为何不开口",遇一富翁问他"满仓谷子为何存不到第二年",遇一农夫问他"粪缸为何总没有粪",过河遇蛇又问他"为何修了千年仍不成仙"。恰巧佛托梦对他说:拔掉三丈三尺的红头发,女子就开口;捉到谷仓下的独角金鸡,谷子就不空;赶走缸下的三脚蛤蟆,粪就不流失;去掉头上的夜明珠,蛇就能成仙。泥水匠在解决他人问题的同时得到了宝贝,回去成了亲。宝物在成人仪式中原本标志着成人身份的获得,而在这个故事中则被作为聘礼提出来。另外,林兰童话5号《红,白李子》、81号《怪萝卜》和格林童话《老母驴》则叙说了男女双方之间抢宝贝的竞赛。以《怪萝卜》为例,穷神送王大破毡帽,王二狗皮袄。王二穿上狗皮袄,能瞬间到达自己想去的地方。楼上小姐恰巧看见王二消失,想办法骗走了狗皮袄。王二戴上王大的破毡帽,再次来到小姐楼上,发现戴上破毡帽不仅哪儿都能去,还能隐身,便将小姐夹在胳膊下,说声"到天边"。正飞着,小姐伸手摸到帽子,戴在自己头上,说声"到楼上",王二就从半空滚落到荒山里。他见一老头吃青萝卜变狮子,吃红萝卜变回老样子,要了两个揣在身上。回到家,骗小姐吃了青萝卜,小姐果

第七章 男性话语与女性话语:林兰"考验型"童话解析

真变成狮子。小姐父亲传话说,谁能治好小姐,小姐便嫁给谁。王二用红萝卜治好小姐,与她结婚,并找回了宝贝。在这个故事中,抢宝贝的情节弱化了从赠予者那里得到宝贝的意义,但始终未变的是,最终得到宝贝的人才可能得到婚姻。122号《渔工鸟》则写少年因为认得别人不识的渔工鸟而救了小姐的国家,终于娶得小姐。认识宝贝、抢到宝贝或意外地寻得宝物,不管以何种方式,只要表明对宝物的掌控,主人公就能在结婚这件事上无往不胜。阿法纳西耶夫《神奇的衬衫》中伊凡一得到神奇的衬衫和马,即刻去向叶莲娜求婚,这份貌似没有道理的自信恰恰说明:曾经有那么个时候,得到宝物而成年的男子紧接着被允许和被赐福的事情就是结婚。

  新郎结婚前后的"变身",以林兰童话152号《冬瓜精》为例:员外命中无子,散尽家财,财神上天言好事,为他求得一个儿子,却是个冬瓜。冬瓜被保姆抱在怀里,闹着让家人出高价买了一只哈巴狗、一船砖。一日望见张家小姐从门前经过,便要娶她。家人前去提亲,小姐家开玩笑地说要金毛狮子当聘礼,金砖铺地来迎娶。冬瓜将哈巴狗和一船砖用手一指,就变出了这些宝贝,张家只好答应。婚后不久,冬瓜叫小姐笑,小姐一笑,冬瓜皮便胀裂开来,从里面走出一个健壮的青年。类似的还有26号《鸡蛋》、63号《虾蟆儿》、102号《一个蠏(蛑)王的故事》,都是半人半怪的家伙结婚之后,扔掉怪物皮囊,摇身一变成了英俊的新郎。103号《养鸭做了富翁》中的穷养鸭人患着麻皮、癞头、拐脚、白眼、口吃等病,和小姐结婚之后不但捡到了金砖,一身的病也在荷花池中洗了个干净。脱掉痂皮,撇去病身,是更具有现实感的变身。林兰童话中,男子的变形为人都发生在结婚之后。格林童话则提供了

127

结婚之前和结婚当夜变身的例子。结婚之前变的，除《青蛙王子》之外还有《白雪与红玫》；结婚当夜变的则有《汉斯我的刺猬》和《小毛驴》。《熊皮人》增添了新元素，但骨子里还是变身故事：魔鬼给士兵财富，要求他穿上熊皮七年不洗脸不剪指甲。士兵用钱救助了老人，老人欲将女儿嫁给他，但唯有三女儿愿意。七年之后，士兵脱下熊皮，以崭新的面貌成婚。阿法纳西耶夫《青铜国、白银国和黄金国》中，伊凡做了所有童话英雄该做的事情，最后被公主放在牛奶里煮，变成美男子，而想娶公主的国王跳进沸牛奶里却再也出不来。

　　一般而言，在以男性为主人公的成婚考验童话里，"变身"情节并不足以构成完整的结婚故事，而总需伴随主人公的神奇诞生、神奇获赠和英雄事迹。但变身与成人的关系牢固地存留于童话中。在仪式上，男子首先变身为动物，以巫术的方式取得图腾般的能力，周围的人无法认出他们，最后仪式又将他们召唤，他们带着原先不具备的神力，恢复了原来的样子。变身所包含的图腾信仰，在林兰《冬瓜精》《虾蟆儿》《鸡蛋》等童话中表现为主人公的神奇出生和异于常人的办事能力（如冬瓜变废为宝、虾蟆送信、鸡蛋掘藏等）；在诸如阿法纳西耶夫《水晶山》等童话里，则表现为变作老鹰与蛇妖大战。随着图腾退位，人的地位越发尊贵，人们不再理解仪式中的变身为兽，便出现了魔法和解救之事——格林童话的主人公原本是高贵的王子公主，因为被施了魔法变成野兽，唯有爱情的力量才能挽救不幸。但无论对"变身"进行怎样的重写和重释，都无法消灭它本身所具有的巫术思维。离开巫术思维，童话无法成立。那些完成了无法完成之事的故事才称得上是童话，而这恰恰是巫术的心理动机和基本精神。

第七章 男性话语与女性话语：林兰"考验型"童话解析

在许多童话中，主人公总是好事成双，赢得婚姻又取得王位。取得王位的方式千差万别，但个个都不寻常，充满奇思妙想：林兰童话7号《癞痢头皇帝》、32号《龙女》、145号《鸡毛衣》里的小老百姓拿一件百种鸟羽织成的衣服就换来了皇帝的龙袍；102号《一个蟢（蛴）王的故事》则是皇帝自个儿偷来蟢（蛴）壳儿穿上，再也脱不下来，致使王位为蟢（蛴）所得；格林童话《魔鬼的三根金头发》和《怪鸟格莱弗》，国王羡慕主人公冒险所得的财宝，自个儿去走一遭，渡河的时候船夫将撑船的船篙递给他，他便只能撑一辈子船，女儿和王位都归了主人公；阿法纳西耶夫《火鸟和瓦茜丽莎公主》，公主让射手在沸水里洗澡，马用咒语将他变成了美男子，国王跳入水中被烫死，人们拥戴射手当上了国王，射手娶了公主……换换衣服、洗洗澡就当上了国王，表面上看是异想天开，但从故事的整体来看，主人公一般事先都完成了公主或国王提出的难题。日本学者伊藤清司曾经指出成婚考验与原始民族的首领考验在结构和功能上的重合。[①] 我们读到的"舜象传说"经儒家伦理改写而变成了一个弟弟迫害哥哥、哥哥宽宏大量的具有教育意义的故事，但伊藤清司比较了成人仪式和首领考验的民俗材料以及传说的其他异文，说明象对舜的迫害实际上执行了"完廪""浚井""饮酒"三大考验。首领考验与成人考验在结构和功能上极为相似，两者都通过仪式敦促并见证了通过者的成长和能力。

总之，通过引入仪式（主要是成人仪式）中的得宝、变身、为

---

① 〔日〕伊藤清司：《难题求婚型故事、成人仪式与尧舜禅让传说》，载叶舒宪编《神话——原型批评》（增订版），西安：陕西师范大学出版社，2011年4月，第343—362页。

王以及后面将要论述的死亡复活等要素,童话讲述了主人公在追求幸福婚姻时所通过的考验,不仅展现了神奇的本领,完成了英雄的事业,更留下了探索和成长的足迹。在经历了艰难险阻和上下求索之后,主人公才有能力成为"自我"这个世界里的国王。

二、死亡考验与复活之力

"死亡与复活"可以说是童话中最隽永也最具魅力的部分。《白雪公主》《玫瑰公主》(又名《睡美人》)和《海的女儿》都因为出色地讲述了"死亡"而在一代代读者心中留下了永恒的印象。奇怪的是,童话中几乎找不到一个特别生动的死而复生的男性形象。在以男子为主人公的童话中,死亡意象隐藏在难题和宝物之中,被描写得有些隐晦,需借助仪式的知识才能获得比较清晰的认识。

研究者通常从两个方面解读成婚考验中的难题,首先是难题的社会内容。周北川在《"解难题"母题的文化人类学溯源》一文中表述得很清楚:"难题反映了一定民族或地区的人们的生存方式:居于山地的民族所出的难题,比如砍一大片树、烧荒、播种、收获、打猎等,适应于刀耕火种的生活的山地百姓的思想表达方法;临水而居的民族所出的难题,多与铺路搭桥有关,这与他们的生存环境密不可分,人们彼此往来需借助桥梁,架桥成了他们生活十分重要的大事;游牧民族故事中的难题是关于射箭、赛马和摔跤等,反映出他们的生活形态;干旱地方的老百姓所面临的难题是:打的井不出水,沙地里开渠存不住水,将河水引进草原。"[①] 这

---

① 周北川:《"解难题"母题的文化人类学溯源》,《民间文学论坛》,1998年第4期,第57页。

第七章 男性话语与女性话语：林兰"考验型"童话解析

些难题从不同侧面考验了主人公的能力、品德与智慧。伊藤清司发现还有另外一些难题，无法用社会现实中的生产方式来解释，充满了幻想，也更加引人入胜，那即是具有死亡考验意味的难题。林兰集中仅有78号《华姑》一篇，讲张三救一麋鹿，麋鹿为报恩指点他去湖边抢仙女。张三将仙女华姑的衣服藏起来，仙女只得与他成婚。几年后，华姑要回衣服逃回家中。张三追至华姑家，华姑母亲请张三住东厢，夜晚蚊虫精来吸血，华姑用绿手帕盖住他；华姑母亲又请张三住西厢，夜晚黑蚤精来啃肉，又亏华姑相救。母亲见张三不死，认为他有些本领，便同意华姑和他在一起。类此充满死亡意象的成婚考验童话，伊藤清司在《难题求婚型故事、成人仪式与尧舜禅让传说》一文中还提到了山东省沂南的《春旺和九仙姑》、贵州省苗族《天女配九皋》以及日本神话《古事记》中大国主命的故事。主人公的妻子都是仙女，婚后主人公随仙女返回仙界，遭到了来自女方家长以杀害为目的的考验，借助妻子的法术才得以保全，并正式与妻子成婚。死亡考验对于结婚来说过于严苛了，格林童话表现得更为露骨，要么结婚要么死亡，没有中间状态。主人公向公主求婚时，能看见城堡上挂着的失败者的头颅。但这里面并没有过分的暴力渲染，如果我们像理解仪式那样懂得行为的象征意义。

成人仪式和一切其他生命仪式一样都包含着象征性的死去和复活，"几乎所有地方的授礼仪式都包括被授礼者死亡与复活的面部表情表演"[①]。

---

① Hutton Webster, Primitive Secret Societies, 转引自〔俄〕普罗普：《神奇故事的历史根源》，贾放译，北京：中华书局，2006年11月，第105页。

被授礼者必须死去一次才可能获得魔力。童话中的死亡意象，保留了成人仪式对成长的诠释，即未成年的生命死去，然后再作为成年人复活。瑶族故事《五彩带》①和他们作为成年礼的度戒仪式很好地说明了故事与仪式的这种同构关系。《五彩带》是一个典型的成婚考验故事：小伙子藏起七仙女的羽衣，与仙女结婚生子。仙女父亲玉帝派雷公下凡，逼迫七仙女返回天界。仙女临走时告知丈夫，七月七日她从天上放下五彩带，他可抓住上天。丈夫背着孩子来到天上，玉帝意欲害死女婿，变成大公猪攻击他，趁他烧荒种树时放火烧他，趁他上山照蚂蛾时把他推下悬崖，全靠七仙女出手相救，丈夫才免于一死。其中从高处推下的行动，对应着度戒仪式中的跳云台。瑶族男子十五六岁时，由师公引导登上数米高的云台，师公念经请神之后一声"度下"，男子即双手抱膝，蜷曲滚下，落入台下预先拉好的藤网中。如果四肢朝天，跌得松脱怯懦，则被人耻笑，被认为没有过关。②故事中小伙子经受的就是这种具有死亡威胁的难题考验。仪式中的人从死亡中复活，获得了魔力。通过研究原始民族成人仪式中死亡体验的疯狂表现，舒尔茨给出了心理上的解释："疯狂的时刻就是产生灵魂的时刻，即获得相应能力的时刻。"③

关于复活，林兰童话中最精彩的是蛇郎故事，复活者皆为女性（详细阐释请见本章第三节）。男子的复活故事，格林童话中有《三片蛇叶》《金山王》《无畏的王子》，阿法纳西耶夫童话中有

---

① 苏胜兴、刘保元搜集整理：《五彩带》，载苏胜兴等编《瑶族民间故事选》，上海：上海文艺出版社，1980年10月，第125—132页。
② 黄钰，黄方平：《瑶族》，北京：民族出版社，1990年3月，第78页。
③ Schurtz H., Altersklassen und Männerbünde, 转引自〔俄〕普罗普：《神奇故事的历史根源》，贾放译，北京：中华书局，2006年11月，第100页。

第七章 男性话语与女性话语：林兰"考验型"童话解析

《神奇的衬衫》。暂举《金山王》为例，商人儿子被装在木桶里，漂到关着蛇公主的魔法宫殿。公主对他说，只要他在宫殿中不出声地待着，熬过夜晚黑人的折磨，就能拯救她。他成功办到，但在第三个夜晚被砍了头。公主用活命水救活他，两人结了婚。阿法纳西耶夫童话《石头国》中，死亡并没有发生，主人公只是受到了死亡的威胁，他必须手持书卷三天。第一夜他看见残暴的老长官出来骂他、拿枪瞄准他，第二夜更为可怕，第三夜刽子手拿着各种利器扑向他，扬言要敲骨吸髓火烧抽筋。他胆战心惊地战胜了恐惧，当了国王娶了公主。在这个童话中，死亡考验变成了死亡恐惧考验，而到了《中了魔法的公主》和《蛇公主》中，又变成了孤独考验。交给主人公的难题是在城堡里待上七年或三天，有意思的是，主人公到最后心烦意乱心生变动，只是由于逃不出去才完成了考验，与公主结婚。死亡考验母题的逐渐弱化勾勒出一条仪式的衰亡轨迹。

在童话中，死亡也被理解为去另一个国度。格林童话《两个王国的孩子》中，小王子被预言说一头鹿将在他十六岁时害死他。事实上，他是从现实世界进入了魔法世界。他追赶一只鹿来到森林边，鹿突然不见了，一个自称找了他很久的巨人将他带过一条河，来到了魔法宫殿。国王给小王子出了各种难题，并宣称成则结婚败则杀头。我们看到，针对主人公的死亡考验是在非现实的世界进行的，诸如魔法宫殿、森林、天界、死人的阴间、西天、梦……在童话中有着种种的名称和形态。普罗普说，当仪式被遗忘，堕入冥国就成了当英雄的条件。① 在格林童话《跳舞跳破了的鞋子》

---

① 〔俄〕普罗普：《神奇故事的历史根源》，贾放译，北京：中华书局，2006年11月，第345页。

里，穷士兵因为找出了公主们为何每晚破一双鞋子的秘密而与小公主结婚。而秘密是被隐藏在另一个空间的，童话细腻地叙述了士兵跟随公主进入地洞时看到的银树林、金树林和钻石树林……这些闪闪发光的东西再三地提醒读者，士兵来到了神奇国度并安全地抽身，带回了秘密。因此，童话告诉我们，主人公如果能够证明他去过死亡的神奇国度，那么他就会被认为具有魔力而获得结婚许可。证明的方式多半是找到唯有在神奇国度才能找到的宝贝，这些宝贝多半以金色、火红或其他世间未有的面貌出现，而在林兰童话中则常常是夜明珠、金砖或有点奇形怪状的动物。

三、第二次诞生与神判的婚姻

童话和仪式中的"死亡—复活"象征了人的第二次诞生。

本尼迪克特认为仪式更关注男孩的成年，而不是女孩。也就是说，仪式中的第二次诞生，其实仅仅是男人出生了。她写道："在澳大利亚，成年就意味着参加一种男性独有的祭礼，这种祭礼的特性就是没有妇女参加。……性成熟礼仪是一种煞费苦心的而有象征意义的与女性断绝联系的活动；从而男人也就象征性地成了自给自足的，在共同体中完全尽职尽责的成员。"[1] 成人礼通过让男孩子在母亲的子宫之外再诞生一次而强化了父系的权力。但成人礼排斥和断绝女性的说法过于绝对，即便仪式对女性保密，但男人们肯定也意识到了无法自给自足，否则如何解释随之而来的婚礼？

英国人类学家马林诺夫斯基另辟蹊径，从仪式功能和成长心

---

[1] 〔美〕露丝·本尼迪克特：《文化模式》，王炜等译，北京：生活·读书·新知三联书店，1988年5月，第28页。

第七章 男性话语与女性话语：林兰"考验型"童话解析

理的角度提出了"父亲角色"对成人意识的价值。他认为成人仪式"乃是使孩子脱离家庭的荫护，投诚于部落的权威"①，结论建立在他对美拉尼西亚西北岛特洛布里恩人（Trobriands）的母系家庭和社会状况的观察分析之上。特洛布里恩人的家庭由父亲、母亲和孩子组成，父亲在家庭中更多地扮演着照顾者和陪伴者的角色，孩子在家中体会到的是父性友爱的一面。当他们进入成童期（5—9岁），母舅将他们引向更广阔的社会领域。一开始，他们在母舅的"劝勉"下去园子里做些工作，并从母舅那里学习了宗亲的谱系、传统的知识、财富权力地位等社会期许。也就是说，母舅扮演着父性权威和社会性的一面，并使男孩子有可能获得新的人生视野和价值认同。9—15岁时进入少年期，身体内分泌系统重塑，达到性的成熟，同时也逐渐地意识到社会存在的父性原则。在此，马林诺夫斯基仅仅指出自我的确立需要一个强有力的父亲形象，却未提及男孩象征性地杀死父亲并取而代之的"弑父"心理。童话并不回避这一点，对设置难题的岳父、抢走新娘的暴君等父亲形象进行了负面化处理。进一步说，童话中很难找到真正理想的父亲形象，他总是正在或即将被主人公取而代之。

童话的情节结构更清晰地隐射了人在个性形成中必须经历的三个心理阶段：第一阶段，克服对母亲的依恋。在生活中常常因为与父亲的交往而认识到母亲之外的社会原则，童话中则表现为主人公的孤儿身份——父母双亡或者仅有哥哥。即便母亲活着，他也总是要离开家独自涉世。在林兰童话《吹箫者的奇遇》中主人

---

① 〔英〕勃洛尼斯拉夫·马林诺夫斯基：《两性社会学：母系社会与父系社会之比较》，李安宅译，上海：上海人民出版社，2003年8月，第246页。

公甚至是被母亲赶出去的。第二阶段，摆脱父亲的控制，完成精神上的弑父，形成独立的自我。仅仅接受父亲代表的社会法则容易变得冷酷市侩，童话认为主人公只具有父亲的勇敢狡黠远远不够，他最终得是仁慈善良的，或者说，他最终要获得神的祝福。一个巴掌打死七只苍蝇、战胜了巨人、捉住了独角兽和野猪、娶了公主的小裁缝并不幸福，格林童话中明明白白地写道："婚礼举行得排场很大，却欢乐不多。"原因就在于小裁缝仅关注成功，而不懂得与人相处时需要心灵沟通，因而没有意识到父性品质的负面，即便取得王位也不可能圆满。第三阶段，结婚，调和母性和父性力量，形成完备的自我。这是所有成婚考验童话处理得最明晰的部分。如此看来，本尼迪克特仅仅提到了仪式所促成的与母性的断绝，马林诺夫斯基强调了父性原则的社会价值和优越品质，却未曾考虑"死亡—复活"的心理过程，并从中提炼双性整合的力量。

而成婚考验童话将成人与成婚融合起来，不仅完成了从母亲的世界到父亲的世界的转变，也完成了从父亲的世界向新的女性世界的过渡。

新的女性世界在童话中通过妻子（通常充当助手的角色）表现出来。林兰童话中这类角色尤为活跃：平地起房、剪纸为兵的龙女，凭着一块绿手帕吓退妖精的仙女华姑，附在纸女人身上与人成婚的鬼妻，嫁给癞皮叫花而令他致富祛病的富家女（原本是财福星）……这些女性有两个共同的特点，一是她们都是异类，二是她们来自比男子所在的人间更有力的世界。相应地，她们身上也携带着两种民俗信息：一是外族婚，对应着异类形象；二是神判考验，对应着更有力的世界。

据马林诺夫斯基观察，对实行外婚制的美拉尼西亚人来说，

第七章　男性话语与女性话语：林兰"考验型"童话解析

性的唯一禁忌存在于兄弟与母系姐妹之间。①男孩自少年期始就住进一个名为布库马图拉的小屋，以便与同族姐妹隔离。族外婚的施行使得兄妹婚姻被定义为乱伦。这种意识也进入到成人仪式当中，"成年仪式一结束，已成为成年人的年轻人就故意装着以往的生活经历和自己的乳名全部忘掉，并且装着连自己的母亲或姐妹全都不认识"②。成人礼作为婚礼的前奏，理应发出婚姻开放的信号。对姐妹的规避，恰恰是为来自异族的陌生女性腾出地方。普罗普从韦伯斯特（Webster）的材料中援引了澳大利亚外婚制部落的成人仪式，足以说明异族妻子的重要性："原来，在实行外婚制的情况下，主持授礼仪式的不是年轻人所属的那个部落联盟的代表，而是另一个集团的，即该集团与之通婚的集团的，也就是被授礼的年轻人将从中娶妻的那个集团。这是澳大利亚所特有的，也可以说这是授礼的最古老的形式。"③普罗普还指出，在有些地方不仅由妻子一方实行授礼，而且也由妻子一方提供助手。童话作为一个整体，也表明了女性在难题考验中的双重角色：她既提出任务，又帮助解决。林兰童话中有关妻子助手的故事，考验通常都在婚后，男子的变身也在婚后。婚后考验模式的产生，据普罗普所说与成人礼的滞后有关。随着举行仪式的时间间隔越来越长，不得不等到事实婚姻之后再实行考验。另一方面，"出嫁从夫"的儒家伦理

---

① 〔英〕勃洛尼斯拉夫·马林诺夫斯基：《两性社会学：母系社会与父系社会之比较》，李安宅译，上海：上海人民出版社，2003年8月，第65页。
② 伊藤清司在谈到成人仪式作为从女性世界转向男性世界的象征时提到这一现象。参见：叶舒宪编《神话——原型批评》（增订版），西安：陕西师范大学出版社，2011年4月，第350页。
③ 〔俄〕普罗普：《神奇故事的历史根源》，贾放译，北京：中华书局，2006年11月，第125页。

和旺夫俗信的影响，也使仙妻助夫这类故事在中国更具群众基础。

但不论考验在婚前还是婚后，妻子助手所扮演的角色都指向婚姻的神判性质。因为神奇助手代表着天意，岳父的阻碍永远无法打败妻子的眷顾。动物、老人等神奇助手同样体现了神的意志，充当着神判的标志。他们完成的难题越是荒谬而不可能，神裁的意味就越突出。找到世间没有的宝贝、一夜之间造好房子、分出麦豆、驱走蚊虫跳蚤精、治病、从妖怪洞中救姑娘……林兰童话中的这些难题既贴近民众的劳动生活，又激发出超常的魔力。在格林童话和阿法纳西耶夫童话中还有一些听上去有些滑稽的难题，诸如吃光三百头牛，喝光三百桶酒，在澡堂里洗蒸汽浴……与其说是考验主人公的能力，不如说是验证他是否拥有超强的助手。可以说，童话借神奇助手这一角色反复述说了神对新郎的任命。真命新郎和真命天子一样，由于来自神的意志而能够赋予事件不可更改的合法性。林兰童话《泥水匠求宝》等"找幸福"故事中，路上偶遇的陌生人请主人公代问遇到的难题，而主人公替他们解决一项便使自己得到一样宝物，由此恰好凑齐了小姐家要求的聘礼。精巧的结构、巧合的情节导向冥冥之中安排好的婚姻，童话的叙述妥帖自然地将神判的新郎嵌入了叙事结构所具有的隐喻中。林兰童话《金万两》代表着另一类"找幸福"故事：主人公因为对命运的困惑而远行问佛，路上也遇上陌生人的问题，其中一个问题是"姑娘为何不开口"。而当主人公带着答案回来并说出"遇见本夫就开口"时，姑娘便开了口，这一细节清晰地表达了真命新郎的神判寓意。

神判的信仰在封建时期被用来认定所谓"父母之命、媒妁之言"的包办婚姻，而童话中结婚这种事却从来都出自男女双方的自主选择，只不过，自主选择并不能确保幸福。因此，童话通过成婚考验的设置让主人公经历考验与磨难，与神奇助手取得联系，从而给婚姻施加了魔咒。在林兰童话和格林童话中，我们也看到，第一次事实的婚姻并不圆满，妻子会离去，丈夫需要追赶，两人需要一同面对考验，一同取得与神圣之物的联系，然后才能够幸福地生活在一起。融合了成人礼与婚礼的成婚考验童话，不仅传达了如何成人也传达了如何幸福的古老智慧。

第二节　女巫与父权：林兰"龙女"与"百鸟衣"复合型童话解析

林兰《渔夫的情人》收录一篇题为《龙女》的童话，巧妙地糅合了"龙女"和"百鸟衣"两种故事类型：弟弟被哥哥装在破箱子里，扔到门外河里头，随波漂流。他吹起洞箫，龙王听了请他到龙宫里吹。鱼虾们都爱听他的音乐，同他成了朋友。海夜叉指点他，离去时，龙王送什么都别要，只要他身边的小狗。小伙子照办了，龙王赞他是一位少年音乐家，毫无难色地将小狗许给他。来到陆地上，小狗打个滚儿变成了龙王的公主，与他结成夫妻。龙女一夜之间在湖边建起庭院，国王的臣宰看见了，感到惊奇，奏明国王。国王下旨让年轻人三天之内建成一座大宫院，并威胁道：届期不成，处以死罪。他哭着回去跟妻子一说，妻子手绘一张宫院图，吹口气，变出一个世上从没有过的豪华建筑。不久国内出了乱子，国王限他三天召集兵马平乱。他哭着回去跟妻子一说，妻子剪了许多纸星，吹过窗隙，变出许多兵马。战乱平息后，国王问他为何有那么大能耐，他老实地说是妻子的力量。国王提出要娶龙女，小伙子哭着回去，龙女却胸有成竹地吩咐他：捕些鸟雀，用羽毛做一件大衣，到宫门外叫卖。国王要的话，除非龙袍不换。龙女来到宫殿，日日闷坐不笑。一天，忽听外面有人叫卖羽毛衣，龙女笑得比什么都好看。国王为讨龙女欢心，竟然真将龙袍换了羽毛衣。小伙子穿上龙袍，登上宝座，受到群臣百姓的拥戴，国王则沦为乞丐四处流浪。故事最后讲到"新造成的宫院，两个安安乐乐地住下享福。国内又平安无事。国人都很喜欢国王和皇后的本事"。

童话前半部分相当于丁乃通《中国民间故事类型索引》中的592A"乐人和龙王"①，在这个类型下他列出了详细的摘要，以表明这类故事为中国所特有。据丁乃通概括，"乐人和龙王"包括四个重要情节：1. 弟弟会吹奏美妙的音乐；2. 龙王爱听他吹奏；3. 他因此而获得一样能够有求必应的礼物，或者与龙王公主成亲——不管怎样他幸福地回到大地；4. 宝贝失去——哥哥过上了穷苦日子，或邻居、国王等与他换得宝贝后宝贝失灵，或缘分期满法宝、龙女离去。林兰童话后半部分"百鸟衣"则被丁乃通标为465A₁号②，也是富有中国特色的一个故事类型，通常包括如下情节：1. 美貌的妻子被国王抢去；2. 妻子叫丈夫穿了一件百种鸟羽做成的衣服去宫门前叫卖；3. 妻子让国王以为只要穿上百鸟衣便能使她喜欢。国王信以为真，换了衣服；4. 国王沦为乞丐，穿上龙袍的丈夫当了国王。百鸟衣故事中的妻子常是凡人。实际上，通过将妻子安排成凡人，故事掩盖了她作为巫的本来面貌。而复合型故事将龙女形象叠加于被夺的妻子形象之上，强化了具有灵力的女巫形象，

---

① 〔美〕丁乃通编著：《中国民间故事类型索引》，郑建威等译，武汉：华中师范大学出版社，2008年4月，第141页。
② 同上，第101页。

第七章 男性话语与女性话语：林兰"考验型"童话解析

并从深层反映了女性权力的被剥夺，以及建立在性别不平等基础上的封建父权机制。

一、女鸟——巫的形象

一件百种鸟羽做成的衣服竟然骗得皇帝脱下龙袍，听上去异想天开，实际上却并非空穴来风。"百鸟衣"积淀着中国尤其是古吴越地区稻作农民对女巫形象的遥远记忆，被认为具有沟通神人、祈福禳灾、主宰命运的巫术魔力。

巫本来既具有女性身份，也具有鸟化的外形。也就是说，巫的形象是女与鸟的结合。《说文解字》释"巫"曰："巫，祝也。女能事无形，以舞降神者也。"《国语·楚语下》称："在男曰觋，在女曰巫。"两种解释都强调巫为女性。据研究[1]，巫来自母系氏族社会，很多民族都以女巫居多，即使是男觋，为求得神人沟通的方便也往往男扮女装。女装，即女巫的装束，通常表现为穿鸟衣、插鸟羽、执鸟尾等鸟化形象，因此李道和将其命名为"鸟巫"[2]。《搜神记》中提到越人有"巫祝鸟"，现鸟形发鸟声，偶作人形，是一种人鸟结合体。同为越地的良渚文化遗址中，发现一种"鸟巫"玉琮纹饰，头戴放射状羽冠，三爪鸟足，耸肩、弯肘、叉腰、蹲踞俱如鸟。据宋兆麟记载，萨满的巫衣做成鹭的形象，东南各民族巫师则多戴雉羽。[3] 巫在降神时所跳的舞蹈被称为羽舞，舞蹈从装束到身段，神似飞鸟跳跃上举，意在通过模仿鸟的飞升上达天庭，达到禳灾祈福的效果。云贵、两广等地出土的铜鼓上所画的祭祀场面中活跃

---

[1] 秋浦主编：《萨满教研究》，上海：上海人民出版社，1985年5月，第141页。
[2] 李道和：《女鸟故事的民俗文化渊源》，《文学遗产》，2001年第4期，第15页。
[3] 宋兆麟：《巫与巫术》，成都：四川民族出版社，1989年5月，第67—68页。

着敲鼓、撑幢、献祭的巫者,全都头戴羽冠羽饰。鸟羽作为附有神力的符咒,不仅为中国东南方少数民族所认同,在环太平洋沿岸的众多地域也得到了体现。

鸟飞翔的姿态令人有超尘之思,但这还不足以说明人们缘何将幻想的神力和女巫的形象凝聚在鸟身上。陈勤建在《中国鸟文化》一书中以丰富翔实的资料和透彻严谨的推理对此提出了具有开创性的解释[①]:鸟信仰源自鸟类与稻作生产的密切关系。浙江东阳、武义、松阳、金华畲族等地都流传着麻雀上天为下界盗来谷粒的传说。他进一步说,实际情况是,古人类从麻雀一类鸟的食物中发现了野生稻谷,遂采来作为重要的食物,为了记住这一重大的历史事件以便赐福重复发生,人们将事件变成了传说,将事件的主人公麻雀变成了"送谷神",对其定期祭祀。人类从鸟身上获得的启迪不仅仅是发现了可食用的稻谷,还根据鸟的生活习性发明了原始粗放的"鸟田稻作"。传说舜葬于苍梧,象为之耕;禹葬于会稽,鸟为之田。原始人面对的是一片未曾开垦的土地,杂草丛生下有沙石,刀耕火种翻地松土相当吃力。生活在稻田间的鸟类,"春拔草根,秋啄其秽",无意间起到了帮助耕耘的作用,古人目接神会,从鸟那里学会了水稻栽培之法。鸟送谷,鸟助耘,对人类从狩猎采集转向安定的农业生活贡献巨大,从而激起了先民对鸟的敬重与崇拜,产生了鸟图腾信仰和生活方式的"图腾化"。图腾信仰虽然逐渐沉潜于记忆,而图腾化的生活方式则不易更改,以穿鸟衣、修鸟发、说鸟语、舞鸟舞等多样的形态存留于多层的历史空间和多

[①] 有关鸟田稻作、鸟图腾信仰、生活方式的鸟图腾化和世俗权力神话对鸟信仰的依托,参见:陈勤建《中国鸟文化——关于鸟化宇宙观的思考》,上海:学林出版社,1996年9月,第1—38页。

第七章 男性话语与女性话语:林兰"考验型"童话解析

样的生活空间。单就穿鸟衣来说,一开始是远古鸟信仰部族的着装方式。据《礼记·礼运》记载,上古之民"未有麻丝,衣其羽皮"。《山海经·海外南经》的记载笔法奇幻,颇具异域风情:"羽民国在其东南,其为人长头,身生羽";"欢头国在其南,其为人人面有翼,鸟喙"。《拾遗记》里羽民与神仙合流,融入了鲜明的道教色彩:"溟海之北,有勃鞮之国。人皆衣羽毛,无翼而飞,日中无影,寿千岁。食以黑河水藻,饮以阴山桂脂。凭风而翔,乘波而至。"羽人、羽化而登仙等意象深深地镌入道教神仙幻想之中。随着生产力的发展和私有制的产生,远古鸟形与鸟衣的图腾力量转化为世俗权力与身份的象征。鸟衣不再是先民着装的整体特色,而是某些特权人物的特殊标志。广西左江流域的岩画中,往往可见众人围绕一位头戴羽冠或羽饰的高大人物形象,这类形象珍贵稀少,说明人神沟通的本领已经集中在少数人身上,他们是巫觋或首领,是鸟图腾的人间代表——鸟巫。《史记·越王勾践世家》写勾践"长颈鸟喙",《拾遗记》也说"越王入吴国,有丹鸟夹王飞,故勾践之霸也,起望鸟台,言丹鸟之瑞也"。《吴越备史》甚至记载公元895年越州董昌称帝时采用儒者建议,以民间祝祷的罗平鸟取国号为"大越罗平国",自称神鸟化身以巩固权力,足见世俗权力神话对鸟信仰的依托。如此看来,"百鸟衣"也同样具有王者气象。也就是说,主人公从穿上百鸟衣的那一刻起,就已经象征性地表明王位唾手可得。

  鸟巫意象深藏于百鸟衣故事之中,但除非浸润于鸟文化语境,否则无法心领神会。就童话而言,行动和对话更加具有直指人心的效果。文化记忆消失之后,民间童话的普通接受者往往更易于通过行动对话来捕捉第一印象,而第一印象对于理解故事又往往是决定性的。因此,《龙女》将百鸟衣故事嫁接于龙女故事中,由龙女的神通过渡到穿羽衣、夺王位,通过龙女与羽衣形象的叠加,加强了巫的意味。以往多从中国崇龙信仰和印度那伽故事、佛经故事来比附和阐释中国龙女形象[①],但如果让故事来说话,从故事的主体情节和动作细节来看,龙女恐怕更近似于巫。一夜起屋、吹画为院、剪纸为兵无一不具有巫术色彩。龙女的巫术激发了各式的幻想,讲述者以各自风格叙述起来,构成了龙女故事最精彩的看点。在此截取片段,以见一斑。

傈僳族《鱼姑娘》[②]叙龙女帮助孤儿发家:

孤儿家里很困难,没有一头牛,也没有一口猪。媳妇说:"孤儿呀!你做个猪圈吧。"孤儿说:"孤儿没有猪,做了猪圈没用处。"媳妇说:"不用问,做你的。"孤儿把猪圈做好了。

媳妇说:"孤儿呀!做个牛圈吧。"孤儿说:"孤儿没有牛,做了牛圈做什么?"媳妇说:"别嚷嚷,做你的。"孤儿把牛圈做好了。

媳妇说:"孤儿呀!做个羊圈吧。"孤儿说:"孤儿没有羊,做了羊圈没用场。"媳妇说:"悄悄地,做你的。"孤儿把羊圈做好了。

媳妇说:"孤儿呀!做个鸡圈吧。"孤儿说:"孤儿没有鸡,

---

① 参见:阎云翔《论印度那伽故事对中国龙王龙女故事的影响》,载郁龙余编《中印文学关系源流》,长沙:湖南文艺出版社,1987年2月;白化文《龙女报恩故事的来龙去脉:〈柳毅传〉与〈朱蛇传〉比较观》,《文学遗产》,1992年第3期。

② 祝发清,左玉堂,尚仲豪编:《傈僳族民间故事选》,上海:上海文艺出版社,1985年6月,第115—116页。

第七章 男性话语与女性话语:林兰"考验型"童话解析

做了鸡圈干啥呢?"媳妇说:"别多说,快快做。"孤儿把鸡圈做好了。

孤儿做完了猪圈、牛圈、羊圈、鸡圈。媳妇站在圈门口,叫了一声猪,猪圈里满了猪;叫了一声牛,牛圈里满了牛;叫了一声羊,羊圈里满了羊;叫了一声鸡,鸡圈里满了鸡。从此,他们两口子过着幸福的生活。

满族女故事家李马氏讲述的《炸海干》[①]中龙女是这样对付王爷的无理要求的:

吃完晌饭,王爷把色力保叫到跟前说:"今天晚上我不走了,我要吃七七四百九十只烤野鸡,你要是弄不来,晚上你的媳妇就得给我暖床。"

色力保回到屋又愁了,七姑娘还是满不在乎地说:"这有什么难,你去炸海,把我父王的神剪借来,不就妥了?"

色力保又去借来神剪。七姑娘拿出一张纸,一剪,"噗"地吹了一口气,说声:"变!"扑啦啦野鸡飞满了屋子。色力保报告王爷说:"野鸡弄来了,快去抓吧!"

王爷派他的随兵们去抓,有的被叼瞎了眼睛,有的被抓破了脸。好容易把一屋子野鸡全抓起来了,一数不多不少正好四百九十只。

[①] 中国民间文艺研究会辽宁分会编:《满族三老人故事集》,张其卓、董明整理,沈阳:春风文艺出版社,1984年12月,第216—217页。

穷苦困顿、艰难挫折在龙女的巫术咒语面前全都不成问题。因此刘守华将龙女形象与"求如愿"母题结合起来,可谓深得其理。① 他指出,《录异传·求如愿》中的如愿乃湖神婢女,与人相伴能使其"所愿辄得",心想事成。后来龙女形象吸收如愿母题,明代《朱蛇传》中的龙女甚至取名"如愿",清人作《求如愿》杂剧,亦将龙女如愿合体。求如愿不仅仅道出了龙女的女巫身份,也道出了故事实质上来自男性的狂想。当男主人公哭哭啼啼愁眉不展地面对强权无计可施之时,龙女却总能胸有成竹轻松应对,因此即便是女性,听到这样的故事也总会感到扬眉吐气——女性的确有可能认同男性的狂想,并享受故事对女性形象的美化(欲望化)。研究者从民间发现了龙女,更是感到如获至宝,纷纷表达了赞赏:天鹰说"这是一个具有诗意的完美的妇女形象,除了人民口头文学创作之外,是很少见到的,即便在农民口头文学作品中,也是难能可贵的"②;刘守华说"龙女就是一位能使人'事事如愿'的女神,从此她的形象就定格为'女强人',备受人们的尊崇和喜爱了"③;熊和平说"人们又将热爱劳动,不嫌贫爱富,富有反抗精神等性格特点赋予龙女,使她成为无懈可击的完美女性"④。龙女形象美好鲜明,充满行动力,相比之下,与龙女成亲的男主人公显得有些孱弱,表面上看是一个女强男弱的状况,但因此说龙女故事的第一主人公便是龙女又存在争议。龙女是如愿,而愿望属于男性主

---

① 刘守华:《中国民间故事史》,武汉:湖北教育出版社,1999年9月,第668页。
② 天鹰:《中国民间故事初探》,上海:上海文艺出版社,1981年5月,第75页。
③ 刘守华:《中国民间故事史》,武汉:湖北教育出版社,1999年9月,第668页。
④ 熊和平:《来自龙宫的女强人:"龙女"故事解析》,载刘守华主编《中国民间故事类型研究》,武汉:华中师范大学出版社,2002年10月,第391页。

人公，属于和主人公一样孤苦弱小的普通男性。他们处于社会的底层，连置房娶妻这种最基本的生活需求都难以满足，于是他们幻想着有一天打开家门能有一位善良的美妻为他做着热气腾腾的饭菜，这个幻想构成了淳朴实在的螺女故事，有时候也嵌入龙女故事中，螺女由龙女代替。因为表达了相同的愿望，这样的嵌套和替换很自然。然而增添了"百鸟衣"类型的龙女故事毕竟不同于螺女故事，它不仅幻想着温暖的家庭，更大胆地幻想着夺权，以至于幻想发展成为狂想：既娶媳妇又当王，对女性的幻想膨胀为对国家权力的狂想，男性对女性的占有与对权力的占有便形成同构关系，融合于"换衣"母题中。

二、"换衣"母题中的父权意识

满族故事家李马氏讲的《百鸟衣》故事中，有一段耐人寻味的入话。她说有一个枕头，不绣山水却绣着一个故事，还配有一首诗[①]：

三尺韭菜乌兰西，
拿着龙袍换鸟衣。
金花娘娘巧定计，
暗夺江山谁得知。

"巧定计""夺江山"六个字凝练地道出了故事的旨趣在于权

---

① 中国民间文艺研究会辽宁分会编：《满族三老人故事集》，张其卓、董明整理，沈阳：春风文艺出版社，1984年12月，第226页。

力。"百鸟衣"至少两次述说了权力的转交,林兰童话《龙女》又在前半部分龙女故事中附加了一次。主人公在海夜叉的指点下向龙王索要小狗,小狗却变成龙女与他成亲,龙女被处理为一个在男人之间让渡的物品。而在有的故事里龙女爱上了会吹奏的乐工,自己向乐工透露了主意,如傈僳族《阿于和龙姑娘》[①]:

> 龙姑娘走在前头,阿于紧紧跟在后面,一直往前走去。走着,走着,龙姑娘突然站住,回过头来很不好意思地小声对阿于说道:"阿于,你听我的一句话,到了我家,我阿爸请你吹弹后,他要酬谢你时,你可不要他的金子,不要他的银子,也不要他的珍珠玛瑙;就要他养在阳台上的那只小花狗,要他挂在枕头边的那个葫芦,千万莫忘了。"说着,龙姑娘涨红了脸,停了一会儿,又嘱咐了一句:"可是,你千万记住,莫说这是我给你出的主意呀!"阿于连连点头。

把自己当作礼物送给主人公的龙女比一声不吭被要走的龙女更自主,但仍然没有冲击到女性被物化的意识形态。在婚姻中起决定作用的是男性——要求转交者乐工和转交者龙王。结婚后,她仍然被视为一个物件,所以不久就有国王来抢她。所有推动故事的行动都来自男性:会吹奏的乐工、转交礼物的龙王、索要小狗(龙女)的乐工、抢走龙女的国王、穿上羽衣抢回龙女的乐工……龙女尽管法力高强,但却乖乖地让国王抢去,仅在临走时告知乐工

[①] 祝发清,左玉堂,尚仲豪编:《傈僳族民间故事选》,上海:上海文艺出版社,1985年6月,第73页。

第七章 男性话语与女性话语：林兰"考验型"童话解析

穿上百鸟衣再来会面。这在逻辑上不太说得通，但却体现了幻想故事的愿望思维——愿望才是幻想的第一推动力。龙女童话所关心的是男性的命运，这是属于他的故事，关注的是他的愿望和他的成功，而龙女既是他的愿望，也是他的帮助者。

《龙女》前半段中龙女作为物品、作为"如愿"，也作为女巫被转交给男性主人公，巫的力量也随之被转交过去。这第二次转交是通过龙女之口来晓示的：

> 妻并不忧愁，劝他不必引为悲伤。吩咐他在她去后，捕些鸟雀，用羽毛做件大衣，穿上去到朝门外叫卖。那是普通人所不要的，如果国王要的话，除非龙袍不换的。以后，她自有办法。

妻子就这么将自己连同宝物转交给了丈夫。普罗普说"宝物是通过妇女路线传递的。接受者得到的不是别的东西，而是他妻子氏族的图腾标志"①，那么妻子转交的百鸟衣可理解为巫妻部落的鸟图腾标志。娥皇、女英助舜躲避迫害的传说也提到了女子的晓示以及图腾标志的授予：舜得知弟弟象将趁他修建谷仓时放火烧他，便跑去告诉妻子，妻子建议他"衣鸟工往"，舜因此得以从火烧的屋顶安全落下。鸟工即是羽衣，或绘有鸟的衣服，具有遇焚如鸟飞的魔力。舜多次在妻的帮助下安然无恙之后，尧赐舜"绨衣"，正式转交王位。李道和由此推论，传说表明了"衣"与"妻"具有古老的隐喻关系，即衣服不仅是妻的法宝，也是婚姻的信号

---

① 〔俄〕普罗普：《神奇故事的历史根源》，贾放译，北京：中华书局，2006年11月，第220页。

和王位的象征：尧赐舜以二女，并赐衣与琴；女子羽衣被藏便为人妻；祭祀高禖时天子与妃嫔的穿衣礼……赐衣、藏衣、穿衣表达了婚姻的缔结。① 百鸟衣故事和舜象传说都通过妻的晓示含蓄地将宝物交给丈夫。日本宫城县伊具郡的百鸟衣故事则通过妻子与丈夫换衣来实现：青年娶一美女，不思种田。妻子令他画一张她的像，将画像带到田中，他便能在干活时见画如见人。一阵风把画像吹到王宫中，王把画中美人带回宫。妻子在宫中不言不笑，丈夫扮成卖锅人去宫前叫卖。妻子闻之一笑，王很高兴，招卖锅人进宫。半夜人静时，丈夫携妻逃走，妻子穿着王妃的服装行走不便，丈夫就与妻子换了衣服。很快王的追兵赶到，二人路遇大河，情急之下涉河而过。上岸后，竟双双变成雉鸡。丈夫由于身着妻子的华服变成了羽毛华丽的雄雉，妻子穿了卖锅人的衣服，仅变成毛色灰暗的雌雉。② 丈夫与妻子换衣、妻子晓示丈夫穿衣，两者具有相同的功能，导致相同的结果，即丈夫获得了羽衣（更亮丽因而也更具魔力）。

如此看来，百鸟衣故事包含着两次换衣，第一次是丈夫换得妻子的衣服（百鸟衣），第二次是丈夫换得国王的衣服（龙袍）。换衣的过程便是男性权力上升的过程。权力上升的第一步伴随着女性力量的衰退。这一点在《龙女》中表现得很明显，龙女在前半部分还无所不能，竟然在被抢的时候什么也没做，在她完成了晓示丈夫的任务之后，也只是等待着配合着丈夫行动。龙女不再使用

---

① 李道和：《女鸟故事的民俗文化渊源》，《文学遗产》，2001年第4期，第8—9页。
② 〔日〕关敬吾：《日本昔话大成》，转引自江帆《忠贞妻子的奇谋："百鸟衣"故事解析》，载刘守华主编《中国民间故事类型研究》，武汉：华中师范大学出版社，2002年10月，第663页。

第七章　男性话语与女性话语：林兰"考验型"童话解析

自己的魔力，因为她的魔力已经转交给丈夫了。"龙女"和百鸟衣故事都披上了爱情的外衣，看起来女性所做的这一切都是为了爱情。实际上，力量和权力的让渡被隐藏、转化，包含在爱情这个伟大的容器中，但却仍然忍不住露出夺权的尾巴，最终表现为"与国王换衣"。听听巴鲁耶人在男子成人仪式上秘密讲述的故事，这条尾巴简直在哗啦作响：

> 在"万德吉奈"（梦幻时代之人）的时代，有一天女人们发明了笛子。她们吹奏它们，吹出很好听的声音。男人们听到了，不知道这声音是从哪里来的。一天，一个男人藏起来偷看女人们干什么，发现了是什么产生了这些美妙的声音。他看到几个女人，其中一个把一截竹子举到自己嘴旁，吹出了男人们曾经听到过的那种声音。然后，这个女人又把这竹子藏到了她挂在屋里的一件裙子的里面，那是一座女人们经期居住的房子。女人们离开了，这个男人靠近，溜进了房子，到处寻找，发现了这根笛子，把它举到自己嘴边。他也吹出了同样的声音。他飞快地把它放回原处，跑回去告诉其他的男人自己所看到、所做的事情。后来，这个女人回来了，拿出笛子来再吹，但这次吹出的声音很难听。于是她就把笛子扔了，怀疑是男人碰了它。后来男人们回来了，发现了这根笛子，于是吹奏它。好听的声音又出来了，就如同女人们曾经吹过的那样。从那以后，笛子就被用来帮助男孩们成长。①

---

① 〔法〕莫里斯·古德利尔：《礼物之谜》，王毅译，上海：上海人民出版社，2007年4月，第150—151页。

男人们窃取了原本属于女人的笛子，女人便再也吹不出好听的声音，然而这样的神话禁止对女性讲述。男人仅仅告诉女人，她们所听见的悠扬的声音是他们行进在林中举行成年礼时参加进来的精灵的声音。巴鲁耶人把圣物分为女性和男性，其中更"热"的、能量更大的是女性。这一点也对女性保密。也就是说，男性虽然懂得女性的力量，但却忌讳让女性自己知道。莫里斯·古德利尔认为从女性那里偷走的力量意味着对女性的暴力，"就是这种想象性的精神暴力，从一开始就把所有对女性的真实暴力都合法化了。女性不能继承自己祖先的土地，女性被排斥于拥有和使用'克威玛特尼'（即巴鲁耶人的神圣宝物）之外，……如果没结婚的话，它由女性的父亲制造；如果结了婚，就由丈夫制造"[①]。齐普斯在对格林童话《侏儒怪》的分析中，也发现了女性创造力的被剥夺：故事属于中世纪至18世纪欧洲的家庭纺织间，在那里，人们一边干活一边说故事打发一天的时间。直到1764年纺织机问世，纺锤和纺织便不再是欧洲小家庭的焦点，女性所从事的纺织工作也转移到男性手上。《侏儒怪》反映了社会变迁发生在女性身上的影响：磨坊主吹嘘说自己的女儿能把稻草纺成金子，国王便把她带进宫里一个装满麦秸的房子，要求她在一通宵内将麦秸纺成金子，不然就得去死。小矮人出现了，姑娘送他一根项链，他便坐下来帮她纺织，完成了国王的任务。第二次，国王要她纺出更多的金纱，她给小矮人一枚戒指，小矮人又帮她纺出来了。第三次，国王让她纺的比第二次还多，这次如果她办到了便让她当王后。她再也没有东

---

① 〔法〕莫里斯·古德利尔：《礼物之谜》，王毅译，上海：上海人民出版社，2007年4月，第157页。

第七章　男性话语与女性话语：林兰"考验型"童话解析

西可以送给小矮人，无奈地答应了小矮人提出的条件——把她将来生的第一个孩子给他。一年后，王后生下一位漂亮的公主，小矮人来带走公主，但宽限她三天时间，若能在三天之内说出他的名字，公主就可留下。王后派出使者跑遍全国打听各种名字，终于在第三天，使者偷听到小矮人得意地唱出他自己的名字。王后总算保住了自己的孩子。齐普斯认为小矮人差不多是一台机器，象征着男性生产力，往昔能纺出金纱的女性在这则格林童话中已不复存在，她成了一个丧失了纺织能力的女人，"被降格到了繁殖后代的层面"，甚至连这一点创造的成果也险些保不住。①

如此看来，林兰童话《龙女》、巴鲁耶人关于"笛子"的神话和格林童话《侏儒怪》从三个不同的文化时空讲述了女性力量的被剥夺和地位的衰退。这不是一次性发生的历史事件和历史过程，而是两性社会关系反复失衡的历史性隐喻。巴鲁耶神话和格林童话隐喻了男性权力的上升和女性权力的受损。林兰童话《龙女》则不仅如此，还隐喻了男性之间的权力关系——人掠夺人的关系。男主人公向龙王要来妻子，然后穿上羽衣，换来了国王的王位，恰如恩格斯所说："最初的阶级压迫是同男性对女性的奴役同时发生的。"② 龙女展现了巫术，甚至被赋予了爱情和适当的反抗精神，但她仍然受缚于被要、被抢、被拥有的父权社会法则。把仗势欺人的皇帝拉下马可以说从某种程度上颠覆了权力，但男主人公自个

---

① Jack Zipes. *Fairy Tale as Myth/ Myth as Fairy Tale*. The University Press of Kentucky, 1994, p.49—71.
② 〔德〕恩格斯：《家庭、私有制和国家的起源》，载中共中央马克思、恩格斯、列宁、斯大林著作编译局编《马克思恩格斯选集》（第四卷），北京：人民出版社，1972年5月，第61页。

儿坐了江山，颠覆得并不彻底。《龙女》在临近结束时写道："真正国王为了爱人家的女子被逐，流为乞丐了。"叙者对"爱人家的女子"的国王有种暧昧的情怀，这姑且不论，但这句话使"幸福"的童话在内部产生了裂缝。仍然有乞丐，童话似乎又回到了开始，始于一个孤独无依、"爱人家的女子"的人，故事陷入了因果循环。但带着批判的眼光去看，它又变得不太一样，它变成了一个由女性的被占有、被剥夺而发展为男性的被剥夺、被驱逐的故事。正因如此，刘思谦认为权力的原型是"父权"，它既包括男性对女性的奴役，也包括男性对男性的奴役，"因此男性和女性必须共同面对父权文化的压抑，共同面对主体性被剥夺的现实"[①]。《龙女》童话没有解决权力的存在所造成的人与人之间的不平等，也没有表达平等的愿望，但它通过男性对女性、对权力的狂想隐约呈现了问题的症结。

第三节　女性的复活：林兰蛇郎童话解析

蛇郎故事称得上是中国民间童话的奇葩。名为蛇郎，实则围绕两姐妹的选择与冲突，通过三姐嫁蛇、遇害、变形、复活等经历讲述了女性的成年与角色转换。

刘守华说："它的构思特点是，以蛇之变形来象征人的境遇变幻，将蛇郎塑造成一个由贫贱走向富贵的男子，在它命运急剧转变的过程中，将两姐妹——实际上是两种女性的思想性格进行鲜明

[①] 刘思谦：《关于母系制与父权制》，载刘思谦、屈雅君等《性别研究：理论背景与文学文化阐释》，天津：南开大学出版社，2010年4月，第18页。

第七章　男性话语与女性话语：林兰"考验型"童话解析

对比。心地善良淳朴的妹妹不嫌蛇郎贫贱，终获幸福。开始嫌弃蛇郎的大姐后来又以卑劣手段害死妹妹，企图攫取富贵，落得可耻下场。中国蛇郎故事大都具备三姐灵魂不灭，连续变幻的精彩情节。妹妹不仅有着善良的品格，还有不屈不挠的斗争意志，从而成为一大特点。"[①]据刘魁立统计，蛇郎故事直接描述蛇形象的异文，仅占总量的百分之四十左右。有的异文，仅保留了蛇郎的名称，而无蛇的痕迹；还有的甚至与蛇郎无关，男主人公被称为秀才、种花人或丈夫。[②]因此，三姐反复的死亡与变形复活，才是蛇郎故事最具凝聚力的段落，它不仅构成了故事的核心情节，而且经历文化的变迁，激荡历史的回响。刘守华的解释正可以说是回响的一部分，而蛇郎童话最初的声音，应如周作人所说"可与原始文化对照发明"[③]。周作人是从兽婚、变形、季女胜利等构成神话传说的情节来对照原始文化的，其中变形复活诸事构成原始成人礼的重要部分，象征着人通过成长所获得的力量。因为精彩地讲述了女性成长过程中的艰难与坚持，蛇郎童话不仅毫不逊色于格林童话《玫瑰公主》《白雪公主》与《没有手的女孩》，甚至拥有更激荡的情节和更强烈的个性。

一、林兰《菜瓜蛇的故事》

据刘守华统计，中国记录下来的蛇郎故事不少于220篇，"它

[①] 刘守华：《比较故事学》，上海：上海文艺出版社，1995年9月，第420页。
[②] 刘魁立：《中国蛇郎故事类型研究》，载《刘魁立民俗学论集》，上海：上海文艺出版社，1998年10月，第139页。
[③] 周作人：《关于菜瓜蛇的通信》，载林兰编《渔夫的情人》，上海：北新书局，1930年7月，第52页。

们分布在祖国大陆东西南北中及海峡两岸 21 个省区的 25 个兄弟民族之中"①。在印欧故事中找不到类似的蛇郎故事，因此丁乃通将之收录于印欧故事分类 AT433 "蛇王子"型的同时另立 AT433D 型，并对故事情节进行了十分详尽的分类与摘录。他总结蛇郎故事情节主要有七个：1. 女主角许配给蛇；2. 谋杀女主角；3. 女主角变鸟；4. 女主角变植物；5. 其他化身；6. 驱除魔惑；7. 夫妻团圆。林兰童话 28 号《菜瓜蛇的故事》、29 号《蛇郎精》以及 93 号《菜花郎》都收在这个情节类型之后的目录索引中。其中安徽苏雪林所记录的《菜瓜蛇的故事》完整地聚拢了所有重要的情节和细节，因而在此作为解析蛇郎故事的蓝本。

《菜瓜蛇的故事》大致情节如下：1. **嫁蛇**　一个老头子，家有三个女儿。一天去山里打柴，被菜瓜蛇网住。老头因为自己要被吃掉，哭述三个女儿的孤苦。菜瓜蛇听了说："原来你家还有女儿，你将一个给我做妻子，我便不吃你。"大女儿、二女儿都不肯嫁，只有三女儿说"情愿嫁给菜瓜蛇，不愿教吃掉爹爹爷"。三女儿嫁给菜瓜蛇，两人很是恩爱。2. **遇害**　半年后，三女儿回娘家，两个姐姐看见三姐花团锦簇的，都后悔当初不愿嫁蛇郎。大姐约妹子去照井照河，说是比美，却哄得三姐与她换了衣服，将三姐推下河中淹死，假冒三姐回到蛇郎家。菜瓜蛇感到来的人脸麻、手粗、脚大，问她面貌身材为何不同以前，大姐依次回答说是在家中晒豆、拉磨、踏春给弄的，便糊弄过去了。3. **变鸟**　三姐变作小鸟羞大姐："梳我的梳子梳狗头！照我的镜子照狗脸！"大姐气得一梳子砸

---

① 刘守华：《两姐妹与蛇丈夫："蛇郎"故事解析》，载刘守华主编《中国民间故事类型研究》，武汉：华中师范大学出版社，2002 年 10 月，第 407 页。

去,将小鸟砸死煮了吃,菜瓜蛇吃的是香喷喷的肉,大姐吃的都成肉骨头。**4. 变树**   大姐将肉泼在地里,地里长出枣树,打下来吃,菜瓜蛇吃的又香又甜,大姐一吃变成狗屎。大姐将枣树砍了,做成一根捣衣杵,捣衣杵将大姐的衣服捣出洞。**5. 变金人**   大姐怒极,将捣衣杵烧了,捣衣杵却变成金人,被隔壁叔婆捡了藏在竹箱中。金人偷偷替叔婆纺纱,叔婆发现叫来菜瓜蛇。**6. 祛除魔惑**   叔婆教菜瓜蛇将头发打开,看大姐三姐谁的头发能与菜瓜蛇交纠不脱,谁就是真妻子。结果是三姐的头发与菜瓜蛇缠绕,大姐的则无论怎样都不能。**7. 夫妻团圆**   于是菜瓜蛇认出三姐,一口将大姐吞下,与三姐为夫妇如初。

这则童话就是一则成婚考验型故事。一般而言,成婚考验的对象是男性主人公,针对女性的成婚考验故事在林兰集中仅有10篇。而这10篇当中,有的如同断章残篇没有结婚情节,有的虽然奔着结婚讲去,但算不上有什么严格的考验,而是以奇幻的笔调描写女子外在形象的转身一变,如55号《马腊梅脱甲》和108号《臭头皇后》。格林童话中那些直接交给女性的难题、等待女子解救的男性、因为丈夫的离去和遗忘而历尽艰难去寻找等情节要素,在林兰集中难以寻见。至于像格林童话《莴苣姑娘》《丁香花》《训练有素的猎人》《两个国王的孩子》《井边的牧鹅女》《鼓手》等一篇之中叙述男女主人公各自经受磨难而终成眷属的故事更是匮乏。如果没有蛇郎童话,在林兰集中将真的难以找到一个能与男性平等恋爱的女性。童话的开头,三姐嫁给了一条蛇,后来,可以推知蛇已经变成人。从蛇变为人,说明蛇郎已经通过了成人考验,这在其他大量的难题考验故事中得到了充分的体现(见第七章第一节)。而嫁给蛇郎的三姐,这之前却未能经历成人仪式。所以，在她回娘家之后，一系列严酷的考验接踵而至。她与蛇郎本来过得幸福，似乎并不需要在烈火中重生。因此表面上看，大姐的夺人性命、假冒新娘是横空出现的祸事。然而，从童话的历史起源来看，由于它的幻想来自远古习俗、信仰与仪式，仪式的幽灵必然托身重现。所以，三姐必须得经受成人的考验，她比中国童话中的其他女性经受得更多更重，因此她的幸福也就更加不容置疑。

二、换装母题与女性成年

在三姐遇害的段落，三姐与大姐换了衣服，大姐将三姐推入水中，得以假冒三姐住进蛇郎家。表面上看是大姐嫉妒三姐，想抢走三姐的富贵与幸福。而情节的深层和幻想的无意识层却讲述了另一个故事，即隐藏在换装、沐浴母题中的成长与婚姻故事。

王霄兵、张铭远分析了羽衣仙女和田螺姑娘等故事中的脱衣主题：仙女脱衣入水沐浴、田螺出壳替人炊饭、狐狸蜕皮与人相遇等婚恋故事，通过脱衣、出壳、蜕皮表明了女子的变形与缔结婚姻之间稳定的关联。女子在变形之前仅以异类的面目身份出现，而变形之后即以人的形象与人间男子结为夫妇。变形不仅包括换装、出壳、蜕皮，在有的故事中，还表现为文身、修面。无论采取哪一种方式，都意在以类似动物蜕皮的方式来表达重生而为人的象征意义。少数民族女性的成人仪式复现了同样的情形：凉山彝族15—17岁的女子在"撒拉"仪式中脱去童年的裙子，换上成年的裙子，便可以恋爱；瑶族女子15岁那年由自己挑选日子举行"牛达"仪式，绞眉、理鬓、修颈发，戴上成人的帽子；布依族的戴"假壳"仪式更具戏剧性，女子许配男方之后，一日男方家的中年妇女溜进女方家，趁女子不注意解开她的发辫，给她戴上一顶事先准备

第七章 男性话语与女性话语：林兰"考验型"童话解析

好的帽子……至于傣族女子的染齿、黎族女子的绣面等，同样发出了女子由成年而步入婚姻的信号。①

换装成年与缔结婚姻的古老联系也见于西方童话。灰头土脸的灰姑娘在炉火边无人能识，而当她穿着金丝银线的华服出现在王子的舞会上，便举座皆惊，赢得了王子的爱情。表面上看她的光彩好像完全依赖于衣服，但细细想来，童话中美丽的金丝银线，唤起了人们对普通之物、普通之人内在光韵的关注。阿法纳西耶夫的《青蛙公主》讲到青蛙公主脱去蛙皮，换上盛装来到国王的舞会上，展现了不同寻常的衣服潜藏着的真正魔力：

> 酒宴开始了。青蛙公主把啃光的骨头放进自己的一只袖筒里，喝剩的酒倒进另一只袖筒里。两位大媳妇见她这样做，也都把骨头往自己的一只袖筒里装，喝剩的酒往另一只袖筒里倒。
>
> 宴后开始跳舞。国王建议两位大媳妇先跳，她们却推让青蛙公主。于是青蛙公主挽着伊凡王子，翩跹起舞，轻盈优美的舞姿，令众人不断地喝彩。她轻挥右臂，只见面前展现出一片青山绿水，她轻舒左臂，只听百鸟齐鸣，百花纷呈。大家看得目瞪口呆。青蛙公主舞罢，这一切也都随之消失了。
>
> 接着，两位大媳妇开始跳舞。她们也想学学青蛙公主的样子。可是，她们右臂一挥，袖筒里飞出骨头，打在别人身上；左臂一挥，袖筒里泼出了酒，洒在别人脸上。国王不高兴地嚷

---

① 王霄兵，张铭远：《脱衣主题与成年仪式》，《民间文学论坛》，1989年第2期，第18—21页。

道："别跳了，别跳了！"

格林童话《杂毛丫头》，国王要娶自己的女儿，公主叫国王做了四件衣服——一件是太阳一样金灿灿的，一件是月亮一样银晃晃的，一件是星星一样光闪闪的，最后一件是一千种皮毛镶拼成的斗篷。衣服备齐之后，公主便披上皮斗篷逃走。接下来，如同所有换装结婚故事一样，女主人公换上鲜亮的衣服，出现在未来丈夫的舞会上。《安吉拉·卡特的精怪故事集》①也收录了此类童话，包括流传于埃及的《穿皮套装的公主》和英格兰吉卜赛人的《苔衣姑娘》。公主穿上皮衣、灰姑娘炉边劳作，都使她们处于无人认识的隔绝状态。而穿上皮衣的方式更为古老，它关联着化身为动物的女性形象与披上兽皮暗示逗留于动物体内的远古成人仪式。据普罗普所说，人向动物的转化，在仪式中象征着死亡②。那么，当姑娘脱下象征死亡的旧服，换上象征重生的新衣，也就意味着，她已经告别少女时代，准备好迎接作为妻子的新角色。

但与西方童话不同的是，三姐脱下的是从蛇郎那里得到的新衣，然后换上了旧衣（进入灰姑娘状态）。显然，婚前未能完成的仪式在回娘家后才开始启动，而且选择了一种更为严峻的方式。本来，在性别分工明确的原始社会，成年礼也表现出性别差异，对男性多采用动物变形的方式，要求他们完成具有死亡意味的难题，

---

① 〔英〕安吉拉·卡特编：《安吉拉·卡特的精怪故事集》，郑冉然译，南京：南京大学出版社，2011年9月。
② 〔俄〕普罗普：《神奇故事的历史根源》，贾放译，北京：中华书局，2006年11月，第84页。

而对女性则倾向于选择脱衣、换装等相对温和的过渡仪式。但新婚的三姐脱下新衣，换上大姐的衣服，等待着她的就不可能是遇见爱人的舞会。她一头跌进了死亡的河水之中，也就是说，故事中的换装母题转向了另一种死亡隐喻方式，即入水沐浴。在江南，多子的主妇在新娘上轿前为她举行沐浴仪式，用毛巾沾上热水给她揩拭；苏州、广州、深圳地区，家人以红枣记下新人沐浴的时间和水倾倒的方向；宁夏回族姑娘结婚当日也须用"离娘水"洗净身体才可离开娘家；哈尼新娘在新郎家门前由新郎姊妹端水为之洗手洗脚……① 婚礼中的沐浴净身含有洗心革面重生为人的意义，带有浓厚的成人意识。而蛇郎童话中的沐浴，则以更惊人的方式表现旧我的死亡——三姐被推进河水中。因此说，童话的幻想比仪式更具戏剧冲突。

三、变形复活与女性之力

三姐死后经历了鸟、树、金人三种变形。在蛇郎故事异文中变形大体遵循由动物到植物再到金子的序列。阿法纳西耶夫童话《神奇的衬衫》中，男性主人公的变形复活也展现了此一过程：**1. 变动物** 伊凡与叶莲娜结婚后，叶莲娜受蛇妖蛊惑，将伊凡砍成几段，伊凡复活后变成马；**2. 变植物** 蛇妖杀马，女仆将马血洒在房子周围，伊凡变成树林；**3. 变金子** 树林被烧，女仆按伊凡的请求捡一块烧焦的木片扔到湖里，木片变成金鸭子；最后伊凡穿上了神奇的衬衫，复仇，并娶了女仆。变形过程的模式化，不仅说

---

① 刘宁波：《生死转换与角色认证：中国传统婚礼的民俗意象》，《民间文学论坛》，1994年第1期，第31—32页。

明了故事与仪式的关联,而且验证了本尼迪克特所说的,有时候女孩在成人仪式中受到了与男孩相同的待遇①。童话以主人公与对手的斗争加强了死而复生的紧张感与严酷性。更为重要的是,变形与复活体现了原始人看待死亡的方式,以及获取力量的方式。传说和民俗材料共同表明,"由于这一死亡和复生使人获得了魔法的特性"②。越是接近死亡,复活的意志和力量越是增强,魔法的特性越能充分发挥。

首先是变成动物。普罗普说:"变成动物作为一种死亡观念……有关鸟的观念无疑是最古老的观念之一。"③他提到埃及、古巴比伦、古希腊、罗马、太平洋和西北美洲等地,都有死者灵魂寄于鸟身或被鸟带走的"灵魂鸟"信仰。古巴比伦关于吉尔伽美什的史诗中,如此描述被召唤去地狱的梦境:"那儿的人像鸟儿一样,穿着羽毛做的衣服。"④林兰编有一本《鸟的故事》⑤,也辑录了大量死后化鸟的民间故事。鸟不仅是去往死者国度时的形象,也是从死者之国返回生者之国的形象。童话中三姐变身为鸟,就发生在她返回人间的途中。运载灵魂的动物,常见的还有蛇。鸟飞于天,属于天上遥远之国;蛇藏于地,属于地下幽冥之国,所谓"上穷碧落下黄泉",天上地下都是死者栖居的地方。地下之蛇又有冬眠、蜕皮等习性,俗信认为具有极强的再生能力,所以第一主角虽然不

---

① 〔美〕露丝·本尼迪克特:《文化模式》,王炜等译,北京:生活·读书·新知三联书店,1988年5月,第28—29页。
② 〔俄〕普罗普:《神奇故事的历史根源》,贾放译,北京:中华书局,2006年11月,第106页。
③ 同上,第258页。
④ 同上,第320页。
⑤ 林兰编:《鸟的故事》,上海:北新书局,1931年3月。

是菜瓜蛇,但因为主要讲述了复活,以它为名,在意象和意脉上却能够贯通。

三姐以鸟的形象复活,却被大姐煮熟来吃,迅速经历第二次死亡。菜瓜蛇吃到肉,大姐吃到骨头,表明了骨与肉的分离。在成人仪式中,火烧被认为是净化灵魂,碎尸则被认为创造了新人。普罗普在《神奇故事的历史根源》一书中援引了大量成人仪式中授礼者被烧、烤、煮的戏剧表演和真实例子[①],其中一则反映了澳大利亚某些原始人的习俗:一男子躺在地上挖好的"灶"坑里,另外两人分别跪在他的头旁和脚边,投掷飞旋镖,做出浇水和撒煤的样子,一边发出烤肉时的吱吱声和爆裂声,第四个人走出来,不停地吸着气,他的表演是为了证明被授礼者已经堕入地狱,不可能凭借气味找到他了。有些地方真有把年轻人放在火上烤四五分钟的情况,原始人相信举行这样的仪式能带来好处。普罗普举诺夫戈罗德和维亚特卡的故事为例,说小男孩被扔进炉子里之后,学会了变成动物或听懂鸟叫。这与孙悟空从太上老君炼丹炉中出来之后炼成了火眼金睛十分相似。碎尸与复活的关系,在仪式和故事中也有大量的对应。据说,一个人在成为萨满之前,需要体验身体被撕碎和内脏翻腾的感觉。著名的"蓝胡子"童话也讲述了被砍碎的死人和女主人公的复活或逃脱。神话史诗中英雄被肢解而复生的例子更是数不胜数,埃及神话中的主神俄赛里斯、古希腊神话中的酒神狄俄尼索斯以及芬兰史诗《卡勒瓦拉》中的勒明盖等,都曾被肢解,尸体被扔到各处,他们的妻子或母亲找到尸体,拼凑起来,

---

[①] 〔俄〕普罗普:《神奇故事的历史根源》,贾放译,北京:中华书局,2006年11月,第107—119页。

施以魔法咒术,才使他们复活苏醒。①

　　鸟死而变为树,这一情节也并不是虚空里创造的幻想。鸟信仰所滋生的鸟耘、鸟祭习俗中早已包含着类似的联想。第七章第二节有关"鸟巫"的论述中已经引证了鸟如何带来谷种、启迪耕耘,民间故事中"杀鸟取种"之说也折射出同一信息,如傈僳族《鱼姑娘》②、彝族《吹笛少年与龙女》③、瑶族《坚美仔斗玉皇》④等,都讲到主人公在完成撒种捡种的难题时,从斑鸠或小米雀的嗉囊里取出了谷种。鸟带来了种子,鸟保护了生长,为了使这样的情形再发生一次,人们祭祀和祈祷。巴鲁耶人有鸟祭求雨的习俗,他们对着圣神的树祷告"这就是为什么我们带来了这些动物,我们躬身祈祷那起源——在下的大地,我们从在上的天空接收雨水"⑤,此时,他们献祭一只小鸟,将它的血喷洒在献祭用的稻米上。习俗和故事强化了鸟与植物的关联,而从原始人生命一体化的观念来看,鸟、树、人具有相同的生命元素,互相之间能够转化。格林童话《杜松子树》讲继母杀死了男孩,把他熬成汤,小妹妹将他的骨头埋在杜松子树下。树下飞出一只鸟,为男孩复仇之后,变回男孩。

---

① 郎樱:《史诗中的妇女形象及其文化内涵》,《民间文学论坛》,1995 年第 4 期,第 55 页。
② 祝发清,左玉堂,尚仲豪编:《傈僳族民间故事选》,上海:上海文艺出版社,1985 年 6 月,第 115—124 页。
③ 李德君,陶学良:《彝族民间故事选》,上海:上海文艺出版社,1981 年 5 月,第 210—215 页。
④ 文昊主编:《中国优秀传说故事精选》,转引自鹿忆鹿《难题求婚模式的神话原型》,《民间文学论坛》,1993 年第 2 期,第 9 页。
⑤ 〔法〕莫里斯·古德利尔:《礼物之谜》,王毅译,上海:上海人民出版社,2007 年 4 月,第 228 页。

第七章　男性话语与女性话语:林兰"考验型"童话解析

阿法纳西耶夫童话《白野鸭》讲公爵夫人跳下泉水洗澡时被巫婆变成了白野鸭,公爵将鸭的翅膀拎起,说"在我的背后长出一棵白桦树,在我的面前出现一位年轻的女郎"①,树长出来之后,公爵夫人也跟着出现了。另一则俄罗斯童话《青蛙公主》也讲到公主变成了纺锭,伊凡找出它,拗成两段,细的一段往身后扔去,粗的一段扔在面前,公主便出现了。

变成树的三姐却没有立即复原,而是继续变得僵硬,先是失去生长能力的捣衣杵,最后是具有矿物特性的金人。普罗普罗列了一张长长的清单,表明童话对于金子的偏爱:金子的宫殿、金子的宝贝、金翅膀金头发的公主、金色的马车、金色的长矛……② 他认为金子就是太阳的光芒,天空的色彩,因为灵魂的未来栖息地就是闪着金光的太阳,金子也就成为死者之国的标志。那么,三姐由动物而植物,由植物而矿物,表现了逐渐僵化的过程,每一次都更为接近死亡。至金子的太阳之国而达到了终点,然后物极必反,三姐复活苏醒。三姐的回归,很能体现中国童话的韵味,不是通过爱人的一个吻、一个咒语、一次历险,而是自己从藏着的箱子里悄悄出来,默默地纺线织布,似乎又是一个田螺姑娘,同样的农家小舍、同样的悄无声息、同样的窗外人看窗里人……但选择织布而非炊事,意义还是发生了微妙的变化。承担炊事和承担织布职责的女性在家庭中的地位应有差异。按传统,新娘嫁到夫家之后,为了使她适应新的主妇角色,通常有下厨做饭孝敬公婆的习俗。唐代王

---

① 〔俄〕阿法纳西耶夫选编:《俄罗斯童话》,沈志宏、方子汉译,北京:人民文学出版社,2007年7月,第213页。
② 〔俄〕普罗普:《神奇故事的历史根源》,贾放译,北京:中华书局,2006年11月,第371—372页。

建《新嫁娘词三首》曰:"三日入厨下,洗手作羹汤。未谙姑食性,先遣小姑尝。"① 这里,女子需要揣摩夫家的喜好,是一种依顺的态度,目的在于获取夫家的认同。织布纺纱在男耕女织的时代则具有经济效益,女子因为织布而改善家庭生活,因此也就获得了更重要的家庭地位。汉乐府《上山采蘼芜》叙及女子因男方父母不悦而被休,一日山中遇见丈夫,问新娶的妇人如何,丈夫答:"新人工织缣,故人工织素。织缣日一匹,织素五丈余。将缣来比素,新人不如故。"② 女子的价值、丈夫的喜爱,都通过纺织来衡量。纺织确立了不同于封建家长的评价标准,不仅偏重女子的能力,而且也寄托了丈夫的情感。所以,三姐在经历了三次死而复生之后,以纺织者的形象出现,意味着她在进入蛇郎家庭时保留了相对自足的主体性。

四、大姐的三种角色

刘魁立较早指出,蛇郎故事的情节中心在于"谋害""争斗"和"最后惩罚",冲突的双方是大姐和三姐,因此蛇郎故事主要围绕姊妹纠葛。③ 进一步说,姊妹纠葛不仅是蛇郎童话的情节中心,而且也是意义中心。然而,以往对姊妹纠葛的探讨,倾向于伦理道德层面,认为大姐代表着假恶丑、三姐代表着真善美,认为蛇郎童话表现了真善美的胜利。浸润于儒家文化传统的中国人善于道德

---

① 彭定求等编:《全唐诗》(第九册),北京:中华书局,1960年4月,第3423页。
② 徐陵编:《玉台新咏笺注》(上),吴兆宜注,程琰删补,穆克宏点校,北京:中华书局,1985年6月,第1—2页。
③ 刘魁立:《中国蛇郎故事类型研究》,载《刘魁立民俗学论集》,上海:上海文艺出版社,1998年10月,第146页。

第七章　男性话语与女性话语：林兰"考验型"童话解析

评判，以至于道德感，确切地说是儒家的善恶感，成为一种不假思索便获得的情感，一种阅读图式，决定着中国人对事对人的第一印象，乃至最终印象。不孝、自私、嫉妒、狠辣，这是大姐给读者的直接印象。但如果悬置道德评价，从习俗仪式和心理分析层面重新解析蛇郎童话，就会发现在大姐迫害者的面孔背后隐藏的另一种真实。

童话中的迫害者其实就是仪式中的考验者。远古成人仪式中并没有迫害者的概念，诸如撺掇父亲把子女送进森林的继母、想把孩子扔进烤箱的吃人巫婆、抢走别人妻子的国王、试图杀死弟弟的哥哥（或试图杀死哥哥的弟弟），等等，在功能上等同于仪式中的考验者，即设置难题帮助成年的人。普罗普认为，由考验者而变为迫害者，是因为人们对仪式的遗忘。[①]森林中的老妖婆把孩子送进火炉，原本是帮助他们经过象征性的火烧而获得神奇本领。但格林童话的中产阶级读者所体验到的与参加授礼仪式的原始人不一样，他们只看到了残酷的表象，因此格林童话保留了获得神奇赠予这个结局，却无法保留孩子被烧掉的情节，结果颠倒过来，老妖婆被孩子送进了火炉。在格林的最初版本中，要把子女送进森林的不是继母而是生母，从这一点还能见出林中授礼的痕迹，但读者从自己的处境出发，将生母的行为理解为遗弃，无论如何不能接受。举行仪式的林中小屋本来是赐福之地，而从陌生的眼光看来，它变成了恐怖的杀人的魔咒之地。对此，我们需要适当的历史感，并把道德情感也看作具有历史阶段性的存在。既然原始人将死亡

[①]〔俄〕普罗普：《神奇故事的历史根源》，贾放译，北京：中华书局，2006年11月，第131页。

体验作为人生角色转换所必需的心理过程，那么帮助完成这一过程的角色也就是促进成长的角色。河合隼雄也认为继母对女儿的迫害，实际上使女儿得到了自立和幸福，"从女儿因此获得自立这方面来看，可以说继母促进了女儿的成长。所以从整体而言，'继母'应该是正面的存在"①。阿兰·邓迪斯注意到西方童话中的代际冲突一般都表现为同性竞争，"年轻女孩必须与继母和巫婆斗争，年轻的男孩必须和雄性的龙或巨人搏斗"②。中国受孝文化的影响，民间故事将代际的同性竞争改为在兄和弟、姐和妹之间展开。因此说，在成人过程中，姊妹关系相当于西方的母女关系。蛇郎童话中杀死妹妹的大姐，相当于格林童话中迫害女儿的继母，也有着帮助成长的潜藏身份。对于妹妹的成人与幸福而言，大姐是不能缺少的。

从仪式的角度来看，大姐促成了三姐的成长，而从深层心理来说，大姐其实就是三姐，她代表着三姐内心对成长和婚姻的抗拒。这并不矛盾，大姐正是通过扮演抗拒者的角色，使三姐通过了考验，接受了新角色。

为什么说大姐就是三姐呢？大姐穿上三姐的衣服，蛇郎居然被她哄骗，就认她是妻子，常理上说不过去。即便是"不落夫家"，即便是夜宿朝回，也不至于认不出自己的妻子。但从仪式和内心冲突来理解，就不成问题。在难题求婚故事中，有一种难题是在样貌相同的人中认出自己的爱人，同样的情形也出现在萨满的活动

---

① 〔日〕河合隼雄：《日本人的传说与心灵》，范作申译，北京：生活·读书·新知三联书店，2007年6月，第164页。
② 〔美〕阿兰·邓迪斯：《民俗解析》，户晓辉编译，桂林：广西师范大学出版社，2005年1月，第223页。

第七章 男性话语与女性话语：林兰"考验型"童话解析

和婚礼仪式中，普罗普认为"这个难题的根据是：所寻之人在另一个王国没有自己的个人面貌"①。三姐入水之后，进入死者之国，不再拥有被认出的面貌，而大姐因为实质上就是三姐，也同样没有个人面貌。大姐与蛇郎关于面貌的问答，表明故事某种程度的现实倾向，而最终故事还是倒向幻想一边——蛇郎没有认出妻子。

民间童话很少直接描写内心，多通过行动和对话来表现。三姐的内心也是通过她与大姐的斗争来表现的。三姐愿意嫁给蛇郎，大姐则不愿意。嫁还是不嫁、转变还是不转变，构成了姐妹纠葛包含的深层心理冲突。变形复活部分可以说是心理冲突最为激烈的部分。三姐返回蛇郎家的时候，大姐不断地阻挠她，不断地置她于死地。三姐的被迫变形，与神话中从阴间返回阳间时的变身一样，表明"死者抗拒并努力用各种新的变身来回避它"②。三姐变成鸟归来，她内心的抗拒仍然没有消失。我们从羽衣仙女童话中已经看到，脱下鸟羽的妻子，因为无法面对男性的权力，最终穿上羽衣离去。从另一个方面来说，因为她还没能彻底地成长为她自己，也就更容易选择抗拒和离去（个性强大的人才更具有包容性）。接着大姐把三姐变成了树。如同希腊神话中的达芙妮，为了不让爱她的阿波罗追上，由少女而化为月桂，以僵化的姿态表达了对婚姻爱情的拒绝。抗拒的姿态在三姐被变作金子时发展到极致，这一次三姐积蓄了更多的力量，以更加成熟的状态回归妻子的角色。

告别少女期，告别少女的情怀与环境，总是人生的一件大事，

---

① 〔俄〕普罗普：《神奇故事的历史根源》，贾放译，北京：中华书局，2006年11月，第425页。

② 同上，第459页。

不可等闲对待。婚礼中的哭嫁习俗，即是通过哭爹娘、哭兄弟、哭上轿、骂媒人等，一步步将新娘的负面情绪发泄殆尽，以帮助新娘在精神上接受新的转变。大姐的杀鸟、砍树、烧棍，以另一种方式表达了负面情绪，也同样是促成婚礼的必要部分。最终目的是婚姻家庭的幸福，所以愿嫁蛇郎的三姐必然复活，不愿嫁的大姐必被消灭。蛇郎童话通过三姐与大姐的抗争，演绎并最终消除了少女对妻子角色的抗拒，完成了由少女而成长为妻子的心理过程。如果说，"成年礼首先是通过服从意识，以压服儿童本性中的桀骜不驯和原始粗野，使其甘愿处于被动和服从地位，从而强迫他纳入社会化和成人化的过程"[1]，那么不驯服的大姐被吃掉也表达了相同的意思。有的异文是三姐以复仇的方式杀死大姐，有的是蛇郎将大姐吞吃，但从故事整体看来，基本上蛇郎还是聪明地将主动权交给了三姐，默默地等待她的回归。因为三姐是自己选择了成长，自己战胜了内心的抗拒，那么即便这种成长以归驯为代价，她也因此获得了承担它的觉悟。毕竟，人有自由的权利，也有把这自由交出来的自由。而当一个人主动让渡自由，才真正获得了更强大更包容的自我。

---

[1] 方克强：《文学人类学批评》，上海：上海社会科学院出版社，1992年4月，第166页。

第八章　从仙妻到兽妻的沉落：林兰"离去型"童话解析

林兰童话154篇，其中婚恋童话51篇，12篇以夫妻离散告终，离散篇又有10篇讲述妻的离去。它们基本上属于丁乃通《中国民间故事类型索引》400号"丈夫寻妻"①型：丈夫娶异类为妻，妻子带来了孩子和殷实的生活，后来因为丈夫或孩子触犯了某种禁忌，导致妻子的离去和丈夫的追赶寻找。但林兰"离去型"童话里丈夫没有追赶，或即便追赶也无法彻底挽回，童话在不完满的婚姻状态中结束，给人以怅然若失之感。之所以将这些结局不圆满的篇章单列为一类，是因为从文本的历史传承来看，它们具有结构上的稳定性，而且透露出婚俗转型过程中的夫妻纠葛以及中国人对待自然和无意识的隐秘心态。

第一节　妻的离去：历史文本与基本原型

林兰"离去型"童话对应着丰富的历史文本，大体包括"羽

---

① 〔美〕丁乃通编著：《中国民间故事类型索引》，郑建威等译，武汉：华中师范大学出版社，2008年4月，第70—78页。

衣仙女""田螺姑娘""老虎精"（虎妻子）和"猴儿娘"四种。

12号童话《天河岸》属于羽衣仙女故事，讲牵牛郎在牛的指点下趁河织女洗澡时盗走了她的羽衣，与她成亲。二三年间，织女生下一儿一女，却时常追问宝衣的下落。有一次她说："我跟你已经有了儿女，还舍得走吗？"牵牛郎信以为真，将藏衣处告诉她。她披上宝衣，驾云飞走。牵牛郎急得向背后一拍，拍着老牛临死前送给他的牛皮包袱，拉着孩子也飞了起来。织女拿出金钗在他们之间画出一条白浪滔天的大河，黄沙便从牵牛郎的包袱里抖出来，堆了一个沙堰，让他走过去。织女再画一条天河，牵牛郎便将老牛留下的鼻索向她掷去，套住她的脖子。织女摸出织布梭子向牵牛郎一撂，却没撂着。正争闹时，老神仙出来调停，让他们河东河西各自一边，仅在每年七月七日夜晚相会。"牵牛郎每天吃的饭碗，一天一个，都留给河织女刷；到了过河相会的那一晚上，河织女将碗刷完时，天已经要亮了。"这类故事初见于晋代郭璞所撰《玄中记》[①]：

> 昔豫章男子，见田中有六七女人，不知是鸟，匍匐往，先得其毛衣，取藏之，即往就诸鸟。诸鸟各去就毛衣，衣之飞去。一鸟独不得去，男子取以为妇，生三女。其母后使女问父，知衣在积稻下，得之，衣而飞去。后以衣迎三女，三女儿得衣亦飞去。

[①] 转引自祁连休：《中国古代民间故事类型研究》（修订本），石家庄：河北教育出版社，2007年5月。下文中历史文本若不加注明均出自此书。

第八章　从仙妻到兽妻的沉落：林兰"离去型"童话解析

晋代干宝《搜神记》卷十四所录故事出自《玄中记》，仅改动了个别字词。敦煌石室遗书唐代句道兴《搜神记》中记载了"田昆仑"故事，并在"天女着衣讫，即腾空从屋窗而出"之后，以大量篇幅叙写织女之子田昆仑上天一遭而下界博识的事迹，最后织女也未回到丈夫身边。明末张岱《夜航船》之《飞禽·化鹤》中，织女"约以三年还其衣，亦飞去"，基本上沿袭老故事讲述妻子的离去。

林兰集田螺姑娘童话有42号《九天玄女》、87号《田螺娘》、119号《田螺精》、150号《河蚌精》四篇。以119号《田螺精》为例：一个乡下人拾得一只田螺放在水缸里，从此想吃什么回家就有。他惊奇不已，便去告诉别人。人教他躲在窗外窥视，见水缸里跳出个女人在灶间忙活。他又去告诉别人，人教他把螺壳藏起，并将冷饭团子塞在女子嘴里，女子吃了人间烟火，便同他做了夫妻。不久生了个儿子，因为儿子敲着螺壳学外人唱田螺歌，田螺姑娘一个不高兴回到壳里再不出来。故事初见于晋代束皙《发蒙记》"白水素女"：

> 侯官谢端，曾于海中得一大螺，中有美女，云我天汉中白水素女，天矜卿贫，令我为卿妻。

这时还是一个天赐良缘的简单故事，并未形成田螺姑娘童话的基本形态。流传较广的是东晋陶潜《搜神后记》卷五所述《白水素女》，其中已包括拾螺归养、螺女代炊、偷窥离去三个基本情节，构成了螺女故事的成熟形态。因叙述曲折篇幅较长，仅取篇末述及离去的段落如下：

见一少女,从瓮中出,至灶下燃火。端便入门,静径至瓮所视螺,但见壳。仍到灶下问之曰:"新妇从何所来,而相为炊?"女大惶惑,欲还瓮中,不能得去。答曰:"我天汉中白水素女也。天帝哀卿少孤,恭慎自守,故使我权为守舍炊烹。十年之中,使卿居富,当相委去。虽然,尔后自当少差。勤于田作,渔采治生。留此壳去,以贮米谷,常可不乏。"端请留,终不肯。时天忽风雨,翕然而去。

晚唐皇甫氏撰《原化记》中的"吴堪"故事彻底改写了"谢端"故事,县宰为强占田螺姑娘而索要世间没有的"虾蟆毛""鬼臂"和"祸斗"三物,田螺姑娘巧妙应对,最后令"祸斗"喷火将县官烧死。可以说,"吴堪"故事代表着"抗争型"传统,"谢端"故事则代表着"离去型"传统①,"抗争型"指向社会压迫现象,"离去型"则指向家庭关系中的两性纠葛。"离去型"不仅发生更早,而且同样具有常讲不衰的艺术生命力。林兰篇螺女故事无一不沉浸在离去的沉沉雾霭之中,宛如一曲离歌,令人流连而深思。近人贡少芹、周运镛等编《近五十年见闻录》和《中国民间故事集成·浙江卷》所录"田螺姑娘"亦多属于"离去型"。

林兰童话112号《老虎精》中的离去情节惊奇而警世,讲弟弟守着瓜田,夜晚一美女敲门入室同他相好。哥哥发现美女乃老虎所变,将老虎皮藏于家堂,老虎精索要不成,只好同弟弟结婚。老虎精和田螺精一样,不仅生了一男二女,而且烧饭缝衣一切都会

---

① 刘守华:《捡来田螺做妻子——"螺女"故事解析》,载刘守华主编《中国民间故事类型研究》,武汉:华中师范大学出版社,2002年10月,第373页。

第八章 从仙妻到兽妻的沉落：林兰"离去型"童话解析

料理。亲戚们虽然喜欢，但免不了议论她的精怪来历。一日，她听见儿女们也说她是老虎精，便无法忍受，要来虎皮，披上倒地一滚，化作斑斓猛虎，吞吃了说她闲话的亲戚，大啸一声跳出门去。"老虎精"故事初见于唐代薛用弱《集异记·崔韬》，讲旅人崔韬于客馆夜宿，见虎女脱虎皮径至屋内就寝。崔韬问其缘由，女子道是猎户之女，衣虎皮前来托身。崔韬携女子同行，后明经擢第，出任宣城，与虎妻复经客馆：

> 韬笑曰："此馆乃与子始会之地也。"韬往视井中，兽皮衣宛然如故。韬又笑谓其妻子曰："往日卿所著之衣犹在。"妻曰："可令人取之。"既得，妻笑谓韬曰："妾试更著之，衣犹在请。"妻乃下阶将兽皮衣著之才毕，乃化为虎，跳踯哮吼，奋而上厅，食子及韬而去。①

类此讲述脱去虎衣为妻、穿上虎衣离去的故事还见于唐代皇甫氏《原化记》、明代《潞安志》（见清褚人获《坚瓠广集》卷二"虎变美妇"）、明代陈继儒《虎荟》，但对于女子化为老虎吞吃丈夫儿子的情节多不采录。林兰《老虎精》最为接近原始故事，虎妻愤然穿回虎皮，虽然没有吞吃丈夫儿子，但吞吃了妯娌和侄儿，她的吞吃自有她的道理，原初的故事与林兰故事都极其节制地讲到了她所受的歧视。

大体上说，老虎精与羽衣仙女、田螺姑娘都叙述了化身为女

---

① 李昉等编：《太平广记》（卷四三三），北京：中华书局，1961年9月，第3515页。

子的异类与人间男子之间的婚姻离合，但又各有其特色。一是女性的异类气质各不相同：羽衣仙女脱生于天鹅、孔雀、大雁等飞禽，带着仙界的优雅和矜持；田螺姑娘则寄形于田螺、河蚌等带壳水生动物，亲切而灵动；老虎精之类化身于老虎、熊等林中猛兽，刚烈而狂躁。二是故事的情节氛围不同：羽衣仙女少不了仙女沐浴、青年藏衣，霓裳飘举云环雾绕；田螺姑娘少不了螺女炊饭、青年偷窥，炊烟袅袅人间味浓；老虎精则独来独往，果决大胆，行事如同疾风骤雨。因此，一方面要将三者分开表述以见其异；另一方面也需合作一处以见其结构、历史与文化隐喻。万建中指出，"天上飞的天鹅、孔雀、大雁、水里的鱼、田螺、青蛙以及陆地上的老虎等，她们与人间好后生邂逅、成婚。我们把这类传说故事称为天鹅处女故事"[1]，将羽衣仙女、田螺姑娘、老虎精归在天鹅处女故事名下，那么我们可以将刘守华所说天鹅处女故事的指涉面作相应的扩展。他将天鹅处女故事分为四代：第一代故事，人与异类结合，属于图腾始祖神话；第二代，增添了藏衣结婚和异类女性得衣离去的情节；第三代，在妻子离去之后又增加了丈夫追寻妻子的情节；第四代，以"召树屯"为代表，主人公变为王子公主，在战争、宗教等广阔的社会背景中演绎两人之间的悲欢离合。[2] 因为第二代包括女子脱"衣"为人、男子藏衣成亲、女子得衣离去三个母题情节并构成了一个完整的故事，陈建宪将"以离去告终"的第

---

[1] 万建中：《解读禁忌：中国神话、传说和故事中的禁忌主题》，北京：商务印书馆，2001年3月，第113页。

[2] 刘守华主要提到鸟类妻子，此处将鸟类扩展为异类。参见：刘守华《比较故事学》，上海：上海文艺出版社，1995年9月，第386—402页。

第八章　从仙妻到兽妻的沉落：林兰"离去型"童话解析

二代定为此类故事的基本原型①。特别值得注意的是，"离去型"能成为基本原型不仅仅在于结构上的完整和稳定，更在于其中所包含的母题具有意味深长的文化内涵和值得探究的生活命题，因为从根底上说，它展示了"一个普通农家婚姻的悲喜剧"②。

猴儿娘故事与"天鹅处女"同中有异：相同的是，故事都反映了男女双方由于地位的不平等所造成的婚姻关系的失衡。相异的是，天鹅处女故事异类为女性，"猴儿娘"异类为男性，而且纯然为兽。野兽劫走人间女子为妻，女子虽为他生子，仍然想方设法离开了他（它）。这类故事林兰集中有31号《猴屁股何以没毛？》、41号《殉情的妖精》和80号《猴儿娘》三篇。以《猴儿娘》为例：一位美丽的姑娘被一阵黑风卷走，一年后，哥哥在山中砍柴，循着山涧的青菜叶子找到了她，得知她被猴子精劫走，且已经有了小孩。尽管如此，妹妹毫不犹豫地收拾了金银宝贝，抱起小孩同哥哥逃回家中。夜晚呜呜的风声中不住地传来猴精的喊叫："小孩子的娘呵，小孩子的娘呵……"第二天又是如此直到天明。哥哥不愿外人笑话，熬了胶水褙在门外猴精坐的碌子上，猴精屁股被粘住，眼看着哥哥的刀枪打上来，猛地一挣，皮被撕下一块，露出红红的屁股。"从此猴子精是不来了，可是妹妹每晚搂着孩子睡觉时，耳边总是听着'小孩子的娘呵，小孩子的娘呵……'。"此类猴子抢亲故事初见于晋代张华《博物志》卷三"异兽"，但趣味在于描述地理奇闻，并未出现妻子落逃的关键段落。"离去型"猴儿娘故事的最初历史文本仍有

---

① 陈建宪：《论中国天鹅仙女故事的类型》，《民族文学研究》，1994年第2期，第67—68页。

② 刘守华：《捡来田螺做妻子——"螺女"故事解析》，载刘守华主编《中国民间故事类型研究》，武汉：华中师范大学出版社，2002年10月，第373页。

待稽考，因此林兰集中三篇便尤为珍贵，尤其是《殉情的妖精》中妖精所唱的恋歌，真切地表达了婚姻的不幸：

> 孩子的娘！你好狠心！剥了孩子那皮；抽了孩子那筋！
> 你吃俺的，你穿俺的，天天在家里享福气。
> 带了俺那坠子，坐了俺那花轿，再到家里也没人要！
> 孩子的娘！你好狠心！剥了孩子那皮；抽了孩子那筋！
> 孩子的娘呵！摸摸你的良心吧！别躲在家里，叫俺天天地想煞！
> 孩子的娘呵！回心转意吧！出来再见一面，死了俺也甘心呵！

第二节　婚姻禁忌与女性地位的沉降

"妻的离去"对于阐释婚姻关系中的两性纠葛具有原型意义，它通过禁忌的设定和违反呈现了女性在婚姻中地位的沉降以及男女双方对此所持的态度。

美国学者斯蒂·汤普森写道："有许多故事讲某个男子娶了一个仙女。有时是男子到仙境去同她生活，有时是男子娶了她并将她带回家去生活。在后一种情况下，他每每有一些要严格忌讳的事情（母题C31），譬如不能叫出她的名字，在某个特殊时刻不能看见她，或在某些琐事上不可得罪她。"[①]天鹅处女童话先后两次设

[①]〔美〕斯蒂·汤普森：《世界民间故事分类学》，郑海等译，上海：上海文艺出版社，1991年2月，第296—297页。

第八章 从仙妻到兽妻的沉落：林兰"离去型"童话解析

定禁忌，第一次针对女性而提出，即宝衣不能为人所得，否则必与此人成婚。也就是说，成婚对女性而言是需要戒备的事情。仙女的宝衣、田螺的壳、兽类的皮被男子获得并藏起，女子因为自己的疏忽而被迫成婚。也就是说，她一开始并非出于自愿。或者说，即便向往人间生活也并没有完全准备好，在这种情况下被硬扯进婚姻，婚姻基础之不牢靠是即便生儿育女也无法补救的，在此，婚姻的持续与否取决于第二次禁忌。它对男性发出，必须严格执行，否则他将失去妻子。不可否认婚姻的主动权始终掌握在男性手中，尤其是婚后，成与离全在于丈夫是否违反禁忌。为了理解设禁和违禁行为的深层文化隐喻和心理动机，需要知道丈夫违反的禁忌到底意味着什么。

首先是关于偷窥的禁忌。刘守华说："在所有异类婚故事中，都有不得窥视女主人公原形的古老禁忌。"[①] 东晋陶潜《搜神后记》所录《白水素女》故事写到田螺姑娘因为谢端从屋外偷看她，便不能继续为他"守舍炊烹"，留下螺壳而离去。后来的螺女故事多是因为偷窥藏壳而得螺女为妻，将偷窥禁忌作为第一次违禁而导向成婚，至第二次违禁才叙及离去，与"白水素女"将偷窥禁忌置于"故事转折和高潮的枢纽地位"[②] 而导致离去的情节大不相同。相较之下，由偷窥而姻缘破灭的故事在日本有颇多例证。河合隼雄在《日本人的传说与心灵》中将其列入"禁忌房子"，收录数量

---

① 刘守华：《中国民间故事史》，武汉：湖北教育出版社，1999年9月，第156页。
② 陈建宪：《〈白水素女〉：性禁忌与偷窥心理》，《民间文化》，1999年第1期，第36页。

达17个之多。[①] 以关敬吾所编录的《黄莺之家》为例，讲一樵夫在山里发现一座豪宅，豪宅里走出一位美女，将一串钥匙交给他，请他代为看家，并要求他别看后面的房子。他抑制不住好奇心，还是打开了，在第七个房间，他看到了花香中的鸟巢，巢里有三只鸟蛋，他不小心都给打破，蛋里的小鸟啾啾叫着飞走了。正当他呆站在那里的时候，女子恰巧赶回，愤恨地看着樵夫哭起来："真的不能相信人类啊！你违反了与我的约定，把我的三个女儿杀死了。我可怜的女儿啊，吱啾啾。"说完变作黄莺飞走了。相比而言，中国的童话故事从忌讳被看到原形的本义来说与日本的并没有不同，只是禁忌内容更多地从偷窥转向了"还衣"与"称名"。

天鹅处女童话"还衣"禁忌十分普遍。脱去宝衣而与人间男子成婚的仙女，总是对自己的宝衣念念不忘，而丈夫则逐渐放松了警惕，透露了藏衣的秘密，如林兰12号童话《天河岸》所载：

过了三年，河织女生了一个闺娘和一个儿子。她在这二三年之内，时常追问牵牛郎把她的宝衣藏在什么地方，牵牛郎总是含含糊糊地说旁的话。她现在又追问牵牛郎道："我的宝衣，你究竟藏在什么地方？我跟你已有了儿女，还舍得走吗？"牛郎想她的话大有道理，便笑着答道："恐怕早已烂了，埋在门台石的下面哩。"织女三步两步地跑到门旁，翻起门台石，取出宝衣，抖开一看，还是霞光万道，织女向身上一披，

[①] 〔日〕河合隼雄：《日本人的传说与心灵》，范作申译，北京：生活·读书·新知三联书店，2007年6月，第6—7页。

便驾起云来。

又如42号童话《九天玄女》以"画"代衣，讲九天玄女从画上走下来为男子做饭，男子将画藏起与她成婚，几年后生下一女，但有一天，女子忽然问：

"那张空白的画还有吗？"
"还有。"
"我很想再看一看呢。"
他心里想：已经同住了三年多，而且又有了孩子了，还怕什么？遂不说什么，竟一直寻着把它取来了。
"看，这是——"他说着向她一伸，但已不见她了，画上又有了原来绘着的美人了。

有的田螺姑娘童话在"还衣"禁忌之前设定"称名"禁忌，两个禁忌在叙事上具有环环相扣的特点，因为提到原来的名称，紧接着就暴露了衣的所在。如林兰150号童话《河蚌精》：

河蚌精自做了阿朝的妻子后，生下一个儿子，已有五岁了。这个时候，她时常要求阿朝放她去，阿朝终给个"不答应"。

有一回，不知谁教了她的儿子一首歌：
督，督，督，河蚌壳，神堂上搁。

她的儿子常常唱着，也唱到家里去，给她听着了，知道她的宝贝是藏在神堂上，于是趁阿朝不在家时，找着了，就跑到河边去不见了。

又如林兰87号童话《田螺娘》：

> 从此他们很和气而快乐地过了一年，就生了一个儿子。儿子长到三岁的时候，他才拿出这个田螺壳来给儿子做玩具；他教儿子敲着田螺壳唱道：
> 咯！咯！咯！你的娘住田螺壳。
> 登！登！登！你的娘是田螺精。
> 被田螺娘看见了，便夺了过去，依旧躲到田螺壳里去了。

对于以上三种禁忌，张福三、付光宇概括得十分精辟："不能说某女是某某变的。不许看，不许触动某种事物等，谁说了，看了，触摸了，就会给谁带来灾难性的后果。"[①] 不能看（偷窥禁忌）、不能说（称名禁忌）、不能触动某件事物（还衣禁忌）其实都是禁止触及女子的原形。故事中女子原形表现为穿羽衣、带螺壳或披虎皮等异类形象，而原形一旦被触及，女子立即返回来处，由此可推论，原形隐喻着女方的母系家庭。林兰119号童话《田螺精》甚至直接道出了螺壳即是外婆的象征：

> 过了几年，儿子大了，有一天回家来问她道："姆妈，姆妈，人家都有阿婆，为啥我没有？"

---

① 张福三，付光宇：《原始人心目中的世界——西南少数民族古代文学探索》，昆明：云南民族出版社，1986年6月，第265页。

第八章 从仙妻到兽妻的沉落：林兰"离去型"童话解析

"放在家堂里的田螺壳是你的阿婆。"她说。

他的男人听见了，便从家堂里拿下那只田螺壳来给他儿子玩耍。

这儿子不知从什么人学得了两句山歌，唱道："叮叮叮，叮那阿妈田螺精，笃笃笃，笃那阿妈田螺壳。"他常常一面玩着田螺壳，一面唱着这只歌。

后来她听得生气起来了，对她儿子说道："拿来！"她抢着了那只田螺壳，一霎时便化成一阵绿沉沉的烟，不知去向了。

如此看来，男子将女子的宝物藏起也就一厢情愿地割断了女子与娘家的联系，这一事件在"从妻居"向"从夫居"的"婚姻转型"[①]过程中得到了强化。谭学纯在《"女"旁字和中国女性文化地位的沉落》[②]一文中提到，在由族外婚逐渐转向对偶婚的历史过程中曾经有过一个男嫁女娶的时期，他分析"嫁"字的本义为"女""家"，即男子以女方氏族为家，血缘和财产也从母系继承，与氏族中断经济关系的是男人，男人才是"泼出去的水"。母系家庭中女子曾经被更多地认可，具有更大的主体性和归属感。华胥履大人迹而生伏羲，女登感神龙而孕神农，女节感流星而妊少昊，女枢感虹光而娠颛顼，女嬉吞薏苡诞禹，简狄吞玄鸟卵生契……这些母亲感天生子的传说，展现了更为遥远的知其母不知其父的

[①] 刘守华：《纵横交错的文化交流网络中的〈召树屯〉》，《民族文学研究》，1990年第1期，第45页。

[②] 谭学纯：《"女"旁字和中国女性文化地位的沉落》，《民间文学论坛》，1998年第4期，第51—56页。

时代，也形象地诠释了中国人对人之"姓"的最初解释。《说文解字》释"姓"曰："母感天而生子……从女，从生。"《白虎通义》曰："姓，生也，人所禀天气所以生者也。"《通志·序》也说"男子称氏，所以别贵贱。女子称姓，所以别婚姻"……然而，抢婚拉开了从男居的序幕，从母姓、从妻居这一页不可挽回地翻了过去。从妻居过渡到从夫居，血缘和经济的母系承继过渡到父系承继，这并非独立发生的历史现象，这个过程还大致包括男性生产力的发展、私有制的出现以及逐渐形成的男性凌驾于女性之上的权力制度。[①]从这个角度看来，林兰"离去型"童话与相关的历史文本便草蛇灰线般勾勒出女性地位的沉落。女性因此而积蓄了较多的负面感受，它沉潜于日常生活的尘埃之中，但在某些敏感的时刻便一触即发，一发不可收拾，因此只有离去。

羽衣仙女童话中的女性来自天界，她的性格十分矜持，她的离去也很矜持，只是日复一日地要索回她的宝衣，什么也不多解释。田螺姑娘原本也是一位神秘的仙女，而男子似乎渐渐熟悉了她，越发能够控制她，林兰《田螺精》中藏起螺壳、喂冷饭团子等招数显然是作为知识被胸有成竹地在男子之间传授。然后就是生儿育女，几乎所有"离去型"童话都提到了生儿育女。我们往往以为家有儿女，妻子便不舍得离去，但故事告诉我们，"从夫居"的婚姻基础并不因为有了下一代而彻底巩固。血缘关系还不够，在婚姻习俗转型和动荡之时尤其不够。另外，女子原本是天上的仙女，脱去宝衣俯就于父系家庭，但她在这个家庭中并未得到足够的认

[①] 刘思谦：《关于母系制与父权制》，载刘思谦、屈雅君等《性别研究：理论背景与文学文化阐释》，天津：南开大学出版社，2010年4月，第3页。

第八章 从仙妻到兽妻的沉落：林兰"离去型"童话解析

可。在传统习俗中，"男子凭借自己的经济力量、社会权利和宗教上的帮助，利用抢婚、彩礼、上门服役、产翁制、杀奸夫、审新娘、戴假壳和扼杀私生子等方式，对妇女发动了一次次的攻势"[①]，自然而然地形成了一种男强女弱的局面；童话中，田螺姑娘对儿子说田螺壳是外婆，父亲立刻就将田螺交给孩子玩耍，随意玩弄的态度强化了不敬之感。近人贡少芹、周运镛等编《近五十年见闻录》卷六《螺妻》辑录了相似的情形：

> 未几生子女各一，既皆离襁褓，能为嬉戏，渔人不复提防。偶出螺壳为儿玩具，女见之色变。渔人出，女急取螺壳奔投河中。儿女牵母衣留之，不得，啼哭声嘶。[②]

林兰童话《田螺精》《田螺娘》《河蚌精》还提到了孩子所唱的田螺歌，这是压在田螺姑娘身上的最后一根稻草，她终于无法忍受而离去了。歌里面有种嘲笑的意味，让从未受嘲的仙女分明觉出昔日的高贵不复存在，自己已沦为低人一等的甲壳动物。日本学者关敬吾在为中文版《日本民间故事选》所写的引言中指出，中国的《田螺姑娘》与日本的《鱼妻》就是"奇特的女佣人"[③]的故事，洒扫持家并未将女子与女佣画上等号，歧视与嘲笑才令她有

[①] 黄大宏：《中国"难题求婚"型故事的婚俗历史观——与母系氏族社会晚期婚姻制度的关系假说》，《延安大学学报（社会科学版）》，1999年第1期，第87页。

[②] 贡少芹、周运镛等编：《近五十年见闻录》（卷六），上海：进步书局，1928年7月，第16页。

[③] 转引自刘守华：《捡来螺壳做妻子——"螺女"故事解析》，刘守华主编：《中国民间故事类型研究》，武汉：华中师范大学出版社，2002年10月，第373页。

被当作女佣的危险。精神上的贬低是最无法容忍的，这才是她离去的真正原因。女子沉落到兽妻，所感到的耻辱更会加倍，唐皇甫氏《原化记》所载《老虎精》故事写道：

> 一日俱行，复至前宿处……明日，未发间，因笑语妻曰："君岂不记余与君初相见处耶？"妻怒曰："某本非人类，偶尔为君所收，有子数人。能不见嫌，敢且同处。今如见耻，岂徒为语耳。还我故衣，从我所适。"此人方谢以过言。然妻怒不已，索故衣转急。①

这里，"还我故衣"的欲求明显是出于"今如见耻"。同样的情形也见于林兰童话《老虎精》，兽的暴怒与耻感分量相等：

> 但是儿女们有点长大了，会搬嘴学舌了，伯父伯母和堂兄弟等有时告诉他们说："你们的母亲是只老虎精。"他们回家的时候便对他们的母亲说："母亲、母亲，人家说你是老虎精，是老虎变成功的。人家都有外婆家，我们是没有的。"
>
> 她一听到这些话，便暴跳如雷起来："是什么人告诉你们的？！"孩子们回答她是哪一个哪一个说的。
>
> 她从此便天天同丈夫吵闹："我要回去了，这里住不下去了，我的衣服快快还我。"她这样日吵夜吵，她的丈夫真给她吵闹不过了，便同他的阿哥商量……
>
> 阿哥说："也好，让我拿她的皮还她。"他就爬到了家堂

---

① 李昉等编：《太平广记》(卷四二七)，北京：中华书局，1961年9月，第3479页。

第八章 从仙妻到兽妻的沉落：林兰"离去型"童话解析

旁边，把她的那张皮掷下来还给她；她一接上手，就往身上一披，向地下一滚，立刻变成一只斑斓猛虎……

从仙妻沉落到兽妻，耻感在增加，反抗也在加剧。唐人所录《集异记·崔韬》用极为简洁的笔法叙述虎妻的离去：崔韬指了指井底，一笑，说："你以前的衣服还在这儿呢。"妻也一笑，说："可以叫人拿上来。"拿上来后，她穿上虎皮，立刻"跳踯哮吼"，吃掉丈夫儿子扬长而去。

如此残忍，仅仅是兽性难改吗？未必。妻子的这一"笑"里面其实大有文章。崔韬遇见妻子的时候仅是一介书生、一个过客，而结婚之后与妻重游旧地，恰值明经擢第走马上任之时。他的人生上了一个台阶，笑里有抑制不住的春风得意。他提到妻子的旧衣，仿佛说：你看你，当初是那样的……妻子也笑了，但这笑里面压抑着怒火，又透着几许悲凉。丈夫的擢升和他的言语处处提醒着她自己的卑贱，而最可恨的是丈夫也觉得她卑贱，并且从中获得了快感。在这个故事中，丈夫因获得父系权柄而表现出的疏忽怠慢在获得更高的社会地位后转化为对妻子的出言不逊。虎妻食子加重了婚姻的悲剧性，而这悲剧根本上是由于婚姻中两性关系的失衡。刘守华提到现今流传的《田螺姑娘》中也是由于男子暴富后歧视螺女的卑贱出身，从而引起了婚姻的破裂。[①] 童话讲了几千年，妻子还在想着回娘家。女子一如既往地离去复离去，她以离去的方式，表达了对"从妻居"习俗的留恋和对男性权力的反抗。

---

① 刘守华：《神奇母题的历史根源》，《西北民族研究》，2002年第2期，第82页。

第三节　仙界、兽界与无意识

　　仙妻娶回来，兽妻逼出去，"离去型"童话既述说了男人的娶仙梦[①]，也述说了男人对兽和无意识的恐惧、疏远和不理解。齐泽克[②]将自我、本我、超我形象地解读为房子的一楼、地下室和二楼。二楼和地下室表面上看一个高高在上云蒸雾绕，另一个藏污纳垢不见天日，而骨子里两者往往互通声气，你中有我，我中有你。不理解其中一个，则无法通达另一个。就"离去型"童话而言，也是仙中有兽、兽中有仙，两者合体而为异类恋人。作为凡人的主人公（代表着自我）往往因为不能识透这一点而失去兽（本我）、失去仙（超我）。因此妻子的离去可以理解为自我因拒绝了来自本我的无意识而无法实现对超我的追求。进一步说，对于中国儒道所推崇的"天人合一"思想，童话从民间提出了天人之外的维度，即无意识的兽的维度，并呈现了这一维度难以被接受而导致的困境。

　　大体上，童话中的男性所期望的都是来自上层共同体的女性，而女性则不愿意与下层共同体的男性结合。"猴娃娘型故事反映的是属于上层共同体里的女人被下层共同体的男人抢走的事件；相反，天鹅处女型故事则反映的是属于下层共同体的男人逼迫上层

[①] 关于中国男人的娶仙梦，参见：郑土有《中国螺女型故事与仙妻情结研究》，《民俗研究》，2004年第4期，第149—159页。

[②] 齐泽克（Zizek）是20世纪90年代以来最为大众熟知的当代学者，他运用拉康精神分析理论和马克思主义哲学，对大众文化所作的分析和讲解激进而透彻，并被誉为"拉康传统最重要的继承人"。代表作有以心理学解析电影的纪录片《变态者电影指南》，译为中文的重要著作有《幻想的瘟疫》《实在界的面庞》等。

第八章　从仙妻到兽妻的沉落：林兰"离去型"童话解析

共同体的女人与他结婚的事件。"[①]也即是说，在婚姻取向上，无论男女都有种向上通气而向下隔绝的心态。这种心态暴露了不平等的状况，女子也罢，男子也罢，主人公很难找到平等的恋爱对象。西方童话中的兽往往被认为是中了魔法的王子公主，他们最终会以"本来的"高贵面貌出现在婚礼中。而中国式"离去型"童话中的异类却不过是暂时变作人的模样与人成婚，最终免不了现出原形而离去。

童话中，原形具有自然的属性，以原形离去，意味着人与自然状态的疏离。万建中就曾将婚姻中人与异类的关系诠释为人与自然的关系，进而认为民间故事中异类的离去包含着人与自然不能和谐相处的潜在话语。[②]中国受儒家思想浸润，"人兽分开"的意识尤为强烈。孔子曰："鸟兽不可与同群。"《礼记》云："鹦鹉能言，不离飞鸟；猩猩能言，不离禽兽。"为了明确人与禽兽的区别，儒家提出了"仁义礼智信"，将中国人的情感道德纳入"礼"的范畴，建立起一套恪守本分、等级森严的社会法则。"自觉强调人兽的差别，还成了人确立自我尊严乃至人之本性的一项重要参照，当某人被与兽相类比之时，则意味着此人作为'人'——即社会化、文化化的动物——的资格受到了侮辱性的否定。也就是'今人而无礼，虽能言，不亦禽兽之心乎'。"[③]越是讲"礼"，越无法容忍婚姻

[①]〔日〕高木立子：《被欺负的女婿——天鹅处女型与猴娃娘型故事的结构》，《民间文化》，2000年第5—6期，第79页。

[②]万建中：《解读禁忌：中国神话、传说和故事中的禁忌主题》，北京：商务印书馆，2001年3月，第73页。

[③]安德明：《万物有灵与人兽分开——猿猴抢婚故事的文化史意义》，《民族文学研究》，2000年第1期，第28页。

中的异类；而越近于原始"万物有灵"论，异类婚配则越和谐。日本学者小泽俊夫在《世界的民间故事》中总结了异类婚姻的三种状态[①]：一类是古代一体观之下的人兽结合。人与兽之间的变身极其自然，人与兽结婚更近于同类之间的婚姻。因纽特人的童话《与螃蟹结婚的女人》即是如此：女儿拒绝了许多年轻人的求婚，嫁给了一只螃蟹。螃蟹变成猎人为家里捕猎，但他在妻子的床上仍然是一只螃蟹，他们照样幸福地生活。另一类是欧洲童话的人兽结合，实际上是人与人之间的婚姻。故事中的兽原本是人，被施了魔法而等待爱人的拯救，魔法一旦解除，由兽变回人，便能与爱人结婚。[②]第三类是日本的异类婚，异类虽然能够自由变化忽人忽兽，但异类的女婿却因为是动物而被杀死，异类妻子则无论如何被遗弃或被迫离开。林兰"离去型"童话与日本异类婚故事比较接近，但相较而言更为温和，《猴儿娘》童话中的猴子丈夫没有被杀死，而是吃了一点屁股变红的亏。但温和只是表面的，故事中仍表露出极富优越感的对兽的嘲笑态度，如唐戴孚《广异记》所载的这则故事：

唐开元中，有虎取人家女为妻，于深山结室而居。经二载，其妇不之觉。后忽有二客携酒而至，便于室中群饮，戒其妇云："此客稍异，慎无窥觑。"须臾皆醉眠，妇女往视，悉虎

[①]〔日〕小泽俊夫：《世界的民间故事》，转引自〔日〕河合隼雄：《日本人的传说与心灵》，范作申译，北京：生活·读书·新知三联书店，2007年6月，第141—143页。
[②] 美国迪士尼动画《怪物史莱克》突破了欧美童话的惯用套路，一是怪物拯救了公主，而非公主拯救了怪物；二是结婚时怪物没有变成人，反倒是公主变成了怪物，呈现了全新的意识形态。

第八章 从仙妻到兽妻的沉落：林兰"离去型"童话解析

也。心大惊骇，而不敢言。久之，虎复为人形，还谓妇曰："得无窥乎？"妇言初不敢离此。后忽云思家，愿一归觐。经十日，夫将酒肉与妇偕行。渐到妻家，遇深水。妇人先渡，虎方褰衣，妇戏云："卿背后何得有虎尾出？"虎大惭，遂不渡水，因而疾驰不返。①

老虎虽然变成人，但仍然不为人所接受。有趣的是，那条兽性的尾巴本是看不见的，经人说出老虎居然大感惭愧，这说明在其内心永远有条无法除去的兽尾。林兰118号童话《黄蛇精》讲一少年在荒山古庙借宿，遇一美女。一日酒后，美女变作黄蛇，少年将蛇尾砍去，黄蛇精居然变成一个真的女人，与少年一同下山成了夫妻。这差不多是介于"成婚考验"与"离去型"之间的一个童话，因其强调了成人的一面，故而离成婚考验童话更近。但反过来想，如果黄蛇精不忍放弃兽的形态呢？"离去型"童话给出了答案，它执着于成婚考验童话无暇顾及的问题，反复讲述了自然本相的不可遏制和强旺的生命力。

在心理分析领域，人类与自然的关系被认为相当于意识与无意识的关系。河合隼雄曾举日本民间故事《鹤妻》的例子：当嘉六违反禁令打开衣橱，看见妻子变成了一只鹤，正在叼着自己身上的羽毛织布，妻子说："你已经看到我的身体，对我有了成见，所以我必须离开这里。"② 对身体的成见，对兽类的成见，对自然的成见，也是对无意识的成见。

---

① 李昉等编：《太平广记》（卷四二七），北京：中华书局，1961年9月，第3475页。
② 〔日〕河合隼雄：《日本人的传说与心灵》，范作申译，北京：生活·读书·新知三联书店，2007年6月，第255页。

无意识被禁锢于礼教之下,便在民间通过故事寻找出口。"离去型"童话的出口并不算大,通过讲述兽妻的离去,仅仅打开一条缝隙,仅仅够出一口气,但这也是它的意义所在。林兰22号童话《人熊的情死》讲述了丈夫离开兽妻,述说了对下层共同体的拒绝和对无意识的抑制,同时,故事特别放大了兽妻的感受,令人印象深刻:一个爱游历的男人乘船停泊在小岛上,船长与下船游玩的乘客约好东南风起时必须上船。他错过了船,只得向乱山走去,不料被人熊憨笑着拉进山洞,做了夫妻,过了两年,生下两只小人熊。人熊有了孩子,觉得丈夫不会逃走,洞口不再如前紧闭。三年过去,船只再次经过此地,丈夫偷偷跑出去上了船。人熊采了奇珍果品笑嘻嘻地回到山洞,一下子不见了人影,抱起两只小熊追了出去。接下来的结尾部分将人熊的无奈和愤怒活灵活现地展现出来:

> 追到海岸,只见他上了船,船又离了岸。气得她淌淌的眼泪直流下来,隔着岸回来回去直转。时而拍拍胸,跺跺脚;时而摸摸心,指指天。时而用手擎起两孩子来教他看,但是他满都不理。后来气急了她,把牙一龇,恶狠狠地将两只小熊三撕两撕,撕了个四棱八半!然后把她们向船上一抛,随后她便噗通一声,跳在海里死了。

人熊劫夫故事还见于宋洪迈《夷坚志》中的《岛上妇人》《猩猩八郎》,周密《齐东野语》中的《野婆》等。《猩猩八郎》代表着故事的另一个分支,丈夫为兽妻所劫而生子,一朝趁妻不备携子返家,虽然离开了兽妻却并未造成前面那样的惨剧。故事纯粹从丈夫的角度叙述,对兽妻和兽妻的海岛进行了猎奇式的描述,完全

第八章　从仙妻到兽妻的沉落：林兰"离去型"童话解析

没有考虑兽妻的感受。《岛上妇人》则有两个版本，一则写到丈夫登船后，兽妻追来，"呼其人骂之。极口悲啼，扑地，气几绝。其人从篷底举手谢之，亦为之掩涕。此舟已张帆，乃得归"。另一版本则与林兰《人熊的情死》类似，最后"妇人奔走号呼恋恋，度不可回，即归取三子，对此人裂杀之"。基于后一版本，舒燕将"裂杀幼仔"作为此类故事的一项定式。① 她还提到鄂伦春猎人为母熊抓去的传说，情节与林兰童话大同小异，但加入了图腾始祖传说：母熊将幼熊撕作两半，一半扔给猎人，另一半自个儿抱着，此后被撕成两半的幼熊分居两地，随母者为熊，随父者就是鄂伦春人。

　　传说对裂子举动做了象征性的处理，也启发了理解童话的途径。异类婚恋中的动物原本是图腾，类神而似仙。如天鹅处女童话中的妻子都是亦仙亦兽的存在，虽然有一个从仙妻沉落到兽妻的过程，但也时常给人以混沌同体的感受。民间信仰更是采取仙兽混同的方式。在田螺故事盛行的福建一带，人们传说寄身螺壳的天女后来沉身闽江，于是这一河段被称为"螺女江"，江边还立有一块石碑，题为"螺仙胜迹"。② 猿猴抢婚故事中的猿猴，晋代《博物志》将之描写为蜀中西界猳玃国民，应是以猿猴为图腾的原始部落。民间亦有奉猿猴为"雷神、水神、门神、繁衍之神等多种角色"③ 的信仰。然而，故事中猿猴的图腾身份已被遗忘，由动物神而变为低人一等的动物，所以人不愿与它成婚。问题是图腾神被贬为兽之后，所谓的神便成了某种悬浮在上空的东西。

---

① 舒燕：《论猿猴抢婚故事的演变》，《中国文化研究》，1998年第4期，第65页。
② 刘守华：《捡来田螺做妻子——"螺女"故事解析》，载刘守华主编《中国民间故事类型研究》，武汉：华中师范大学出版社，2002年10月，第365页。
③ 舒燕：《论猿猴抢婚故事的演变》，《中国文化研究》，1998年第4期，第68页。

童话的情形也说明，拒绝了兽界的人无法保持与仙界的联系。人熊故事更通过兽妻的裂子行为表达了联系的断裂——丈夫离开了兽妻，兽妻撕裂了孩子。按照荣格弟子维雷娜·卡斯特的分析方法[①]，丈夫形象可解释为代表着意识界的自我，兽妻形象也就意味着无意识的本我，孩子代表着两者结合的创造物，那么丈夫的抛妻弃子也就意味着因为断绝无意识而毁灭了创造物，毁灭了更好的自我。因此，"离去型"童话从心理学方面来看，表明了对兽／自然／无意识的疏远以及疏远所带来的伤害，并在疏远和压抑中留下了一曲曲悲歌。

这悲歌呼唤包容性，而包容性存在于别的民间童话中，在那里，女子具有真正的主动权和行动力。她自主地选择了生癞疮的穷苦人（虽然还没有尺度大到选择兽），宽容地对待不能容忍自己的前夫，当他在灶前撞死之后，把他的影像永久地留在灶前。[②] 因为女性能够与不和谐的力量和平相处，才把不堪回首的过去变成了对未来的期许。

---

① 〔瑞士〕维雷娜·卡斯特：《童话的心理分析》，林敏雅译，陈瑛修订，北京：生活·读书·新知三联书店，2010 年 11 月。

② 河合隼雄在《日本人的传说与心灵》中专门分析了日本民间故事《烧炭富翁》，将故事中的女主人公作为日本未来的"有自我意识的女性"代表。林兰集中 103 号《养鸭做了富翁》、131 号《各人各福》类似于《烧炭富翁》，只是没有前夫这个角色。《烧炭富翁》中前夫撞死灶前被奉为灶神的情节，刘守华在《捡来田螺做妻子——"螺女"故事解析》一文中所举田螺姑娘与"张郎休妻"结合类型中亦有提到。

第九章 制笑机制与狂欢形象：林兰"滑稽型"童话解析

中国文学历来有滑稽一支，诗有打油诗，词有滑稽词，戏曲讲科诨，民间笑话自先秦至明清更是多有辑录。处于社会文化转型期的五四文人，在继承这一传统的同时，借鉴西方滑稽文体进行创作，为各大报纸撰写了大量对古典文体进行滑稽模仿、对社会时政进行讽刺批评的文章。当时著名的小说林社和《月月小说》杂志甚至专列"滑稽小说"以为倡导。据陈平原研究，五四新小说通过汲取中西滑稽资源，"为小说叙事模式的转变提供了某些辅助条件"[①]。应该说，滑稽审美不仅在一定程度上影响了五四新文体的风格，而且提供了批判的态度和方式，构成了现代性诉求的一部分。

正是在崇尚滑稽的文艺风气之下，林兰于20世纪20、30年代征集和辑录的民间故事，如《民间趣事新集》《新仔婿的故事》《徐文长故事外集》《列代名人趣事》等也都表现出对滑稽审美的

---

① 陈平原：《中国小说叙事模式的转变》，北京：北京大学出版社，2003年7月，第176页。

浓厚兴趣。其中专为儿童编写的八本民间童话集也尤其注意收入带有滑稽色彩的幻想故事，甚至有一些专以滑稽为特色的民间创作，构成了独具特色的"滑稽型"童话。这些"滑稽型"童话不仅包含社会批判内容，而且尤为精彩地展现了滑稽引起笑的文艺机制。更为重要的是，由于实在地来自民间，真切地面向儿童，林兰"滑稽型"童话很好地融合了滑稽与狂欢两种品质。这些童话既善于嘲笑和批判，也善于通过身体形象表达对世界的看法，代表着五四新文艺欢快、有力的民间维度。

第一节　林兰"滑稽型"童话的制笑机制

滑稽引起的笑是嘲笑，是一种具有批判力的笑。滑稽的制笑机制，是根据滑稽引人发笑的条件而形成的。总结起来，共有三个不可或缺的条件[①]：

一是在笑者的头脑中预先具有某种审美标准。滑稽嘲笑丑陋和谬误，而人们之所以认为某种现象丑陋、错误，乃是内心审美尺度衡量的结果。亚里士多德在《诗学》中写道："滑稽只是丑陋的一种表现。滑稽的事物，或包含谬误，或其貌不扬，但不会给人造成痛苦或带来伤害。"[②]柏格森则认为当人的生命受到阻碍，表现为机械性的时候，就产生了滑稽，因为他将人的生命理解为流动的、

---

① 此处总结的滑稽制笑的三个条件是在普罗普《滑稽与笑的问题》一书所提论点的基础上，综合各家观点，并辅以笑话材料验证而成。
② 〔古希腊〕亚里士多德：《诗学》，陈中梅译注，北京：商务印书馆，1996年7月，第58页。

第九章 制笑机制与狂欢形象：林兰"滑稽型"童话解析

连续的。① 对柏格森而言，生命的流动性和连续性就是首要的审美标准。普罗普更清楚地表述道："滑稽及其引起的笑的第一个条件就是笑者有某些规范的、道德的、正确的观念。"② 他认为关于正确和规范的观念是一种先天具备的本能，而事实上，这种本能还应包括文化塑造的成分。在一种文化中被认为滑稽的事象，在另一种文化中可能并不可笑。用巴赫金的话来说，即是笑"不能脱离它们所在的那个舞台，那个广场"③。

滑稽导致笑的第二个条件是，人的身上或生活里有某种不合于审美标准的东西，面对这些东西人产生了否定性的笑。康德说："在一切引起活泼的撼动人的大笑里必须有某种荒谬悖理的东西存在着。"④ 车尔尼雪夫斯基说："丑乃是滑稽的根源和本质。"⑤ 表述的都是这个意思。段宝林还看到了否定性的笑中所蕴含的积极因素，他认为"笑是由审美理想出发对丑的事物的否定和对美的事物的赞扬"⑥。

段宝林从中国历代笑话材料中总结了被嘲笑的人性弱点，包

---

① 〔法〕柏格森：《笑：论滑稽的意义》，徐继曾译，北京：中国戏剧出版社，1980年3月，第62页。
② 〔俄〕普罗普：《滑稽与笑的问题》，杜书瀛等译，沈阳：辽宁教育出版社，1998年3月，第160页。
③ 〔俄〕巴赫金：《巴赫金全集》（第四卷），白春仁等译，石家庄：河北教育出版社，1998年6月，第61页。
④ 〔德〕康德：《判断力批判》（上卷），宗白华译，北京：商务印书馆，1964年1月，第180页。
⑤ 〔俄〕车尔尼雪夫斯基：《美学论文选》，缪灵珠译，北京：人民文学出版社，1957年9月，第112页。
⑥ 段宝林：《笑话：人间的喜剧艺术》，北京：北京大学出版社，1991年8月，第53—54页。

括贪婪、吝啬、虚荣、迷信、懒惰、怕老婆和爱吹牛等。他又指出，在这种种弱点之中，最要紧的是愚蠢。一切"荒唐之事的领域，就是滑稽的领域，荒唐的主要根源，在于愚蠢、低能。因此，愚蠢是我们嘲笑的主要对象，是滑稽的主要根源"①。林兰"滑稽型"童话中对愚蠢的嘲笑就十分醒目，尤其是 2 号《土地爷的故事》、56 号《屋漏的故事》和 138 号《漏的故事》。

《土地爷的故事》将在下文论及滑稽的结构方式时讨论，此处重点分析《漏的故事》（《屋漏的故事》与之大体相似）。故事讲一户人家养了一只小黄牛。强盗看见了，决定夜晚来偷；老虎看见了，也决定夜晚来偷。当晚老虎刚到，强盗紧接着也来了。老虎紧挨着牛躲在黑暗中，强盗伸手去摸牛，摸着两个，心想"拣一个好的偷"。仔细比较了一番，最后挑中了老虎。正准备往外拖，天忽然下起大雨，只得等雨停了再走。这家老妈子醒了，听见下雨，便喊道："老头子，老头子，今夜只怕漏啊！"老头子回答："漏我不能括吗？"老虎听见说怕"漏"，"漏"又怕"括"，吓得不敢动。等雨停了，强盗跳到虎背上，因为老虎不肯走，便给了它一刀。老虎以为"漏"来了，撒腿狂奔。强盗被老虎颠来颠去，趁天光低头一看，才知道是老虎，吓得跳上一棵老松树。猴子听老虎讲"漏"的事情，要求老虎带它去看个究竟。它骑在老虎背上，用一根葛藤将头扣在老虎头上。它们说好，如果树上的人会"漏"，就朝老虎挤眼睛；如果不会"漏"，老虎就把人拖下来吃。强盗看见老虎又来了，吓得尿了裤子，尿洒到猴子眼睛里，猴子不由得猛挤眼睛。老虎见了，没命地跑，把

---

① 段宝林：《笑话：人间的喜剧艺术》，北京：北京大学出版社，1991 年 8 月，第 223—224 页。

第九章 制笑机制与狂欢形象：林兰"滑稽型"童话解析

猴子拖了个有皮没毛。这则童话异想天开，老虎和强盗同时看上了一头牛，并准备在同一个晚上去偷，情节在层层误会中展开，而造成这误会的主要原因是强盗、老虎和猴子的无知。首先是强盗居然分不清老虎和牛，把老虎骑在胯下偷走了。然后老虎错以为挨刀子就是"漏"来了，自己吓自己，空有一身力气却只会逃跑。最滑稽的还是猴子的自作聪明，它不相信有那么厉害的"漏"，要回去看个究竟，自以为人骗不了它，自以为挤眼睛报信的方法高明，还自以为是地想出了把头和老虎绑在一起的"绝招"，结果招招出错，送了自己的性命。童话反复呈现了愚蠢所招致的荒唐，凝聚着民众自我娱乐和自我教育的智慧。自先秦以来，人们就已经在通过揭示愚蠢的滑稽相来传达理性和知识的重要性，但从学者收集和关注的材料来看，像《揠苗助长》《守株待兔》《郑人买履》《南辕北辙》以及《笑林》中的"鲁有执长杆入城门者"①、明清笑话《写万字》②等，主要都是现实色彩浓厚的生活故事。以幻想结构故事，嘲笑愚蠢的"滑稽型"童话因别具风格而尤为珍贵。

除了嘲笑愚蠢，林兰"滑稽型"童话还表现出对"悖理的欲求"的讽刺。悖理几乎总是与不节制和贪婪相关。39号《石人头里的天书》中彭祖的事迹处处表现了贪婪和不节制引起的滑稽：

---

① 《笑话研究资料选》，中国民间文艺研究会湖北分会印，1984年10月，第102—103页。讲"鲁有执长杆入城门者，初竖执之，不可入，横执之，亦不可入，计无所出。俄有老父至曰：'吾非圣人，但见事多矣。何不以锯中截而入？'遂依而截之"。

② 同上，第129—130页。一个老人请先生教儿子识字，儿子学了"一""二""三"三个字，就高兴地把笔一扔，对着父亲大喊："我会了！我会了！不要再学了！"不久，老人要请一姓万的亲戚来吃酒，清早起来就命令儿子写请柬，好久好久还不见儿子写成。父亲急了，催促儿子。儿子气急败坏地说："世界上那么多姓，他怎么偏要姓万？害我从早上写到现在，才写了五百条杠！"

首先是传宗接代思想的不节制。老彭找算命先生算生死，得知明天将死，心想活了一辈子连个儿子都没落着，于是就跑到三岔路口去找儿子。"谁被我首先撞见，就要谁做我的儿子"，结果撞见了桃花公主的老爸爸。传宗接代、养老送终，是中国传统根深蒂固的生养观，民间历来奉行不悖。但童话将这种观念发挥推演到极端，要儿子要得如此慌乱急切、违背常理，令人啼笑皆非。老彭经桃花公主指点，在小鬼来家勾魂的路上安排了酒食，成功地贿赂了小鬼，小鬼把他的名字缝在生死簿的纸缝里。生死事大矣，如此大事处理得如同儿戏，又连带着勾出官僚制度的腐败昏聩。老彭自己不死，老婆却是会死的，于是一个接一个地娶了不知多少女人。彭祖活了八百零八岁，于是，隔几十年就有个女人到阎王跟前说自己是老彭的老婆。藏在纸缝里的名字被阎王盯上，彭祖的寿限毁在老婆手里，更确切地说是毁在"妻妾成群"的狂想中。童话通过增加一个男人的寿命，让长生不死和妻妾成群这两件貌似无关的事情产生矛盾，进而制造了滑稽效果。要儿子、要长生、要女人，本来不是什么可鄙的观念，但要的方式不合理、要的程度太过分，就贪婪得可笑。在人类原始的本能和愿望中，在大众根深蒂固的念想和执着中，滑稽童话表现了更为理性的节制态度。

林兰"滑稽型"童话将愚蠢的行为和悖理的欲求处理得可笑，从而表达了对智慧和理性的推崇。在生活中，愚蠢的行为和悖理的欲求不一定会引起嘲笑，而且愚蠢和悖理往往被隐藏起来。诚如果戈理所言："到处隐藏着喜剧性，我们就生活在它当中，但却看不见它；可是，如果有一位艺术家把它移植到艺术中来，搬到舞台上来，我们就会自己对自己捧腹大笑，就会奇怪以前竟没有注意它。"① 这就涉及滑稽制笑的第三个条件，即艺术地表现滑稽。更具体地说，通过关注外在行为，通过关注表面，而将内在的谬误揭露出来，使它们显得空洞而无价值。《喜剧论纲》明确指出"笑来自言辞（＝表现）和事物（＝内容）"②。普罗普对表现滑稽的方式进行了卓有成效的文本搜寻和理论探索，总结道："滑稽家、幽默家、讽刺家的技巧或才华就在于，通过表现嘲笑客体的外表去揭露它内在的缺陷和不足。"③ 他举例说，胖人形象如果用来表现反面人物就可笑；但如果这个胖人是巴尔扎克就不可笑，因为巴尔扎克精神强大。因此，只有当对外在形态的关注使得内在精神表现为愚蠢、悖谬和无意义时才能产生笑。

动物模仿人、孩子模仿大人、男人模仿女士、外行模仿内行都令人发笑，原因就在于前者只关注外在表现，而使得后者所具有的内在精神显得空洞。这种"机械模仿"被有意识地运用，构成了"滑稽"的重要结构方式。如林兰童话61号《瓜王》，哥哥将不好的山田分给弟弟，弟弟种了北瓜，好不容易长出来，猴子又夜夜来偷。弟弟躲在布袋里，打算好好教训一下猴子。猴子误以为布袋是瓜王，抬到藏宝的山洞中，结果弟弟跳出来，吓跑猴子，满载而归。哥哥听说了，与弟弟换了地，照样种瓜、钻布袋，照样

---

① 段宝林编：《西方古典作家谈文艺创作》，沈阳：春风文艺出版社，1980年9月，第410页。

② 佚名：《喜剧论纲》，载罗念生《罗念生全集》（第一卷），上海：上海人民出版社，2004年6月，第397页。有人认为《喜剧论纲》可能是亚里士多德《诗学》后半部分遗失的喜剧理论著作。现存的是10世纪的抄本。

③ 〔俄〕普罗普：《滑稽与笑的问题》，杜书瀛等译，沈阳：辽宁教育出版社，1998年3月，第162页。

有猴子来抬他，但他才被抬到桥上就忍不住大小便起来，结果被猴子当作烂瓜扔到河里。童话中的金银财富是对善良和机智的奖赏，哥哥仅仅学得了种瓜、冒充瓜王等外在行为，之后又忍不住大小便，被当作烂瓜扔掉，使又狠又蠢的恶劣品质拥有了"烂瓜"这个具体形象，这看得见的丑态窘态才更让人发笑。同样地，林兰"狗耕田"等两兄弟童话中，弟弟吃一粒豆子就能靠放香屁致富，而哥哥照弟弟的法子去做，得到的总是臭气和棍棒。哥哥的贪婪而不仁因此就具备了滑稽的倒霉相，通过对倒霉相的描写，童话有效地表达出对贪婪的讥讽。因此，"机械模仿"的滑稽结构应包含两个情节：一是对外在行为的机械模仿，二是由模仿而造成的失败和窘态。林兰童话2号《土地爷的故事》堪称"机械模仿"结构的典范：北山土地为了吃到村民送的贡品，学南山土地的法子，在过路的牧童身上摸了一把，让他生了病。又一字不改地照搬南山土地的话传给牧童家人说："到庙前取樟树木煮服。"这是对外在行为的机械模仿。但北山庙前并没有樟树，只有土地像是樟木做的。牧童的父亲为了顾全土地的面子，只将衣服底下的樟木屁股挖去煮了。这家人很穷，治好了病，拿不出东西来答谢。北山土地什么也没得到，还吃了挖屁股的亏，这是由模仿而造成的失败和窘态。失败的原因，主要是因为北山土地只知模仿南山土地的举止言语，不懂得灵活变通地使用方法，根本上说还是因为愚蠢。

通过从滑稽制笑的三个条件解析林兰"滑稽型"童话，我们发现：通过赋予愚蠢、悖理外在的表现（常常通过"机械模仿"来实现），通过展现看得见的失败，童话有效地制造了滑稽，构成了推崇智慧和理性的民间传统。

第九章　制笑机制与狂欢形象：林兰"滑稽型"童话解析

第二节　林兰"滑稽型"童话的狂欢形象与意义

巴赫金从宇宙观和世界观的深度阐释了欧洲中世纪狂欢节与《巨人传》等狂欢式文学所具备的二重性。他认为，狂欢式的笑"既是欢乐的、兴奋的，同时也是讥笑的、冷嘲热讽的，它既否定又肯定，既埋葬又再生"①。欢乐的笑和嘲讽的笑是两种不同的笑，嘲讽的笑与批评和埋葬相关，而欢乐的笑则具备再生和更新的力量。狂欢既是批判性的也是再生性的，相较而言，巴赫金尤其强调狂欢的再生性。通过研究拉伯雷《巨人传》与狂欢文化的关系，巴赫金将再生性与不朽的大众身体观念联系起来。在他看来，肉身尤其是巨大的肉身与饕餮豪饮等狂欢形象，表达了生命有形物质的绝对优势。在狂欢节世界观中，人和宇宙一样辽阔，其生命元素在万物间转化，因而具有和宇宙相等的生命分量。死亡孕育着新生，生命在交替中更新，这就是巴赫金对狂欢节生死观的理解。巴赫金推崇狂欢节的欢笑，从根本上来说，是为了面对当时欧洲人的生存处境和精神状态，即为了化解宗教末日说所带来的死亡恐惧，从而使人从宗教神权的禁锢中解放出来。因此，他从"人类生存的最高目的"出发，通过对宇宙化肉身（巨人）等怪诞形象和相关身体事件的反复言说，揭示了世界强大的丰富的物质性，并将一种无畏的催生创造力的欢笑命名为狂欢式的笑，实则蕴含着"人的自由和解放"这个具有现代性价值的导向。

---

① 〔俄〕巴赫金：《拉伯雷研究》，李兆林、夏忠宪等译，石家庄：河北教育出版社，1998年6月，第14页。

五四新文学在封建宗法制度的禁锢下追求人的解放,从民间神话传说、故事歌谣中发掘现代性资源,进行文体革新和文学再创造,同样形成了狂欢化文学潮流,如鲁迅的《故事新编》和沈从文湘西系列等都体现了作家文学的狂欢化。[①]林兰"滑稽型"童话则表现了中国民间文学的狂欢特色,即将批判力落实到怪诞人体形象的狂欢方式。

怪诞形象通常表现为夸张的人体形象,即宇宙化的人体(巨人)和人体从自身脱离而向万物转化的形象。此外,伴随着怪诞人体形象,还有吞吃和分泌等怪诞人体事件。在林兰童话35号《十一个粉做的人》、135号《怪兄弟》与137号《仙赐六兄弟》(以下简称"怪"三篇)中,怪诞人体形象和怪诞人体事件构成了主要的滑稽形象。《怪兄弟》的主人公是十个身怀绝技的兄弟,他们的绝技都来自"被夸张到不可思议地步的肉体"。从他们的名字可以见出身体的特征和技能:"大叫神长,二叫飞腿,三叫铁脖,四叫松皮,五叫粗腿,六叫大头,七叫长腿,八叫大鼻,九叫水眼,十叫噘嘴。"《仙赐六兄弟》中仙人给兄弟取名,各人因名字获得了相应的本领:"用力阿大、铁头颈阿二、长脚阿三、冷热阿四、皮宽阿五、远听阿六。"《十一个粉做的人》则有十一个兄弟,分别叫"大头一、硬项二、长脚三、远听四、火烧五、宽皮六、油煎七、阔脚八、贪嘴九、哭杀十和十一鼻涕"。刘守华将这些顶天立地的形象认定为远古神话传说中巨人族的后代,并且说:"那位与日逐走的夸父,同黄帝大战于涿鹿之野的铜头铁额的蚩尤,便是我们所熟

[①] 鄢鸣:《中国有狂欢吗?——狂欢理论的应用与反思》,《山东社会科学》,2011年第1期,第162页。

知的中国神话系统中巨人族的代表。"①《山海经》中也有关于"大人国""长股国""长胫国""长臂国"等巨人形象的记载。巨大的身体即是人类全体的生命物质形象，因为超越了个体生命的死亡而具备了在交替中更新的生命图景。"怪"三篇童话最精彩的是兄弟轮番上场应对死亡考验的情节：挨打，用力上，越打越有力；砍头，铁脖上，砍折了刀刃；水淹，长脚上，正好洗澡；油煎，冷热上，暖暖地睡一觉；刀割，皮宽上，割一块长一块……这不仅仅表现了团结的力量，从宇宙观和生死观的层面来说，童话将对死亡的战胜演绎为接力式的技艺展示，并由此体现了群体生命的不朽。在幼儿园的民间童话讲述调查中，孩子们倾听《怪兄弟》时笑得最多最欢畅，他们充分享受着童话对身体力量的神奇幻想，在他们的欢笑中有种超越性（超越死亡）的哲学意味。

《十一个粉做的人》和《怪兄弟》最后都出现了作为怪诞人体事件的"吞吃"行为，尤其值得注意的是，出现了巴赫金在谈论筵席形象时所提到的中心意象——"张开的大嘴"。《十一个粉做的人》中，兄弟们在逃离死亡威胁之后，在家烧鱼吃，看灶的贪嘴九偷偷吃光了鱼，烧火的哭杀十因此大哭起来，眼泪变成汪洋大海。危急关头，十一鼻涕在水中哼了一根鼻涕，显出一条大路让他们和老母亲走过去。《怪兄弟》和附在其后的一篇异文，都讲大鼻将鱼嗅到肚里去了，水眼哭得淹了九州十二县，亏得噘嘴往上一噘噘出一条路，这条路直通天上。此处有两个意味完全不同的大嘴——偷吃的大嘴和噘开天路的大嘴。这使得林兰童话中的大嘴意象有别于巴赫金的诠释。巴赫金认为张开的嘴不仅是《巨人传》庞大

---

① 刘守华：《中国民间童话概说》，成都：四川民族出版社，1985年8月，第64页。

固埃形象的基本内核，也是狂欢节体系的中心形象。筵席中张开的嘴吞食着人类从自然界获得的食物，表明劳动人民在劳动中对自然的胜利；吞食还消除了肉体与世界的界限，人将自然界的食物吸收到自己身上从而获得新生，表明了生对死的胜利。在这种胜利的优越感中，拉伯雷笔下的筵席总是伴随着欢声笑语，筵席上的交谈因而具有真理的本质属性，即自由、愉悦和唯物。① 而林兰收录的这两篇童话中却看不到狂欢筵席上的分享、欢乐和交谈，反而是食物被独吞而引发了危机，从某种意义上说，是由狂欢的再生性暂时转向了批评和埋葬。

批评、埋葬与再生、更新其实是交替出现于林兰"怪"三篇童话的情节内部的，批评的成分丝毫不弱于再生、更新。丁乃通将林兰的这三篇童话列入 AT513 号"超凡的好汉弟兄"②，从名称可见出它们与英雄考验故事的关联。刘旭平认为这类故事包括两个主要的情节单元："非凡出生"和"难题考验"③。但与一般的难题考验模式不同的是，《怪兄弟》等童话对英雄母题进行了降格戏仿，由此而表现出对传统英雄形象和英雄考验模式的颠覆。"非凡出生"母题，即英雄母亲受神奇感应而孕，包括踩脚印而孕、吃果子而孕等，这一母题之后时常伴随"遗弃"母题④，两个母题共同

---

① 〔俄〕巴赫金：《拉伯雷研究》，李兆林、夏忠宪等译，石家庄：河北教育出版社，1998 年 6 月，第 326—330 页。
② 〔美〕丁乃通编著：《中国民间故事类型索引》，郑建威等译，武汉：华中师范大学出版社，2008 年 4 月，第 117 页。
③ 刘旭平：《各显其能的群体——"十兄弟"故事解析》，载刘守华主编《中国民间故事类型研究》，武汉：华中师范大学出版社，2002 年 10 月，第 464—465 页。
④ 刘晓春：《英雄与考验故事的人类学阐释》，《民族文学研究》，1996 年第 4 期，第 44 页。

暗示出英雄与生俱来的非凡品质。如《诗经·大雅·生民》讲姜嫄履天帝足迹而生下周始祖后稷，把他放在窄巷里，牛羊来庇护乳育他；把他放在树林里，伐树的人们收养他；把他放在冰块上，鸟用翅膀温暖他……"感孕"和"被弃"实际上讲述了不死的传说，光耀了主人公的英雄形象。而童话《仙赐六兄弟》却讲的是：一个女人结婚多年未能生子，时常遭婆婆打骂。仙人给她六粒药，让她三年吃一粒，她却统统吃了，结果一下生了六个儿子。六个孩子抚育起来十分困难，婆婆又骂她是猪猡。童话在英雄"非凡出生"母题中增添了对生养现实和婆媳关系的关注，将英雄的非凡出生推演到滑稽的处境，制造了对英雄形象的第一次颠覆。兄弟们因仙人赐名而迅速长大，获得各样本领，并在死亡考验中屡屡获胜。童话采用了狂欢式的怪诞形象，颠覆了至高的皇权和对死亡的恐惧，在这第二次颠覆中也更生出群体强大的生命物质形象。故事的最后，张开的大嘴独自吞吃了"胜利的果实"。增添了这段情节的童话，将英雄所面对的生死考验降格为吃鱼事件，而在吞吃与分享这件事上好汉们恰恰没有通过考验。这第三次颠覆，不仅仅批评了兄弟间的不团结，而且从深层解构了英雄事迹和英雄形象。《十一个粉做的人》中英雄们的名字一目了然地传递了降格和颠覆的意味：前八位叫"大头""硬项""长脚"等，身体的硕大表现了强悍，预示着有作为；到最后三位，同样硕大的身体部位却显得尴尬而有缺憾，叫作"贪嘴""哭杀"和"鼻涕"。总之，独自吞吃的大嘴（或独自嗅食的大鼻子）形象突出了林兰"怪"三篇的批判意识，它不仅颠覆了权力和死亡，而且也通过颠覆死亡考验模式而颠覆了不死的英雄传说，表现出极强的滑稽批判风格。

整体看来，林兰"滑稽型"童话既嘲笑权贵也嘲笑大众英雄，既嘲笑死也嘲笑生，但最终占优势的还是再生和欢笑。大嘴巴豁开天门，大鼻子哼出鼻涕路，英雄和英雄的母亲得以走到另一个世界去，而那个世界隐约具有乌托邦的性质，并且完全是物质性的。正是通过大嘴的吐纳和鼻子的呼吸等身体事件，才产生了通往另一个世界的道路。巴赫金甚至认为这些事件表明了新旧事物的交替，以及民众对世界认知的唯物论方式。他写道："这个肉体来到世界上，它吞咽、吮吸、折磨着世界，把世界上的东西吸纳到自己身上，并且依靠它使自己充实起来，长大成人。人与客观世界的接触最早是发生在能啃吃、磨碎、咀嚼的嘴上。人在这里体验世界，品尝世界的滋味，并把它吸收到自己的身体内，使它变成自己身体的一部分。人这种觉醒了的意识，不可能不集中在这一点上，不可能不从中吸取一系列最重要的、决定着人与世界相互关系的形象上。"[1] 在具体可感的身体事件中建立起对世界的把握，同样地，真理的传达也因落实到身体感知层面而被具体化。林兰"滑稽型"童话充满了这些身体事件，诸如贪心的哥哥就连使魔法都要求多来一下，以至于把长鼻子变成了塌鼻子；愚笨不通的北山土地爷，叫人去自家没有樟树的庙前寻樟木，害得自己被挖去了樟树屁股，等等。这些事件尤其能够引起人们的笑，笑里面既包括嘲笑也包括欢笑：嘲笑针对精神上的缺陷，而欢笑则倾向身体的狂欢。在混合了这两种笑的"滑稽型"童话中，抽象的审美理想与可感的怪诞身体成为不可分割、互相指涉的审美对象。

---

[1] 〔俄〕巴赫金：《拉伯雷研究》，李兆林、夏忠宪等译，石家庄：河北教育出版社，1998年6月，第325页。

鲁迅在提到"知识的滑稽"与"形体的滑稽"时，表现出对"专以形体谑人"的否定①；学者们对中国式狂欢文体、滑稽文本的阐释也多从批判性着眼。林兰"滑稽型"童话表现出极强的批判力，却不惮于将真理降到肉身，因而使精神批判转化为具体可感的形象，也因此表现出群体的智慧之光和欢乐之火。

第三节　滑稽童话在儿童教育中的作用

人在儿童期处于一种"从无知到有知，从非理性到理性的过渡状态"②，一方面需要接受成人社会的语言习惯和思维方式，另一方面也需要形成批判性的社会认知和审美经验。中国的孩子，到现在也还如周作人所说，总是被当作"缩小的成人"，"拿'圣经贤传'尽量的灌下去"③，除此之外，又填满了大量未经消化的知识信息。这种缺损的儿童生活，造不出具有批判力和创造力的现代个体。蔡元培在《以美育代宗教说》④一文中谈到对儿童进行审美教育的必要性时分析了"滑稽之美"，已见出滑稽"不与事实相应"的批判性和创造性本质。林兰"滑稽型"童话在滑稽之外，还充满了狂欢。滑稽思维表现出对既有环境和认知体系的颠倒和破坏，狂欢体验充盈着肆无忌惮的生命能量，两者结合对于养成具有审

---

① 鲁迅：《六朝时之志怪与志人》，载《鲁迅全集》（第九卷），北京：人民文学出版社，1981年12月，第310页。
② 关溪莹：《滑稽儿歌与现代儿童教育》，《民族文学研究》，2004年第3期，第116页。
③ 周作人：《儿童的文学》，载《周作人论儿童文学》，刘绪源辑笺，北京：海豚出版社，2012年1月，第122页。
④ 蔡元培：《以美育代宗教说》，《新青年》，1917年8月。

美批判力和艺术创造力的现代个体颇为有益。

人的头脑先天具有批判能力，脑科学从左右脑的功能差异中发现了笑的机制：左脑主管逻辑秩序，右脑负责发现与逻辑不符之处，左右脑协同工作，一旦发现矛盾就会引起笑。对语词意义处于懵懂期的婴孩，听到突然改变的语调就会发笑。而要对具有社会性和文化性的问题作出批判，则依赖于知识的积累和思维的训练。即便是"我开开天，望望门，满天的月亮一个星"这样简单的颠倒儿歌，也要求孩子首先懂得正常的情形，才能发现与事实不符而发笑。有一则笑话嘲笑了中国人爱围观的行为：某处发生了交通事故，众人都围上去看。有个年轻人，因为挤不进去，急中生智，大声喊道："快让开，被撞的是我爷爷！"人群立即爆发出一阵大笑。年轻人进去一看，原来死的是一条狗。其实并非所有人听后都会笑，笑取决于文化所确定的审美标准和思维方式。"爷爷是一条狗"，在万物有灵论的头脑看来，并没有悖理之处，也就完全不可能引起嘲笑。前面提到的《石人头里的天书》，彭祖因为看见小鬼在桥上刷煤炭，笑着说"我老彭活到八百八，未见煤炭水上刷"，结果暴露身份被小鬼捉了去。这种倚老卖老、聪明反被聪明误的荒唐现象，和活到八百八这个永恒的生命话题，能引起孩子们的好奇和大笑。但像对传宗接代、妻妾成群等的隐喻和嘲讽，由于属于较陌生的文化语境，相对而言就不一定能被孩子们充分理解。这就要求引导他们思考，思考什么人不笑，什么人笑，笑什么以及为什么笑等问题。总之，理解滑稽和笑需要判断力，而要获得判断力需要学习。

"滑稽型"童话恰可以充当"笑的教育"的材料，教会儿童理解与社会主流价值观所不同的观点，与"他自己的真理所不同的

第九章 制笑机制与狂欢形象：林兰"滑稽型"童话解析

真理"①，理解审美会因社会和历史条件而产生差异。最终目的还在于养成他们自觉的批判意识，即对每一种既存处境都能够反思，都能看出它的反面和虚伪。这种批判性认识，最终会回到个体身上，形成他自身的美感和逻辑。

与判断力、批判力同样重要的还有创造力的问题。日本心理学家恩田彰等指出，人在5岁至12岁之间处于创造性思维最为旺盛的时期②，而当下的正规教育恰恰忽视甚至扼杀了勇于探索和无所顾忌的创造精神。汪曾祺在《童歌小议》中表达了对此的惋惜："我们的胡闹才能已经被孔夫子和教条主义者敲打得一干二净，再过二十年也许才会出现。"③ 二十年也已经过去，却依然没有大的起色。林兰"滑稽型"童话却还保留着一些胡闹的精神，除前面提到的几篇以外，还有像105号《神箭三元帅》这样的作品，将成婚考验、抓贼、打仗诸事都演绎为怪诞的身体事件。所谓神箭手的威名，也说成是靠将毛箭插在买来的雁屁股上得来。屁股上插箭的形象重复出现于故事中，令人捧腹之余消解了英雄的勇力，传达了平民的机智。132号《打屁》和133号《几路钉》对文明人在公开场合难以启齿的打屁一事更极尽想象之能事，创造出"贴屁""扫屁""铲屁""追屁""顶屁"以及把马、猪、锅统统噎上天的"屁"等匪夷所思的形象。林兰民间童话集的主编赵景深，对民间故事中"不堪的"身体事件尤为排斥，却

---

① 周福岩：《民间故事与意识形态问题——对民间故事思想研究的思考》，《文艺理论与批评》，2006年第1期，第132页。
② 〔日〕恩田彰等：《创造性心理学：创造的理论和方法》，陆祖昆译，石家庄：河北人民出版社，1987年11月，第12页。
③ 汪曾祺：《童歌小议》，《民间文学论坛》，1987年第1期，第12页。

保留了如此数篇，应该是经过慎重考虑的。这些貌似不登大雅之堂的身体事件，这些貌似无意义的奇思妙想，也有它自身的意味和价值。林兰童话中的这些身体事件，与拉伯雷《巨人传》中庞大固埃述说对擦屁股用品的无数次试验一样，都充满着无所畏惧的实验精神和包罗万象的想象力。

从某种意义上说，包罗万象的前提就是无所畏惧。无所畏惧于打破一切成规和成见，然后才有创造的可能。无畏也是狂欢精神的内在实质。巴赫金之所以大力推崇狂欢式文学和狂欢化精神，就是因为他注意到在科学和人文领域出现革新和大转折之前，总会有某种意识的狂欢。通过狂欢，通过将人的身体宇宙化，通过吞食、分泌、孕育等行为与世界交流，驱散了人对大自然和死亡的恐惧，最终将人从宗教神权禁锢中解放出来。有人说，中国没有神权，因此也谈不上完全意义的狂欢。事实上，只要有禁锢，有压抑，由此而有自由和解放的呼声，就有狂欢。狂欢式的欢笑体现并养成了无畏，林兰"滑稽型"童话中的身体想象也可作如是观。

林兰"滑稽型"童话既是滑稽的，也是狂欢的——滑稽中有批判的理性，狂欢中有创造的激情。因此，它对养成智慧理性、快乐无畏、具有批判力和创造力的现代个体无疑是一份宝贵的民族资源。

第十章　民间与现代的融合：林兰童话改编原则及实例

　　林兰民间童话充满着富有文化韵味的幻想，无论是民间氛围的营造还是现代性话语的熔铸，相较于其后出版的各种以"中国""民间"冠名的童话更富有成效，表现出中国民族童话经典的质素，故事质量和数量也并不逊色于格林童话。遗憾的是，现在很少被提及和讲述。这恐怕也是中国民间童话的普遍遭遇——中国孩子对于中国童话的接触和了解远不如格林童话和迪士尼动画故事多。难道说民间童话本身对儿童不再具有吸引力？如何把他们引导到中国民间故事的幻想世界中去？中国民间童话能带给他们什么？

　　带着这些问题，我将林兰的15篇童话进行了适当的改编，在幼儿园和小学做了一些讲述实验，请老师讲给班上的孩子们听。令我鼓舞的是，孩子们极其喜爱极其着迷。看来，传统的故事经历了千百年的选择和融合，本身具有极强的故事性和趣味性，与孩童爱幻想的天性十分契合，这即便是在今天也是毋庸置疑的。因此，关键的问题是，如何把握往昔民间童话的语言、情节和意识形态，通过适当的改编，使之具有面向儿童、面向现代的价值取向。

第一节 林兰童话改编策略

民间童话的改编策略在理论上有两个系统：一是代表着西方激进浪漫主义的格林系统。格林兄弟在对《格林童话》进行修改的数十年中发展出一套民间童话的改写策略：1. 忠实于内容而非语言。事实表明，原原本本地记录口述童话，甚至用活生生的方言记录，保留了故事的地方色彩，但是却妨碍了童话的传播。所以格林兄弟的忠实记录原则，针对的不是语言而主要是故事内容。2. 维护和培育故事的民间氛围。在童话中尽量保留和引用有韵律感的谚语和具有民俗意味的细节，营造出浓厚的地方色彩和民族风格。3. 加强可读性。即添加对话和细节，在多种异文中选择情节性强的母题，完善故事结构，等等。另一个系统是以周作人为代表的童话记录原则。周作人是坚决的忠实记录派。他认为民间的想象自由真实，自有其艺术价值，主张不加修改，如实记录，然后再将其纳入"人的文学"与"儿童的文学"考量中，对其进行文学和文化的解读，以促成"个性的文学"与"完成的个人"。格林系统和周作人系统一个偏重文本改编，另一个偏重如实记录和研究讲解，但两者都关注童话对民族性、现代性的促进和对儿童精神世界的塑造。

在以林兰童话为蓝本的改编实验中，语言方面主要采用了格林的改编策略。原因是，林兰童话的语言是民国时代农民讲故事的口吻，又夹杂着当时文人书面记录的笔调，如果完全采用一字不改的忠实记录原则，反而会影响孩子们对于故事本身的接受。所以，为了让孩子们获得听故事的乐趣，语言尽量使用当下的口语。

第十章 民间与现代的融合：林兰童话改编原则及实例

但是在不影响理解的情况下，具有文化底蕴的词汇和谚语则一定保留。这样做，不仅能使孩子感受到别具韵味的民间风格，而且很能激起他们幻想的兴趣。比如，在林兰收录的老狼精童话中，三个孩子的名字在有的故事中叫葱、碟、不翻盏，有的则叫大门栓、二门鼻、扫帚疙瘩，称名方式具有浓厚的民间生活气息。相较而言，葱、碟、不翻盏更受孩子们喜爱，在讲述的时候，他们听得捧腹大笑。笑声不仅表明他们理解了名字的含义，也表明他们感知了民间命名的艺术。又如，老狼精童话还讲到老狼吃掉最小的孩子，老大和老二以如厕为借口准备逃出去，老狼却叫他们就近解决，老大老二对此做出了机变的回答。回答的方式有多种，有的故事做了现实主义的处理，即孩子们对老狼说就近方便"嫌臭气"，便获准出去；而有的回答方式则体现了"举头三尺有神明"的民间信仰：

老狼说：去床边！

老大老二答：有床神。

老狼说：去灶边！

老大老二答：有灶神。

老狼说：去门边！

老大老二答：有门神！

在讲述的时候，有意识地将两种方式进行了效果上的对比。孩子们对前一种回答的反响远不如后一种偏于幻想的回答来得强烈。在听说"有床神"时他们爆发出欢快的笑声，令人感到他们轻松进入了一个神奇的幻想世界。孩子是天生的多神论者，床神、灶神和门神这些语词属于过去，属于城里孩子所隔膜的乡里人家，他们也许不曾接触,也许不了解关于这些神祇的民间传说和民间祭祀,但这丝毫不影响故事讲述的进程,甚至不需要在讲述时停下来解释。

所以语言和对话细节的选择及修改,需要在现代口语与民间语汇、民间思维之间保持平衡。在以活泼的简单的语言对过去时代的语言进行改写时,如果不了解传统民间语言的艺术魅力,不了解孩童心灵与民间思维在哪些方面息息相通,就可能把本来独具风味、特别能引起孩子关注和喜爱的民间语言和民俗细节当作杂草拔除,反而遗失了古老的底蕴和地方的风味。

在情节结构的改编上,主要把握"忠实性"和"可读性"两个原则。目前,虽有极少量的儿童文学杂志仍然刊登中国民间童话,但是更多地鼓励大胆和"有新意"的改编。有一些改编之作,把新意理解为只需加入现代儿童生活细枝末节的素材即可,由于对素材不加甄别,结果往往不但失去了民间的醇厚,更落入庸俗和粗糙,艺术造诣比起经历了千百年淘洗的老童话相差甚远。民间童话的当代传承,的确可以有两条路:一条是进行作家式的大刀阔斧的天马行空的重写;另一条就是进行格林式的重述,即在忠实于内容的前提下,提高可读性。作家式的重写和格林式的重述都十分有益,遗憾的是,目前都践行不够。个人认为,可以先从供给孩子地道的民间童话开始做起。为了将地道和可读性融合起来,在对民间童话进行情节上的选择和加工时,我们必须对故事类型有清晰的了解。首先要按类型掌握童话的基本情节构成。这需要尽可能地收集关于同一类型故事的不同讲法,以便总结在讲述过程中哪些是稳定不变的基本内容,并确立故事的核心情节。比如,找幸福一类的故事,都讲一个年轻人因为心中的疑问而离家出去

第十章　民间与现代的融合：林兰童话改编原则及实例

寻找答案，沿途遇见三个人请他帮忙解决问题，而当他到达某地询问某个超能力者后，路人的问题一一解决，在替他人解决问题的同时，年轻人自己的问题也迎刃而解。至于年轻人的疑问是什么，他去哪里找答案，路上三人的问题又是什么，这些细节在大量异文中变化极为丰富。又如难题考验型故事，主要情节都是男子向女子求婚，完成一系列难题之后赢得幸福。至于什么样的难题，不同的地区也有不同的异文，通常依据各自面临的生存问题或各自拥有的幻想体系来述说。因此，在讲述传统中稳定不变的核心情节不做更改，而讲述史中可变的部分则尽量挑选贴近读者听众的、能引起他们兴趣的内容。对可变和可挑选的部分来说，林兰童话提供了可供选择的优质资源，比如"考验型"之中的《龙女》，讲龙女的绘图造房、剪纸成兵；"得宝型"之中的《二兄弟（二）》，讲弟弟偷听仙人谈话、哥哥被拔长鼻子；还有施恩得宝故事《大鼠》，讲老爹爹教儿子袖子里藏一只猫，猫如何吓跑了老鼠怪，等等，都有声有色、别有趣味，与后来收集和出版的故事家讲述的民间故事集，如《满族三老人故事集》《金德顺故事集》等互相参照，互相补充，可以整合出不错的民间故事来。

最后也是最容易被忽视的是意识形态的甄别和改编。往昔的故事不乏想象力丰富和艺术感独特的佳作，但经过意识形态批评分析，故事的深层可能隐藏着与儿童心灵和现代精神相违背之处。因此，改编时，不得不反复思考：我们想要给孩子展示什么样的精神世界？哪些观念和品质能帮助我们更好地与自己和世界相处？比如说林兰童话中的《老狼的故事》《老狼婆》等，在开始部分都交代孩子的妈妈如何向老狼透露家里的信息，又如何被老狼勒索和吞吃，细节可谓太具体太丰富，像"老狼婆慢慢将她一指甲、一指甲切吃了"这类令人不安的句子屡屡出现。不仅林兰童话如此，在最近出版的一本给孩子读的带图故事中，对这种血腥残忍的画面也丝毫不肯吝惜词句。大概过去为了教会孩子守家护院，谨防生人乱入，讲故事的人故意采取了吓唬人的心理战术。但这种战术被运用得过于纯熟，甚至乐此不疲，没有考虑到幼年时期安全感的建立也尤为重要。意识到父母的脆弱当然是成长过程中必经的阶段，但对于尚且年幼的孩子，这种对最亲近的人的信任感的崩塌，可能会造成难以弥补的心灵创伤和人际关系建立的障碍。所以，改编时，老狼从孩子妈妈那里获取信息这段，可以略去不讲。在给幼儿园大班和中班孩子的讲述中，对妹妹被吞吃的情节，仅仅是略作暗示，但他们已经表现出不满。有的孩子，还用《小红帽》剖开狼肚救出小妹妹的情节，对故事做出了修复。瑞士心理学家维雷娜·卡斯特透露，幼年时听过的童话往往会成为理解世界的基本模式，并提供解决问题的创造性方法。[①]老狼精的故事中两姐妹对付老狼的方法也有不少，但是在小妹妹被吞吃的问题上，仍然需要考虑孩子听故事的心理需求。因此改编稿做出了游戏化和滑稽化的处理，即让小妹妹从狼肚子里出来，用具有喜感的方式讲述和解构被狼吞吃的事件。还比如讲述成婚考验的百鸟衣故事，无所不能的龙女被当作礼物送给了小伙子，与小伙子成婚后，又成了被掠夺的对象，这就在婚姻的自主性上显得无能，归根结底暴露了女性形象在人格上的不自主。抢走人家妻子的蛮横国王，最后被赶了出去，而故事的结尾却说"真正国王为了爱人家的女子被逐，流

[①]〔瑞士〕维雷娜·卡斯特：《童话的心理分析》，林敏雅译，陈瑛修订，北京：生活·读书·新知三联书店，2010年11月。

为乞丐了",暧昧的态度虽然颇具深意,令人沉思,但作为童话,却丧失了简单有力、是非明朗的特色,容易造成价值体系的混乱。所以,改编时,有意识地让龙女在婚姻的问题上表达了自己的想法,并突出了她在这场婚姻保卫战中的胜利。再如,《南蛮子故事之一:葫芦开山》代表了一类以农民口吻叙述的"失宝型"故事,透露出对识宝商人的嫉妒、不服和调侃,骨子里是对商业进取模式的反感。然而,是否可以从商人的视角重新叙述这类故事呢?改编时,叙述视角的变化往往能丰富对故事人物的理解,并带来新的可能性。

经过面向孩子的童话改编和讲述实验,我得到的体会是,要想在民间童话的改编中把握周作人提出的"儿童本位""文学本位"的原则,需要将其落实到语言、情节和意识形态三个方面。语言方面,在掌握民间语汇、理解民俗思维的基础上,在"民间氛围"的营造和现代口语的表达之间寻求平衡;情节方面,在广泛阅读故事异文和研究故事类型的基础上,分析得出民间故事的核心情节和可替换情节,保留核心情节,使故事具有地道的民间性,选择和更新可替换情节,使故事具有可读性和趣味性;意识形态方面,在对传统故事做出深层心理分析的基础上,通过改变结局、完善人物形象、变化叙述视角等方式,给孩子一个与他们的精神相契合的,更具可能性、开放性,因而也更具现代性的心灵游戏之地。

第二节 林兰童话改编实例

1. 塌鼻子

按语:本篇改编自林兰童话48号《兄弟两个》和148号《二

兄弟（二）》，属于"得宝型"里的入山得宝故事。两篇原文都包含兄弟两个在山中的遭际对比：好心眼的一个得到了宝贝，坏心眼的一个被拔长了鼻子，后来又变成了塌鼻子。改编故事的前半部分主要依据《二兄弟（二）》构建情节，但在这个故事中，弟弟说给哥哥治鼻子，却因为咒语念得过了头，导致哥哥长鼻子变塌。《兄弟两个》则说是因为哥哥自己嫌咒语念得不够，要求弟弟多来一下，才导致了鼻塌。相较而言，《兄弟两个》对哥哥变塌鼻的处理更符合故事逻辑，故采纳到改编故事中，并且干脆让哥哥自己抢过法宝，念起咒语，突出哥哥自作自受的滑稽色彩。（148号原文见附录三1）

从前，有俩兄弟，哥哥叫小文，弟弟叫小武。

一天，哥哥对弟弟说："小武，前面的山里，杨梅多着呢。我们去摘些来吃。"

小武乐呵呵地跟着去了。

上坡拐弯上坡拐弯地走了许多路，来到一个山脚下。

小文停住脚步，说："小武，杨梅就在这山上，你在这里等着，我上山去采。"

小武就坐在山脚边等。等了半天，不见哥哥回来。天边的太阳，就要落到山后去了。小武着急了，跑上山去寻哥哥。哪知他哥哥嫌他年纪小，不会干活，长大还要和他分财产，要把他留给野兽吃。

小武在山上东寻西找，怎么也找不着哥哥，却来到一个两层楼的亭子上。小武上了楼，眼看着月亮的银辉落满山顶，一群仙人说说笑笑走进亭来。原来这个亭叫游仙亭，月圆的夜晚，就有仙人

第十章 民间与现代的融合：林兰童话改编原则及实例

来宴会。

一个仙人从怀里掏出个葫芦，开口说："葫芦瓶碌一碌，酒菜发一桌。"

只听见咚的一声，饭菜的香味四处弥漫。小武还没吃晚饭呢，使劲耸了耸鼻子，一阵风似的下了楼。

"给我一些吃的吧。"小武跳出来喊道。

仙人们不提防吓了一跳，慌慌张张地跑了，留下一桌子美味和一个好看的葫芦。小武大吃一顿，吃饱喝足，抱着葫芦瓶上楼去睡。第二天天一亮，小武欢欢喜喜跑回家。

小文看见小武回家来，心里很不痛快。小武却不知道他哥哥的坏良心，仍是笑嘻嘻地对他说："哥哥，昨天没吃着你的杨梅，今天让我请你一桌酒菜吧。"

"葫芦瓶碌一碌，酒菜发一桌。"

小武敲敲葫芦瓶，一桌子好酒好菜从窗口飞进来，把小文看呆了。吃罢饭，小文就偷偷跑到亭子里去等着，想替自己也弄个葫芦回来。

月亮露出云头，仙人们果然来了。

一个说："我们昨晚宴会，被一个小伙子跳出来，葫芦瓶都忘在这里了。"

另一个说："我们再好好找找。"

找来找去，就在阁楼上把小文给揪出来了。

"看呀！这不是昨晚那个小子么？我的葫芦瓶，一定是你给偷去了！"丢葫芦的仙人说。

"不是我，不是我！昨天那个不是我！"

小文说他没拿，仙人们哪里肯相信。

一个仙人说:"既然他不承认,我们每个人在他鼻子上捏一把就是了。"

于是七个仙人在小文鼻子上每人捏一把走了。那鼻子给他们捏得很长,一直拖到地上。

小文甩着长鼻子跑回家,关起门窗,哪儿也不敢去。

小武走了过来。

"哥哥,别发愁。我把葫芦还给他们,看他们有什么法子治好你。"

当晚,小武来到游仙亭。月亮照亮小亭,仙人们又来了,还谈起昨晚的事。

一个说:"昨晚那个人给我们捏得有趣啦!他的鼻子,给拔得这么长。"

一个说:"那可有什么法子能治好吗?"

第三个回答:"只要把我的葫芦,打他一下,叫他一声,他回答一声,这样的来七下,就可以完全好啦!"

小武听了都记在心里,仙人一走,他就跑回家对小文说:"哥哥,有办法了!我用葫芦敲你一下,叫你一声,你就回答一声。来七次,你的鼻子就可以复原了。"

于是小武敲起葫芦叫起哥哥来。

"小文——"

小文连忙回答:"哎——"

眼看着小文的鼻子一截一截缩短,到了第七下,鼻子完全变了回去。小文却说:"不够,不够,再敲一下,再敲一下!"

小武不肯敲,小文一把抢过葫芦,哪地敲了一下,自说自答起来:

第十章 民间与现代的融合：林兰童话改编原则及实例

"小文。"

"哎！"

话音刚落，小文那好好的鼻子，往里一缩，缩成了一个塌鼻子。

2. 狗耕田

按语："狗耕田"属于"得宝型"里的分家得宝故事，林兰童话收录异文颇多，包括18号《兄弟分家》、33号《两兄弟（一）》、34号《两兄弟（二）》、47号《三兄弟分家》、104号《兄和弟》，基本情节为：弟弟分家得到一只狗，狗会耕田，弟弟致富，哥哥倒霉。前三个故事进行改编之后，都由幼儿园老师在中班和大班讲述。相较而言《兄弟分家》情节最为简单；《两兄弟（二）》"狗死后变化"的情节层出不穷，想象奇特，但是"吃豆放屁"的情节更适合私下场合；《三兄弟分家》中主要人物还是两兄弟，弟弟分家所得除狗之外还有猫；而《两兄弟（一）》增添了"虱子换狗"和"打赌致富"的情节，尤其受欢迎。所以，此处选用的改编稿以《两兄弟（一）》为主要参考。（33号原文见附录三2）

王老头死了，大儿子阿大对弟弟阿二说："我们分家吧。"

说是分家，其实全由阿大说了算。因此阿大得了好屋好田，还霸占了牛。阿二什么也没分到，就从床底下捉了一只虱子离开了家。

阿二每天牵着虱子在村里流浪。有一天，他坐在别人家门口休息，放虱子在地上爬。屋里走出一只大公鸡，冲上去，把虱子啄死了。阿二放声大哭，屋里主人听到了，赶忙出来问：

"你怎么哭得这么伤心啊？"

阿二站起来，带着哭回答：

"可恨！你家的鸡，把我的大虱子活活吃掉了！"

"哦！原来是个虱子。"

主人见他可怜，让他把鸡牵走。阿二也愿意，将绳子绑在鸡脚上。

阿二牵着鸡在街上闲走，经过一个大户人家，在他家门檐下休息，放公鸡踱来踱去。从里面跑出一只大黄狗，一张口，把鸡咬死了。阿二心里一急，大哭起来。他哭得那么凄惨，惊动了屋里的老人家，那是一位慈眉善目的老人家，他走出来问：

"你这可怜的孩子，为什么在这里哭？"

阿二呜呜咽咽地说："你家大黄狗，活活咬死了我的鸡……"

"啊！原来是只鸡。"

老人家见他可怜，让他把狗牵走。阿二也愿意，将绳子缚在狗脖子上。

阿二牵着狗在街上走，狗跟着阿二，开口说话了：

"主人，我会耕田的。"

阿二于是把狗带到地主家。

"我的狗会耕田，跟牛一样好。"

地主说："我活了一辈子，从没听过狗会耕田。好！如果你的狗真会耕田，我就把这几亩田送给你。"

"你说话可算数？"阿二赶忙问。

"算数。算数。但要是你的狗不能耕田，你就得给我白干几年活。"

哪里想到阿二这狗真会耕田，而且比牛耕得还好，地主只好自认晦气，把田送给了阿二。阿二有了自己的田，赶着狗在田里耕作，狗服服帖帖，很会卖力。众人看了都很奇怪。

"阿二，这狗真能干！居然能耕田，但不知道能不能车水呢？"

"怎么不能？"

众人都不信，于是打起赌来。

这个说："狗要能车水，我送你木头搭房子。"

那个说："狗要能车水，我送你瓦片当屋顶。"

阿二就把狗放到水车上，狗踏上水车，身子一扭一扭地车起水来。看得大家都呆了。

"稀奇，真稀奇！搭房子的东西我们给了。"

于是阿二得了木头和瓦片，在空地上建起屋来。

俗话说，话没脚跑千里。村里出了这么怪的事，阿大能不知道吗？他心里嫉妒起来，走到阿二家，对他说：

"弟弟，听说你的狗会耕田。最近田里忙得很，我家的牛病了，你的狗借我几天可好？"

"可以可以。"阿二还当阿大是哥哥，让他把狗带回家。

再说这阿大，狗到了他家里，也不给它吃，也不给它喝，就叫它去耕田。狗站在那里不肯动，一个劲儿地对着他狂吠。阿大大发脾气，抡起棒子在狗身上不住地打，可怜这只忠实的狗，哪里经得起这样的虐待，没几天就给活活打死了。

阿大把狗埋路边了。

这伤了阿二的心，他跑到狗坟上去哭，哭着哭着坟上长出一棵树来，树叶落在阿二脚边，变成了许多金银珠宝。阿二拾了用衣服包回去。

阿大听说这事，也跑去树下哭，一边哭一边狠命地摇着树干。树叶纷纷落下，变成许多毒蛇和蜈蚣，在他身上又咬又啃，差点没把他咬死。

阿二靠着树上的财宝娶了媳妇，诚实地过起日子来，过得一天比一天好。

3. 燕子的礼物

按语：本篇改编自林兰童话43号《砍桂的故事》，属于"得宝型"里的施恩得宝故事，和前面两个故事一样，都有善恶对比的人物和情节。然而这一篇有它独特的风貌，尤其是对燕子送来的种子的幻想和泼皮孩子月宫砍树、雄鸡来啄的段落。改编的时候，主要对幻想的细节做了更新，使之更贴合当下儿童的生活和喜好。比如，原文中好孩子剖开黄瓜之后，看到的是黄金和白银，此处改为"一辆大火车呜呜地开了出来，一节车厢装满金巧克力，一节车厢装满银水果糖"；原文中坏孩子的黄瓜里走出来一位"公人装束的老翁"，此处改为"笑欣欣的老翁"。这些细节不影响故事的走向，可以随时根据情况变化，以引起听众的兴趣和想象。（43号原文见附录三3）

从前有一个好孩子，他很爱惜小动物。

一天他在野外发现了一只跌伤了的小燕子。小燕子对着他唧唧啾啾地叫着，悲惨地拍打着折断的翅膀。好孩子可怜小燕子，把它好好地带回家，小心地给它包扎，喂它水和米。过了几天，小燕子身体养好了，对好孩子点点头，拍着翅膀飞走了。

不久，小燕子又飞回来，嘴里衔着一粒黄色的瓜子来给他，他便把它种在花盆里。

风来了，雨来了，瓜子发芽了，瓜苗长成瓜丛了，瓜丛结出黄瓜了。

黄瓜成熟以后，好孩子把它摘下来。剖开一看，一辆大火车呜呜地开了出来，一节车厢装满金巧克力，一节车厢装满银水果糖。

第十章 民间与现代的融合:林兰童话改编原则及实例

大家听说了这件稀奇事,都称赞好孩子的善良。邻居的一个泼皮孩子,看得眼红了,竟然垂涎三尺。心想,养护了一只小燕子,就有这样的美事,太容易了。因此便偷偷地把房檐前面的燕子狠狠地打伤一只,胡乱给它包扎,胡乱喂它点儿水和米。燕子好了以后,也衔一粒瓜子来给他,他也把瓜子种在花盆里。

风来了,雨来了,瓜子发芽了,瓜苗长成瓜丛了。瓜丛里,也结出一个黄瓜。

泼皮孩子喜欢极了。可是剖开以后竟令他吃了一惊。里面走出来一位笑欣欣的老翁。他对坏孩子说:"好残忍的泼皮孩子啊!好!你喜欢好吃好玩的,那么,就跟着我来吧!"

老翁牵着泼皮孩子,踏上了瓜叶。说也奇怪,瓜茎噗地长到天上,瓜叶变成了叶梯子,他俩一步一步地登上去,下面的瓜叶就一段一段地枯萎。

不多时,走到了月亮里。悠扬的仙乐声中,仙女在飞来飞去,到处都有好吃的,到处都有好玩的,泼皮孩子心花怒放。

玩了一会儿,他便向老翁请求让他回家。

"哦!你要回去?可以。把这棵桂花树砍倒,就叫你回去。"老翁说完递给他一柄银斧子。

泼皮孩子最喜欢搞破坏了,他拿着银斧子欢欢喜喜跑到桂树边一瞧,原来树上挂满了黄的白的糖果。他想,要是这棵树被我砍倒,我要带回家,吃它一辈子。他狠狠地砍了一斧子,树"咔嚓"裂了一口子。哎哟!屁股给什么咬了一下。他转身一看,是一只银白的大公鸡。他气死了,狠命地追着那只公鸡。

追了一圈,来到桂树下,那道裂痕又没有了。他再用力劈了一斧子,又被公鸡啄了屁股。他去追了一圈,桂树上的裂缝就又长好了。这样来来去去，桂树连一些裂缝都没有，更别说砍倒了。

那个泼皮的孩子啊，一直到现在，还在砍着那棵桂树。在晴朗的夜空里，你总可以望见月亮里面有很多模糊的树影和人影，那便是泼皮孩子在砍桂树。

4. 葫芦开山

按语：此篇改编自林兰童话91号《南蛮子故事之一：葫芦开山》，属于"失宝型"里的"宝物的失去"故事。如第六章所言，这类故事都以农民为叙述主体，透露了农耕和商业两种文化心态的冲突，深层则触及自我迷失的处境和缘由。但儿童听故事的乐趣主要在于对葫芦神通的期待，以及山打开之后神奇景象的叙述。本篇依然从农民的角度讲述故事，强化了农民的勤恳和对美好生活的向往。原文中农民因为不耐烦摘下葫芦而损伤了神通，则改为农民因为好奇和担心意外导致葫芦只能开一次山。儿童听故事，较易认同故事的主角，并把认同转化为自我经验和人格的一部分，所以，针对原文中对主要人物形象处理得较为草率之处，做了一些修改。（91号原文见附录三4）

在连绵的群山中间，有一座山，名叫钓盘山。钓盘山下有一座茅草房，房子里住着小五两口子。他们在山沟里种田，在院子里种菜，勤劳地过着小日子。

一天，小五家丝瓜架下钻出一棵幼小的葫芦苗。碧绿的叶儿，翠黄的小花，不久，结出一个小小的葫芦，耷拉在竹篱外。

"咱没种葫芦啊。"

"多半是麻雀衔来的葫芦籽。"

小五和他老婆瞅了瞅，并不放在心上，照常一个去田里种地，另一个回院里浇菜。

村里的农夫打葫芦旁边经过，哼着小曲儿过去了。

孩子们打葫芦旁边经过，打着呼哨过去了。

姑娘们打葫芦旁边经过，俯身摘一朵野花戴在头上，轻摆着衣裙过去了。

没人注意到这小小的葫芦。它实在太平凡了。果园里小路边，这种东西到处都是。

篱笆外的小葫芦一天天悄悄地长大。

一个外地来的商人从山下经过。

"什么东西在发光啊！"

他山前山后，山上山下跑了个遍，最后走到葫芦跟前，高兴得不知如何是好。一会儿搓搓手掌心，一会儿跪下来磕几个头，一会儿口里叽里咕噜，不知说些什么。

"你不会在对我家葫芦说话吧？"

小五背着锄头从地里回来，看见他这样，笑得合不拢嘴。

"葫芦卖给我吧。我出一百两银子。"

小五以为自己听错了，合不拢的嘴巴张得更大了。他盯着自家葫芦仔细瞧了瞧，又瞧了瞧陌生人，不由得搔起头来。

商人以为他嫌少。

"两百两？三百两？四百两？再不行……五百两！"

小五想，这葫芦不能是什么宝贝吧？管它是什么宝贝，卖五百两也算是天价了。

"好吧，就卖给你。"

小五伸手去摘葫芦。

"摘不得！摘不得！"

商人赶忙拦住小五。小五纳闷了。

"摘不得？你要怎么拿走？"

商人耐心地解释给他听：

"这葫芦要长七年，先后变成红、橙、黄、绿、青、蓝、紫，七种颜色。一旦变成紫葫芦，那就了不得了。"

"怎么了不得啊？"

商人凑到小五耳边，低声说："能把山打开！"

小五点点头，心里却想：开山做什么呢？弄不明白商人的脑瓜是怎么回事。

"那我连根挖起来给你。"

小五推开篱笆走进去，正准备抡锄头，商人慌忙拉住他，解开包袱。小五一看，我的天，里面藏着白花花的银子呢。

"这一百两银子你先拿去。听我说，葫芦根不能动，移植起来恐怕不好养活。你帮我好好照料这棵葫芦，千万别出什么差错！等满了七年，剩下的四百两就归你了。"

小五两口子得到这一百两银子，高兴得几天没有睡好觉。从此以后，每天搬个凳子坐在葫芦藤下，守着这葫芦。风啊，雨啊，都不介意。

一年过去了，葫芦一点儿也没变化。小五两口子想，商人是不是搞错了，普普通通一个葫芦嘛。

一天，商人又出现了。

"哎呀，怎么回事？怎么还没变成红葫芦？"

小五老婆说："我们不敢偷懒。天天守着它，刮风下雨都不敢怠慢……"

商人听她这么一说，顿时明白过来。

"你天天看着它,它哪里还好意思长呢?"

葫芦还有不好意思的?小五和他老婆有些不相信,但还是去买了一块红绸布,将葫芦围了起来。每天只是在它下面坐着,不敢多看。

过往的人们见小五两口子天天守着个葫芦,没事就拿他俩寻开心。

"小五,你守一辈子呢。我看这葫芦会下蛋。"

"呵呵!没准还是金蛋!"

"小五,这葫芦难不成是你闺女?"

"呵呵!还蒙上红绸布,等着出嫁呢!"

小五和他老婆心里想着那几百两银子,也不搭理他们,只管尽心尽力地替商人做那看守的工作。

又一年过去了。

他们不再耕种地里的作物,也不再打理园里的蔬菜,园子里长满了杂草,只有这棵葫芦藤碧幽幽地生长着。

"这葫芦也不知长什么样了?"小五老婆有些好奇。

"要不……咱看看?"小五有些担心。

他们一圈一圈撤下红绸子,哎呀,那葫芦还真的变成了红葫芦。从来没有见过这么好看的红色,就跟从彩虹上取下来的一样。小五两口子都看呆了。

一只蜜蜂嗡嗡叫着落在葫芦上,葫芦轻轻晃动了一下。

小五和老婆赶紧拿手去赶,这儿一挥,那儿一摆,蜜蜂却怎么也不肯走。小五拿了一把蒲扇出来赶,扑哧扑哧扇了几下,不料用力过猛,打断了葫芦枝。

葫芦落了下来。虽然没摔坏,也没法重新挂上枝头了。

小五和他老婆互相看了一眼,唉声叹气,抱着葫芦回到屋里。

没指望了!……

本来以为守着葫芦就守住了好日子,现在银子没有了,田地荒芜了,锄头也生锈了……

"好在冬天刚刚过去,咱除草翻地还来得及。"

第二天,小五重新拿起锄头下地去。

几个月后,当商人在田埂上撞见小五,那惊讶和不满就甭提了。

"小五,你不在家里给我看葫芦,怎么跑到这里来了?"

小五摸了一把额头上的汗水,一撒手,汗珠子雨点般洒落在泥土里。

"跟我来吧。"

小五领着商人往家走。一路走,一路将葫芦的事情说给他听。商人心疼得一根筋一根筋地跳。

"哎呀!只能开一次山了。我的金子啊,数不完的金子啊……"

他心里这么说,但也没办法可想。

商人拿了红葫芦,带着小五来到钓盘山北面。他俩剥开杂草往北走,走到一个石头人跟前。

商人开口念道:"石人啊石人,快快给我打开山,打开地下的金殿子。"

商人念完用红葫芦在石人头上一打,山轰的一声,飞沙走石地裂开了一个大坑。

"小五,帮我拿着这红葫芦。千万别再敲打石人头,一敲山就合上了。等我出来啊。记住了,等我出来。"

商人把葫芦交给小五,自己顺坡下到地底。

地下一切都是金子做的:金老娘儿,正在那里赶着金马,用金磨子磨金豆子呢。金豆子一屋子一屋子的。

商人蹑手蹑脚地走到金殿旁边的屋子里，装了满满一布袋金豆子。

他还不满足，将布袋搭在肩上，走到金殿上，就要去解金柱上拴的金马驹。

"我看着你呢。难不成你要在我眼皮子底下牵走这匹马？"金老娘瞪大了眼。

"啊？……嘿嘿……"商人看了金老娘一眼，牵下了马，一边笑一边走。

金老娘怒了，同他厮打起来。里面才一会儿，外面已经过了一夜。

小五等得睡着了，醒来不见商人的影儿，往里喊也没有人回答，心想，这商人走了也不告诉一声，就拿葫芦唰地敲了石人头一下。

金钓盘山轰隆隆合上了。商人还在里面和金老娘抢那匹金马呢。

5. 找幸福

按语：本篇故事属于"考验型"之成婚考验类，林兰童话收录此类"找幸福"故事异文多样，由于60号《金万两》所述途中遇到的问题典型有趣，且"问三不问四"的难题设置颇具悬念和意味，故以此篇为蓝本。"找幸福"故事有一个庞大的家族，家族的子子孙孙横跨欧亚大陆，有的叫"找好运"，有的叫"西天问佛"，还有的叫"三根金头发"；促使主人公离开家的问题个个不同，有的为了弄清楚书上某句话的意思，有的因为想不明白为何自己会由富而入贫，有的是为娶有钱人家的小姐去寻宝，还有的是因为邻居偷了家里的鸡苦于没有法子……为了一个问题而出发去寻找答案,浪漫而富有探索精神。促使主人公出发的最初问题不论多么具体,多么琐细,最后都引导他踏上人生幸福之途,所以,此处开头即明意:阿福要出门去寻找幸福。(60号原文见附录三5)

  从前,有个男孩,名字叫阿福。
  阿福长到十八岁,对妈妈说:"妈,我要出门去寻找幸福!"
  妈妈见他打定了主意,就帮他准备好行李,祝福了他。然后他就出发了。
  阿福为了找到幸福,不怕口渴,也不怕肚饿,一直朝前走啊走啊,不知走了多少天,也不知走了多少路。一天,来到一位老爹爹家。老爹爹问他:
  "小伙子,你打哪里来,要到哪里去呀?"
  阿福说:"我从家里来,要到远方去寻找幸福。"
  老爹爹听说赶紧叫来他家姑娘。这姑娘大眼睛,高鼻梁,辫子乌黑又发亮,笑着对阿福点点头。
  老爹爹握着阿福的手,对他说:"我这个女儿,心灵手巧又漂亮,可是二十岁了还从没开口说过话。你到远方去啊,要是遇上松树下的老人,帮我问一下,这到底这么回事呢?"
  阿福说:"好的,好的,我会帮你问的。"
  于是他继续往前走,为了找到幸福,不怕山高,不怕水深,一直朝前走啊走,不知翻过多少山,不知蹚过多少河。一天,来到一条溪水边,水流哗啦啦,漩涡呼噜噜,看上去能一口把人吞下肚。
  阿福正着急,忽听山上有个声音在叫唤:

第十章 民间与现代的融合：林兰童话改编原则及实例

"阿福哥！你这是干什么去呢？"

阿福一看，一条大蟒蛇挂在山顶一棵大树上。

"我去找幸福。"

蛇听了从大树上下来，游到阿福脚底下。

"如果你见到松树下的老人，请你帮我问一问：怎么我好好地修了一千年，还不能变成龙，飞到天上去呢？"

"好的，好的，我会问的。"阿福说，"只是我渡不过这溪水，怎么办呢？"

"没事没事，我驮你过去。"

蛇挺起胸脯，驮着阿福，安安稳稳渡过了溪。

于是阿福继续往前走，为了找到幸福，不怕脚疼，不怕腿酸，一直朝前走啊走，不知吃了多少苦，不知受了多少累。一天，走进一个果树园。

果园主人问他："小伙子，你匆匆忙忙要到哪里去啊？"

阿福说："我找幸福去啊。"

果园主人央求他说："那么，你迟早会遇见松树下的老人，到时候，请你也帮我问问看：我园里有一棵果树，长了二十年，怎么连个果子都不结呢？"

阿福说："好的，好的，我会问的。"

于是阿福继续走，为了找到幸福，不怕吃苦，不怕受累，一直走了三年零三个月，来到一座高山上，遇见了松树下的老人。

"小伙子，说出你的问题吧。不过，这里有一个规矩叫'问三不问四'，你只能问三个问题。"

三个？阿福想，哑姑娘、溪边的蛇和果树，刚好三个。自己还有一个，怎么办呢？他想了想，三个就三个吧。

于是他问老人:"我遇见一户人家,他们想知道,为什么女儿二十岁了还不会说话。"

老人说:"遇见心爱的人,她就会说话了。"

"我还遇见一条蛇,"阿福接着问,"他修了一千多年,还没变成龙,这是为什么呢?"

老人说:"它头上有七颗夜明珠,让他摘掉六颗,就可以变成龙了。"

阿福点点头,问出了第三个问题:"我还遇见一个园主人,他有一棵果树二十年不结果子,这又是怎么回事呢?"

"树下埋着七大缸金子和七大缸银子,把金子和银子挪开就会结果子。"

回答完最后这个问题,老人化作一道金光,不见了。

阿福没有问出自己的问题,但他觉得能帮别人问也挺好。

于是阿福满意地往回走。当他遇上了园主人,说出老人告诉他的话,园主人立即松了泥土,扒开来一看,下面金子银子直晃眼。

挪开金子银子的一瞬间,枝头的花就结出了果子,一眨眼,果子就大了,红了,挂满了枝头。

园主人将一半金银送给阿福,又摘下最大的果子给他尝。那果子每一口都甜丝丝的。

阿福吃着果子继续往回走。来到溪水边,大蛇正在岸边伸长脖子等着他。

"我的问题问出来了吗?"

"问出来了,你头上有七颗夜明珠,摘下六颗就能变成龙。"

大蛇一边摘下夜明珠,一边说:"这些珠子送你吧。"

现在大蛇只剩最后一颗珠子了,它长出了峥嵘的龙角,闪光

第十章　民间与现代的融合：林兰童话改编原则及实例

的鳞片，拍打着尾巴，飞了起来。

阿福骑着龙飞过了溪水。

最后，阿福来到哑姑娘家，把松下老人的话告诉她家人。

"遇到心爱的人，她就会说话。"

哑姑娘走了进来。

"哟！阿福哥！你回来了，我爸托你的事怎么说啊？"

说得阿福飞红了脸，说得老爹乐开了花。

姑娘就这样跟着阿福回家去。阿福就这样把幸福带回了家。

6. 百鸟衣

按语：此篇以林兰童话32号《龙女》为蓝本改编，属于"考验型"里的成婚考验类故事。故事反映了往昔穷苦的光棍对于理想妻子的幻想，以及由此而发展出的对权力的狂想。无所不能的美丽女子，在故事中其实不过是欲望的对象，缺乏足够的主体性。孩子们在听的时候，并不会注意到这些，他们为少年的遭际而心情跌宕，为龙女的法术而着迷，为国王的蛮横而愤怒，可以说，故事的情节牢牢抓住了他们。但是在改编的时候，仍要尽量顾及龙女的主体精神，所以，在龙王把龙女当作礼物送给少年时，龙女的态度被考虑进来。（32号原文见附录三6）

从前，有一位爱音乐的少年。一个宁静的夜晚，他在海边吹箫，海龙王听见了，就派一个巡海夜叉把他请到海里去吹。小伙子来到龙宫，天天给大家吹箫。龙宫里的虾啊蟹啊，因为爱听他的音乐，个个成了他的好朋友。

一天，海夜叉向他建议："你走的时候，龙王一定要重谢你。你什么礼物都别要，只要他身边那只小白狗。"

小伙子离开的时候,龙王果然在他面前摆满了宝贝。他按海夜叉说的,一件也没要。

龙王为难了:"这些都不中意吧,那你喜欢什么呢?"

小伙子看了眼龙王身边的小白狗,没说话。

龙王明白了:"你是想要这只小狗啊!"

小白狗摇了摇尾巴,表现出高兴的样子。

龙王也喜欢这位少年音乐家,就把小狗送给了他。

小伙子抱着小白狗来到陆地上。小白狗扑地一滚,变成一位水灵灵的大姑娘。原来小白狗就是海龙王的公主啊。

龙公主跟着小伙子一起走。走到天黑,来到一个大湖边。

龙公主说:"我们就在这里造起房子来。"

小伙子笑了:"没人没钱怎么造?"

龙公主也笑了:"不用愁,你去睡吧。"

小伙子一觉醒来,一幢四四方方的大院子就在他眼前站着呐。龙公主拉着小伙子走进去,俩人成了亲,快快乐乐生活在一起。

宰相打那里过,看见这座院子。心想,这里前几天还啥也没有,怎么现在却冒出这么大一户人家?于是,奏明了国王,把小伙子召了去。

国王命令小伙子:

"既然你本事这么大,给我造一座宫殿,要最气派最漂亮的。三天之后就要有,否则,砍掉你的脑袋!"

小伙子哪敢不办?回去告诉给龙公主。

"这好办。"龙公主说。

她拿出一张纸,画出许多大房子。噗地吹口气,说声"变!"扑啦啦,白玉砖头琉璃瓦飞出来,堆成了一座像模像样的宫殿,把国王看得目瞪口呆。

国王又对小伙子说："再给我变些兵马来。三天之后就要有。否则,砍掉你的脑袋!"

小伙子回去告诉给龙公主。

"这不难。"龙公主说。

她拿出一张纸,剪出了许多小纸星。轻轻吹口气,小纸星飘过窗户,飘到新造的宫殿里,一半变成兵,一半变成马。国王见了又是目瞪口呆。

"你这本领哪里来的?"国王问。

"是我妻子变出来的。"小伙子答。

"把你妻子接到我宫里来吧。"国王说。

龙公主听说了,把小伙子拉进屋里,低声嘱咐道:

"别担心,我就去一趟。我走以后,你用一百种鸟的羽毛做一件大衣,穿上它到宫门外叫卖。国王会请你进去,如果他要你的百鸟衣,你就要他拿身上的龙袍来换。"

龙公主说完,坐上轿子离开了。

小伙子忍着悲伤,按照妻子的嘱咐,天天去森林里猎鸟。猎了一年,终于凑足了一百种鸟羽,缝好一件百鸟衣。

小伙子穿着羽衣,挑上担子,直奔皇宫。

龙公主进了皇宫,国王每天变着法子讨好她,她呢,连一句话也不肯说,一个微笑也没有。一朵鲜花不肯开放,国王也只有干着急。

这天,国王在宫里玩乐,她依然不言不语,没有好脸。忽然有人在外面叫卖,龙公主一听就知道她的小伙子来了,笑得比什么都好看,看得国王眉飞色舞,大声喊道:

"把叫卖的人带进来。"

穿着百鸟衣的小伙子走了进来。

这件百鸟衣,你说它好看吧,鸟羽长短不齐,针脚歪七扭八;说它不好看吧,最美的颜色和最美的花纹都在那里缀着呢。

龙公主指着百鸟衣笑出了声,笑得比什么都好听,听得国王心花怒放,对小伙子喊道:

"你身上的衣服卖给我吧。"

小伙子摇摇头:"我只卖大葱。"

国王真想砍掉小伙子的脑袋,但他怕龙公主不高兴,只好说:"卖给我吧!"

"你肯拿身上的龙袍来换吗?"小伙子问。

国王看看龙公主,龙公主点点头,又一笑,国王就什么都肯换了。

国王脱下龙袍,抛给小伙子,自己穿上了百鸟衣。

"你穿上这件百鸟衣,到外面去叫卖一回,不是更有趣?"

国王听龙公主这么一说,就挑起扁担,走到宫门外去叫卖。

国王叫了一圈,回到宫中傻了眼。小伙子有模有样地坐在龙公主身边——他的皇位上。

龙公主指着国王对士兵说:"把这个卖大葱的赶出去!"

抢人家妻子的国王就这样被赶了出去。

小伙子和龙公主在自己建造的宫殿里住下来,幸福地过了一辈子。

7. 三姐嫁蛇郎

按语:此篇以林兰童话28号《菜瓜蛇的故事》为蓝本,三姐过门时"金门槛,银门槛,叮叮当当响"那段对话则来自29号《蛇郎精》。蛇郎故事的主人公实际上是作为女性的三姐,这类故事讲述了女性由少女成长为妻子的内心戏剧,是中国民间童话中少见的具有女性意识的篇章。为了突出这一点,题目改成了《三姐嫁蛇郎》。(28号原文见附录三7)

从前,有个老爹爹,家里有三个女儿。

一天,他去山里打柴,遇上一条菜瓜蛇。

菜瓜蛇说:"我要吃掉你。"

老爹爹哭道:"你吃了我不要紧,可是我家里的三个女儿一定要饿死了!"

菜瓜蛇听了,说:"原来你家还有女儿,给我一个做老婆,我就不吃你。"

老爹爹回家,把这事告诉大姐。

大姐说:"宁可吃掉老爹爹,也不嫁给菜瓜蛇。"

老爹爹又问二姐。

二姐说:"宁可吃掉老爹爹,也不嫁给菜瓜蛇。"

善良的三姐听见了,对老爹爹说:"宁可嫁给菜瓜蛇,不叫吃掉老爹爹。"

第二天早上,三姐起来,洗脸、梳头、戴上红头花、穿上红嫁衣,坐着花轿颠呀颠呀颠到大路边,叫菜瓜蛇给接回家。

走过门槛,三姐听到一些声响,问:"叮叮当当什么响?"

菜瓜蛇道:"金门槛,银门槛,叮叮当当响。"

走进卧室,三姐又听到一些声响,问:"叮叮当当什么响?"

菜瓜蛇道:"金帐钩,银帐钩,叮叮当当响。"

三姐到了菜瓜蛇家,真跟到了天堂一个样。

两口子和和美美过日子。过了半年,三姐想要回家看看。

菜瓜蛇说:"你不认识路,我带你去。"

菜瓜蛇一边带路,一边往路上撒芝麻。送到大门口,菜瓜蛇对三姐说:

"等到芝麻开花,你就沿路回家。"

三姐回到家,大姐二姐一看都红了眼,她们的小妹妹头上金花银花,身上绫罗绸缎,出落得比以前更漂亮了。

大姐深悔当初没嫁给菜瓜蛇,把三姐拉在一边,悄悄说:

"妹妹,我们来照照镜子比比谁更美。"

这一照不要紧,简直把大姐气死了。她一脸麻子,既粗又丑,被三姐甩出去好几条街。

大姐不服气,又说:"我们到河边去照镜。"

到了河边,大姐说:"你头上戴的,身上穿的,都是好东西,我自然比不过了。把你的东西给我穿起来戴起来,我们再比比看。"

三姐将衣服首饰除下,给她大姐。大姐得了这些东西不去照河,将三姐一把推入河中,回家却说妹妹不小心落水淹死了。

芝麻抽芽了,芝麻拔高了,芝麻开花了。

大姐穿上三姐的衣服,戴上三姐的头花,沿着芝麻小路来到菜瓜蛇家。

菜瓜蛇老远看见大姐,是三姐的衣服三姐的头花,怎么身材面貌有些不像呢?

"你的脸怎么花了?"菜瓜蛇问。

"在麻袋上睡花了。"大姐答。

"你的手怎么粗了?"菜瓜蛇又问。

"我拉磨拉粗了。"大姐答。

"那你的脚怎么大了?"

"舂米舂大了。"

菜瓜蛇听了她的话，信以为真，便不再问，把大姐迎进家中。

一天清晨，大姐坐在窗前梳头，树上飞来一只黑毛小鸟喳喳叫道：

"大姐，大姐，羞羞！梳我的梳子，梳狗头！照我的镜子，照狗脸！"

大姐知道是三姐变的，心中恼怒，拿木梳子向小鸟一扔，小鸟被打死，跌落在地上。大姐拾起小鸟，把它煮在罐里，等菜瓜蛇回家与他同吃。谁知小鸟到了菜瓜蛇嘴里，一口一口都是香喷喷的肉，大姐一吃，都变成硬邦邦的骨头。大姐知道妹子作怪，把剩下的肉和汤都泼在了门口。

第二天，门口长出一棵枣树，树上结满红枣。大姐打下许多枣，与菜瓜蛇同吃。菜瓜蛇吃的是又香又甜的枣，大姐一送进口都变成狗屎。大姐怒极，把枣树砍了，做成一根捣衣棒。

这根捣衣棒，捣起衣服来，菜瓜蛇的又整洁又干净，大姐的都破成大大小小许多窟窿。大姐气得咬牙切齿，把捣衣棒扔火里烧了。

隔壁叔婆听见那边噼噼啪啪响，跑去厨房里探看。只见火烧尽了，灰中露着一尊金烁烁的金人，便悄悄用衣襟兜了回去，藏在竹箱中。

从此，叔婆每天回家，一根根棉线都自动纺成了纱。房门依然关着，不能有外人进来，是谁干的呢？叔婆决定弄个明白。

一天，她装作出门去，却偷偷回来伏在窗下窥视。一阵窸窸窣窣，竹箱子打开了，从里面走出一个金人来，变成一位妙龄女郎，坐在纺车上吱扭吱扭地纺起纱来。

叔婆认得她是三姐，跑进去抱住她，大声喊："菜瓜蛇，快来看！你媳妇在这儿呢！"

菜瓜蛇和大姐都跑来了。菜瓜蛇傻了眼，虽然心里有些认得三姐，但有大姐在，哪个真哪个假，还是不敢断决。

叔婆说："我有个办法，都说结发夫妻，结发夫妻，头发能缠在一起，分不开的就是夫妻。"

三姐打开头发，菜瓜蛇也打开了头发，他俩的头发互相缠绕，怎么分也不分开。

"你也来试试。"叔婆对大姐说。

大姐硬着头皮打开头发，将菜瓜蛇的扯过来又缠又拧又打结，可是无论怎样都弄不到一起。

大姐哭哭啼啼被赶了出去，菜瓜蛇高高兴兴领着三姐回家去。

8. 老狼精

按语：此篇主要以林兰童话24号《老狼婆》为蓝本，关于"床下边有床神"的对话则取自20号《老狼的故事》。这类守家护院的斗争故事深受孩子们的欢迎，但是从林兰收录的这两篇和市面上的出版物来看，都保留了比较多的血腥残忍的句子，对于野兽吃人的描写太过于直露。林兰的两篇甚至讲老狼如何在野外吃掉孩子们的妈妈，妈妈如何大意透露了自家孩子的信息，特别不适合在安全感尚未建立的幼儿当中讲，因此在初次改编时便删去不用。而对于三妹妹由于不谨慎而被吃掉的情节，仍然用暗示的方式保留了。在幼儿园大班和中班讲过之后，发现孩子们对此并不满意。他们用小红帽的结尾，更改了结局。故事中老狼精敲门、半夜吃东西（三妹妹）和孩子们要溜出去时的三段对话，构成了一种语言上回旋反复的韵味，改编稿强化了这一点。又考虑到儿童的心意

第十章 民间与现代的融合：林兰童话改编原则及实例

和安全感需要保护，改编稿让三妹妹从狼肚子里出来以后，对半夜被吃的场景做了具有喜感的解释。(24 号原文见附录三 8)

从前，有一个地方，名叫七星庄。庄里住着张三嫂和她的三个女儿，大的叫葱，二的叫碟，小的叫不翻盏。

一天，张三嫂要去看望孩子她姥姥。临走前嘱咐三个女儿：

"葱、碟、不翻盏，妈妈不在家，你们关好门和窗，陌生人来了，千万别开门！"

三个女儿一起说："放心吧，俺们记住了！"

张三嫂走后，老狼精变成她的模样，来到她家门前。推门门不开，推窗窗也不开，便伸长一只前腿，拍了拍门环。

"葱、碟、不翻盏，都来给老娘开门哩！"

大女儿葱透过门缝一看，说："你不是俺娘，俺娘身上没那么多毛。"

老狼精辩解道："你姥姥给我一件皮袄子，我把它穿反了。"

葱没听它的，不给它开门。

二女儿碟透过门缝一看，说："你不是俺娘，俺娘没那么大手脚。"

老狼精辩解道："刚才路上摔了一跤，把手脚摔大了。"

碟没听它的，也不给它开门。

小女儿不翻盏一阵风跑过来："俺娘回来了，你们也不开门！"

门吱喽一声打开了。

老狼精进了屋。

葱搬条板凳，它不坐；碟搬把椅子，它不坐；不翻盏给它一个斗，它才坐下，把尾巴丢在斗里哗啦哗啦乱响。

"这是什么声音？"三个女儿问。

"在你外婆家捉了只小老鼠回来。"老狼精回答。

晚上，老狼精叫三个女儿同床睡，葱和碟不愿意，只有不翻盏跟它睡下了。

过了大半夜，大女儿二女儿睡不着，只听见老狼精那边"咯咘咘"嚼东西。

"妈，你吃什么？"葱和碟问。

"在你外婆家带来的红萝卜。咯咘咯咘……"

"叫我们吃点儿吧！"

"可不敢，你们吃了会肚子疼的。咯咘咯咘……"

停了一会儿，又听见老狼精那边"咕咚咚"喝东西。

"妈，你喝什么？"葱和碟问。

"在你外婆家带来几斤黄酒。咕咚咕咚……"

"叫我们喝点吧！"

"可不敢，你们喝了会晕的。咕咚咕咚……"

老狼精到底在吃什么？不会在吃她们的小妹妹吧！"这不是咱妈，这是一只老狼精。咱快逃吧！"葱和碟悄悄说。

她们商量好办法，大喊起来：

"娘！娘！我们要拉屎。"

"床下边拉去吧。"

"床下边有床神！"

"门后边拉去吧。"

"门后边有门神！"

"厨房里拉去吧。"

"厨房里有灶王爷！"

第十章　民间与现代的融合：林兰童话改编原则及实例

老狼精不耐烦了："那就去屋外边拉吧。"

葱和碟赶紧跑出去。

天已经有点儿亮了，她们跑到后院，爬上一棵榆树，放声大喊："东邻西舍快来呀，我家来了个老狼精，吃了我们小妹妹，还想吃俺姐妹俩。"

老狼精在屋子里听见外面吵吵嚷嚷，便跑出去，大吼道："上那么高干吗？快给我下来！"

葱和碟大声喊："娘！娘！快来看，七角琉璃星，八角琉璃井……"

"死小妮子们！叫我上去，叫我上去！"老狼精上不去，急得跳脚。

葱和碟又说："娘！娘！门后边有根大草绳，你拿了草绳，拴在腰上，我们把你拉上来。"

老狼精心想，好，死小妮子们，待会儿到树上，干脆把你两个都吃了。

葱和碟接住绳子，用力往上拉老狼。眼看快上去了，葱和碟一松手，绳子落地，把老狼精摔得头晕眼花。

"哎哟，把娘跌死了！"葱和碟同声说。

"不要紧，不要紧，再来一次，再来一次。"老狼精摸着屁股咬着牙。

葱、碟哼唷哼唷拉绳子。老狼精心说"这回你们跑不了了"。它高兴得太早了，才到半空中，绳子又松了，把它摔了个倒栽葱，栽在土里出不来了。

村里人赶到，哼唷哼唷拔出老狼精，七手八脚把它给绑起来。葱和碟盯着老狼肚子看了一会儿，喊起来：

"不翻盏在里面呢。不翻盏在里面踢腿挥拳头呢。"

这会儿大伙儿也看见了，老狼精肚皮上这里一下，那里一下，突突跳。

于是轻轻切开狼肚子。不翻盏从里面跳出来，连一根头发也没少。

葱纳罕道："夜里听见老狼精咯咘咯咘的，你没受伤吧？"

"没事，没事，那是我的豆子掉在他嘴里了。"

不翻盏从口袋里掏出一把豆，放在嘴里，嚼得咯咘响。

碟稀奇道："夜里老狼精咕咚咕咚的，你没受苦吧？"

"没事，没事，那是我的拨浪鼓卡在他喉咙里了。"

不翻盏从口袋里摸出一个拨浪鼓，拿在手上，摇得咕咚响。

大伙儿听了笑得稀里哗啦的。葱、碟松了口气，左边一个右边一个抱住不翻盏，紧紧地抱了好久好久。

9. 田螺姑娘

按语：此篇改编自林兰童话 119 号《田螺精》，属于"离去型"童话。这类讲述婚姻破裂、妻子离去的故事对于成年人来说，意味深长，余韵流转，别具一番风味。但孩子们并不这样想，当讲到田螺姑娘走了，家里留下一个孩子时，讲故事的老师问大班的孩子："故事讲完了，你满意吗？"孩子们一致表示不满意。"那要怎么办呢？""把故事讲下去。"对年幼的孩子来说，没有圆满结局的故事，就没有结束。恰巧田螺故事除了讲述离去的传统之外，还有讲述抗争的另一条发展脉络，此处将两个脉络融合为一，在"拾螺归养""螺女代炊""偷窥"的情节之后，糅进了"结婚遭妒""奇物斗强权"的情节。（119 号原文见附录三 9）

第十章　民间与现代的融合：林兰童话改编原则及实例

从前，有个年轻力壮的小伙子，名叫阿牛。阿牛没有父母兄妹，一个人在深山垦荒种地。一条清澈的小溪流过他家门前。小溪陪伴他长大，他也把小溪当作最亲的亲人。

春天，溪水汩汩地涌出，他用溪水浇菜，浇出来的菜和溪水一样甜；夏天，他织起竹篱笆，又用绿枝搭棚子，为溪水遮挡炎炎的烈日；秋天，风将树叶和黄沙吹落在溪水里，他将它们捞起，又拉开渔网护住溪水；冬天，溪水欢快的脚步变得低沉，好像在一点一点地消失，他小声对它说："明年春天又会涌出来，重新活蹦乱跳的。"

这样过了许多年，阿牛到了结婚的年龄，可是因为家里穷，住得偏僻，没有人愿意嫁给他。

一天清晨，溪水边浮动着绿沉沉的一层烟。阿牛跑近一看，嘿！好大一只田螺。他从来没见过这么大的田螺，拿回家里养在水缸中。

第二天阿牛醒来，坐在床上想：冬瓜烧肉，味道不错。走到饭桌前，真怪，那里可不放着一碗热腾腾的冬瓜烧肉吗？

他美美地吃了一顿。

中午干完活回家，他又想："红烧鸡腿，也很美味。"

回家一看，桌上放着的可不就是红烧鸡腿么？恐怕是神仙做的吧。他狼吞虎咽又饱餐了一顿。

到了夜晚，仍是如此，他想吃什么，回家就有。到底谁在替他做饭呢？

第二天，他悄悄躲在窗户外面往里看，看见水缸里跳出一位美丽端庄的姑娘，走到厨房灶上，替他烧起菜来。

阿牛走进去，到水缸里一看，只剩下一个空的田螺壳。他把它

藏了起来,走到姑娘跟前拦住问:

"你是谁?"

姑娘说:"我是泉水女神,因为你爱惜泉水,特地来给你做饭,报答你。"

阿牛喜出望外,和田螺里钻出来的姑娘成了亲。

县太爷听说穷山沟里一个小伙子,居然娶了位仙女当妻子,便打起了坏主意。

一天,他把阿牛叫到跟前。

"我听说有种东西叫祸斗,你去给我找来。找不来,我可要重罚你。"

阿牛想,祸斗啥玩意儿?上哪儿去找呢?就没听说世界上有这样的东西!越想越着急,回到家中,妻子见他愁眉苦脸的,问出是要这么个东西,便说:

"这个我家有,我去拿来。"

田螺姑娘去了一阵子,牵着一只毛茸茸的东西回来了。

"这不是狗吗?"阿牛纳闷了。

妻子说:"你别小看它,它嘴巴能吞火,屁股能喷火。"

阿牛点点头,放心地牵去给县太爷。

县太爷一看大发雷霆:"你好大胆!我要祸斗,你牵条狗来做什么?"

阿牛说:"它不是一般的狗,能吞火,还能喷火。"

县太爷叫人拿来一块煤炭,点着了,让祸斗吃。祸斗一口吞了下去,摇摇尾巴,喷出火来,呼呼作响。

县太爷一拍桌子,呵斥道:"我要这喷火的畜生干吗!快来人,把火灭了!"

第一个人拿了块破布来灭火,破布点着了;第二个人拿了把扫帚来灭火,扫帚点着了;第三个人拿了桶水来灭火,连水也点着了。不管是什么,一沾着祸斗就变成了火。这火烧起来呼呼啦啦,刮大风似的追着县太爷到处跑。

县太爷跑出这个县,再也没有回来。

阿牛回到山中,和田螺姑娘,伴着青山绿水,过上了幸福的生活。

10. 土地公公办傻事

按语:此篇改编自林兰童话2号《土地爷的故事》,属于"滑稽型"故事。滑稽的手法主要来自学样而不得法,改编时运用语言的重复来对比和强化情景的改变,突出滑稽效果。(2号原文见附录三10)

有一个地方,北边一座山,南边一座山。南山住着个土地公公,北山也住着个土地公公。他们住得偏僻,没有人来给他们送东西吃,饿得面黄肌瘦,十分可怜。

一天,山脚下的村童牵着牛经过南山土地庙。南山土地见了,计上心来,伸手在他身上摸了几下。

村童回到家里,浑身发烫,生起病来,病势来得十分凶猛。全家人又担心又害怕。忽然听见村童口里喃喃地说:

"我是南山的神仙,我来替你们治病。这个病啊,是山里的鬼魅作怪。你们去南山土地庙前,削一片樟树木头,回来煮了吃,病就好了。"

家里人一听,都知道是土地公公。村童爸爸依照土地公公的指示,去南山取了樟树木,煮给儿子吃。不一刻,病果真好了。

第二天，村童的家人办了猪、狗、牛、羊、鸡之类的美味，恭恭敬敬地送去给南山土地，好好答谢了一番。

南山土地看见这么多好吃的，乐得手舞足蹈，请北山土地来吃。

北山土地三步并作两步，屁颠屁颠地跑来了，看见一桌子丰盛的美味，直吞口水。

"哥哥！你真有福气！哪儿来这么多好吃的？"

南山土地说："一个人的命运不一定总是穷困，只要肯想法子……"

"哥哥！快说！快说！什么法子？"说话间，北山土地嘴巴里塞满了猪头肉。

南山土地把事情的经过详细地告诉北山土地。北山土地一句句记在心里，准备回去也学他的样儿，好享享口福。

恰巧那天有个牧童从北山庙前经过。北山土地去那牧童身上一摸，牧童顿时打了个寒噤，回家就病倒了。北山土地照南山土地的法子，借牧童的口说话。

"我是北山的神仙，我来替你们治病。这个病啊，是山里的鬼魅作怪。你们去北山土地庙前，削一片樟树木头，回来煮了吃，病就好了。"

牧童的爸爸赶紧跑到北山上。东找也没有樟树，西找也没有樟树。山前，山后，庙里，庙外都没有。

爸爸发愁了，忽然瞅见土地公公的塑像，心想：这土地公公不是樟木做的吗？等我削一片回去煮了。削哪里呢？总不能削脸吧？手也削不得。想来想去，只有削屁股。土地穿着宽大的袍子，屁股丢了没人会知道的。于是，牧童的爸爸小心地扯开土地公公的袍子，在他屁股上挖了个窟窿。

牧童吃了土地的樟木屁股，病一下子都好了。可是这一家和村童家不一样，他们穷啊，连自己吃的都没有，哪里还有多余的来酬谢土地呢？

这样的一个人家，北山土地也没法子可想。哎！什么都没吃着，反而吃了挖屁股的亏。

北山土地越想越气恼，心里怨恨起南山土地来。

"都怪南山土地，教给我这么个馊主意！"

于是，他拄着拐，一颠一颠地，走到南山庙来抱怨。

南山土地老远看见他这么走来，很是诧异。

"弟弟，你怎么变成这个样子？"

北山土地便唠叨起那些事来。哪知南山土地听了，一点儿都不同情，反而哈哈大笑。

"哈哈！你要使法儿，也应该看看是哪样的人家。这点都注意不到，难道连自己庙前有没有樟树，也不知道？蠢成这样，还埋怨谁来！"

11. 七个怪兄弟

按语：此篇杂取林兰童话35号《十一个粉做的人》、135号《怪兄弟》和137号《仙赐六兄弟》，糅为一篇。虽然属于逸出情节结构的"滑稽型"，但主干情节也颇为清晰，基本包括"神奇出生""兄弟接力对抗死亡考验""逃跑""偷吃的闹剧"。怪兄弟们身体怪诞，本领奇特，深受孩童喜爱。怪兄弟的故事不仅开发想象力，由于兄弟众多，各有各的本领和名字，也锻炼孩童的记忆力和应对力。考虑到心理学指出超过七的项目比较难于记忆，改编时将怪兄弟的数量确定为七个，再依据对主要情节的分析，挑出具有代表性的名字和本领构建故事。（135号原

文见附录三11）

从前，有一个女人，因为生不出孩子，她的婆婆天天骂她，她天天到桥上去哭。

一天，她在桥上哭，一位仙人打桥上过。

"这位阿嫂，你为什么坐在这里哭？"

"我结婚十多年，没有生过小孩，我的婆婆就骂我。"

仙人说："那么我送你七个孩子。这七粒药，你记得三年吃一粒。"

女人拿了七粒药，竟然一口气吞下肚。这下可好，一下子生了七个儿子。

一下子生了七个，养育起来多么困难，她的婆婆又是骂。

"不生呢，一个也不生；生起来，一生七个。又不是猪猡！"

她又到桥上去哭。仙人又来了，问她为什么哭。

"我拿了你七粒药，心想横竖不会生，干脆都吃了。好，我就一下生了七个儿子。婆婆因为不容易养活，又骂我。"

"不要紧，"仙人说，"我给他们每人取一个名字。这样，不必照料，他们自个儿就会长大，好不好？"

于是，这七个小子，个个都得到了好名字——老大叫长得高，老二叫跑得快，老三叫铁脖子，老四叫皮会松，老五叫烧不死，老六叫大鼻子，老七叫水眼睛。

自从有了名字，七兄弟见风就长，很快就长成了壮小伙子，而且像名字说的那样，各有各的好本事。

那时有个皇帝要盖五凤楼，三年还没有盖成。老大长得高跑去，三天就把楼盖到半空中。皇帝不高兴了。

第十章　民间与现代的融合：林兰童话改编原则及实例

"这人的本领太大了！不杀他，将来一定要爬到我头上去。"

长得高被绑起来送去砍头。

大刀刚要砍下去，老二跑得快背着老三铁脖子来了。

铁脖子说："杀我吧，杀我吧，我愿意替哥哥死。留着哥哥替妈妈做饭吃。"

长得高放走了。两个刽子手甩开大刀，一刀砍去，火星四冒，刀口卷到了刀背；又一刀砍去，咔嚓一声，刀口上缺掉一大块。铁脖子还在嘿嘿笑。

皇帝说："大刀杀不死，用五牛拉死吧。"

跑得快慌忙跑回去，喘口气工夫把老四皮会松背来了。

皮会松说："拉我吧，拉我吧，留着哥哥替妈妈捶背。"

铁脖子放走了。皮会松头上、手上、脚上各套一只牛，五条鞭子一起打，五头牛挣着腿向前跑。皮会松缩成一团，五头牛动也没法动；忽然一松劲儿，五头牛纷纷摔了跟头折了腿。皮会松还在眼睛一翻一翻地望着天呢。

皇帝说："五牛拉不死，用火烧吧。"

跑得快一眨眼工夫把老五烧不死背来了。

烧不死说："烧我吧，烧我吧，留着哥哥替妈妈揉肩。"

皮会松放走了。几千斤的柴堆起来，烧不死就捆在这上面。大火熊熊燃烧，烧不死在里面不吭声，等柴火烧尽了一看，烧不死还在打呼噜。叫醒他的时候，他说："怎么不烧了？我身上才刚有一点儿暖和。"

皇帝火冒三丈，咬牙切齿地说："那就把你全家都捉来处死。"

跑得快听说要杀全家，背起烧不死就往家里跑，一路跑一路喊："皇帝要杀我全家了，兄弟们快背着妈妈逃啊！"

一家人逃到大江边，皇帝的军队还在绑腿穿鞋子呢。

长得高把大家背过江。

兄弟们说："跑饿了。"

长得高就去海里摸了两条大鱼。

兄弟们说："没柴火。"

烧不死就从衣服里掏出两根烧焦的木柴，砍砍劈劈，足有一牛车。

他们烧起鱼来，让老六大鼻子看着锅，老七水眼睛添柴火。

大鼻子是很贪吃的，鲜鱼的香味钻到他鼻子里，馋得他流口水。于是揭开锅盖，鼻子一嗅，两条大鱼就嗅到肚子里去了。

水眼睛看见自己费了老大力气，鱼肉却被哥哥吃去了，委屈得淌下了眼泪。他这一滴泪滴到地上，立即变成了汪洋大海。长得高忙把妈妈背了起来，别的人都在水里大喊救命。

亏得大鼻子在水里哼了一根鼻涕，在那汪洋大海中哼出了一条大路。七个兄弟领着妈妈，就从这条鼻涕路走到天上去了。

结　　语

林兰编民间童话丛书产生于20世纪20、30年代周作人、赵景深等为追求"人的（尤其是儿童的）自由和完备"而创立的童话理论背景之下，其本身即是新文化运动的一部分。由于忠实地记录了中国的民间，林兰民间童话不仅表现出原始思维与农耕文化相融合的特色，也潜藏着由农耕文化而面向现代的向度。通过将林兰童话视为研究中国文化与现代性问题的资源，通过对其进行情节结构分析和类型构拟，通过在文化转型与文化冲突中思考原始成人仪式的意义关怀并将其转化为现代性话语，林兰童话所蕴含的本土性与现代性经验和问题得到了更为清晰的阐述。

林兰"得宝型"童话对应着成人仪式中赠予宝物的环节，通过将宝物赠给即将成人的青年，他也就被赋予了神性的光辉和能力。围绕着宝物，童话和仪式塑造了文化所嘉许的人类形象。在俄罗斯童话和格林童话中，主人公往往因为表现出勇武和机智而得到宝贝，普罗普将相关行动项命名为"考验—反应—获得"[①]。相较而言，林兰童话中"考验—反应"要素则显得模糊，能否得到宝物

---

① 〔俄〕普罗普：《故事形态学》，贾放译，北京：中华书局，2006年11月，第36—46页。

取决于角色是否值得同情，且值得同情的弱者往往等同于善良的人。也即是说，西方童话爱将宝物赠给有行动能力的人，林兰童话则爱将宝物赠给善良的弱者，表现出尚力的游牧文化与崇善的农耕文化的差异。但这种差异并非是泾渭分明的，善良和同情从终极意义上来说，也是力量的表征，甚至是赠予发生的最初推动力。更值得注意的是，无论中西，童话都偏爱神奇之物，它是人类智慧的创造，通过它人类为自己创造了一种传承德行与力量并使之神圣化的方式。由于德行和力量不是属于特定的某人，而是系于宝物之中，那么通过与神圣的赠予者取得联系，人类便可以一次又一次地获得它。而获得宝物的人，才能获得幸福而完备的人生。童话反复述说这样一个"公理"，表达了与神圣赠予者和神圣之物取得联系——换言之，即进入神圣空间——的重要性。

"失宝型"童话都以宝物的失去作为故事结局，打破了由阅读西方经典童话而形成的印象，其意义不仅是体现了林兰童话的独特性，更重要的是在这独特性背后所深藏的现代性问题。宝物总是以各种方式失去，对违反宝物禁忌的惩罚必定降临，骨子里透着农耕文化对不劳而获的担忧。特别值得一提的是"失宝型"中的识宝取宝故事，程蔷和万建中在这类故事中见出了耕种掘藏与物物交换、让钱生钱，即农耕和商业这两种生产方式的差异，并认为故事通过讲述宝物的失去而体现了农民对商人的精神胜利法。[①]然而，从现代性的角度进一步审视，识宝取宝童话呈现出文化心灵

---

① 程蔷：《识宝传说与文化冲突——识宝传说文化涵义的再探索》，载苑利主编《二十世纪中国民俗学经典：传说故事卷》，北京：社会科学文献出版社，2002年3月，第271页。万建中：《解读禁忌：中国神话、传说和故事中的禁忌主题》，北京：商务印书馆，2001年3月，第187页。

的深度担忧，即由农业进入商业，进而进入现代引起的身份焦虑。宝物是人类德行和力量的源泉，是自我身份的标识，但它在农民那里却变成了一件寻常之物，即便被商人点醒也无法知悉保护其灵性的方法，那么农民的不识宝隐喻着他对自身神圣源头的遗忘和对自我身份标识的无知。商人也并不真正认识宝物，他仅仅知道它能带来财富，却不知财富的力量也得自人类对于神圣的体认。在原始人的宝物观念和赠予习俗中，钱币对应着祖先的身体和神圣之物的某部分，而最神圣的部分是不能被交换的，恰是这些禁止交换的神圣之物保证了钱币的流通。因此商人将禁止交换的神圣之物置于交换领域，就已经注定要失去一切。宝物的失去隐喻着神圣空间的失去，故事中的农民和商人因为被困于世俗空间，无法取得与神圣之物的联系，也就丧失了安排世俗事务的能力。

林兰成婚考验型童话与原始成人仪式最为契合，也与格林童话、俄罗斯童话在结构上最为相似。因为中西童话都讲述了一个人通过完成具有死亡威胁的难题而获得幸福婚姻的故事，跨文化的文本与跨文化的民俗资料恰可以互相关联，互相阐发，以互补的经验再现童话和仪式对神圣空间的营造。尤为重要的是，林兰成婚考验型童话体现了成人问题中的性别话语。格林童话中的女性主人公和男性主人公在成熟和结婚这件事上几乎受到了同等的待遇，女子和男子一样，在获得幸福婚姻之前必须经历磨难、完成难题。而林兰童话中成婚考验的对象以男性居多，由于男性话语占主导权，大体而言，林兰童话更关注男性的成人，即通过将成人与成婚融合起来，不仅表达了成人过程中从母亲的世界到父亲的世界的转变，也通过以妻子为代表的神奇助手隐喻了从父亲的世界向新的女性世界的过渡。但是，对林兰童话的深度分析表明，向新的女性世界的过渡，仍然存在一些问题。在一些女性形象十分活跃的童话，如龙女童话中，女性表现出神奇的本领和忠诚的品格，但从角色功能来说始终是帮助者而非主人公。龙女童话与百鸟衣童话复合的故事，通过性别研究的透镜去看，甚至能看到男性对女性的狂想，以及建立在对女性权力的掠夺基础上的封建皇权机制。在林兰"考验型"童话中，由于男性话语占主导权，绝大多数情况下，成为人实质上意味着成为男人。因此蛇郎童话便显得宝贵，它通过讲述姐妹纠葛和三姐的变形复活精彩地呈现了女性从少女到妻子的身份转换与角色认同。

　　林兰"离去型"童话，根据妻子的形象与故事风格，又可分为"羽衣仙女""田螺姑娘""老虎精"和"猴儿娘"四个亚类。通过对它们各自所属的历史文本进行比较和归纳，可以发现它们几乎都讲述了妻子的离去，而离去的妻子形象又表现出女性从仙到兽的身份沉落，积淀着由"从妻居"到"从夫居"的婚姻习俗转型过程中女性的反抗心态。而"仙妻娶回来，兽妻逼出去"，则充分体现了儒家文化"人兽分开"的思想。从心理层面上说，兽对应着无意识层，因此对兽的成见即是对无意识的拒斥。但林兰"离去型"童话没有停留在拒斥层面，而是进一步呈现了由于成见和拒斥所造成的创造力的毁灭和主体性的不完备。凡人主人公（代表着自我）追求仙（代表着超我），追求天人合一，却不知仙与兽（代表着本我无意识）原本互相通气，同为一体，最终因为看轻兽而失去仙。《人熊的情死》甚至讲丈夫抛下妻儿，兽妻愤怒之下将孩子撕裂。婚姻的破裂、生命延续的被损——童话大胆地讲述了这样的不完满，这不完满隐喻着个体自身的不完满，因为无法包容无意识，也就无法对它进行创造性的转化，致使它转化为毁灭性的力

结 语

量,损毁了个体的完备与和谐。

当我们谈论现代性,谈论个体的自由与完备,都意在呼唤批判力和创造力。对林兰"滑稽型"童话的解析,不仅试图表现其中的社会批判内容,也试图展现滑稽引起笑的文艺机制。人类都具有追求智慧和理性的天赋,所以首当其冲被批判被嘲笑的总是愚蠢和谬误。林兰"滑稽型"童话最突出的也是这一点,但几乎都是中国的内容和中国的方式。比如说谬误,多生自贪婪,一般童话主要表现对钱财的贪婪,而林兰童话集中《石人头里的天书》一篇,更深入地揭示了传统观念所导致的不节制及其引起的滑稽,幅幅都是旧时代的人情窘态。林兰"滑稽型"童话善于制造窘态、令人发笑,诸如贪哥哥的鼻子被拔长又陷下去,傻土地爷的樟木屁股被挖去等,其方式都是令主人公因愚蠢的行为和贪婪悖理遭受身体上的失败。集里的童话同时还充满巴赫金所说的怪诞身体形象和怪诞身体事件,诸如《怪兄弟》等故事中那些被巨大化和变形了的身体部位,这些最能引起孩子们的笑,这是一种不同于批判性嘲笑的笑,是巴赫金所说的狂欢节上既颠覆又创造的欢笑。可见,批判和创造,在林兰"滑稽型"童话中被有效地结合起来,嘲笑往往系于身体事件和由此引发的欢笑之上,对于爱笑和爱动脑的孩子们尤其具有吸引力,对于促成具有批判力和创造力的人也尤其有益。

总之,从本土经验和现代性话语的双重视野阐释林兰童话,可以看到它不仅保留着原始成人仪式上关于"成为人"这一事件的叙述结构和基本关怀,同时也积淀着农耕文化面对现代性问题的丰富而复杂的心态。原始成人仪式通过神圣空间的营造而塑造了"真正的人"(转化为现代性话语,即"自由而完备的人"),林兰"得宝型"和"考验型"童话因为传承了这一点而具有与现代性对话的潜质。不可否认，"失宝型"童话中的若干篇目仍保留着封建的（如《小王子》《紫微星上的乌云》表达了对皇权的崇拜与渴望）、宿命的（如《阴风吹火》《增福与掠福》《穷命的王三》传达了穷富由命、不可更改的观念）论调，可以直截了当地认定为现代性的反面。但通过运用跨文化比较、跨种类比较和心理分析等多种方法，对以"宝物的失去"为结局的大多数"失宝型"童话和以"妻子的离去"为结局的"离去型"童话进行阐释，这两类童话所隐含的现代性问题如自我身份的迷失、性别社会关系的转变以及对创造性无意识的拒斥等，得到了揭示。林兰童话并没有提出解决问题的方案，而以结局的不完满无意识地述说了"个体的不完备"这一状况及其缘由。相比之下，貌似完满的"得宝型"童话和"考验型"童话有时候或许隐藏着更难以察觉的反现代性倾向。如百鸟衣童话骨子里的父权意识等，更需要通过文本细读去辨别。但即便如此，林兰童话作为中国民族文化资源的价值仍然值得肯定，因为它不仅述说了本土文化面向现代性的经验，也真诚地道出了经验中的问题。

本书在民间文学的学科领域中从方法探索和意义阐释两个层面入手，对民间童话做出了一些实验性的研究。到此为止，本书更多地论说了"故事是什么"和"故事里的文化是什么"这两个问题，但是对于民间童话的艺术规律、作家创作对民间童话的借鉴以及民间童话对文艺创作的启示等问题，尚需在有了更丰厚的学术积累之后做出进一步的思考和论述。

余论　民间童话与儿童戏剧教育

在学校进行改编童话的讲述实验时，我注意到老师的讲解比较偏于道德教育。一位参与童话讲述的老师对我说："讲故事比任何方式都更容易进入孩子的内心世界。那些道德训诫，我们说上一万遍都不如讲一个故事作用大。"中国传统的民间童话尤其具有奖善罚恶的道德内涵，但需要明确的是，民间童话的第一性仍然是文学，周作人谈及童话应用于教育，首要的是"用以长养其想象，使即于繁富，感受力亦渐敏疾"[①]——这即是说，童话之于儿童，首要的价值还在于艺术素养。以童话供给儿童，第一要义在于促进儿童理解力、创造力与构建人生意义能力的发展。

刚开始，在对林兰童话进行改编的阶段，我主要考虑的是如何讲孩子才爱听，其次是民间童话如何与现代精神相融合，呈现给他们一个多样态的神奇世界。在观察了幼儿园和小学老师在课堂上的讲述之后，我确信，民间童话的幻想能够击中孩子，使他们度过愉快而有益的故事时间。但是，然后呢？我总觉得这还不够，但

---

① 周作人：《儿童文学小论·中国新文学的源流》，石家庄：河北教育出版社，2002年1月，第8页。

只能模糊地感到缺少一些什么。直到 2013 年我在全国师范院校儿童文学研究会厦门年会中观摩了一堂由台湾导演给小学生上的戏剧教学课,并阅读了儿童戏剧教育方面的一些著作和文章,问题才逐渐清晰地浮现出来。

把故事讲出来,看到孩子们专注的神情,听到他们的开怀畅笑,或提几个简单的问题进行互动和交流,如此这般靠着故事本身的魅力也会有文学教育上的成效。但需要进一步深思的是:如果童话能激发儿童去想象、去创造、去行动,如果它能与他们发生更直接、更深层的关联,进而成为他们人生经验和自我认知的一部分,有志于儿童教育的成年人在这个过程中能做什么?怎样才能更理解孩子看待故事的方式,更充分地发挥他们创造故事的潜力,更有效地引导他们从故事中习得解决问题的能力?所有这些问题,都可以转变为对如何将戏剧教育应用于童话故事课堂的探讨,并由此得到丰富的启示。

美国创造性戏剧之母温妮佛·伍尔德(Winifred Ward)在 1947 年及 1952 年出版的儿童戏剧专著——《儿童戏剧创作》(Play Making with Children)及《故事戏剧化》(Stories to Dramatize)中提出了"故事戏剧"的概念,可以说是"教育戏剧"的一个分支,其方法和目标如台湾学者张晓华所言,是"运用戏剧与剧场之技巧,从事于学校课堂的一种教学方法。一般以创作性戏剧、即兴演出、角色扮演、模仿、游戏等方式进行。让参与者在互动关系中,能充分发挥想象,表达思想,由实作而学习,以期使学习者获得美感经验,增进智能与生活技能"[①]。戏剧教育对创造和游戏的注重,

---

[①] 陆佳颖、李晓文、苏婧:《教育戏剧:一条可开发的心理潜能发展路径》,《华东师范大学学报(教育科学版)》,2012 年第 1 期,第 50 页。

与五四学者倡导个性和文学的民间童话话语不谋而合。台湾学者林玫君在《儿童戏剧教育的理论与实务》①一书中提供了颇具操作性的实施方案，尤其是"创造性戏剧进阶——故事戏剧"一章，详细展示了故事的戏剧教育进程。考虑到民间童话还有一些其他故事所不具备的个性，我尝试设计了一个有针对性的戏剧教育方案，具体分析如下。

一、讲故事：多个异文展示故事创作缝隙

故事戏剧化的第一步是让孩子聆听和熟悉故事。对于一般故事而言，这并非是戏剧教育中最出彩的一步。但民间童话在一代又一代人的讲述中产生了丰富多样、细节各异的子子孙孙，这些作为故事子孙的异文彼此相似，又各不相同——民间讲故事的人，他们的每一次重新讲述既是对以往故事的回忆，又包含着有意或者无意的创造，所以，倾听一个古老的故事往往能带来久违而又新鲜的体验。而有意识地将故事不同的讲述版本进行比较，故事想象的发生壮大即可呈现清晰可辨的轨迹。这些轨迹透露着想象生长的缝隙和方式。因此，将多篇童话异文同时提供给孩子，他们很容易学会想象，学会发现故事之间的生长缝隙，当他们开始选择以他们喜欢的方式来重新讲述它，创造便开始了。林兰不避重复地采录童话，给我们提供了丰富的可供选择的异文文本。仅以"狗耕田"故事为例，先从情节最简单的异文开始，情节记录如下：

---

① 林玫君：《儿童戏剧教育的理论与实务》，上海：复旦大学出版社，2015年11月。

"狗耕田"（一）（林兰童话《兄弟分家》）

1. 兄弟俩分家。（兄弟分家）
2. 哥哥只给弟弟一块薄地、一条狗。（弟弟得狗）
3. 这条狗会耕田。（狗会耕田）
4. 哥哥去借狗。狗不给哥哥耕田，被哥哥打死。（哥哥打死狗）
5. 埋狗的地方长出一棵树。（狗变形复活）
6. 弟弟去哭，树上落下金银。（弟弟致富）
7. 哥哥听说了，也去哭。树上落下砖瓦，哥哥被打得头破血流。（哥哥学样受罚）

把基本情节用树形图画出来更清晰：

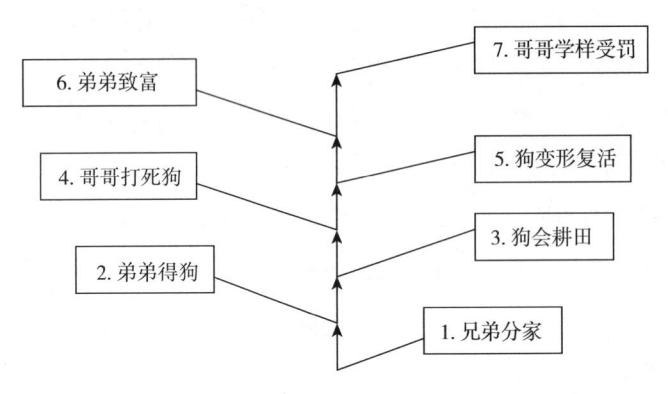

```
6.弟弟致富 ────────→  7.哥哥学样受罚
                 ↗
4.哥哥打死狗 ────────→  5.狗变形复活
                 ↗
2.弟弟得狗 ──────────→  3.狗会耕田
                 ↗
                     1.兄弟分家
```

"狗会耕田""狗变形复活"是"狗耕田"故事中最关键的两个神奇幻想。在这两个关键情节之上，可以节外生枝出什么情节呢？我们来看林兰童话中的另外两个"狗耕田"故事（*号为增添的细节）：

"狗耕田"（二）（林兰童话《两兄弟（一）》）

1. 兄弟俩分家。
2. 弟弟什么也没分到，从床底下捉了一个大虱子。
3. *虱子被别人家公鸡吃掉，主人把公鸡赔给弟弟。

4.* 公鸡被别人家狗吃掉，主人把狗赔给弟弟。

5. 这条狗会耕田。

6.* 弟弟和地主打赌说狗会耕田，赢得了土地。

7.* 弟弟和众人打赌说狗会车水，赢得了搭房子的砖头和木头。

8. 哥哥去借狗，狗不给哥哥耕田，被哥哥打死。

9. 埋狗的地方长出一棵树。

10. 弟弟去哭，树上落下金银。

11. 哥哥听说了，也去哭，树上落下毒蛇蜈蚣，将哥哥咬死。

"狗耕田"（二）对"弟弟得狗"和"弟弟致富"这两个情节进行拓展，增添了"虱子换狗"和"打赌"两个情节。尤其是"虱子换狗"，不仅使"弟弟得狗"的过程一波三折，而且反复渲染祸福相依的瞬息变化，令其具有出其不意、幽默风趣的童话意蕴。

"狗耕田"（三）（林兰童话《两兄弟（二）》）

1. 兄弟俩分家。

2. 哥哥听老婆的，只给弟弟一块薄地、一条狗。

3. 这条狗会耕田。

4. 哥哥老婆去借狗，狗不给哥哥耕田，被哥哥打死。

5. 弟弟去哭。

6. 埋狗的地方长出荆棘。

7.* 弟弟用荆棘做了一个筐，雁子都把蛋下在筐里。

8.* 哥哥老婆去借筐，雁子都把粪拉在筐里，哥哥把筐烧成灰。

9.* 弟弟去哭，发现灰里有一颗豆。

10.* 弟弟吃豆放香屁，替公主治好臭气病，得金银绸缎。

11.* 哥哥老婆听说了，炒了一升豆，叫哥哥吃。哥哥替公主熏衣放臭屁，屁股被塞桃木塞子，被赶出去。

"狗耕田"（三）则在"狗变形复活"和"哥哥学样受罚"这两点上下足功夫，一方面加强了狗作为神奇助手的功能，另一方面对哥哥和哥哥老婆的贪心无情进行了数次温和的滑稽讽刺。三个"狗耕田"故事三种趣味，无形中传递着故事讲述的多种可能性，引导孩子思考如何选出一段情节，如何模仿它再重复一次，对于创作新的故事很有帮助。

关于"狗耕田"，还可以继续"节外生枝"。故事学家刘守华在介绍"狗耕田"类型时说，西南少数民族流传的这类故事"除含有兄弟分家弟弟用狗耕田之外，还有种南瓜得猴宝，或在山野流浪中偷听神奇动物对话而交好运等情节"[①]。"种南瓜得猴宝"与"偷听交好运"都是从其他兄弟纠葛故事中移花接木过来的，也可以一并讲给孩子听。先将"偷听交好运"的基本情节记录如下：

"偷听交好运"（林兰童话《二兄弟（二）》）

1. 哥哥骗弟弟上山摘杨梅。

2. 哥哥把弟弟弃在山中。

3. 弟弟在古庙中过夜。

4. 弟弟偷听了仙人使用宝葫芦的咒语，冲出来吓跑仙人，得到宝葫芦。

5. 哥哥听说，也去庙中过夜，被仙人拉长鼻子。

---

① 刘守华主编：《中国民间故事类型研究》，武汉：华中师范大学出版社，2002年10月，第540页。

6. 弟弟去庙中偷听到治长鼻子的方法,哥哥多事,鼻子缩成凹鼻子。

那么如何把"狗耕田"故事糅进"偷听交好运"故事呢?也可以在林兰童话中找到例子:

"狗耕田"+"偷听交好运"(林兰童话《兄和弟》)

1. 兄弟俩分家。

2. 哥哥听老婆的,只给弟弟一块薄地、一条狗。

3. 弟弟用饭团引诱狗,狗会耕田。

4. 哥哥去借狗,狗不给哥哥耕田,被哥哥打死。

5. 弟弟葬狗哭狗,因酒壶挂在树上,为拿酒壶摇动树干,树上落下金银。

6. 哥哥败光家财,学弟弟挂酒壶、摇树,树上落下牛屎。

7. 哥哥听老婆的,去与弟弟同住,想要谋财害命。

8. 一日,哥哥听老婆的,与弟弟去远山砍柴。

9. 哥哥把弟弟弃在山中。

10. 弟弟遇一老翁,指点他上树避虎。

11. 弟弟偷听众兽在树下讨论替富人择风水宝穴,得一金蛋。

……

12. 哥哥听说,学样去深山,被群兽当点心吃掉。

1至6沿袭"狗耕田"故事原始形态,7至11转为"偷听交好运"。前者为在家耕田,后者为远行得宝,故事情节的嫁接带来了故事空间的拓展,并再次呈现了兄弟纠葛的主题。这则典型的杂糅故事,后面还掺入了有关"占卜"的歪打歪撞的滑稽故事,由于偏离了两兄弟故事的基本模式,遗忘了哥哥在故事中的角色和功能,整个故事结构显得不那么匀称。民间故事的讲述多半是这种情形：耙扯犁，犁扯耙，扯到什么算什么。这在创作再生的初始，的确不失为一种自由随性的繁衍方式，可以鼓励孩子大胆想象。至于故事的嫁接，除了在情节上互相咬合之外，内在机理如何交融贯通，臻于艺术的完善，这些问题可以待时机成熟时再考虑。

林兰童话中也有专讲"种南瓜得猴宝"的篇目，如：

"种南瓜得猴宝"（林兰童话《瓜王》）

1. 兄弟俩分家。
2. 哥哥只给弟弟一些很差的山田山地。
3. 弟弟种北瓜。
4. 猴子来偷。
5. 弟弟将布袋挂在瓜棚间，自己藏在布袋里。
6. 猴子误将大布袋当作瓜王抬回洞中。
7. 弟弟钻出布袋，打锣吓跑猴子，取走猴子的金银珠宝。
8. 哥哥听说之后，与弟弟换了田地，种瓜装瓜王，中途被吓小便失禁。猴子误以为瓜王烂掉，将哥哥抛下水中。

这则异文中弟弟"分得差地"、哥哥"学样被罚"与"狗耕田"故事思路十分接近，将"分得差地"嵌入"分家得狗"，衔接上天衣无缝。可以让孩子尝试一下，把"狗耕田"故事和"种南瓜得猴宝"故事糅合起来讲。

此外，法国作家夏·佩罗的著名童话集《鹅妈妈的故事》中，还有一篇《穿靴子的猫》，也是以"兄弟分家，弟弟受欺"为开端，只不过弟弟分到的不是狗，而是一只猫。猫和狗在故事中都充当了神奇助手的角色，在这篇中猫代替了狗，故事的讲述发生了有趣的变化：

《穿靴子的猫》[①]

1. 三兄弟分家。

2. 弟弟只得到一只猫。(分家得猫)

3. 猫会说话,向弟弟要一个口袋和一双靴子。(猫的请求)

4. 弟弟照办了。(弟弟的反应)

5. 穿靴子的猫设计用口袋抓住了一只兔子,送给国王,并称自己的主人为"卡拉巴侯爵"。(猫的讨好)

6. 穿靴子的猫设计用口袋抓住了两只鹧鸪,送给国王,再次以虚构的主人"卡拉巴侯爵"的名义。如此持续三个月。(猫的讨好)

7. 一天,国王、公主一同出游。

8. 弟弟听从猫的主意假装溺水。猫骗国王说,弟弟的衣服被小偷偷走。(猫的谎言)

9. 国王把自己的衣服送给弟弟。(弟弟得衣——身份的象征)

10. 猫威胁农民,必须对国王说草地、麦地都是弟弟"卡拉巴侯爵"的。(猫的威胁)

11. 猫去城堡,骗城堡的主人——一个妖精,让妖精自己变成一只老鼠。(交锋)

12. 猫吃掉了变成老鼠的妖精。(战胜)

13. 弟弟得到了城堡和公主,成为真正的"卡拉巴侯爵"。(弟弟致富成婚)

猫和狗不一样:狗靠的是实打实的力气,而猫靠的是脑子;狗有一块地可以耕,猫有一双靴子、一个口袋,去森林里捕猎;

[①] 〔法〕夏·佩罗:《穿靴子的猫》,载东野茵陈选编《儿童情趣小说100篇》,石家庄:河北教育出版社,1996年12月,第411—414页。

狗将自己的冤死变成了馈赠,而猫却以说谎、讨好、威胁赢得财富。这种来自不同文化的故事讲述,能丰富孩子对世界的认识。佩罗的故事不关注兄弟纠葛,它的幻想欲求在于猫的主意层出不穷、行为层层铺垫并最终谋得幸福。在文化心理上,佩罗的故事自我肯定,积极进取,以快乐的笔调叙述个人的财富神话;而中国的"狗耕田"故事则更多地体现了在家守成思想和家庭伦理。由于不同的故事源自不同文化的言说,我们可以提供给孩子或鼓励他们去掌握更多的文化资源和故事资源,从情节的丰富、角色的替代上入手,让他们慢慢养成创作的自觉,说出和写出属于自己的新故事。

安徒生在《我的一生的童话》中说:"在这第一卷童话里,我所作的童话都是取材于幼时听过的老故事,和缪束丝(Muses)一样,不过是用我自己的态度写的罢了。这些老故事的声音似乎犹在我耳,所以我便照口语写了下来。"[①] 倾听老故事,用自己的态度写——这是安徒生创作的思路。而创作方式的习得,自己态度的养成,是可以在倾听来自不同文化、不同时期、不同人对同类故事的讲述中,有法可依地获得的。

二、理解故事:把动作、语言、场景玩出来

故事戏剧化的第二步是用提问、讨论和表演的方式,逐个挖掘和再现故事中的片段,使孩子用自己的头脑去演绎,用自己的身体去感受,用游戏的精神去创造,把遥远的陌生的故事转变成自我

---

① 赵景深从安徒生《我的一生的童话》中摘译了《我作童话的来源和经过》,发表在《小说月报》1925 年第 16 期。

经验的一部分,学会从不同的角度设身处地地看问题。

在这个过程中,引导者可以把表演任务分解为动作、语言、场景三个层面。

动作在故事中仅仅是一个动词,或者一句话。当孩子把这个动词、这句话用哑剧的方式表演出来,他们就会进入到角色的个性和故事的具体情境中去。比如,改编的《燕子的礼物》(林兰童话《砍桂的故事》),可以分别请两个孩子表演一下好孩子和泼皮孩子如何给受伤的燕子养伤,甚至可以让别的孩子猜猜看两段表演哪一个是好孩子的动作,哪一个是泼皮孩子的动作。《漏的故事》,可以让孩子们表演小偷怎么摸虎和摸牛,模仿老虎和牛的动作反应,等等。《田螺姑娘》,可以让孩子们表演一下田螺姑娘怎么钻出来,钻出来以后先做什么,做饭的动作又是怎么样,被小伙子发现以后怎么做,等等。

至于故事的语言,分为两种,一种是通过故事人物之口直接说出的,一种是故事人物没有直接说出来,而是通过叙述暗示出来的。对于前一种,可以让孩子们尝试用不同的语调来说,直到找准符合人物身份和个性特点的语调。对于后一种,引导者可以让孩子自己设计即兴对白。比如改编的《八百零八岁的彭祖》(林兰童话《石人头里的天书》),可以表演一下彭祖如何哀求桃花公主,最后桃花公主答应帮助他,使他逃过死亡的命运;还可以表演一下彭祖等小鬼吃了他的一桌子酒菜之后,如何说服小鬼不再捉他,让他想活多久就多久。在创作即兴对白的过程中,孩子不仅是在尝试用会话进行有效沟通、达成自己的预期,而且也在尝试由自我进入他我,学习揣摩、理解和表现人物个性。

引导者还可以将个别值得玩味的场景提取出来,设计表演任务。比如"狗耕田"故事,分家的时候阿大如何霸占了牛;阿二在阿大面前说了什么、做了什么。在表演完这个场景之后,还可以用采访或谈心的方式,进一步探索人物内心。比如,让表演阿大的孩子说说他那么做的时候有什么感受。或者,再设计一个新的场景,让阿大回家以后对自己的妻子说说事情的经过。也可以让别的孩子代他饰演。同一个阿大,相信不同的人会有不同的理解。再如,弃老故事,如林兰童话《大鼠》,开头讲到有一个国家,老人到了六十岁就要被子女背到山上去饿死。可以让孩子们先表演一下六十岁的老人,想想他们的动作、体态如何表现。多叫一些人来演,要求每一个老人都是不一样的(有硬朗的、有生病的、有快乐的、有愁眉苦脸的)。然后给每个"老人"配一个孩子,表演一下老人被儿子送到山上去的场景。鼓励孩子在场景表演中的互动和创新,鼓励他们寻找故事中没有的场景,会有意外的惊喜。

三、戏剧呈现:复演、想象与再创

在熟悉了故事并进行了一些故事片段的表演之后,便可以把整个故事用戏剧方式呈现出来了。不管是忠实于故事的呈现,还是对故事进行大幅改编,都需要想象力的运作,这必然是一个有趣的再创作过程。按照想象力发挥的程度,以及故事戏剧呈现的进阶,可以分为三个步骤:一是复现原始故事的复演;二是在原始故事的主干和枝干上,进一步想象出更多的表演细节;三是从原始故事中归纳出值得玩味的主题、人物或事件,围绕它另外创造一个故事来表演。每个步骤中决定戏剧呈现与再创效果的,首先是引导者提问的内容和角度。下面以《老狼精》为例,设计三个步骤的问题:

（一）复演呈现故事整体

最基本的问题是：故事里有几个人？需要几个演员？出现的顺序如何？

针对《老狼精》可以问：

1. 故事里有几个孩子？他们叫什么名字？
2. 老狼冒充妈妈来开门，大女儿葱开了没有？为什么没有开？
3. 老狼冒充妈妈来开门，二女儿碟开了没有？为什么没有开？
4. 老狼冒充妈妈来开门，三女儿不翻盏开了没有？为什么开了？
5. 老狼坐在斗里，尾巴怎么响的？怎么用道具发出这个声音来？
6. 老狼"咯咘咘"嚼东西的声音，怎么用道具发出来？
7. 老狼"咕咚咚"喝东西的声音，怎么用道具发出来？
8. 葱和碟想到什么办法从屋里跑出去？
9. 葱和碟是怎么爬到树上去的？
10. 葱和碟想到什么办法把老狼干掉？

（二）想象丰富故事细节

1. 老狼是怎么知道三姐妹的妈妈不在家的？
2. 老狼是怎么知道三姐妹的名字的？
3. 你还能想到什么别的办法骗过老狼，从屋里跑出去？
4. 还有哪些地方可以躲起来，老狼不容易靠近呢？
5. 三姐妹的院子里，除了树，还可能有什么？
6. 坐在树上，你能看到些什么？
7. 你还能想到什么别的办法干掉老狼？

（三）围绕主题再创故事

主题：自我保护，斗争技巧。

1. 你有没有一个人待着的时候？是什么时候呢？（独自在家；

放学路上妈妈把东西忘在超市了,让你在路边等一下;穿过院子里的小路回家;一个人站在阳台上……)

2. 你一个人的时候,会做些什么呢?

3. 一个人的时候,可能会遇到什么危险的事情或者奇怪的问题呢?

4. 如果遇到这些问题,你有什么办法解决呢?

也可以单纯围绕某个情节进行戏剧再创。比如在"狗耕田"故事"虱子换狗"的情节之上,就可以设计以"交换"为主题的戏剧活动:拿出自己的任意一样东西,在现场寻找交换对象,看看能获得什么?如果多交换几次又会怎样?引导孩子思考在什么情况下交换会失败,又是什么促成了交换。还可以围绕某个非主要角色进行戏剧再创。总之,对故事和戏剧的再创,需要引导者尽可能多地调动知识储备,以尽可能开放的头脑思考问题。

关于民间童话的戏剧化,我在给外国留学生上的"中国民间文学"课上有所实践,收获颇多。然而,面向孩子的故事戏剧教育方案还只是在构想中,希望以后能有更多实践的机会。我想,当我把童话讲给孩子们听,或许会在一些人的心里留下美丽的种子,在另一些人的耳旁吹过快乐的风。当孩子自己演出了这些童话,我就能把种子种在他们的小脑袋瓜里,它们会像杰克的豆茎一样,带他们到任何想去的地方。

附录一　林兰民间童话目录

民间童话集之一《换心后》（1—20）：

1. 八百老虎闹北京
2. 土地爷的故事
3. 五虎将
4. 松柏和檬桱换居的故事
5. 红，白李子
6. 大鼠
7. 癞痢头皇帝
8. 想念儿子的老人
9. 小三鬼的故事
10. 布袋和尚
11. 蛇的故事
12. 天河岸
13. 换心后
14. 猫嘴里的夜明珠
15. 黄口袋
16. 青松上的毛女
17. 对金钗

18. 兄弟分家

19. 大女儿

20. 老狼的故事

民间童话集之二《渔夫的情人》(21—37)：

21. 渔夫的情人

22. 人熊的情死

23. 狮子告状的故事

24. 老狼婆

25. 旱魃

26. 鸡蛋

27. 蛇的故事

28. 菜瓜蛇的故事

29. 蛇郎精

30. 蚕的故事

31. 猴屁股何以没毛？

32. 龙女

33. 两兄弟（一）

34. 两兄弟（二）

35. 十一个粉做的人

36. 人人如意

37. 九个孩子一只眼

民间童话集之三《金田鸡》(38—53)：

38. 蛇的报恩

39. 石人头里的天书

40. 三官老爷的故事

41. 殉情的妖精

42. 九天玄女

43. 砍桂的故事

44. 金田鸡

45. 杀猪徒和吃素老

46. 安置杀蛇

47. 三兄弟分家

48. 兄弟两个

49. 月亮哥哥和太阳妹妹

50. 朱赖子的故事

51. 土龙大王夺婚的故事

52. 观音娘娘和金刚爷争正位

53. 小王子

民间童话集之四《瓜王》(54—70):

54. 雨仙爹的故事

55. 马腊梅脱甲

56. 屋漏的故事

57. 神仙树

58. 吹箫者的奇遇

59. 受气筒

60. 金万两

61. 瓜王

62. 群妖精救老太太的故事

63. 虾蟆儿

64. 不见黄河心不死

65. 老天娘的故事

66. 王大傻的故事

67. 浆鱼店

68. 鹿的故事

69. 小货郎

70. 老婆婆与猢狲

民间童话集之五《鬼哥哥》（71—92）：

71. 鬼哥哥

72. 灰丸子

73. 阴风吹火

74. 紫微星上的乌云

75. 仙姑洞

76. 增福与掠福

77. 张果老成仙

78. 华姑

79. 陕西女

80. 猴儿娘

81. 怪萝卜

82. 龙潭里的仙女

83. 门神和灶神

84. 金华老龙

85. 聪明的鹿

86. 后娘是狼

87. 田螺娘

88. 龙王公主的报恩

89. 虐龙望母

90. 美人蛇和白蜈蚣

91. 南蛮子故事之一：葫芦开山

92. 南蛮子故事之二：照缘法

民间童话集之六《菜花郎》(93—108)：

93. 菜花郎

94. 海龙大王

95. 猴的故事

96. 鬼收债

97. 不知足的善人

98. 恶富人变猴子

99. 古稀先生

100. 蚁王地

101. 猪哥精

102. 一个蟮（鲟）王的故事

103. 养鸭做了富翁

104. 兄和弟

105. 神箭三元帅

106. 冬生娘

107. 丘二娘

108. 臭头皇后

民间童话集之七《独腿孩子》(109—134):

109. 独腿孩子

110. 蛇吃蛋

111. 娘鱼精

112. 老虎精

113. 兔子精

114. 虾蟆精

115. 老狼精

116. 耙娘

117. 磙子精

118. 黄蛇精

119. 田螺精

120. 泥水匠求宝

121. 铁犁老头

122. 渔工鸟

123. 冬天的玫瑰

124. 狗偷饭

125. 穷命的王三

126. 蛇沫

127. 张大拿

128. 哑女儿

129. 破锅铁

130. 纸女人

131. 各人各福

132. 打屁

133. 几路钉

134. 鸟为食死，人为财亡

民间童话集之八《怪兄弟》(135—154):

135. 怪兄弟

136. 地藏菩萨和牛

137. 仙赐六兄弟

138. 漏的故事

139. 两姊妹

140. 两兄弟

141. 泥水匠祈梦

142. 海龙王的女儿

143. 海龙王的三公主

144. 吹箫人

145. 鸡毛衣

146. 咬脐郎姜太公

147. 二兄弟（一）

148. 二兄弟（二）

149. 二兄弟（三）

150. 河蚌精

151. 乌贼鱼

152. 冬瓜精

153. 磨刀石

154. 圣人殿上的蜈蚣

附录二 林兰童话结构形态分析释例[①]

1. "得宝型"童话：第34号《两兄弟（二）》

情节	结构形态分析
兄弟两个，大的叫阿大，小的叫阿二，都已娶妻生子。	初始情境（i）
阿大听了老婆的话，与阿二分家，强占了良田大马。阿二仅得到一些薄地和一条狗。	主人公貌似缺少生存手段，其实得到宝物（缺失/宝物的获得——a^5Z）（表面上看分家造成了生存的困难，实际上却致使宝贝落入主人公手中，这种特殊的得宝方式，普罗普未曾提到）
阿二用狗耕田，居然收获很好。	主人公运用宝物摆脱贫穷（缺失的消除——$Л^6$）
阿大借阿二的狗，牵去耕田，狗不合作。阿大把狗打死了。	强行剥夺神奇的相助者（加害——A^{II}）
几天后，阿二去要狗，阿大老婆说："那狗老不听话，你哥恨了，把它打死了。"阿二问她埋在哪里，得知在地头。	灾难被告知（调停——B^4）（不过，与普罗普故事图式不同的是，并未引发后面的主人公决定反抗和出发的情节）
阿二到狗坟上哭狗。	主人公为死者效劳（主人公的反应——$Г^3$）（这里虽未出现狗要求阿二哭他祭他的请求，即$Д^3$，但从主人公的反应来看，可以理解为请求被虚写了）

[①] 表格右列中的符号为普罗普《故事形态学》所用角色功能代码。"滑稽型"童话属于非程式童话，难以套用普罗普的结构形态分析，因此略去。

续表

情节	结构形态分析
狗坟上长出荆条。	现造出宝物（宝物的获得——Z^3）
阿二用荆条编筐子，放在门楼上，说："东雁，西雁，一天给我生一筐蛋。"果然每天收获满满一筐雁子蛋。	主人公运用宝物摆脱贫穷（缺失的消除——$Л^6$）
阿大老婆眼红了，借走筐子，却只收到雁子粪。她气极之下把筐烧了。	强行剥夺神奇的相助者（加害——A^{II}）
几天后，阿二去要筐。得知筐被烧成了灰，剩在地火门边。	灾难被告知（调停——B^4）
阿二去地火门边哭。	主人公为死者效劳（主人公的反应——$Γ^3$）
在灰里扒出一粒炒豆，顺手送到口里。	宝物被吃下去（宝物的获得——Z^7）
阿二放起香屁来，为公主治好了臭气病，国王送给他用不完的金银。	主人公运用宝物摆脱贫穷（缺失的消除——$Л^6$）
阿大老婆问出阿二致富的方法，回去炒了几升豆子，叫阿大吃。	假冒主人公为死者效劳（$Γ_{neg}$）
阿大放臭屁，熏臭了公主的衣服，国王送他一个桃木塞子塞臭屁。	未得到宝物并受到惩罚（$Z_{neg} Z_{contr}$）

2. "失宝型"童话：第91号《南蛮子故事之一：葫芦开山》

情节	结构形态分析
钓盘山上忽然生出一颗葫芦。近山的农夫从那里经过，却都不在意。一个南蛮子发现是宝，允给李五四百两银子，李五答应替他看管葫芦十二年。他告诉李五："葫芦长足十二年后，可以开山，不拘次数；假若不到十二年，这事便失败了！"	禁令的变相形式（禁止——6^2）（普罗普提到了命令和建议这两个变相形式，此处是通过契约变相表现禁令）
过了三年，李五不耐烦，摘下了葫芦。	打破禁令（破禁——b^1）
葫芦只能开一次山了。	未得到宝物（Z_{neg}）（此处弱化为宝物效力降低）

续表

情节	结构形态分析
南蛮子用葫芦打开山,用请求的口气对李五说:"请勿再打,一打山要闭住了!弄上来的东西,以一半相酬!"	禁令的变相形式(禁止——6^2)
南蛮子下到山里,金子装满一个布袋,不够,要到金殿上牵走金马驹,为此和金老娘厮打起来。李五等得不耐烦,照着南蛮子的样儿把葫芦往石墩上打去。	打破禁令(破禁——b^1)
山闭上,南蛮子被埋在山里。	未得到宝物并受到惩罚($Z_{neg} Z_{contr}$)

3. "考验型"童话:第32号《龙女》

情节	结构形态分析
一家有兄弟两个,大的已结婚,小的好弄音乐。	初始情境(i)
哥哥把弟弟弄到破箱子里,扔到门外河水中。	对头下令将某人扔进海里(加害——A^{10})
弟弟在水上漂流。	主人公离家(出发——↑)
龙王听到他吹箫,请他到龙宫中去吹。	赠予者的其他请求(赠予者考验——$Д^7$)
他在龙宫吹了许多日子。	主人公提供某种效劳(主人公的反应——$Γ^7$)
临走时,他听了海夜叉的指点,龙王送他珍珠宝贝他不要,要了龙王身边的小狗——龙王女儿。	直接转交宝物(宝物的获得——Z^1)
弟弟与龙女结婚。	主人公成婚(举行婚礼——C^*)
龙女在水边造了一座阔绰的院落,被臣宰看到,告知国王。	刺探信息的弱化(刺探——B)
国王叫弟弟在三天之内建一座宫院,届期不成,处以死罪。	给主人公出难题(难题——3)
龙女手绘宫院图,吹口气,成了真的宫院。	难题被解答(解答——p)
国内出了乱事,国王叫弟弟三天之内招集兵马,平定乱子。	给主人公出难题(难题——3)

续表

情节	结构形态分析
龙女剪了许多纸星,从窗隙吹过,变成兵马,打了胜仗。	难题被解答(解答——p)
国王问他为何有此能力。	对头试图刺探消息(刺探——в)
他回答说是妻的力量。	对头获知消息(获悉——ω)
国王抢走了龙女。	对头掠走一个人(加害——A^1)
龙女临走时,吩咐他在她去后,捕一些鸟雀,用羽毛做一件大衣,穿上去到朝门外叫卖。如果国王想要,非龙袍不换。	向主人公发出求助呼吁(调停——B^1) (变相的求助呼吁,通过嘱咐达成,普罗普未曾提到)
弟弟照办,与国王换了衣服。	主人公穿上新衣(摇身一变——T^3)
国王换上羽毛衣,弟弟和龙女命令将他赶了出去。	敌人受到惩罚(惩罚——H)
弟弟当了国王,和龙女住在新造好的宫院里。	破镜重圆且获得王位(举行婚礼——C^2C^*)

4."离去型"童话:第119号《田螺精》

情节	结构形态分析
一个乡下人在田里捡起一个碗样大的田螺,拿回去养在水缸里。	主人公提供某种效劳(主人公的反应——Γ^7)
有一天,他想:冬瓜烧肉,味道着实不错。中午回去,果真有人烧好了。	人物供主人公驱使(宝物的获得——Z^9)
接着,他又想了两次,菜总是如愿烧好了。	三重化(同一母题再重复两次)
他把这事告诉别人,人家教他:"你在点心光景回去,在灶间门背后张,看有什么变动。"他看到一个美女从水缸里跳出来替他做饭。别人对他说:"这恐怕是田螺精,你可以在她跳出了水缸之后出其不意地把水缸里的田螺壳拿起,放在家堂里面,使她逃不进去;同时拿一个冷饭团,快点塞在她的嘴里,让她吃了烟火食,便可以变成一个真女人,同你做夫妻了。"	对话(衔接成分——§)

续表

情节	结构形态分析
他照办了,与田螺精成了夫妻。	结婚(举行婚礼——C^*)
两人生了一个儿子。过了几年,儿子问妈妈:"人家都有阿婆,为啥我没有?"她回答:"放在家堂里的田螺壳是你的阿婆。"丈夫听了拿出田螺壳给儿子玩。儿子唱山歌"叮叮叮,叮那阿妈田螺精,笃笃笃,笃那阿妈田螺壳"。	打破禁令(破禁——b^1) (禁令是虚写的,从打破禁令和惩罚可推知禁令的存在)
田螺精听得生气了,抢过田螺壳,化成一阵绿沉沉的烟,不知去向了。	婚姻破灭(C^{neg}) (C^{neg}是此处为林兰童话而造的代码,因为讲述妻子离去的情节是以林兰童话为代表的中国童话的一个特色)

附录三　林兰童话原文选录

1. 二兄弟（二）*

李文是个很利己的人，他常想把他的弟弟设法害死，如此，他的父亲遗下的家产，可以一人独吞了。

一天，他对他的弟弟说："李武，前面的山里，杨梅多着哩。我们去偷些吃吃吧。"

李武是个十二岁的小孩子，听见他哥哥的这番话，真是喜出望外。于是他们俩就动身去了。

他们走到很远的前面的一个山脚边，忽然李文停住了步说："李武，杨梅就在这山上，你等在这里，我上山去采，采来与你同吃。"

李武听了这话，很是欢喜，就连声说："好的。好的。"

李武坐在山脚边，等了半晌，不见他的哥哥回来；又看看那红日，渐渐沉下西山去了。他心里很着急，急忙跑上山去，寻他的哥哥。哪知他的哥哥已从山后面绕道回家去，让李武留给野兽吞吃呢。

---

* "得宝型"（入山得宝）童话，选自林兰童话集《怪兄弟》。

李武在山上东寻西找终于找不着李文。天暗了，他也疲倦了，于是他走到一座古庙里，在那佛柜下睡去。正在朦胧的时候，忽听得门外有脚步声响，随着七个仙人走了进来，大家围坐在大殿面前，谈谈讲讲，很是快乐。最后，有一个仙人从背上放下一只葫芦瓶来，喃喃地说：

"葫芦瓶碌一碌，酒菜发一桌。"

立刻有桌山珍海味的酒菜摆着了，他们就高高兴兴地吃着。

李武在佛柜下实在看得垂涎欲滴了，就情不自禁地跳出来喊道："喂，我也要吃的。"

七个仙人却吓了一大跳，立刻头也不回地逃走了，连那只葫芦瓶也忘却带了走。于是李武把他们剩着的酒菜吃个大饱；手里紧紧地握着那只葫芦瓶，一直睡到天亮。他一眼见天亮，就急忙忙跑回家去。

李文看见李武依旧好好地回来，心里很是不快。李武还不知道他哥哥的坏良心，所以笑嘻嘻地对他哥哥说："哥哥，你昨天不给杨梅我吃，还要自己先跑来。今天我倒要请你一桌酒菜哩！"他说着，就把葫芦瓶拿出来说：

"葫芦瓶碌一碌，酒菜发一桌。"立刻那很好的酒菜摆在眼前了。

李文看呆了，李武就把他的遭遇告诉他知道。

李文听了这话，也就跑到那座古庙的佛柜下睡着，果然见七个仙人进来了。他们是来寻那只葫芦瓶来的。一会儿，他们在佛柜下找着了李文。他们拖他出来，强要他把那只葫芦瓶拿出来。李文再三说并没有拿，求他们饶恕。后来有一个仙人说："好了，好了，我们各人把他的鼻子捏一把，就饶他吧。"

于是七个仙人每人把李文的鼻子捏了一把走了。而李文的鼻子，已经给他们捏得很长，一直拖到地上。

他快快地跑回家里，唉声叹气地坐着。李武走了过来，安慰他的哥哥说："哥哥，不要紧的，我给你医好吧。"

他就把葫芦瓶拿出来说：

"葫芦瓶碌一碌，哥哥的鼻子缩一缩；葫芦瓶碌十碌，哥哥的鼻子缩十缩。"立刻那李文的鼻子，一直缩到里面去了。李文就变了个凹鼻子。

2. 两兄弟（一）[*]

王老头儿死了。他的儿子兴宝和兴发，就打算分父亲的遗产。但是没有什么财产，只有一只耕田的牛。于是兴宝就对他弟弟道："这一只牛我们可以不用分，我有一个法子，要是你能够很快地跑去，一脚跨上骑好，那这牛就归你；要是你做不到，那就没份，只好归我。"

兴发的年纪还不大，简直一股小人脾气。不过人却很忠厚，不比他哥哥的狡猾。平日一切，从来没有和人争闹一次。至于他哥哥却大大不同了！见欺就欺，差不多有不认他为兄弟的心思。

当他哥哥将这话对他说的时候，他就知他哥哥的用意。但他向来怕他哥哥的脾气，所以就点了点头，表示赞成了！第二天，这事就实行了！他哥哥就叫他先去试，他也不顾客气，就去比赛了。但是哪里能够啊！兴发的身材确是短小，哪里跨得上去？而他哥

---

[*] "得宝型"（狗耕田）童话，选自林兰童话集《渔夫的情人》，田绍谦采录。

哥呢,一跃而上,就安安稳稳地骑着去了!因此结果,牛就属于兴宝,兴发只拿了个很大的虱子。

他俩兄弟就此分居了!兴宝就置屋成室,自己种起田来。只有兴发,没有他哥哥的本领,每天只在村上流浪着。同时,他又将他得到的遗产——虱子,用一支绳把它吊起来,也有黄头①那般大,他牵着走来走去,作为玩耍品,爱得如命一般。他哥哥兴宝见他这种行动,并不顾问,也不来帮助他。

有一天,兴发止坐在一户人家门口休息,将那个虱子在地上由它去爬,自己手里牵着绳。忽然,屋里走出一只大鸡来,看见这个大东西,自然当作食料,就把它活活地啄死了,兴发知道,那虱子已在鸡肚内了。于是他大哭起来。屋内的主人听到了,出来问什么事。兴发就立起来,带着哭道:

"可恨,你家的鸡,把我的大虱子活活地吃过了!……现在赔我的虱子来!……"

"哈哈!原来是个虱子被这鸡吃过了!现在我们没有虱子,这只鸡就赔了你吧!"主人见他可怜,这样回答着。

兴发也愿意,将绳缚在鸡的脚上,带着走了!

数天之后,兴发又牵着鸡在街上闲走,到了一处冷僻的地方,他就立在一户富家的门口檐下,这时忽然里面跑出一只狗,对他大吠起来,兴发倒也不放在心里,但那一只鸡竟被狗咬死了!他看了心里一急,经不住又大哭起来。

他的哭声非常凄惨,就传到里面,走出一位很慈和的老人来,问兴发道:

---

① 黄头:鸟名。

"你这可怜的孩子,为什么在这里哭?"

"呵呵!你家的大黄狗,将我的一只鸡咬死了……"兴发呜呜咽咽地说。

"啊!原来如此,那么我就将这狗赔你吧!"

兴发没有法子,就带了狗走了!

说也奇怪,这狗自跟了兴发之后,本领真不错,能耕田,能车水,功用比牛还大。而且对待兴发,服帖帖地,认为唯一的主人。而兴发也不流浪了!给人家过去种田。起初他对田主道:"我的狗本领和牛一样,有了他可以勿用牛。"

"笑话。我活了一生,从没有听过狗会种田!好呀,你不要谎话了!"田主不信。

"真的。"兴发还辩着。后来他和田主赌赛,要是狗会种田,那他——主人的田就送给他;要是狗不能种田,那他就给主人种田,工资也没的领。但是结果,他终于胜利了,白白地得了几亩田,而田主人却只好认为晦气。

他在自己田里工作了,有许多人都看得很奇怪。问他狗既会耕田,能不能车水,他回答是能够的,而众人都不信。于是大家又打赌起来,有的用木作赌品,有的用瓦砖作赌品,而兴发却大胆地说:"要是我输了,你们可以将我这几亩田,大家拿去瓜分。"

要定胜负了,兴发就叫狗停止工作,去换车水,狗也懂话似的,竟车起水来。大家都看呆了!连称奇怪不止,都同声说道:"这真不错,赌品是应该给他的。"这一来,兴发又得了许多东西,回去在空地上建起屋来。

狗会耕田,这件新闻差不多传遍全村了!

他的哥哥兴宝也知道了。那时兴宝已娶了一位有钱的妻子,成为小康之家了！当他听到这个消息时，他的心就妒嫉起来，走到兴发家里，对他说道：

"弟弟，你的狗会耕田，我很欢喜。现在我家的牛病了，你的狗可否借我几天，因为田里忙得很呀！"

"可以可以……"兴发很恭敬地说。因为他还忘不掉兄弟手足之情。兴宝也毫不客气，带了狗走了！

再说兴宝将狗带到家里，一点东西也不给它吃，就叫它立刻到田里去耕田。但是那狗只对他狂吠，有时立着不动。兴宝的脾气可发出来了，他狠狠地对着狗道：

"你这犯贱的东西，我家比他——兴发家好得多，你为何不肯替我做工？你真是犯贱的畜生！"说着，就提起棒来在狗上不住地打，可怜这只忠实的狗，哪里经得起，就是兴发平日也好好地待它，没有一次这种举动。所以不上三天，即在兴宝家里被兴宝活活地打死了。

兴宝见它死了，如没事一样，心中倒反高兴起来，在荒野挖了一块泥，把它埋在一株树下。

噩耗传来，兴发听到他最恩爱的狗死了，几乎发晕，就飞一般地跑到坟旁，抱着树大哭起来。这时树被他摇动了，已枯的黄叶簌簌地落下来，统成为许多金银、珠宝，集在兴发的衣上。兴发真感激得了不得，看看天色已晚，就带了金银珠宝回家去。

这消息又传到他哥哥兴宝的耳内，大大地妒嫉和羡慕起来。也走到狗的坟旁，假抱着树大哭起来，为的是树上也想掉下许多金银、珠宝来；同时他树也摇得非常用力。真的，树上也有东西掉下来了，但不是金银，也不是珠宝，却是许多细小凶猛的毒蛇、蜈蚣，团团围住了他的身体，大咬起来。兴宝真怕极了，连忙逃到家里。

到家他已得病了,而且很厉害。天天求医问卜,把平日一些家产都弄光,他死了。他的妻子也杨花水性,又加将来不能过日,所以不多数天,就嫁了人。

只有兴发,他用诚实的手段发了财,建起房屋,娶起妻子,终于成为富翁,和兴宝的结果相反。

3. 砍桂的故事*

从前有一个很爱惜生物的少年。一天,在野外踽踽独行,偶然看见路旁一只跌伤了的燕子,啾啾唧唧悲惨地挣扎着。他便动起了恻隐的慈心,把它好好地带回家里,分外留心地给它调养。过了几天,伤了的燕子已经好了;给他点点头儿表示谢意后,振翼飞去了。

不久,那只燕子的嘴里衔了一粒黄色的瓜子来给他;他便把它种在后园。时光一天一天地过去,瓜丛蓬蓬勃勃地长着:在密茂的绿叶中间,结着了一个硕大的黄瓜。

黄瓜成熟了以后,他便把它摘下来。剖开一看,里面都充满着碧澄澄的黄金和亮晶晶的白银。呀!他是多么喜欢呵!

这种稀奇的故事渐渐地传出去,村里的乡民,大都称赞这个少年的仁德。同时,邻居的一个泼皮的孩子,看得眼红了,竟然垂涎三尺。心想养护了一只微小的燕子,便得了这样宝贵金银的酬报,这是多么易如反掌的事呵。因此,便偷偷地把檐前的燕子狠狠地打伤了一只,依样画葫芦地给它好好地调护。燕子好了以后,便

---

* "得宝型"(施恩得宝)童话,选自林兰童话集《金田鸡》,章雄翔采录。

也衔了一粒瓜子来给他,他也把它在庭前的空地上种了。

依然在瓜丛里,也结了一个黄瓜,他喜欢极了。可是剖开以后,竟令他吃了一惊。一个公人装束的老翁,笑欣欣地从瓜里走出了。左手拿着账簿,右手执了朱笔,态度和蔼可亲,从从容容地对他说:"好残忍的泼皮孩子呀,你真恁样的贪横!好!你既然喜欢金银,那么,你就跟着我来吧!"老翁一面说,一面在绿色的账簿上面,写了几个字,写罢,把那个泼皮的孩子,把手一牵,踏上了瓜茎。说也奇怪,瓜茎忽然长得像扶梯一样,高与天齐。他俩一步一步地登上去,下面的瓜茎也一段一段地枯萎,因此弄得要下不能,只得往上直去。

不多时,来到月里的广寒宫,皎洁洁的白玉镶银的街道,光灿灿的黄金嵌玉的宫殿,璀璨辉煌,一望无际。更兼婀娜娇小的仙女,阵阵舞踏;悠扬玎铮的神调,又缕缕地传出来。这样眩目悦耳的幽雅的景物和缥缈的逸致,把他——泼皮的孩子弄得心花怒放忘怀一切了。

玩了一会儿,便向老翁请求给他回去。

"哦!你要回去?那么可以!要是你能够把前边的一株桂树砍倒,便教你回去;否则莫想!"老翁说完了话,在身边拿了一柄白色的银斧交给他。

他拿着银斧喜喜欢欢地跑到桂树边一瞧,原来树身都是黄金,绿叶中更生着无数珍珠和玛瑙。他想要是这树给我砍倒,那么,我将带回家里,恐怕一世也受用不尽了。因此,把银斧狠狠地向树身劈下一斧,顿时树身呈了一条裂缝;忽又感到臀部受剧烈的创痛。翻过身一看,原来是给一只银白的公鸡啄了一下;他忿极了,狠命地把它逐去。再向树身一看,连先前的裂痕都没有了。因此,再用力地劈了一斧,又被公鸡把屁股啄了一下,转身把它驱去以后,裂痕又没有了。这样这样地做去,莫说桂树砍不倒,就连一些裂痕也都没有。——直到现在,还在那里做他的这样的工作。

朋友,当你在静美的月夜里,你总可以望见月亮里面有很多很多模糊的树形和人影,那,便是那个泼皮的孩子在广寒宫中做这砍桂的故事的表演呢。

4. 南蛮子故事之一:葫芦开山 *

南蛮子,南蛮子到底是谁,无人曾经知道。但是,他印象在我们乡间农夫的心里,却是极深极深的。据说:凡所有的南蛮子,都是会相面,算命,知道人的生死贵贱;并且,还是些谲诈、虚伪的、骗钱的人。因此人们对于南蛮子,不取"敬而畏之"的态度,却取了"畏而远之"的态度。小孩子每每听说南蛮子来了,便能止了啼哭,所以,不能不归咎于为父母的常给儿童一种南蛮子的暗示。记得有一年,我还是很小,一位满留头发的人,从我门前经过,姐姐告我说:这便是南蛮子,吓得我很快地跑回家去。从此,一见满留头发的人,就起一种说不出的感想,直到现在,民国成立了,南蛮子故事,无形消灭,幼稚的儿童,大概连这名词都不知道了。

大行正干,直向北去,其东岗坡倾压着,渐次消灭,极东,钓盘山守候着。据临城县志:"韩信追陈余于泜水之钓盘山,斩余枭首示众。"而多人传说:"陈余被追至钓盘,问其下人曰:'此何地?'曰:'钓盘山。'余长叹曰:'余(鱼)入钓盘,吾其亡矣!'

---

* "失宝型"(宝物的失去)童话,选自林兰童话集《鬼哥哥》,薛培荣采录。

遂自杀。"

相传：钓盘之阴，忽然生出一棵幼小的葫芦，碧绿的叶儿，翠黄的小花，不久，那小圆的东西降生了。近山的农夫，从那边走过，谁都置之不理——本来一棵小小植物，哪在农夫眼里。这小小的生物，便在那里，生长复生长起来。

一个南蛮子，从山下经过，很惊讶地自语："金气凌人！呵！呵！"于是他环山考察，最末才走到葫芦近前，他现出十二分高兴，向葫芦三跪九叩首，口里咕噜咕噜，不知又说了些什么。

这种奇异事情发生以后，惹起人们的注意，三三两两，不断前来看那葫芦，但，仍是一棵极平常的小植物，并不曾看出奇异的所在。

一件契约成立——一个叫作李五的，和南蛮子定下这么一种契约：

南蛮子允给李五纹银四百两，李五允给南蛮子看葫芦十二年。上天为证。

南蛮子并且很诚恳地告给李五说："葫芦长足十二年后，可以开山，不拘次数；假若不到十二年，这事便失败了！"

李五他就坐在葫芦的一边，很静地看着它，风呵，雨呵，他都不在意，专心一致地尽他四百两银子的职务。

一年、二年、三年过去的时候，他不耐烦了，他把那葫芦摘下，手里摸弄着玩，觉着很好玩儿。他忘记了南蛮子的嘱咐，他忘记了三年辛苦化为灰烬了，他违背契约，他如何再见南蛮子！谁知道在这时期，恰巧，南蛮子来了。

南蛮子见葫芦已经摘下，心里当然有些着急，他叹惜着："葫芦仅可开一次山了！无尽的金子，在地下永不能出来了！……"

李五还说什么，悔恨自己也太晚！

南蛮子拿了葫芦，走到山之阳，向一个石墩，照前三年那举动，又重演了一遍。把葫芦向石上一打，轰的一声山开了：阴气沉沉地袭来。他把葫芦交给李五，用请求的口气说："请勿再打，一打山要闭住了！弄上来的东西，以一半相酬！"他便曲折地下去了！

　　金老娘儿，正在那里赶着金马，用金磨子，磨金豆子呢。一切……都是金的，这是下边的情形。南蛮子就用布袋装金豆子，不够，又到金厩里，金槽上拴着的金马驹，要给牵走。金老娘怒了，和他相争，打骂……

　　山外的李五，他等了又等，不见出来，他想起南蛮子的谲诈，大概地遁了。他仍照南蛮子的打法，那山又轰的一声闭起来！

　　可怜南蛮子哪会地遁，永远永远地，金矿一般，藏在金钓盘之下了！

5. 金万两 *

　　他初出娘胎的时候，家中还有万两家财，所以他的爸爸便替他取名作金万两。

　　他的性情非常慈善，自少就很爱做救苦救难的事情。不料竟因用途多，出息少，不上廿年工夫，家中的万两家财，已用个精光了。到他二十岁的时候，父母都已亡过，家境也穷到衣食为难的田地。只是他虽穷得不堪，而做人仍旧是廉洁得很；人家的东西，莫说是偷取一点，便是无缘无故地送给，他也都谢而不受。

---

* "考验型"（成婚考验）童话，选自林兰童话集《瓜王》。

他的村里有一个富翁,很爱他做人的廉洁,可怜他家境的穷苦,屡次想救济他一点;可又怕他不肯收受。有一次,富翁在暗夜里从金万两的窗门抛进四只银的元宝,元宝上写了一行字道:"穷人无外财不富。"金万两正在暗淡的灯光下做夜工,他拾起一看,便在银元宝上写了句:"外财不富命穷人。"依旧从窗门抛了出去。

不过此时,金万两的心里常有一个疑问,就是他自出世以来,从没有滥用过一些金钱,也勿曾行过一件恶事,怎么竟会穷困到这步田地?

一天,他听得有人说起:南海地方有个活观音,能知道人生的过去、现在、将来之事。他便打定主张,要到南海去问问活观音,以解决他心头的疑问。

他往南海去时,走到一道溪边,觉得水流很急,渡不过去。正在焦急的时候,忽听山上有声音唤道:"万两哥哥!你是往南海去么?请替我问问活观音:怎么我好好地修了一千多年,还不能成龙呢?"万两回头向山上一看,只见有一条柱子样大的蛇,高高地挂在岩石顶上,不觉吓了一跳,忙说:"可以可以,只是我今天渡不过这道溪去,怎么办呢?"蛇说:"不妨不妨,让我下来载你过去。"蛇一下山,他便骑在蛇的背上,安安稳稳地渡过溪了。

他谢过了蛇就走,走进一爿饭店去吃午饭时,和店主人闲谈了一回。店主人知道万两到南海去,便也请他代问一桩事情;店主人道:"我有一个女儿,人品也不差,做事亦聪明,可是如今已长到二十岁了,还不能说话,不知是什么缘故?劳你替我问一问活观音!"他也便答应了。

这天晚上,他借宿在一个富翁家里;这富翁家原筑有一个花园,园中的花草已养了二十年了,可从没有开过一朵花。富翁知道万两是到南海去，便也请他代问一问活观音，究竟是什么缘故。他也就答应了。

本来问南海的活观音，是有一定的规矩，就是每人只准问起三件事情，不能多问；多问便不回答。万两在答应富翁之后，才想到这个"问三不问四"的规矩。他想，他已答应了溪边的蛇、饭店的女儿、富翁的花园三件事了；去呢，岂不是空跑一趟？不去呢，又不免失信于人；去而不替他们问呢，于良心上又过意不去；这真是使他进退两难的问题。

后来经过他一夜的思量，依旧决定要去。他自己对自己说："我既然答应了人家，就不该失信；虽然自己空跑一趟，得不到益处，而替人家解决了三个疑问，也是一场快心的事情。"

他到南海一见了活观音，第一件，便问起溪边修了一千年的大蛇，不能成龙的原因。活观音说："因为大蛇头上有七颗明珠，太多了；把它除去六颗，就可成龙。"第二件，问起饭店主人的女儿，二十岁了还不能说话的原因。活观音说："这女儿是要见夫开口的；要是她一见到她的丈夫，自然就会说话的。"第三件，问起富翁的花园中之花草，养了二十年还不开花的原因。活观音说："这因为他的园中埋着七大缸银，七大缸金，金银太多了；将它除去一半，就会开花。"

他问得之后，先回到富翁家去报告；富翁就将园中所埋的金银中之一半送给万两，作他的酬劳费。次回到饭店中去报告；他刚走到门口，店主人的女儿已在窗上高叫道："哟！万两哥哥！你回来了，活观音怎么说呀？"店主人就把女儿嫁给万两。再回到溪边向大蛇报告；大蛇也就将六颗明珠送给万两作路费。

从此，金万两依旧有万两家财了。

6. 龙女*

不知在什么时候，一家有兄弟两个，大的已结婚，小的极老实，好弄音乐。哥哥恨他，就同妻子商量，生法子除了他。

她是个较好心肠的妇女，听了丈夫的话，天天蓄起馍来，暗暗放在一个破箱里。

他哥哥乘夜间，把他弄到那只破箱子里，始自门外河中让它漂流去。但他毫不在意，坐在箱里仍是吹着洞箫玩。饿了，嚼块硬馒头。

漂流很远很远了。有一夜，箫音打动了河里龙王，龙王派夜叉出来，请他进龙宫去。

他在龙宫里吹了许多日子，个个都爱他。当他吹时，甚而至于鱼呀，鳖呀，都动也不动，静听着。他在里边闹熟了，夜叉暗地里向他建议，他要去时，龙王赠任何物件都不可要，只要他身边的小狗。那是他的女儿，长的最美不过；若能弄到手，竟享受福气了。

他要辞别了，龙王要留他再停几日。终于要别了，送给他许多珍珠宝物，他一件也不要，龙王没法子，问他心要何物；他说看中了那只小狗。龙王极讲面子的，虽说那是自家的女儿，可是许给这位忠实的少年音乐家，也没什么不合适，于是，毫不拒绝，就让他抱了出来。

他抱了小狗出来了，到水面上，又到了陆地上。小狗打了个滚，转瞬间，变成了不曾见于人世的、说不出的美妙女郎。自然

---

* "考验型"（成婚考验）童话，选自林兰童话集《渔夫的情人》，张源采录。

他很喜欢。

他们是自然结合地成了夫妻。但哪里去安宿呢？这不是很可惜的事么？不是的，他们走到了个大湖，就择定在那里筑起房子来。他愁了，无人无钱哪能办起。她笑道："不必愁，你去休息一会儿吧！"当他在野间睡醒后，一座极阔绰的院落，眼前出现了。夫妻俩快快乐乐过活起来了。

国王的臣宰打那里过，吃了一惊，怎样前日尚系湖泽，现在成了这么大的院落。于是，奏明了国王，下了道旨意把他召了去。国王限三天，要他建筑成一座大宫院；届期不成，处以死罪。他哭着回了，给妻一说，妻笑笑，教他莫哭，暂去睡一下吧。妻用手指绘了个宫院图案，口一吹，成了真的宫院了，那里的设备布置，绝不是国王所曾想到的。怎不令国王大惊而特惊呢？

国内忽出了乱事了，非用兵去平灭不可，但苦于无兵可调，就又把他召进朝去，限三天招集若干兵马，将乱子平下。他听罢，又哭了回去。妻子一见，得知真情，又笑道："你去睡吧，不必过问。"她在室内剪了许多纸星，从窗隙吹过，就变成兵马了，顷刻间野地里都是的，一眼望不到边，随即调了去打仗，将乱子平了。小兵们呢，就永远做了国军。

国王喜欢乱子平外，更是惊异的不得了。又把他召了去，问他何以有此能力。他老实地说是妻的力量。国王心喜，要强迫他承认她到宫中去做皇后。他呢，怎肯答应，只有哭着回去了。随后，来了许多人接皇后的。

妻并不忧愁，劝他不必引为悲伤。吩咐他在她去后，捕些鸟雀，用羽毛做件大衣，穿上去到朝门外叫卖。那是普通人所不要的，如果国王要的话，除非龙袍不换的。以后，她自有办法。吩咐罢，乘辇去了。

国王欢喜若狂，每日里款酒作乐，以取她的欢心。但是她几乎成了个泥塑木雕似的，连一句话也不肯张嘴，一笑也不表示，直急得国王百般想法，终于无效。

一天，国王想到同上金殿上取乐。满朝文武也都来助兴。但她还是老也不言不语。忽有叫卖羽毛衣的，她一听嫣然笑了。国王也就乘机大笑起来。随将卖羽毛衣的召见来，国王要购买下去，但他无论如何不肯卖，非龙袍不换的。虽说一个是国王，一个是平民，在当时，国王也不能强买平民所不愿卖的东西；况想取乐皇后，自己也不愿硬逼迫，那是有煞风景的举动。国王为皇后的缘故，于是乎不惜将无价宝衣来换羽毛制的衣服来。

换了后，卖羽毛衣的成国王了，登上宝座，臣宰们都口呼万岁，兵士们前来保驾，国人都欢呼庆祝。他和她道："把这个卖羽衣的逐出去！"

真正国王为了爱人家的女子被逐，流为乞丐了。

新造成的宫院，两个安安乐乐地住下享福。国内又平安无事。国人都很喜欢国王和皇后的本事。

7. 菜瓜蛇的故事*

有一个老头子，生有三个女儿，尚未许给人家。一日，老头子往山里去打柴。菜瓜蛇将皮脱下，变成一个大网，网过往的人们。老头子误被他网住。菜瓜蛇正要吃他，忽听见老头子哭道："我死

---

* "考验型"（成婚考验）童话，选自林兰童话集《渔夫的情人》，雪林采录。

不足惜,只是家里三个女儿,必定饿死,奈何?"菜瓜蛇听了,说:"原来你家还有女儿,你将一个给我做妻子,我便不吃你。"老头子只得答应,回家将这件事对女儿们说了。征求大女儿的意见,大姐说:"情愿教吃掉了爹爹爷,不愿嫁给菜瓜蛇。"又问二姐,二姐也说:"情愿教吃掉了爹爹爷,不愿嫁给菜瓜蛇。"问三姐,三姐说:"情愿嫁给菜瓜蛇,不愿教吃掉爹爹爷。"老头子便将小女儿打扮起来,送往菜瓜蛇家里,与他结为夫妇。菜瓜蛇待他的妻子,甚是恩爱。两口儿极为相得。

过了半年多,三姐想念家里的人,要回去看看,但愁认不得道途。菜瓜蛇便亲自送她,又带一袋芝麻沿途抛掷,嘱咐她待芝麻抽出枝叶,便沿着回来。

三姐回家,与父亲姊妹相见,甚为快乐。三姐自嫁菜瓜蛇后,一切享用,非常奢华。现在回家,头上满插金花、银花,身上穿了绸缎的衣服。大姐见了,不免起了妒忌之心,深悔当时不嫁菜瓜蛇去。便约妹子去照井,看现在谁比谁美丽。照时大姐见妹子比自己胜过十倍,大不服气,又约她去照河,又是三姐好看。大姐说:"你头上戴的,身上穿的,都是好东西,自然我比不过了。你且将你的东西给我穿戴起来,我们再比比看。"三姐果将穿戴的除下,给她姊姊,她姊姊得了这些东西不去照河,即猛然将她推下河中淹死,假作啼哭回家说:"妹妹失足落水溺死了。"

大姐每日往大路上看芝麻长出否。一日果见沿途都是碧绿的嫩苗了。大姐大喜,便一路沿芝麻苗而行,到菜瓜蛇家里。菜瓜蛇见伊那些戴的穿的都是三姐临去时的,只是面貌身材不像,便问道:"你去许多时候,在家里做些什么?怎么你似乎变得粗丑了些?"大姊说:"不要说起了,自从回去之后,家里人一天到晚逼我做粗活，所以弄成这个模样。"菜瓜蛇说："那么为何脸上弄了一脸的麻子呢？"大姐说："这因为我有一天在麦场上晒黄豆，一跤跌在上面，脸被豆子碰伤，所以留下这一脸的疤。""手何以变粗了呢？"说是天天拉磨弄成的。"脚何以大了呢？"说是天天踏舂弄成的。菜瓜蛇听了她一番解说，信以为真。大姐得以冒充为他的妻子。

有一天早晨大姐坐在窗前梳头，忽见树上有一黑毛小鸟向她叫道："梳我的梳子梳狗头！照我的镜子照狗脸！"大姐知道是三姐魂变的，心中恼怒，用手中梳子猛力向小鸟扔去，竟一下将那鸟掼死，跌下来，大姐拾起来，煮在一个罐里，菜瓜蛇回家，便一同吃。不意菜瓜蛇吃时，一口一口都是香喷喷的肉，而大姐吃的都成为骨头。大姐知道妹子作怪，将罐中余肉一齐泼去。次日那泼的地方，竟长出一棵枣树，渐渐成荫结实。大姐打下许多枣儿，与菜瓜蛇同吃。菜瓜蛇吃的都是又香又甜的枣。大姐一送进口变成狗屎。大姐怒极，将枣树斫去，却将杆子做成一根捣衣杵。捣衣的时候，凡是大姐的衣服，都破成窟洞，大姐便又将那捣衣杵塞进灶里烧了。

隔壁的叔婆闻知此事，私下到厨房里窥探，忽然灶灰中露着一尊金烁烁的金人。就悄悄地用衣襟兜了回去，藏在竹箱中。每日叔婆由外回来总看见未纺成的棉，都变成纱。房门仍然关着，不能有外人进来，叔婆甚是疑惑。一天装作出去，却偷着回来伏在窗下窥视，见竹箱中金人走出，变成一位绝妙的人儿替她纺纱，叔婆认得她便是三姐，又惊又喜，跑进房一把将她抱住，喊了菜瓜蛇和大姐来。菜瓜蛇虽然认得这是他的妻子，但有大姐在室，心里狐疑不决。叔婆教他们将头发打开，能互相交纠不脱的，便是结发夫妻，菜瓜蛇和三姐两人的发能交纠,和大姐则否,于是菜瓜蛇知道三姐是他原来的妻子,大姐却是假冒来的,便一口将大姐吞下,和三姐为夫妇如初。

8. 老狼婆*

有个中年妇人走亲家,篮子里盛了些糖糕和粽子,到了半道上遇着个老狼婆。

"你往哪里去?"老狼婆问。

"俺去走亲家。"

"拿什么?"

"拿了些糖糕粽子。"

"叫我吃点吧!"

"可是不能!可是不能!"

老狼婆转眼生了一计。

"呀,看你头上的虱,乱爬!"

"请你给我看看!"

正中了老狼婆之计,妇人坐路旁,老狼婆给她捉虱,问明了她家里有三个女儿,大的叫葱,二的叫碟,三的叫什么不翻鏊。老狼婆慢慢将她一指甲、一指甲切吃了,然后又吃了她篮里的礼物。

老狼婆装扮着她回去了,在门外敲门,叫道:

"葱,碟,不翻鏊,都来给老娘开门哩。"

---

* "考验型"(斩妖除魔)童话,选自林兰童话集《渔夫的情人》,张源采录。

大闺女葱跑到门前一看,道:

"你不是俺娘来,俺娘的脚小,你的脚大。"

"这是我在你外婆家推磨使的。"

但不给她开门。

二闺女碟跑到门前一看,道:

"你不是俺娘来,俺娘的脸上没麻,你脸上有麻。"

"这是我在你外婆家睡在碗豆圈里印的。"

但仍不给她开门。

小闺女不翻鏊,道:"娘回来了,你们也不开门!"跑出把门开了。

老狼婆进屋了。大闺女搬条板凳,她不坐;二闺女搬只椅子,她不坐;小闺女就给她拿只斗,她便坐下,把尾巴丢在斗里,哗啦哗啦乱响。

"这是什么声音?"都问。

"在你外婆家捉了只小老鼠来。"

晚上了,老狼婆要教她们同床睡,大的和二的都不愿意,唯小的呆些,就跟她同床睡了。到了半夜,大的和二的自然睡不着,只听她"咯咋咋"嚼东西。

"你吃什么?"大的和二的问。

"在你外婆家带来的红萝卜。"

"叫我们吃点吧!"

"可不敢,你们吃了会肚痛的。"

停了一会儿,又听着她"呼呼"喝东西。

"你喝什么?"又问。

"在你外婆家带来几斤黄酒。"

"叫我们喝点吧！"

"可不敢，你们喝了会晕的。"

两个大闺女知道事情不好，想出外去，可又不敢，假装说要拉屎的。

"我们要拉屎呢。"

"就拉在床下盆里。"

"嫌臭气。"

"到门墙角。"

"也是臭。"

"出去吧！"

好了，她俩跑了出来，那时天已亮了，她们跑到后院，攀上了粪堆上的一株大树，呼唤道：

"东邻西舍都听哩，我家来了个老狼婆，吃了我们小妹妹，还想吃俺姊妹俩。"

老狼婆见她们没回来，等的不耐烦了，跑出去，到了后院见她们上在树上，厉害地问道：

"上那么高，干吗？"

"娘娘，快来看，邻家娶媳妇呢。"

"哦，叫我上去，叫我上去。"

老狼婆急的上不去。她们下了来，取了根麻绳，把她吊上去，眼看快上去了，一松手扳了下来。

"嗳呐，把娘扳死了！"

"不要紧，不要紧，快把我吊上！"

又吊了上去，快到树叉了，忽腾又扳了下来；老狼婆扳的断气了。顺手就埋在粪堆上了。

9. 田螺精[*]

一个乡下人跑到田里去,看见远远地方浮着绿沉沉的一层烟。"这是啥东西?"他想。过去一看,却拾着了一个碗样大的田螺,便拿回去丢在水缸里。

有一天,他心里想:"冬瓜烧肉,味道着实不错。"他中午回去,咦,奇怪,他揭开镬①盖的时候,镬子里放着的不是冬瓜烧肉么?"这是谁烧的呢?恐怕是邻舍人家烧在我的镬子里的?让我吃了再讲,等他们问起来,就说'谁叫你们烧在我的镬子里的'!"但是后来也没有人来问。

过了几天,他又在心里想吃什么菜。奇怪,他回家的时候,镬子里早已有着这样菜了。他依旧把它当作别人家烧在他的镬子里的,不问情由拿起就吃,但是依旧没有人来问。

"出怪了,"他想,"既然如此,我再来试试看。"他便故意想一想要吃什么菜。

当真,这菜又在他的镬里烧好了。

他惊奇的不得了,便去告诉别人。人家教他:"你在点心光景②回去,在灶间门背后张③,看有什么变动。"

他果然到了时候去张,忽见水缸里跳出一个精赤的女人来,到别的地方一转,回来时候竟变成一个非常齐整的美女,走到灶头

---

* "离去型"(田螺姑娘)童话,选自林兰童话集《独腿孩子》,何公超采录。

① 镬:锅。
② 点心光景:吃中饭的时候。
③ 张:即张望。

旁边,替他烧起菜来。

他就又把所见的去告诉别人,别人对他说:"这恐怕是田螺精,你可以在她跳出了水缸之后出其不意地把水缸里的田螺壳拿起,放在家堂①里面,使她逃不进去;同时拿一个冷饭团,快点塞在她的嘴里,让她吃了烟火食,便可以变成一个真女人,同你做夫妻了。"

他果然在她出水缸之后,把田螺壳偷偷地拿起,放在家堂里,又把一个冷饭团,一揿②揿进她的嘴里,她果然成了一个真的女人,同他做了夫妻。

两个人居然生了一个儿子。

过了几年,儿子大了,有一天回家来问她道:"姆妈,姆妈,人家都有阿婆,为啥我没有?"

"放在家堂里的田螺壳是你的阿婆。"她说。

他的男人听见了,便从家堂里拿下那只田螺壳来给他儿子玩耍。

这儿子不知从什么人学得了两句山歌,唱道:"叮叮叮,叮那阿妈田螺精,笃笃笃,笃那阿妈田螺壳。"他常常一面玩着田螺壳,一面唱着这只歌。

后来她听得生气起来了,对她儿子说道:"拿来!"她抢着了那只田螺壳,一霎时便化成一阵绿沉沉的烟,不知去向了。

那乡下人终算得到了一个儿子。

---

① 家堂:放祖宗牌位的龛。
② 揿(qìn):方言,按。

10. 土地爷的故事*

在一个地方，有南北两个山，山中都有土地爷，南山的土地居长，北山的土地是小的。兄弟俩僻处荒山，好久没有享受着人间的香火，和其他礼物的敬奉。一般是饿得面黄枯癯，十分可怜见的。

一天，山脚下的村童牵牛经过南山的土地庙。那土地爷见了，计上心来。却不慌不忙，伸手将村童的身肢摩抚了几下。

那村童回到家里，便周身烧热起来。并且病势来得十分厉害。全家人很是忧恐。忽听得村童口中喃喃地说：

"我乃南山之神，到来替你们除病。这病是因为在山中受着山魅的作祟，你们可去南山土地庙前的樟树，削下一片，回来煮服，就可愈的。"

家人谛听着，知道是土地老爷降临，连忙围着磕头顶礼。村童的父亲依照着土地爷的指示，取了樟树木来，煮水服下。果然，不一刻，病魔被驱除了。

第二天，村童的家人，恭恭敬敬，办了豚首五牲之类礼物，到山上来答谢神恩。

南山土地见目的达到了，喜欢得要发狂。忙叫人去招北山土地到来吃酒。

北山土地得了这个消息，自然是天大之喜，三步并作二步行，立刻赶到。见那么的盛馔，不禁垂涎三尺。说道：

"兄长！你的佳运到了，怎么有这许多东西，告诉我吧！"

---

* "滑稽型"童话，选自林兰童话集《换心后》，郑玄珠采录。

"一个人的命运不一定终久困处穷厄啦,假如肯想个法子……哈!哈!"

"不要多说空话吧!哪里来的?告诉我!"

"不要忙,咱们饿得要命,受用要紧,迟早总要对你说的!"

席间南山土地便把经过的事,详细地诉说了。北山土地一句句记在心头,回去便想效法,预备享一享口福。

偏巧,那天有一牧童打庙前经过,他依法向牧童身上抚摸了几下。只见那牧童顿时打了个寒噤,回家就病倒了。北山土地又照他兄长的老法子,借牧童的口说话,叫他家人到北山庙前取樟树木煮服。

那牧童的父亲怎敢怠慢,到了北山土地庙前,觅了一回,山前山后并不见有半株樟树。他窘呆了。忽然想到土地爷的身上来,知道土地爷是樟木刻成的。削了一片儿,代替代替,有什么不可?他想削土地爷的面部手部,恐太丢土地爷的脸光。末后想到一处,是人家看不见的"屁股",觉得再妥当没有了。所以小心地扯开土地爷的袍袄,将屁股挖了个窟窿。回家去煮服,真的灵验异常,服下去,病体豁然痊愈了。

可是这一个人家,穷苦得不堪,日常的生活尚且不易过,所以并没有想念着要买什么东西来酬谢土地老爷的深恩厚德。

北山土地想到这么一个人家,真是没法子可想,没有享他的福,反吃了现亏,越想越是气恼,心里着实有点怨恨南山土地了。于是拐着藜杖,一步一颠蹶的,好容易到了南山庙来。南山土地见了甚觉诧异,说:

"弟台!几时不见,怎会成了这个模样?"

北山土地没暇坐下,便唠叨地把他这失败的事说来,想借以出出这口闷气。哪知南山土地听了,不但没有对他表同情,反为他笑得几乎腰折。

"哈!哈!活该!活该!你要使法儿,也应该看是哪样的人家。这点注意不到,难道连自己庙前有没有樟树,竟也没有知道。鲁莽到这田地,自己倒霉!还要埋怨谁来!"

11. 怪兄弟 *

一个老太婆,有十个儿子。大叫神长,二叫飞腿,三叫铁脖,四叫松皮,五叫粗腿,六叫大头,七叫长腿,八叫大鼻,九叫水眼,十叫噘嘴。

那时有一个皇帝盖五凤楼,三年没有盖成功。皇帝发出王榜,说:"谁个能在三月内盖成,官上加官,职上加职。"大哥神长跑去盖,不用三天,就把五凤楼盖到半虚空,五只凤凰在楼顶就像飞的一样。皇帝说:"这人的本领多么大呀!不杀,将来一定要造反。"神长刚绑到法场上,二哥飞腿驮着铁脖跑到了,他们家离开法场有十几里路,他跑到法场只要喘一口气的时间。

铁脖说:"杀我吧,杀我吧!我这'骨瘦豺狼'的样子,一点事都不能做,大哥有点力气,要苦饭给老妈妈吃哩。"神长放走了,两个刽子手甩开大刀就要杀铁脖子。一张刀砍到他的脖子上,火星直冒,刀口卷到了刀背;一张刀砍到他的脖子上,"咯嚓"一声,刀口上去了一个和脖子一样大的缺。左杀头也杀不掉,右杀头也杀不掉。皇帝说:"大刀杀不死,再用五牛崩尸吧!"

---

* "滑稽型"童话,选自林兰童话集《怪兄弟》,孙佳讯采录。

飞腿听说铁脖子要五牛崩尸，慌忙跑回去，把四哥松皮驮来了。

松皮说："崩我崩我吧，我这没有用的人，浑身都是皮。"铁脖放走了，松皮头上套一只牛，左手套一只牛，右手套一只牛，左脚套一只牛，右脚套一只牛，五条鞭子一齐打，五只牛挣着腿向前面爬。松皮头上的皮拉长有几里远，手上脚上的皮也拉长有几里远，两只眼仍一翻一翻地向天上望，一点也没有死。皇帝说："五牛拉不死，把他全家都捉来杀吧！"

飞腿听说要杀全家，背起松皮就向家里跑，远远地喊道："皇帝要杀全家了，快快逃走啊！"皇帝的兵马未到时，他们已逃开去了。

逃——逃，前面一条白浪滔天的大江！七哥长腿说："我下去试试水多深。"他下去，几十丈深的水，只漫上他的腿肚子。一家子他都驮过去了。

饿了，怎么办？长腿说："我到江里摸几条鱼吧。"没一刻便摸了两条大鱼上来，叫老妈妈剖鱼肚子。老妈妈剖开这一条鱼，鱼肚里滑出来一只十三条桅子的大船，剖开那一条鱼，鱼肚里又滑出来一只十三条桅子的大船。两只船上有许许多多的人，一齐向老妈妈道谢，说："不是你老人家剖开鱼肚子，我们还不知到哪一天才能见天日呢？"两只船拉下了江，张帆时，船上人送两匹红缎子给老妈妈做衣裳穿。

两条鱼放在带来的锅里煮，可是没有烧草，又怎么办呢？五哥粗腿说："我腿上还戳有两根木刺，拔出来不够烧火的吗？"两根木刺拔出来，砍砍劈劈，足有一两担。旁的人坐在一旁歇歇，只有八哥大鼻子在烧火；烧了不久，鱼的香味，钻到鼻子里来，他忍不住馋下了口水，揭开锅盖，鼻子一嗅，两条大鱼都从鼻孔嗅到肚里去。六哥大头眉头皱成了一把，想要打大鼻子，老妈妈说："六乖乖你不要气，那两匹红缎子我不做衣裳，给你做顶帽子吧。"她慌忙将两匹红缎做成一顶帽子，大头拿去戴，连头顶子都盖不住；他气得向地上一掼，九哥水眼正睡在地上，眼被掼着了，两只水眼挤挤地向下淌水，淹的地方并不多，只淹了九州十二县。十哥噘嘴四面一望，说："这事情还了得！唔！"嘴一噘，噘开了南天门！

12. 养鸭做了富翁*

从前有一人家，很是富有。他生下四个女儿，有一日，他正在喝酒的时候，他想，我且试试四个女儿的心，到底对我是怎么样。于是他便先问大女儿道："你是靠谁？"

大女儿道："我是靠爹爹妈妈的。"

他再问第二第三两女儿，她们也都是这样回答。他想这是不错，心里很是欢喜。

后来又问第四个女儿，她回答道："我是一靠天，二靠地，三靠我自己，四靠我丈夫吃饭。"当时他听了这话，很是气恼。他想，你要靠丈夫吃饭，就给你靠丈夫吃饭去。于是他叫一个惯做媒的来说，叫他去寻一个十勿全的人来。

媒人出去了，就找着一个养鸭的人，他患着麻皮、癞头、拐脚、白眼、口吃等病。他是养着十八只鸭，住在山腰的茅屋里。那天媒人对他说了，养鸭人说："我是穷人，怎好配他们千金的小姐呢？"媒人说："这是那家老爷的主意，你也不要推却了。"养鸭人没法，

---

* "考验型"（成婚考验）童话，选自林兰童话集《菜花郎》，陈大莫采录。

也就答应了。

过了几日,养鸭人的船撑到那家小姐的屋后,预备来迎亲了。她的父亲,故意踏污了一双靴子,叫她到河岸去洗。正在洗的时候,她的父亲就一把拉她到船里,叫养鸭的摇着去了。

船摇到了,养鸭的叫她上岸,她只是哭着。养鸭的道:"我摇你回去罢?"她道:"我上岸了。"于是就同到山腰的茅屋里,和养鸭的成了夫妻。

这样过了许多天,养鸭的养的鸭,渐渐大了,都会生蛋。于是把蛋卖了的钱,替他妻子买些纱和山线,做了绷子。绷子因为要架,就叫养鸭的去割芦秆。还要压绷的石头,于是又叫养鸭的去寻,说是要方的滑的。

养鸭的到了山下,就找那种石头,总算被他找着了,他就拿了回来。他的妻子看了这是金砖,就问他还有没有,他说很多,于是她对他道:"你今天不要再去养鸭了,快把这些石头都去拿来罢!"

养鸭的就用了两只篮子,把那种金砖都担了回来,自然,现在养鸭的也变作一个富翁了。

过了三四个月,他的岳父做寿了。他仍旧穿着破烂的衣服,摇着那只养鸭船,到他岳父家里去贺寿。岳母看他这样可怜,暗地就把儿子的衣服给他换上,然后再到客堂里去吃饭。

那时,大姨丈、二姨丈、三姨丈都早在那里,他进去,一个也不理睬他。他对他们道:"大姨丈!二姨丈!三姨丈!我某日造屋了,请你们帮忙罢!"

那三位姨丈听了,想是造什么厕所似的小屋。大姨丈就嘲笑他道:"若是你造屋了,我来买地基给你。"

二姨丈也嘲笑道:"若是你造屋了,铜钉都用着我的好了。"

三姨丈也笑着道:"若是你造屋了,泥水木匠的工钱,都由我来付罢!"

后来,他回到家里,他的妻就叫他到树行里去买树,手里提着一只破篮,放着数块金砖。第一个树行不识他有金砖,没有卖树给他。第二个树行晓得了详情,就很客气地待他,他就买了几百船。于是载到家里,造了一座前厅后堂偌大的房子。

那房子造好的时候,正是六月,因为天气很热,他到荷花池里去沐浴,什么麻皮,癞头,拐脚,白眼,口吃,一切都没有了,却变作一位谁也认不来的白面书生。

以后岳父和那三位姨丈,都不看轻那位白面书生的小姨丈了。

13. 人熊的情死 *

从前有一个爱游历的人,要到外国去。海风太大,又赶上了逆风,他乘的那只船停泊在一个船埠里。船长说:

"诸位客人有欲下船游玩者,现在可以下去。几时起了东南风,便赶快回来,回不来的可也不能等着!"

客人们一听,大喜。于是一个个都走下船来,各自消遣去了。三的三好,俩的俩好,谁没个亲戚朋友呢?人家都成群结队地玩去了,只有他是孤单单的一个自己。这个"爱游历的"可真是爱游历呢!独自下了船,穿过山涧和树林,走上走下,东看老鸹西看雁的四下里看开了。风景很好,又有山又有水的,使他忘记了一切,连吃饭都忘了。

---

* "离去型"童话,选自林兰童话集《渔夫的情人》,谷万川采录。

玩了两天,也不知道出去了多远。正走着走着,忽然间起了东南风,这时他突然想起船长的话来了!心中好似受了什么东西击打一样,又惊又悔,连忙回转身来,急急忙忙地往回跑。

跑到停船的地方,一看,别说船,更连个人影儿都看不见了!他把两只傻大眼睛只是目不转睛地向海里望着,好像打算把那只船从海水中瞪出来似的。但是天黑了,终于是什么也看不见。此时他心中的难受简直难以形容,面前一片汪洋大海,回头便是万水千山,四顾茫茫,周围一个人也没有。无可奈何,只好向着乱山堆中瞎走吧。正走之际,前边来了一个人熊。那人熊见了他,老是不住地憨笑,走到对头,人熊一把拉住他,走往山洞里去了!人熊的力气大哟,别说他一个人,再有这么三个两个的也不是对儿。到了洞里,那人熊也不吃他也不喝他,给他找了些干草教他睡下,待他非常之好。每天那人熊出去,便把洞门用石头堵上;到了晚上回来,给他采来许多仙桃果木让他吃。原来这个人熊是个雌的,那雄的死了。她自从把他弄了来,很小心地侍候他。后来彼此渐渐地熟了,她要求和他结婚,于是他俩就做为夫妇了。她越发显出十分快活的样子。

过了两年,产生了两个小人熊,她料想他不肯再走了,有喽小孩儿咧,是不是?所以此后那雌熊出去,也不关闭洞口像从前那样严了。

住的约摸有三年了罢。他计算那只船快回来了,——因为那船是三年来往一次,便偷偷从洞中逃出来,简直奔向那船埠而去。到那里果然看见那只船远远地来了,他就用手招呼。船上的人见他不十分像人,——因为他三年之中,不曾吃一些儿盐酱,——甭说,就不愿靠岸。他这才对他们怎长末短地一说,船这才靠了岸,他便上了船。

再说那雌熊。雌熊这天出去,到晚上给他摘了许多人类吃不着见不着的珍奇果品,笑笑跳跳地回来了。进洞一看,不见了他!于是把两只小熊抱在怀里,疯喽似的追上来了!追到海岸,只见他上了船,船又离了岸。气得她淌淌的眼泪直流下来,隔着岸回来回去直转。时而拍拍胸,跺跺脚;时而摸摸心,指指天。时而用手擎起两孩子来教他看,但是他满都不理。后来气急了她,把牙一龇,恶狠狠地将两只小熊三撕两撕,撕了个四棱八半!然后把她们向船上一抛,随后她便噗通一声,跳在海里死了。

14. 不见黄河心不死*

呵!"不见黄河心不死。"

大概你也常听到老人们说这句俗语吧?不过你听我说,有些人定意要做某一件事,他借用这句话去表示他自己的坚决时,那是错的。因为他并不知道这话的来源。

事情说来很长;也是很有意味的。现在就是开头,须要静静地听着!

大概是在个又大又热闹的城中吧?一家店里,雇了一个少年的长工,他生得很丑,伙伴们都偷着叫他武大郎,但其实他可是姓杨而且行六的;过了不久,人们又都叫他杨六郎了。他大概不是城市近处的人,是从远方漂流到这里的。

六郎虽然很丑,可是很会弹唱,店里的人都说,他们从来没见

---

* "离去型"童话,选自林兰童话集《瓜王》。

过唱得那般美雅好听的!他有一个琵琶和一枝长笛,都是他进店时带来的。每到晚上,工作已完,月明人静的时候,同工的人都请他弹唱,听得入神;有时他吹起了长笛,就能使人落泪!——这时他们竟然相信他绝不是个寻常的人,总是个什么神仙或妖精一类的;但他平日举动又很朴实,面貌又很丑陋,时候久了,他们也不敬重他,只常常爱听着他唱就是了。

店主人的女儿,同娘和妹妹在店的后院里居住。她生得天仙一般的秀美,十九岁了还未曾许人。她每次听到前院店里发出的歌声,心便惊奇得跳起来,有说不出的歆慕和叹赏!她想:能唱得这般好听的人,不知道要生得多么俊美呢!他若是还没娶亲,呵,我若得见他一面……

她白黑地这样想着,饭量也渐渐减少,终竟有一天病下了。

爷问他是什么病,她说"没有病";娘问她怎样得的。她说"不知道",但病却是一天厉害一天。

医生请过了四五个,但每次把药煎好,女儿都不肯吃;若是一勉强她,她还要大哭起来。娘爷都着急得没法可想。

女儿病到九死一生了,娘紧紧地哄着,问着,她才照实说了出来,并要求着要见那个会唱的人一面,娘即刻答应了她,又去告诉了女儿的爷。

女儿的爷同六郎商议,要他去见女儿一面救救她一命,六郎一面惊奇,一面羞涩,但心里却十分愿意。也顾不得修饰,即刻随人来到女儿的绣房里。

女儿病了好久,虽然比前瘦了,但这一刻却十分精神,仍然有令人吃惊的美态。娘说:"这不是,——乃杨六哥也来问你好了没有呢!"她抬头一看,见炕前立着的人,又黑又难看,于是立时把头一蒙假装睡了！六郎也只得退了出去。

女儿见他那般丑陋，心便立刻宽松了，不怀念了；病也一天好一天，直到完全复原，可是自此以后六郎又病下了，一病病了三个多月，现在已病得不像样子了。——起先他只说是犯了旧有的肚子疼病，直到现在才把实情告诉了店主人，并央求他说：

"只求能再见她一面，便死了，我也甘心！"

店主人去告诉了女儿，并嘱咐她去见六郎一面。女儿心里的话："他虽然丑，却知道我为他病过，而且也来救了我的命：不但于我有恩，况他这病也明明是被我引起来的！唉！已经到了这步田地了，还吝惜去见他一面！人家也是个人！……"她于是定了主意，要明天去见他一回。

明天午饭后，她梳洗得干干净净，打扮得齐齐整整，来到六郎的小屋里，恰巧六郎睡着了，她不好意思叫醒他，便把一只花鞋丢在他的身旁走了。

六郎一醒，见身旁有一只极精美的花鞋，知道女儿是方才来过的了。于是叹口气说："唉！偏偏我又睡着了，连再见一面的缘分也没有！命里该着呵！罢！罢！罢！……"他心里又懊丧又着急，话没说完便死了。——他也没有家属，也没有亲友，店里的伙计们把他埋在城外的一块野墓田里。

大约又过了两个多月吧？一天日落的时候，有个阴阳先生到这店里来歇宿。晚饭以后，大家闲谈的时候，他忽然说：

"哼！今天见了一件活宝，——可惜没有人知道它的！"

店主人说："什么呢？"

他说："唔！活宝！也难叫出个名称来。……这城的西门外，不远，不是一大片野墓田吗？那地的东北角上，有一个不满百天的新坟——坟里的人虽然死了,可是他的'心'还没有死,若是能将那颗心挖来放在个小缸里,再倒上些儿酒:它便大声唱起来,最好的戏子也不能唱得那么好听!哼!真是件天下少有的活宝!——只不知道那个坟还有主儿没有。"

店主人听了,心里又怪又喜。他说:

"不错,那个坟里埋的是这店里的一个伙计,生时也很会唱的。他是个无家无靠的人。咱们去扒开,也一定无人干涉!"于是他嘱咐好众伙计们,要明日早晨去发掘。

第二天早晨,天刚放亮的时候,他们去的;东方露太阳的时候他们已带着那件活宝回来了。

店主人照着阴阳先生的话,把那颗心放在一个瓷缸子里,又倒上了些酒:果然,瓷缸里便放声大唱起来,和六郎生时所唱的一点没有分别!唱了一会儿,他把瓷缸里的酒倒出,声音便立时停止了。店主人一面暗自欢喜,一面又嘱咐伙计们严守秘密,不要让别人知道。只有他每天烦愁时,便照样叫它唱起来解闷。

店主人的女儿,一连四五天又听到了那种美雅的歌声,心里想道:"那人已经死去两个多月了,怎么又听到这种唱声呢?恐怕在我病中来看我的,不是那真会唱的。娘和爷故意叫了个丑东西来,断绝我的怀念吧?对的,大概这还是那真会唱的人在唱,已死的不过是个丑工人罢了!"她这样想着,越发不好意思再问那唱的到底是谁,有时蹑着脚步,到前院去听一会儿,但知道那屋里都是些男人们,终于不得进去。

一天,女儿的爷请几个相好的朋友来玩,前院又照前唱起来了。女儿一趟一趟地到前院去听,要候到众客走散时,窥探出那唱的是谁来,她躲在窗后听着,客人都离座告辞了,爷和哥哥们也起身出送,恰巧他们这次没顾得把瓷缸里的酒倒出,便都走出门去。女儿见人已走完,听屋里还不住地唱,于是悄悄揭开帘门,向里一看,并不见有什么人。——只听到桌子上还是不住地唱。"真奇怪!"她这样猜着,又走近了桌子,向瓷缸里一看,呀!声音立时便住下了!……

从此以后,无论怎样摆治,那颗心便不曾再唱过。——店主人说它已经死了。

黄河,便是方才说的那个女子的名字。

附录四　林兰童话讲述实验照片

2012年6月19日幼儿园吕老师在给大班的孩子讲童话《瓜王》

2012年6月19日幼儿园吕老师在给大班的孩子讲童话《怪兄弟》

参 考 文 献

一、故事集及资料汇编

1. 《北新书局图书目录》，上海：北新书局，1936年。
2. 常州市民间文学集成编委会编：《常州民间故事集》，北京：中国民间文艺出版社，1989年5月。
3. 东野茵陈选编：《儿童情趣小说100篇》，石家庄：河北教育出版社，1996年12月。
4. 贡少芹，周运镛等编：《近五十年见闻录》，上海：进步书局，1928年7月。
5. 李德君，陶学良编：《彝族民间故事选》，上海：上海文艺出版社，1981年5月。
6. 林兰编：《吕洞宾故事》，上海：北新书局，1927年？月。
7. 林兰编：《渔夫的情人》，上海：北新书局，1930年7月。
8. 林兰编：《鬼哥哥》，上海：北新书局，1930年11月。
9. 林兰编：《换心后》，上海：北新书局，1930年11月。
10. 林兰编：《菜花郎》，上海：北新书局，1930年12月。
11. 林兰编：《金田鸡》，上海：北新书局，1930年？月。
12. 林兰编：《鸟的故事》，上海：北新书局，1931年3月。
13. 林兰编：《怪兄弟》，上海：北新书局，1932年10月。

14. 林兰编：《独腿孩子》，上海：北新书局，1932年？月。

15. 林兰编：《瓜王》，上海：北新书局，1933年9月。

16. 苏胜兴等编：《瑶族民间故事选》，上海：上海文艺出版社，1980年10月。

17. 中国民间文艺研究会湖北分会印：《笑话研究资料选》，1984年10月。

18. 中国民间文艺研究会辽宁分会编：《满族三老人故事集》，张其卓、董明整理，沈阳：春风文艺出版社，1984年12月。

19. 祝发清，左玉堂，尚仲豪编：《傈僳族民间故事选》，上海：上海文艺出版社，1985年6月。

20. 〔英〕安吉拉·卡特编：《安吉拉·卡特的精怪故事集》，郑冉然译，南京：南京大学出版社，2011年9月。

二、专著

1. 陈伯吹：《儿童文学简论》，武汉：长江文艺出版社，1959年4月。

2. 陈平原：《中国小说叙事模式的转变》，北京：北京大学出版社，2003年7月。

3. 陈勤建：《中国鸟文化——关于鸟化宇宙观的思考》，上海：学林出版社，1996年9月。

4. 陈勤建：《中国民俗学》，上海：华东师范大学出版社，2007年8月。

5. 陈勤建：《文艺民俗学》，上海：上海文化出版社，2009年7月。

6. 戴岚：《女性创作与童话模式：英国19世纪女性小说创作研究》，上海：上海文化出版社，2010年5月。

7. 段宝林：《笑话：人间的喜剧艺术》，北京：北京大学出版社，1991年8月。

8. 段宝林编：《西方古典作家谈文艺创作》，沈阳：春风文艺出版社，1980年9月。

9. 方克强:《文学人类学批评》,上海:上海社会科学院出版社,1992年4月。

10. 高丙中:《民俗文化与民俗生活》,北京:中国社会科学出版社,1994年9月。

11. 户晓辉:《现代性与民间文学》,北京:社会科学文献出版社,2004年8月。

12. 黄钰,黄方平:《瑶族》,北京:民族出版社,1990年3月。

13. 李昉等编:《太平广记》,北京:中华书局,1961年9月。

14. 李扬:《中国民间故事形态研究》,汕头:汕头大学出版社,1996年6月。

15. 林玫君:《儿童戏剧教育的理论与实务》,上海:复旦大学出版社,2015年11月。

16. 刘魁立:《刘魁立民俗学论集》,上海:上海文艺出版社,1998年10月。

17. 刘守华:《中国民间童话概说》,成都:四川民族出版社,1985年8月。

18. 刘守华:《比较故事学》,上海:上海文艺出版社,1995年9月。

19. 刘守华:《中国民间故事史》,武汉:湖北教育出版社,1999年9月。

20. 刘守华:《故事学纲要》(修订本),武汉:华中师范大学出版社,2006年9月。

21. 刘守华主编:《中国民间故事类型研究》,武汉:华中师范大学出版社,2002年10月。

22. 陆震:《中国传统社会心态》,杭州:浙江人民出版社,1996年3月。

23. 茅盾:《我走过的道路》,北京:人民文学出版社,1997年12月。

24. 彭定求等编:《全唐诗》,北京:中华书局,1960年4月。

25. 彭懿:《走进魔法森林:格林童话研究》,北京:外语教学与研究出版社,2010年2月。

26. 祁连休:《中国古代民间故事类型研究》(修订本),石家庄:河北教育出版社，2007年5月。

27. 秋浦主编：《萨满教研究》，上海：上海人民出版社，1985年5月。

28. 宋兆麟：《巫与巫术》，成都：四川民族出版社，1989年5月。

29. 苏轼：《苏轼文集》，茅维编，孔凡礼点校，北京：中华书局，1986年3月。

30. 天鹰：《中国民间故事初探》，上海：上海文艺出版社，1981年5月。

31. 万建中：《解读禁忌：中国神话、传说和故事中的禁忌主题》，北京：商务印书馆，2001年3月。

32. 万建中：《20世纪中国民间故事研究史》，北京：北京师范大学出版社，2011年10月。

33. 韦苇：《世界童话史》（修订本），福州：福建教育出版社，2002年10月。

34. 乌丙安：《民俗学原理》，沈阳：辽宁教育出版社，2001年1月。

35. 吴其南：《中国童话史》，石家庄：河北少年儿童出版社，1992年8月。

36. 吴其南：《童话的诗学》，北京：中国文联出版社，2001年1月。

37. 徐陵编：《玉台新咏笺注》，吴兆宜注，程琰删补，穆克宏点校，北京：中华书局，1985年6月。

38. 许地山：《许地山文集》，高巍选辑，北京：新华出版社，1998年8月。

39. 苑利主编：《二十世纪中国民俗学经典：传说故事卷》，北京：社会科学文献出版社，2002年3月。

40. 张福三，付光宇：《原始人心目中的世界——西南少数民族古代文学探索》，昆明：云南民族出版社，1986年6月。

41. 张光直：《中国青铜时代》，北京：生活·读书·新知三联书店，1983年9月。

42. 赵景深：《童话概要》，上海：北新书局，1927年？月。

43. 赵景深：《童话学ABC》，上海：世界书局，1929年2月。

44. 赵景深:《童话论集》,上海:开明书店,1931年5月。

45. 赵景深:《民间文学丛谈》,长沙:湖南人民出版社,1982年7月。

46. 赵景深编:《童话评论》,上海:新文化书社,1924年1月。

47. 钟敬文:《钟敬文民俗学论集》,上海:上海文艺出版社,1998年3月。

48. 周策纵:《五四运动史》,陈永明等译,长沙:岳麓书社,1999年8月。

49. 周作人:《儿童文学小论·中国新文学的源流》,石家庄:河北教育出版社,2002年1月。

50. 周作人:《周作人论儿童文学》,刘绪源辑笺,北京:海豚出版社,2012年1月。

51. 〔德〕Julius E. 利普斯:《事物的起源》,汪宁生译,兰州:敦煌文艺出版社,2000年2月。

52. 〔苏〕阿·符·古留加:《赫尔德》,侯鸿勋译,上海:上海人民出版社,1985年10月。

53. 〔美〕阿兰·邓迪斯:《民俗解析》,户晓辉编译,桂林:广西师范大学出版社,2005年1月。

54. 〔美〕阿兰·邓迪斯编:《世界民俗学》,陈建宪、彭海斌译,上海:上海文艺出版社,1990年7月。

55. 〔德〕艾伯华:《中国民间故事类型》,王燕生、周祖生译,北京:商务印书馆,1999年2月。

56. 〔英〕爱德华·泰勒:《原始文化:神话、哲学、宗教、语言、艺术和习俗之研究》(重译本),连树声译,桂林:广西师范大学出版社,2005年1月。

57. 〔俄〕巴赫金:《巴赫金全集》,石家庄:河北教育出版社,1998年6月。

58. 〔俄〕巴赫金:《拉伯雷研究》,李兆林、夏忠宪等译,石家庄:河北教育出版社,1998年6月。

59. 〔日〕柄谷行人:《日本现代文学的起源》,赵京华译,北京:生活·读书·新知三联书店,2006年8月。

60.〔法〕柏格森:《笑:论滑稽的意义》,徐继曾译,北京:中国戏剧出版社,1980年3月。

61.〔英〕勃洛尼斯拉夫·马林诺夫斯基:《两性社会学:母系社会与父系社会之比较》,李安宅译,上海:上海人民出版社,2003年8月。

62.〔俄〕车尔尼雪夫斯基:《美学论文选》,缪灵珠译,北京:人民文学出版社,1957年9月。

63.〔法〕茨维坦·托多洛夫,罗贝尔·勒格罗,〔比〕贝尔纳·福克鲁尔:《个体在艺术中的诞生》,鲁京明译,北京:中国人民大学出版社,2007年6月。

64.〔美〕丁乃通编著:《中国民间故事类型索引》,郑建威等译,武汉:华中师范大学出版社,2008年4月。

65.〔日〕恩田彰等:《创造性心理学:创造的理论和方法》,陆祖昆译,石家庄:河北人民出版社,1987年11月。

66.〔奥〕弗洛伊德:《图腾与禁忌》,杨庸一译,北京:中国民间文艺出版社,1986年5月。

67.〔法〕格拉耐:《中国古代的祭礼与歌谣》,张铭远译,上海:上海文艺出版社,1989年7月。

68.〔日〕河合隼雄:《日本人的传说与心灵》,范作申译,北京:生活·读书·新知三联书店,2007年6月。

69.〔美〕洪长泰:《到民间去:1918—1937年的中国知识分子与民间文学运动》,董晓萍译,上海:上海文艺出版社,1993年7月。

70.〔美〕杰克·齐普斯:《冲破魔法符咒:探索民间故事和童话故事的激进理论》,舒伟主译,合肥:安徽少年儿童出版社,2010年1月。

71.〔德〕康德:《判断力批判》,宗白华译,北京:商务印书馆,1964年1月。

72.〔法〕列维-斯特劳斯:《野性的思维》,北京:商务印书馆,1987年5月。

73. 〔美〕露丝·本尼迪克特:《文化模式》,王炜等译,北京:生活·读书·新知三联书店,1988年5月。

74. 〔英〕罗素:《西方哲学史》,马元德译,北京:商务印书馆,1976年6月。

75. 〔法〕莫里斯·古德利尔:《礼物之谜》,王毅译,上海:上海人民出版社,2007年4月。

76. 〔美〕尼尔·波兹曼:《童年的消逝》,吴燕莛译,桂林:广西师范大学出版社,2004年5月。

77. 〔加〕佩里·诺德曼,梅维丝·雷默:《儿童文学的乐趣》(第三版),陈中美译,北京:少年儿童出版社,2008年12月。

78. 〔俄〕普罗普:《滑稽与笑的问题》,杜书瀛等译,沈阳:辽宁教育出版社,1998年3月。

79. 〔俄〕普罗普:《故事形态学》,贾放译,北京:中华书局,2006年11月。

80. 〔俄〕普罗普:《神奇故事的历史根源》,贾放译,北京:中华书局,2006年11月。

81. 〔美〕斯蒂·汤普森:《世界民间故事分类学》,郑海等译,上海:上海文艺出版社,1991年2月。

82. 〔瑞士〕维雷娜·卡斯特:《童话的心理分析》,林敏雅译,陈瑛修订,北京:生活·读书·新知三联书店,2010年11月。

83. 〔法〕西蒙娜·德·波伏瓦:《第二性》,郑克鲁译,上海:上海译文出版社,2011年9月。

84. 〔古希腊〕亚里士多德:《诗学》,陈中梅译注,北京:商务印书馆,1996年7月。

85. 〔日〕伊藤清司:《中国、日本民间文学比较研究(在华学术报告集)》,辽宁大学科研处编印,1983年8月。

86. 〔美〕珍妮·约伦编:《世界著名民间故事大观》,潘国庆等译,上海:上海文艺出版社，1991年5月。

87. Jack Zipes. *Fairy Tale as Myth/ Myth as Fairy Tale*. The University Press of Kentucky,1994.

三、报刊文献

1. 安德明：《万物有灵与人兽分开——猿猴抢婚故事的文化史意义》，《民族文学研究》，2000年第1期。
2. 白化文：《龙女报恩故事的来龙去脉：〈柳毅传〉与〈朱蛇传〉比较观》，《文学遗产》，1992年第3期。
3. 蔡元培：《以美育代宗教说》，《新青年》，1917年8月。
4. 车锡伦：《"林兰"与赵景深》，《新文学史料》，2002年第1期。
5. 陈建宪：《论中国天鹅仙女故事的类型》，《民族文学研究》，1994年第2期。
6. 陈建宪：《〈白水素女〉：性禁忌与偷窥心理》，《民间文化》，1999年第1期。
7. 程蔷：《关于幻想性民间故事的人物类型》，《思想战线》，1981年第6期。
8. 程蔷：《民间叙事中的宝物幻想》，《民族艺术》，2002年第1期。
9. 方卫平：《西方人类学派与周作人的儿童文学观》，《浙江师范大学学报（社会科学版）》，1990年第4期。
10. 顾颉刚：《〈民俗〉发刊词》，《民俗》周刊，第1期，1928年3月21日。
11. 关溪莹：《滑稽儿歌与现代儿童教育》，《民族文学研究》，2004年第3期。
12. 黄大宏：《中国"难题求婚"型故事的婚俗历史观——与母系氏族社会晚期婚姻制度的关系假说》，《延安大学学报（社会科学版）》，1999年第1期。
13. 姜典凯：《民间故事中的小农意识》，《民间文学》，1987年第2期。

14. 郎樱:《史诗中的妇女形象及其文化内涵》,《民间文学论坛》,1995年第4期。

15. 李道和:《女鸟故事的民俗文化渊源》,《文学遗产》,2001年第4期。

16. 林清:《儿童文学与上海出版业的渊源》,《同济大学学报(社会科学版)》,2012年第3期。

17. 刘宁波:《生死转换与角色认证:中国传统婚礼的民俗意象》,《民间文学论坛》,1994年第1期。

18. 刘守华:《纵横交错的文化交流网络中的〈召树屯〉》,《民族文学研究》,1990年第1期。

19. 刘守华:《兄弟分家与"狗耕田"——一个中国民间流行故事类型的文化解析》,《商丘师范学院学报》,2001年第1期。

20. 刘守华:《神奇母题的历史根源》,《西北民族研究》,2002年第2期。

21. 刘晓春:《英雄与考验故事的人类学阐释》,《民族文学研究》,1996年第4期。

22. 鲁迅:《我们现在怎样做父亲》,《新青年》,第6卷第6号,1919年11月。

23. 陆佳颖,李晓文,苏婧:《教育戏剧:一条可开发的心理潜能发展路径》,《华东师范大学学报(教育科学版)》,2012年第1期。

24. 鹿忆鹿:《难题求婚模式的神话原型》,《民间文学论坛》,1993年第2期。

25. 舒燕:《论猿猴抢婚故事的演变》,《中国文化研究》,1998年第4期。

26. 谭学纯:《"女"旁字和中国女性文化地位的沉落》,《民间文学论坛》,1998年第4期。

27. 汪曾祺:《童歌小议》,《民间文学论坛》,1987年第1期。

28. 王霄兵,张铭远:《民间故事中的考验主题与成年意识》,《民族文学研究》,1989年第3期。

29. 王霄兵，张铭远：《脱衣主题与成年仪式》，《民间文学论坛》，1989年第2期。

30. 鄢鸣：《中国有狂欢吗？——狂欢理论的应用与反思》，《山东社会科学》，2011年第1期。

31. 赵景深：《费尔德的"中国童话集"》，《鉴赏周刊》第50期，1925年9月14日。

32. 赵易林：《赵景深与李小峰》，《新文学史料》，2002年第1期。

33. 郑土有：《中国螺女型故事与仙妻情结研究》，《民俗研究》，2004年第4期。

34. 郑土有：《研究者、编辑家、出版商共同构建的学术空间——试论民国时期上海的民间文学研究与书籍出版》，《民俗研究》，2006年第1期。

35. 周北川：《"解难题"母题的文化人类学溯源》，《民间文学论坛》，1998年第4期。

36. 周福岩：《民间故事与意识形态问题——对民间故事思想研究的思考》，《文艺理论与批评》，2006年第1期。

37. 周作人：《〈歌谣〉周刊发刊词》，《歌谣》周刊，第1期，1922年12月17日。

38. 〔日〕高木立子：《被欺负的女婿——天鹅处女型与猴娃娘型故事的结构》，《民间文化》，2000年第5—6期。

39. 〔日〕加藤千代：《两种中国民间故事类型索引简说》，刘晔原译，《民间文学论坛》，1991年第5期。

四、论文集、专著中的析出文献

1. 冯飞：《童话与空想》，蒋风主编《中国儿童文学大系·理论》（1），太原：希望出版社，1988年11月。

2. 刘思谦：《关于母系制与父权制》，刘思谦、屈雅君等《性别研究：理论背景与文学文化阐释》，天津：南开大学出版社，2010年4月。
3. 刘绪源：《"长项"与"瓶颈"——中国原创图画书的整体布局问题》，浙江师范大学儿童文化研究院、丰子恺儿童图画书奖组委会编《华文原创图画书学术研讨会手册》，2012年10月。
4. 鲁迅：《六朝时之志怪与志人》，《鲁迅全集》（第九卷），北京：人民文学出版社，1981年12月。
5. 阎云翔：《论印度那伽故事对中国龙王龙女故事的影响》，郁龙余编《中印文学关系源流》，长沙：湖南文艺出版社，1987年2月。
6. 杨利慧：《表演理论与民间叙事研究》，〔美〕理查德·鲍曼《作为表演的口头艺术》，杨利慧、安德明译，桂林：广西师范大学出版社，2008年10月。
7. 赵景深：《中国的吉诃德先生》，《民间故事研究》，上海：复旦书店，1929年？月。
8. 赵景深：《孙毓修童话的来源》，《民间故事丛话》，中山大学语言历史研究所印，1930年2月。
9. 赵易林：《父亲与小峰舅舅》，李平、胡忌编《赵景深印象》，上海：学林出版社，2002年4月。
10. 郑劲松：《人仙妖之恋——试论中国四大民间故事的共性结构模式及其文化内涵》，上海民间文艺家协会编《中国民间文化——民间文艺研究》（第四辑），上海：学林出版社，1991年6月。
11. 钟敬文：《支那童话集》，《钟敬文民间文学论集》（下），上海：上海文艺出版社，1985年6月。
12. 〔德〕恩格斯：《家庭、私有制和国家的起源》，中共中央马克思、恩格斯、列宁、斯大林著作编译局编《马克思恩格斯选集》（第四卷），北京：人民出版社，1972年5月。

13. 〔日〕伊藤清司:《难题求婚型故事、成人仪式与尧舜禅让传说》,叶舒宪编《神话——原型批评》(增订版),西安:陕西师范大学出版社,2011年4月。

14. 佚名:《喜剧论纲》,罗念生《罗念生全集》(第一卷),上海:上海人民出版社,2004年6月。

后　　记

　　这本书是我在博士论文基础上做成的。回想读博那几年，最大的收获是，我逐渐懂得了文艺民俗学是一门有情怀的学问，它对生活的各种细枝末节深感兴趣，对各种人间信仰和行为方式都能够平等而稳健地看待，最重要的是它有一种放眼世界、扎根本土的眼界与愿力。赫尔德、博尔尼等前辈学人的论著不断地强化了我的这个认识，而引导我将认识贯彻到自己的研究和思考中的是我的导师陈勤建教授。

　　最初，我只是想把自己对童话的爱好转化为研究。当我向陈老师表达这个愿望时，他马上说："民国时期林兰编有一套民间童话，很不错。"一句话，顷刻把我从材料的汪洋大海中拯救出来，使我有了一个绝佳的研究标本。起初，我只是想拿它与格林兄弟等人的西方童话做些比较，探讨一下中国本土的经验与原型。聆听了陈老师的授课并阅读了相关著作之后，我发现在林兰童话所由来的五四时期，童话征集和童话研究本身即是新文化运动的一部分，里面包含着对人的自由和解放的追求，因此童话这一文艺形式一开始便承载着对现代性的诉求。于是，我尝试整合本土经验与现代性诉求这两种视野对林兰童话进行阐释，从而使林兰童话的叙事结构呈现出新的意义。

后　记

现在，书稿已经完成并即将出版，我禁不住再次回忆起跟随陈老师研读的日子。在陈老师对我们的言传身教中，时常流露着以学术关怀人生、关怀社会的珍贵情感。他渊博的学识、幽默的谈吐以及对学术问题独到的见解总是传达着思想的愉悦。我至今仍记得他带我们去新场古镇他设计的江南民居的家中，饶有兴致地指给我们看屋檐瓦当，教我们如何从那些不起眼的建筑形态中看出古老的历史痕迹……从他身上，我时常感到学术真可以使生活更丰厚更有味。

同样要感谢我的硕士生导师顾伟列教授。他无微不至的照顾，一直令我在问学途中充满感动。感谢郑元者教授、齐森华教授、方克强教授、朱希祥教授和郑土有教授。他们对我的研究给出了既中肯又富有建设性的建议，使我获益良多。郑土有教授将从日本带来的林兰编民间故事集借给我复印，使我及时地获得了全国各大图书馆都难以觅得的第一手资料。齐森华教授听闻我研究林兰，立即将《赵景深藏书目录》两大册慷慨相赠。捧着两本沉甸甸的大书，我感到他对后辈学术的支持也如同他的赠书一样珍贵而厚重。朱希祥教授热情地与我分享他在编写儿童汉字启蒙读本时的讲故事经验，并鼓励我将研究与调查结合起来。感谢李小玲老师。从论著的篇章结构到文字组织，她都提出了精要的修改建议。感谢常峻师姐。她细致地通读了全书，给我极大的鼓励，并专业地指出了几处笔误。感谢同门师兄妹毛巧晖、尹笑非、霍九仓、田素庆、毛海莹、周华、梅东伟、全仙英、杨阳……那些一起走过的日子里，我们互相关爱，切磋学问，不亦乐乎。

感谢浙江师范大学幼儿园的吕音老师和金华江滨小学的黄颖老师。她们将我对林兰童话的改编稿讲给孩子们听，虽然论文来不及对讲述实验进行充分的分析阐述，但孩子们听故事时专注的神情和欢快的笑声，给了我研究和写作过程中最大的快乐。最后，特别感谢商务印书馆的编辑曹婉，她对书稿进行了专业的编辑，不仅使文字更准确，而且使论述更严谨，引用更规范。浙江师范大学中国语言文学学科为此书出版提供了资助，在此深表感谢。

陈老师曾对我说，童话研究是民间文学研究领域不可或缺的一亩田，遗憾的是，现在似乎不太有人去做。我出于兴趣而选择民间童话作为研究的方向，虽说如今书稿终于完成，仍感到有许多力所不逮之处，但愿能在今后的研究中不断完善和提高。